国家行动

汶川大地震纪实

田绍润 著

二〇〇八年五月十二日 十四时二十八分

山东城市出版传媒集团·济南出版社

图书在版编目(CIP)数据

国家行动:汶川大地震纪实 / 田绍润著. —济南:济南出版社,2018.11(2021.7重印)

ISBN 978-7-5488-3473-1

Ⅰ.①国… Ⅱ.①田… Ⅲ.①纪实文学—作品集—中国—当代 Ⅳ.①I25

中国版本图书馆CIP数据核字(2018)第268185号

出版人 崔 刚
责任编辑 李建议 雷 蕾
封面设计 刘 畅
出版发行 山东城市出版传媒集团·济南出版社
地 址 山东省济南市二环南路1号(250002)
编辑热线 (0531)67883204
发行热线 (0531)86131728 86922073
86131701
印 刷 阳信龙跃印务有限公司
版 次 2018年11月第1版
印 次 2021年7月第2次印刷
成品尺寸 170mm×240mm 16开
印 张 27.25
字 数 330千
印 数 1—2200册
定 价 86.00元

序

这是一部描写抗震救灾故事的纪实文学作品。

十年前，平地一声惊雷，四川汶川突然发生了一场骇人听闻的大地震，震惊了全国，震惊了全球。

在党中央、国务院的领导下，举国上下迅即投入空前的抗震救灾行动。解放军指战员、公安武警消防官兵、医务工作者、志愿者等，紧急奔赴灾区，展开了惊天地、泣鬼神的生死救援，谱写了一曲人类大爱的辉煌史诗。

作者饱含激情，用生动形象的语言把这一事件记述下来。作品既包含自救互救，又包含外部的大救援行动，多层次、多视角、全方位地再现了人与人之间的情和爱，展现了全民在抗震救灾时不屈不挠的顽强意志和大无畏精神。这种情和爱，这种意志和精神，对于我们在新时代、新形势下，建设富强民主文明和谐美丽的社会主义现代化强国，具有催人奋进的意义和作用。

作者自费四次远赴四川汶川地震灾区，走访当事人，实地考察，获取了大量鲜为人知的第一手资料，数易其稿，十年磨一剑，值此纪念抗震救灾十周年之际，付梓出版，以飨读者。这是难能可贵的。

习近平总书记指出：“实现中华民族伟大复兴，是一场震古烁今的伟大事业，需要坚忍不拔的伟大精神，也需要振奋人心的伟大作品。”让我们牢记总书记的嘱托，沐浴新时代的春风，弘扬伟大不朽

的抗震救灾精神，不忘初心，励精图治，奔向民族伟大复兴的灿烂明天。

山东省作家协会原副主席　左建明

2018 年 3 月 28 日

目 录

第一章 黑色的星期一

一、五月，石榴花开红似火

石榴花开红似火……

古往今来，多少文人墨客，赞美五月啊。

冬去春来，春夏之交。大地上，万物竞荣。

中华神州，正在喜迎姗姗走来的奥运会。

五月十二日，奥运圣火已开始在全世界五大洲传递。

奥运圣火，在国内已传递海南、广东、福建……

奥运圣火已于前天，登上了世界屋脊——珠穆朗玛峰。

距奥运会开幕还仅有88天。

举国上下，一片欢腾。

“祝北京奥运成功!”“为北京奥运祈祷!”“北京奥运，圆百年几代人之梦!”

欢呼、掌声、鲜花、美酒、歌声……

国人在迎接奥运会的到来。

五月，天府之国的四川，正是温馨迷人的季节。四川盆地西北边沿的汶川县，映秀镇幼儿园的孩子，正在午睡。

成都郊外的白鹿书院教堂前，已定婚期的新人，正在手挽手，欢笑着拍摄婚纱照。汶川县长廖敏，上午参加了在卧龙召开的认养大熊猫招商会，正往县城赶。农家妇女文友惠，正走在山间割猪草的小路上。

川中盆地的农民，正逢油菜、小麦的丰收季节。美丽的汶川，正迎来鲜红樱桃的采摘季。都江堰、九寨沟等旅游景点，正在繁忙地迎来、送走一批批中外游客……

时针指向了12日2时28分，这是五月份的第二个星期一，北纬31度，东经103.4度，晴天霹雳，山崩地陷。短短80秒，一场空前的灾难，骤然降临。

地震，摇撼了大半个中国。

地震，震撼了世界，包括越南、泰国、新加坡等东南亚国家，“半个亚洲”都有震感。

四川汶川，震惊了北京，震惊了世界！

二、国家地震局台网中心

12日下午，中国地震局台网中心值班室，轮到杨晨值班。

和往常一样，他坐在值班室，处理刚收到的数据。注视着身旁的实时监测机，这是他的工作，第一时间对地震做出速报：确定地震发生的时间、位置和震级。

他所在的值班室，是地震台网中心的监测大厅。大厅里，摆放着数十台计算机，其中3台，是实时监测机，它们的另一端，连着全国1500多个监测台站。

监测机屏幕上，突然出现了剧烈振荡的地震波形。

已参加工作6年的杨晨，并没有立刻意识到，一场空前灾难即将降临。他马上放下手里的工作，招呼其他人。

“嘀！嘀！嘀！”就在人们围拢过来时，与监测机相连的地震报警器，发出了刺耳的报警。“是地震！”

在场者，一边跑去报告，一边快速处理数据，确定震中、震级。

根据速报规定，首都北京圈内三级以上的地震，必须在12分钟内做出速报；国内东部地区四级以上的地震和其他地区五级以上的地震，速报时间分别是25分钟和30分钟。

初步判断，地震发生在四川，震级超过七级。紧张的气氛，立刻弥漫整个值班室。

对破坏性地震而言，速报结果越快越准，越有利于紧急救援。但地震速报，是道世界性的难题。

1976年7月28日，唐山地震发生于凌晨3时42分，直到5时震中位置才确定。不过，随着科技水平的提高，速报的时间已经由以小时计，缩短到以分钟计。

14时41分36秒，结果出来：5月12日14时28分，汶川，7.6级！

杨晨以手机短信的方式，迅速通知了地震局和相关机构人员。

看到手机速报短信，台网中心副主任张晓东迅即向台网中心指挥大厅跑。同时，他下意识地看了一眼时间：14时42分。

能够接到地震短信的，有400多人，包括地震局司处下属单位的负责人，以及有关的工作人员。在手机没普及之前，要逐级地打电话，甚至口头传达。

张晓东赶到指挥大厅，房间里已聚集了很多人，他们正在对地震所造成的灾害进行预评估。

根据地震应急预案，启动预案前，须对灾害做预评估。地震灾

害分四级，分别是：特别重大、重大、较大和一般。

发生在人口密集地区的七级以上地震、造成300人以上死亡的地震、直接经济损失占该地区上年国内生产总值1%以上的地震，均属特别重大地震灾害。

拿到书面结果，张晓东一边召开紧急会，一边催促值班室赶快把结果上报中国地震局。

地震局应急救援司副司长陈虹接到速报短信时，正和大学同学通电话。对方正在成都出差，问她刚才摇晃得很厉害，是哪儿地震了。陈虹刚说了句“是吗”，杨晨所发的短信就到了。

丢下电话，陈虹马上去了局值班室。她叮嘱自己，现在关键的是三件事：国家地震灾害紧急救援队，要立刻出发；赶快集结地震现场应急工作队；尽快搞清灾情。

国家救援队是国内唯一的国家级专业救援队伍，对外称中国国际救援队。人员构成包括北京军区工兵团官兵、武警总医院医疗人员和中国地震局的专家。

现场工作队是中国地震局组建的准军事化队伍，在震后快速赶赴灾区，开展震情趋势判断、现场地震监测、灾害损失调查、建筑安全鉴定等工作。

陈虹走进值班室，电话声已经响成一片。很多单位和个人都在给地震局打电话，试图了解可靠的情况。

陈虹最担心的是，这场灾难会有多少伤亡。她拼命给四川打电话。强烈的地震波已经摧毁了通讯设施，成都的电话难以接通。

发生重大地震灾害，必须速报国务院抗震救灾指挥部，指挥部办公室设在中国地震局，局长陈建民兼任办公室主任。

这时，陈建民正在国外出访。副局长刘玉辰马上召集在京的几位副局长，分工安排工作。此时，他的电话响了，是国务院打来的。

“总理要去现场，请你们派一个局长陪同。”挂上电话，刘玉辰操起一件外套，叫上司机就向西郊机场赶。

调动国家救援队需要国务院批准，陈虹一边草拟报告，一边打电话请示。上面答复，不要等批文，立即集结队伍，到机场待命，批文直接送到机场。这是国家救援队组建以来第一次“先斩后奏”。

放下电话，陈虹立刻让司里的人与解放军总参谋部和武警总医院协调。“工兵团的搜救人员，能不能全上；能不能尽快安排飞机；医护人员，能不能多带些药品设备”。

同时，陈虹通知地震局搜救中心，参与国家救援队和现场工作队的人员赶快准备。

搜救中心，有 7 人参加国家救援队，17 人参加现场工作队。还要为这两支队伍提供通讯、动力等后勤保障。

15 时 30 分，搜救中心奔赴现场的队员集结完毕，等待去机场的通知。

此时，远在云南的孙士宏，也正赶往昆明机场。

作为台网中心首席预报员，在接到地震短信后，既自责又着急，想连夜返回北京。他希望能赶回去参加会商会，为预测地震的趋势提供意见。尽管，这是一个很难回答的问题。

地震预报分为长期、中期、短期和临震预报，分别对未来 10 年、一两年、3 个月和 10 日内可能发生的破坏性地震进行预报。

事实上，在中期预报中，孙士宏和他的同事，已经预测到这次发生地震的南北地震带，在近期很可能发生大的地震。但遗憾的是，汶川地震，没有任何征兆——频繁的小震或动物的宏观异常。

迄今国际地震学界，对于动物宏观异常是否能作为预报参考，依然存在争议。

17 时 30 分，中国地震局通知搜救中心救援人员去南苑机场，与

工兵团、医疗人员汇合，乘专机去现场。

现场工作队则从首都机场飞成都，但他们走到半路时，又折回南苑机场。因为成都双流机场关闭，他们不得不搭乘国家救援队的专机。

而在那不幸的一刻，四川省地震局损失惨重，3 人遇难，其中两人在北川地震台工作，另一人正在野外勘测，被滚落的石头命中。此外还有一人失踪，两人受伤。

三、北京总参谋部

四川汶川发生地震，在第一时间内，胡锦涛总书记立即做出指示："要尽快抢救伤员，保证人民生命安全。"

刚从河南视察农业生产和夏粮储备回到北京，从机场回中南海的温家宝总理，得到地震的讯息后，立即调车回返机场。

在车上，温家宝对工作人员下达着一个又一个命令……

16 时 40 分许，温家宝的专机在机场起飞。

温家宝在飞机上，发表了讲话，就抗震救灾做出安排部署，号召各级领导干部要站在抗震救灾第一线，发扬不怕牺牲、不怕疲劳、连续作战的作风，一切想着人民，为人民的利益而工作。

同时，成立了由温家宝任组长，李克强、回良玉任副组长的国务院抗震救灾领导小组。

回良玉此时正在国外访问。

飞机上，除执行命令的工作人员讲话外，人人心情沉重，表情凝重。

19 时 10 分许，温家宝一行抵达成都，随即乘车前往震中地区。他们的前进目标是地震中心——汶川。

这天下午，国家预案启动。

民政部从中央救灾物资储备库紧急调拨救灾帐篷；卫生部派出医疗应急队伍；工业和信息化部、交通运输部等减灾部委办局紧急行动……

地震发生13分钟后，总参谋部启动应急预案。在北京西郊总参谋部作战室里，面积相当于两个篮球场大的大厅正面，3米高、几乎整面墙大小的电子显示屏左侧显示着震区的兵力部署，右侧是硕大的中华人民共和国地图。

电子显示屏前是一个硕大的震区地形沙盘。沙盘和电子显示屏前面，坐着将校为首的值班军官。

值班将校的背后，是卡座式的分组办公区。这是各组参谋们的办公地方。依次看过去，分别是综合、地面行动、空中行动、情报与保障5个小组。十几部电话同时响起。整个指挥大厅充满着战时的紧张。

14时40分，确认地震的消息后，田义祥神情紧张起来，这位拥有31年军龄的大校，是处置突发事件领导小组办公室负责人。

他接到地震“短信速报”，又向地震局刘玉宸核实后，立即把信息上报总参作战部副部长徐经年。随即，徐经年向总参和军委首长进行了汇报。

14时42分，处置突发事件领导小组办公室发出了第一道预先指令：北京军区工兵团做好紧急出动和救援准备。

14时45分，徐经年要求成都军区，进一步核实灾情，随时准备投入抢险救灾。

5分钟后，预告空军准备动用运输机。

命令一个个紧急下达，紧急调集兵力，支援灾区。

总政治部、总后勤部、总装备部都在行动。

此时的成都军区已在战备状态。“这是军人的本能反应。”副参谋长曾冉在大约2分钟的地动山摇里，和战友一起从十楼的办公室冲到一楼的指挥室。

随着司令员李世明等人的到来，军区作战指挥系统的指战员就位。

14时32分，李世明口授了第一道军区通令：部队立即就近展开救援。

随后，军区向中央军委发出首份报告：部队已经行动。

地震发生42分钟后，成都军区首支救援部队出发。这支队伍紧急行军12公里，向距成都16公里的崇州急进。

从这一刻起，军区作战部的电话开始响个不停。

15时20分，李世明发出了第二道通令：部队做好向重灾区进军的准备。所有部队，尽其所有，全力以赴。

但在这一刻，救援的目标并不明确，截至15点34分，只知道震中是汶川，重灾区并不明确。

15时40分，都江堰严重受灾的消息被确认。

在都江堰确认受灾的同时，李世明下了第三道军区通令：通知部队，立即进入重灾区。“我们考虑到灾害已经很大了，决定动用机动部队。”曾冉说。

曾冉拨通了正在松潘驻训的红军师师长王凯的电话。“一级准备，官兵上车，随时出发!”

距离都江堰约100公里的汶川，是军队的第一目标。由副司令员李作成率领的工作组向都江堰急赶。

此前的15时17分，田义祥已要求四川省军区副参谋长向怀树紧急赶往都江堰，了解灾情。

一路上余震频发，塌方、泥石流接二连三。在颠簸的越野车中，向怀树用手机不断向田义祥发送各种信息。这些信息，包括沿途所见所闻，以及阿坝州军分区打来的电话、了解的信息。但此时的田义祥，已经顾不上回复，正按照总参作战部首长的指示，调配兵力、调动飞机、统计数据……

田义祥很需要震中汶川及周边的灾情信息。信息就是情报。准确的情报，是决策指挥的必要和前提。

在地震发生后第21分钟，成都军区应四川省地震局的请求，派出查看灾情的2架直升机起飞。

灾区上空弥漫着漫天的地震尘土，能见度不足300米。直升机低空飞临都江堰市，大片垮塌的房屋很快映入机组人员的眼帘，街道上挤满了受灾的群众，城市面目全非。

直升机继续飞行。地震造成山体大面积滑坡，通往山区的公路上，到处都是塌方。

四、地震搜救中心

王念法正在中国地震搜救中心的办公室，整理地震救援训练安全手册。

突然，手机铃声响了，是紧急短信：四川汶川发生7.8级地震，搜救中心启动一级应急预案，救援队员马上到三楼会议室集合。

“7.8级!”王念法的脑子“嗡”的一下：“这么大的地震，几十年都没有过。”

王念法以最快的速度，直奔三楼会议室。搜救中心主任吴建春立刻传达了灾情，救援队要立即整理急需物质，迅速准备集结赶往灾区。

搜救中心立刻忙碌起来，大家分头准备。

王念法的家离单位远，没时间回去了。他给怀孕在身的妻子打了个电话："我马上去四川灾区，不用等我吃晚饭了。"

16 时 30 分，所有赴灾区人员，出发前往北京丰台南宛机场。

18 时 05 分，队员们从不同方向准时在机场集合。领队是尹光辉主任。

20 时 04 分，两架大型军用运输机装上了包括救援装备车、搜救犬等设备装备。

22 时 36 分，飞机降落在成都太平寺机场。

23 时 50 分，他们向都江堰开进。

第二章 灾情就是命令

一、75 年前的悲剧

历史时钟倒拨 75 年，也是下午，紧邻汶川的茂县叠溪镇，发生了 7.5 级地震。

一座繁华的千年古城，顷刻间，从地图上抹掉了……

据《茂州志》记载：汉元鼎六年（公元前 111 年），在此置蚕陵县，唐初为冀州，明为叠溪千户所，清改为卫，民国隶茂县。

叠溪城，为“贞观时筑。明洪武十一年，御使大夫丁玉讨复故地，命指挥童胜复筑。高一丈，围三百四十丈，门四。成化间重修”，扼松茂要冲，既是军事重镇，亦是商贸集散地。

1933 年 8 月 25 日 15 时 50 分。城中心部分在剧震发生的几分钟里几乎笔直地陷落，呈单条阶梯状的下滑距离达 500—600 米。

地震引起岷江两岸山崩，崩塌的山体在岷江上筑起了银瓶崖、大桥、叠溪三条大坝，把岷江拦腰斩断，流量每秒千立方的岷江断流。被截断的江水倒流，扫荡田园农舍。

经过 30 多天的倒流，因叠溪超过银瓶崖、大桥两坝的高度，注

入叠溪坝内的江水倒淹银瓶崖、大桥两坝，三座地震湖连成一体。

湖水随群山回旋曲绕，逶迤25公里，最宽处达2.5公里。同时，松平沟、水磨沟、鱼儿寨沟等地，山崩数处，形成大小海子11个，叠溪城及附近21个羌寨，全部覆灭，死亡6800多人。

震后45天，岷江上游阴雨绵绵，江水猛增，白腊寨公棚地震湖崩溃。

傍晚，高160米的叠溪坝崩溃，积水倾湖而出，夹带泥沙巨石，沿江而下，江中浪头，高达20丈，吼声震天，5公里之外皆闻。沿江村镇、田园被一扫而光，数万亩农田庄稼被毁。人畜逃避不及者，尽被卷入水中，又有2500多人丧生，造成了地震史上罕见的次生水灾。

震后形成的大大小小海子都相继溃决了。只有公棚和白腊寨一大一小的海子保留至今，人们统称“大小海子”，即今天的叠溪海子，成为中国保存最完整的地震遗迹。

海子周围，青山环抱，湖岸翠草丛生，湖水碧波荡漾，景色优美迷人。

有人说，它是“中国最美的地震遗迹”。

但是，美丽背后的“人祭”代价，却让人感慨万千。

叠溪海子实际上是岷江主流的一段，地震形成的堰塞湖。湖面宽大约1公里，长10公里，海子由上下两处连接而成，形如肠状。

海子最深处，有98米，平均深度82米，蓄水达1.25亿立方，湖面面积350多万平方。

新中国成立后，国家多次对大小海子进行勘查治理，在它附近建立了大熊猫自然保护区，对湖坝进行了疏导加固。

大小海子成为镶嵌在川西北的一颗明珠，既是重要的水源地，也成为旅游观光的胜地。

二、阿坝州

5 月 12 日，春秋国旅四川的导游刘俊正和 130 名游客乘坐大巴赶往都江堰，马上要结束这次九寨沟之旅。大家都在休息，沉淀几天来的收获。

有人在睡觉，有的人则望着窗外的风景。

汽车行驶在崎岖的盘山公路上，左边是湍急的江水，右边是陡峭的山坡。

突然，一声轰响，山崩地裂，右侧山体大规模滑坡，土石从山上滚下，不时有细碎的泥块滑到路侧。

坐在前排的乘客发现，右前方的山坡上，一大块土石席卷而下。

司机当机立断，紧急踩油门，所有的人都以为石头会砸下来。但一秒钟后，轰隆一声，山石瞬间滚在了车后。

车上的人都拍着胸口惊叹：“师傅好样的！”

如果车子慢一秒，滑坡的土石就会滚砸到车上，后果不堪设想。

考虑到强震会导致地面下陷，刘俊带着游客紧急上山避难。冲到山上的田地里，刘俊发现，对面一座山好像被劈开了，大块的石头砸向马路，他急忙拿出电话，但信号中断。

强震过后，刘俊组织游客回车上拿饮用水和衣服，重新回到山上。

两次余震过后，刘俊和游客商量返回汶川，并让一辆面包车探路，10 分钟后，司机回来告诉大家，桥断了，公路严重损坏，返回已不可能。

刘俊再次召集游客商量，决定往都江堰方向走，一行人选择走山路。刘俊在前面带路，司机背着一位半瘫老人殿后。

沿着山路，过了友谊隧道，他们发现，面前的桥断成了几段，

桥身高高低低，断得不成形了，刘俊只得带着游客沿河寻找出路。

地震发生时，阿坝州委书记侍俊正在成都开会。得到汶川地震的消息后，他为之一震。在会场里，他对主持会议的省政法委书记王怀臣说，这会我不能开了，我得马上走。

王怀臣也立即终止了会议，了解灾情。

在由成都驶向都江堰的路上，侍俊不断地拨打电话。他首先给省委书记刘奇葆打电话，告诉其行动。

接着他给汶川县委书记王斌打电话，打不通，又给汶川县长廖敏打，仍是“嘟嘟嘟”的声音。

14 时 40 分，侍俊终于拨通省地震局副局长李广俊的电话。

对方话语焦急：“发生强烈地震，震中汶川……”此时，李广俊已到都江堰。侍俊随后也到了都江堰。

在车上，侍俊拨打了辖下 13 个县委书记的电话，除了九寨沟县委书记赵平和松潘县委书记黄芝林的电话能接通，回答说有强烈震感，其余皆无音讯。

侍俊给州委副书记陈贵华打电话，刚“喂”了一句，就卡壳了。

再往后，哪儿都拨不通了。

急切中，侍俊找到驻都江堰部队，用军队电台同赵平和黄芝林再次取得联系，断断续续下达了阿坝州第一道指令：一、全州进入紧急状态，立即启动应急预案，一切以抗震救灾为中心；二、以县、乡、村为单位，全力组织救援；三、避险，采取一切措施，避免余震引发的次生灾害；四、千方百计打通生命通道；五、就地组织自救，各级党委政府立即成立现场指挥部，自救待援。

随后，侍俊补充了第六条：“尽一切努力，保证灾区秩序。”

侍俊让赵平和黄芝林代他全力通知到各县，并直达各乡镇。

下达通知后，侍俊自己最想做的，就是尽快进入震中地带。

离开都江堰，已是 17 时 20 分。原想，经都江堰过映秀，到达汶川，由于山体滑坡，路已经被阻得死死的，不通了。

侍俊决定，从北川经茂县入汶川。

车到桂溪，山体坍塌，道路中断。

他折回都江堰时，已是13日凌晨3时。

三、都江堰周龙军

都江堰幸福中学的退休教师周龙军，爱好收藏奇石。

这天中午一点多，他邀上朋友小吴，一同去鱼嘴旁闸门下捡石头。他看到水底下在冒气泡，心想，闸门都关了，这儿咋在冒气泡呢?

虽然很困惑，也没有多想，他继续朝上走，离闸门50米时，发现一块美丽奇异的卵石。

周龙军正弯腰欲捡，轰隆隆的声音传来。

周龙军直起腰，声音是从映秀方向传来的，由远而近。

河岸上喝茶的人，厉声叫唤："啥子车子这么凶，连大地都震动了。"

声音响得吓人，周龙军感到脑壳都大了，脑壳皮子都涨了。他以为是都管局开闸放水了。

以前开闸放水，都管局的工作人员都要拿个高音喇叭喊："游客同志们，我们要放水了，请注意安全!"

以前放水，都是慢慢地放，这次咋这么凶，我离闸门这么近，跑也跑不脱，真让人气愤。

顾不得多想，周龙军和小吴只能拼命地跑，跑到离河边10多米，脚下开始剧烈地晃动。卵石和水泥砌成的河埂，扯开又合拢，合拢又扯开。

小吴跑在前头，他往埂子上爬，爬了一截，被甩了下来。他还

想往上爬，站不稳的周龙军连忙喊："爬不得了，上面有围墙，摔下来要把你砸倒!"

小吴赶紧退下来，退下来就踩到一个大坑里，齐腰深的水。

刚才捡石头时，可没有这个水坑啊。

周龙军吓傻了，他趴在河中间的一块石头上，动都不敢动，整个河床就像一个筛沙子的大筛子，河里的石头"哗哗哗"地滚过来，滚过去。周龙军感到整个地球就要毁灭一样。

摇动平息，周龙军最惧怕闸门扯开，水冲出来。这时，周龙军听到二王庙那边游客在尖叫，紧接着，整个天空灰尘弥漫，后来晓得，二王庙垮了。

这时，周龙军才回过神来，是地震了。

他想，尽管自己已退休，但也应该快去学校，看看自己的同事和学生咋样了。

周龙军爬上河岸，找自己的摩托，结果摩托被甩到河里去了。幸好没得摔烂，还打得燃火，他找到旁边的一个游客帮忙，一起把摩托弄上来。

骑摩托去学校的路上，周龙军想起来了，这几天，都机厂的狗乱叫、乱咬人，人们以为狗疯了，准备打来吃。还有，去捡石头的路上，路过江安河时，河里的鱼不停地翻上来，很多人用舀子尽情地逮鱼……

这些，应该是地震的预兆。

四、都江堰刘俊林

都江堰市委书记刘俊林正在柳街镇参加讨论城乡产权制度改革的会议。

地动山摇，"地震了"!

刘俊林从二楼迅速跑到一楼的空旷地。他很快意识到：这是灾难。他旁边的一座楼，完全被拉裂了，手机通讯中断。

强烈的冲击过后，他立即想用什么方式进行对外联系。会场的旁边就是一个派出所，他冲进去，两个干警手里有对讲机，他抢了一个过来，让那干警跟着上车，就往市里赶去。

返回市区的路，只有20公里，那天却如此漫长。

刘俊林通过对讲机，让110指挥中心尽力组织营救，并与副市长兼公安局局长夏天取得了联系。他们商定把临时指挥中心设在市公安局，马上召集警力，建立与成都的联系。刘俊林让110通知应急部门的负责人到指挥中心集合。

16时左右，所有人都聚齐。公安局的信访接待室有一台座机，他们建立了第一个通讯系统。

都江堰市呈“手指状”分布，刘俊林立即派出5个组，分别扑向市区的几所学校和医院、青城山风景区、成灌高速旁的聚源镇、蒲阳工业区；最后一路，去紫坪铺水库，他很担心垮坝。

16时30分左右，派出的各路人马返回。他们基本摸清了受灾的重点位置。

同时，指挥中心对救援指挥进行明确，对救援人员装备进行了分配。会后，上午新上任的市检察院检察长唐淼，立即带领待命的干警去了中医院救灾现场。

距都江堰市区十余公里的聚源镇，焦急的家长们正聚集在聚源中学操场上。这个拥有上千名学生的中学，“可能只有一半学生跑出来”。

学校的围墙已不复存在，初二与初三年级的四层教学楼基本垮塌。

教学楼，本来由两部楼梯间隔成三个部分。现在，只有楼梯间站立在废墟中，教室部分被夷平，钢筋混凝土之下压着数百名 15 岁左右的中学生。

12 日下午，第一节课刚刚开始，数学老师讲授得很起劲，初二九班的陆前磊却昏昏欲睡。突然，他被周围的尖叫声惊醒，同学已开始夺路而逃。讲台上的老师拼命地大喊："快跑！快跑！"

陆前磊抢门而出，他的教室在教学楼三楼最左侧，几个班的学生都已经奔向楼梯。楼房随着"哐哐"的碰撞挤压声大幅摇晃，粉尘与小石块不断地砸在学生们头上。刚刚跑到操场上，身后传来沉闷的轰隆声，陆前磊一回头，看到教室瞬间砸到了地上。地上溅起的石渣，撞在了他的后背。

逃出来的老师清点人数，初二九班 36 个同学，当天实到 33 人，全部跑出了教室。但二楼的初三七班，则遭遇了完全不同的命运，两名男生从楼上跳下，腿脚折断。这是这个班跑出来的全部人数。

后来听说，老师叫学生马上躲到桌子下，那两个男生没听指挥跳楼了。老师的指挥完全符合防震应急举措，但灾难来得太快太猛烈了……

夜幕降临，雨时紧时慢地下着，成都通往汶川的公路上，急驶的车辆，一辆又一辆，车灯把公路连接照亮。

19 时 50 分，温家宝总理的飞机抵达成都机场。下机后，温总理一边了解灾情，一边乘车直赴灾区。他坐在车上，神情凝重，不时地透过车窗，注视着雨幕中公路上的车流。

温家宝借着车灯，察看着铺展在办公桌上的四川省地图。"成都到汶川多少距离?"他们要向震中汶川前进。

"距离 159 公里"，工作人员回答。

"中途要经过哪些重镇?"温家宝又问。

"要经过都江堰，前面马上到都江堰。"

雨点“啪啪”地拍打着车窗。

公路上的车辆更多了，车速不得不减慢下来。

路两侧，偶尔能看到倒塌的房屋，雨中淋得似落汤鸡的人在搬砖块、搬木头。凭感觉，地震灾区到了。

指挥车前，尽管有四川省公安厅的警车疏导，但车辆不得不不时地停下来。倒塌的房屋更多了。

温家宝从车上下来，省委书记刘奇葆、市委书记刘俊林上前握住温家宝的手，一时说不出话来。

刘奇葆是三个小时前赶到这里的。

在市公安局大楼前的广场上，工作人员从裂缝歪斜的大楼内搬出几张桌子和椅子，布置成一个简单的会场。

温家宝、马凯、孟建柱等刚坐下，大地晃动，桌子摇晃，十几米外的大楼“噼噼啪啪”落下一阵砖、水泥抹皮。

地震已造成都江堰、阿坝州、绵阳、德阳四个地市通讯中断。

汶川县，属于阿坝州，岷江南北穿越县境，总面积4084平方公里，辖映秀、卧龙、漩口、耿达、水磨、三江等多个乡镇，县城驻在武威镇，全县人口106119人。

通向汶川的道路，一条是从成都经都江堰，过映秀到汶川，这是南线。

第二条，是从阿坝州，古尔沟，过理县到汶川，这是西线。

地震引起山体滑坡，通向汶川的路，多处中断，部队都过不去。

温家宝总理初步了解情况后，当即做出重要救灾救援工作布署……

五、陈达

陈达，四川省地震局应急处处长。

2007 年 9 月才调到应急处的他，平日里就正直豁达、行事磊落，颇有侠风。

地震局启动一级响应，陈达立刻组织现场工作队和救援队出发。

随后一两个小时，第二批工作组出发。

5 时，陈达带领第三批现场工作组和救援队，向汶川急赶！

车行至都江堰，入汶川的道路完全中断，前两批工作组被迫返回，而都江堰的灾情十分严重：楼倒屋塌、断电断水、交通堵塞。车队被冲散了，又没有有效的通讯手段。

陈达坚信：救人是第一位的。他寻找到省地震灾害救援队，立即在都江堰市区展开救援。

陈达赶到都江堰市设在路边的抗震救灾指挥部，自报家门："我是省地震应急救援处的，手上有一支救援队，哪里最需要救援？"

刘俊林和夏天紧急商定：派救援队去市中医院。

这是都江堰实施救援的第一支专业队伍。

六、聚源中学郭仕强

在急救中心临时搭建的抗震棚内，受伤严重的聚源中学初三一班学生黄月，一直拒绝进入室内病房治疗。被埋地下 4 个小时的心理阴影，令她对封闭的房屋感到恐惧。

他们班在教学楼三楼，有 60 多名同学，地震发生时，正在上政治课。

"突然，教室左右摇晃，墙上和地上，裂开一条条缝，老师一下就掉下去了，紧接着，我和其他同学也掉了下去。”

转眼间，整栋教学楼垮成一堆砖头。废墟中的黄月感到头上和腿上被重物压着无法动，就试着移动手。四周一片黑暗，她感到头上血流下来。

呛人的灰尘过后，她开始呼喊同学张杨。张杨也在呼喊她。

张杨离她很近，她伸手拉张杨，两只手紧握在一起。

黄月问张杨：“我们会不会死？”

张杨说：“不会。”两小姐妹互相鼓励说：“我们要尽量活下去。肯定有人来救我们的。”

因受伤较重，失血过多，黄月中间晕过去。

张杨一发现黄月没说话，就使劲摇她的手：“黄月，你要坚持啊，一定要坚持，我们要一起出去。”

18 时左右，操场上救援的人员已经很多，一些机械设备也被调集了过来。

已经救出 5 名学生的黄守建发现了张杨。他和其他家长将张杨从废墟中往外抱时，发现张杨紧紧抓着一个小女孩的手。再仔细一看，灰头灰脸的女孩竟是自己的女儿。他兴奋极了。

一道横梁横在她们头上，救了她们的命，两人成功获救，张杨受伤较轻。

黄月被送往位于成都的省急救中心。

聚源中学的主教学楼坍塌了。家长们一路狂奔，奔向坍塌的教学楼。43 岁的郭仕强站在废墟前，呼喊着儿子郭俊的名字。15 岁的郭俊，是黄月的同班同学。

郭仕强一遍又一遍地呼唤着儿子的名字，但他遇到了一个尴尬的问题：他喊一声郭俊，很多被埋的学生都高声应和，大喊“快来救我！”

郭仕强一时不能判断，哪一个声音是自己的孩子发出来的。

救人，时不等人。郭仕强拼了，他估摸着儿子的班级可能坍塌的方位，冲过去，双手翻动建筑碎物寻找。

不久，他救出了一个学生，活的，但不是他的郭俊。

几分钟后，他又扒出一学生，两只胳膊断了，死的，也不是他的郭俊。

他又抱出一个活的，依旧不是郭俊。郭仕强就这样不停地努力着，结果也在不断地重复着。

最终，郭仕强终于挖到了儿子，儿子尽管不能说话，可还痛苦地眨眼睛。郭仕强很兴奋，他一边背着儿子走出废墟，一边在心里向上帝祈祷。

但希望瞬间化成了绝望：几分钟后，儿子的脉搏不见了。

郭仕强瘫软在地上，哭了。

被他救出的几名学生，跪倒在他面前，他感觉到眼眶的泪水更湿，已经模糊了。

初三年级幸存学生马麒麟的眼神惊恐，陷入了回忆。

“刚发生地震一两秒时，还不是很强烈，学生们和老师都没有反应过来，不知道发生了什么事，上课的老师大声叫同学们不要动，但震动一下子就剧烈起来，所有人都惊慌失措地发出尖叫，有些同学站起来就往外跑。

当时，我也跟着向外跑，可没跑两步，就被摇得要跌倒，像‘打摆子样’。没跑到楼梯口，楼就垮了，我下滑到对面教室的墙壁上，再然后，我整个人往下掉，之后不记得了。

周围好黑。

不知过了多久，我醒了，知道被埋住了。我挣了一下眼睛，眼前一片漆黑，完全看不到外面。

我感觉石块把我脑袋压住了，眼睛也被遮住。我想动动不了，我听见不远处，有同学在喊救命。

我想喊那边的同学，可是从嘴边到喉咙，再到脖子，都动不了，然后，我就想慢慢地动一下手指和脚，可是没有用，身上和周围好重好重，然后我晕过去了，直到被抬出来，才又有点知觉。”

七、新建小学肖和和冰激凌女孩

“十万火急，救人救人!”孙国莉把手下的官兵撒了出去。

她是成都市消防支队队长，也是全国省会城市唯一的女支队长。

雨下得越来越大，让人睁不开眼。几个木棍支撑起的消防作训服下，一名小女孩奄奄一息。

“你快不行了，快回去休息吧!”新赶到的救援人员劝肖和，他的嘴唇已经乌白。

“不，我答应了她，就一定要把她救出来!”肖和加快了救援速度。

12 日下午，肖和作为成都市消防力量，在第一时间前往都江堰。20 时许，他所在中队抵达了新建小学。作为照明车司机，他的任务是保证救援现场的光明。

仅用了 3 分钟，整个救援现场一下亮起来。

4 层的教学楼全都垮了，乱石下到处传来“叔叔救我”的呼救声。

不远处，几名战士正在救夹在预制板间的男孩，孩子的头皮掉了巴掌大一块，努力朝外伸着小手。

当兵 16 年，救人无数的肖和，具有丰富的经验。照明车司机成了这个小小救援点的指挥。

1 个小时后，小男孩终于被成功解救!

凌晨零时，白晃晃的照明灯下，细雨霏霏。

“叔叔，救我……”肖和途经垮塌楼房第二个救援点时，脚下微

弱的呼救让他停下了脚步。

斜倒的预制板和残楼的缝隙里，有一名小女孩。

“叔叔一定救你！”肖和握着女孩的小手，许下承诺。

“叔叔有个女儿，和你一样大呢！”肖和发现埋压女孩的预制板上面，还堆着3块大预制板，以及大量的杂石。搬开它们，需要一定时间。

凌晨2时，雨越下越大。怕雨水呛着小女孩，肖和找来几根木棍，然后脱下作训服，撑起一个小小的帐篷。

怕小女孩“睡着”，肖和搬石头过程中，不断地和她说话：“小妹妹，你最喜欢吃什么啊？”

“冰激凌。”

“那叔叔请你吃好不好啊？”

“你到时不要说话不算话哟！”

“不会的，我们拉钩！”大手指和小手指，用力地钩在了一起。

凌晨4时，第二批救援人员赶到。肖和为了最初的承诺，拒绝替换休息。

1个小时后，小女孩被救出来。让人振奋的是，在她下面还压着两名存活的小孩。

送上救护车时，小女孩对肖和大声喊道：“叔叔，别忘了，冰激凌……”

目送雨幕中救护车的远去，雨水和泪水，从肖和的脸上流下。

八、闻灾而动

成都军区副司令员李作成、集团军军长许勇率领的军区直属部队行进到都江堰就无法前行了。他们的目标是汶川。他们不得不与都江堰救灾指挥部联系，请示李世明司令员如何行动。

王凯接到“出发”的命令。根据任务安排，王凯率一团向北川开进，师政治部主任率二团向都江堰开进，副政委率三团一营向绵竹开进。

22 时许，武警四川总队、武警水电三总队的 3000 多名官兵，携带救灾装备向灾区开进。

23 时 30 分，在临时搭建的帐篷内，国务院抗震救灾指挥部会议召开。

民政部、国家统计局汇报了最新灾情：死亡人数达 7651 人，预计伤亡数字将上升。

四川省委、成都军区汇报了驻川部队、武警官兵的出动情况和到达地点：“由于山体滑坡，部队官兵受阻！”

交通组汇报：成都经都江堰往汶川的公路，由于山体滑坡，交通完全中断，余震频频，塌方还将增加。

卫生部、后勤部汇报了医疗人员的调配情况。

会场上，静得出奇，帐篷外的雨点敲打声似乎敲击着每个人的心。

会议确定：一、成立都江堰四川省抗震救灾军地前线指挥部，指挥部成员由四川省委省政府、成都军区的负责人组成。地方首长任指挥长，驻军部队首长以及增援救援部队长任副指挥。

二、要进一步查明受灾县市乡镇灾情，为救灾指挥决策提供依据。

三、四川省、成都军区，除现在已出动的官兵外，不，所有的官兵、干警，立即投入当前的抗震救灾。立即命令驻重庆的官兵、公安干警、医疗人员出动，加入抗震救灾行列！

目前，已到达灾区的部队，连夜抢救，一刻不停！

各部队官兵，要按照救灾指挥部划定的任务目标，连夜开进，道路不通车，立即弃车徒步开进。

四、交通组要组织力量设备，连夜打通通向汶川、茂县的公路。

五、四川省委、成都军区，立即组织驻川医疗队，运送救治伤员，同时通知重庆市委做好这方面工作。要从各地调医疗队赶赴灾区，救治伤员。

六、部队的直升机侦察，天明后要继续出动，了解整个地震灾区的灾情。

时针已过 13 日的零时，会议仍在开。帐篷外，雨仍在下。

第三章 震源中心牛圈沟

一、牛圈沟何学林

陈虹疑惑的地震中心在哪里？在汶川映秀镇的牛圈沟。

映秀镇位于汶川县东南部，平均海拔 900 米，面积 115 平方公里，辖老街、枫香树、中滩堡、渔子溪、张家坪、黄家、黄家院 7 个村和秀坪社区，全镇总人口 16000 人，其中常住人口 8100 人。

国道 213 线和 303 线在这里交汇。北距汶川县城威州镇 55 公里，偏东南距都江堰 45 公里。

从汶川流下的岷江和在卧龙流下的皮条河，在映秀交汇，巨大的水能催生出映秀湾发电总厂、四川华能太平驿电厂、四川福堂水电有限公司等水电企业。

映秀人淳朴、善良、耿直。这里邻里和睦，夜不闭户。山里的村民，外出连门都不锁。有事时邻居都来帮忙，只吃饭，不计酬，更多的时候，连饭都不吃就走人。

这里是汉藏交界地，汉、藏、羌、回、满族群众，和谐团结。

映秀经济发达，交通便利，山清水秀，人杰地灵。它是汶川乃

至整个阿坝州进入成都平原的咽喉，也是成都平原进入阿坝黄龙、九寨沟旅游的必经之地。自古这里就是进入藏区的茶马古道，老街村就是茶马古道上的驿站。

牛圈沟位于映秀镇偏西南，全长约 10 公里。

上沟 8 公里，隶属漩口镇，下沟两公里，属映秀镇的张家坪一组，紧挨张家坪一组的是漩口镇蔡家杠村二组。

为什么叫牛圈沟呢？很久以前，张家坪村有一头神牛，白天睡觉，晚上起来游过岷江对岸，去偷吃黄家村的庄稼。黄家村人很恼火，天天晚上举着火把群起攻之，将其赶回岷江对岸。神牛回来就睡在沟里，所以又叫牛眠沟。

久而久之，黄家村的人怨气很大。张家坪的人怕伤了两岸和气，就在牛眠沟搭了牛圈，把神牛圈住。神牛不再到对岸偷吃庄稼，于是人们把牛眠沟叫成了牛圈沟。

牛圈沟确有三块巨石垒成的牛圈。据当地老人讲，那是自然形成的，人根本搬不动那样大的石头，每块石头都有上百吨，再多的人，靠手搬胳膊抬，也无法把大巨石垒成牛圈。牛圈一边一块巨石，顶上搁着一块巨石，俨然一个遮风避雨的天然牛圈。

牛圈前，还有一块自然生成的大石板，长 6 米、宽 2 米。大石板叫宰牛墩，传说是用来杀牛的。

可惜，牛圈沟和宰牛墩被轰然落下的石头深埋了。

12 日 14 时，漩口镇蔡家杠村二组的何学林夫妇，去给地里的玉米除草。他住的地方叫何家山。

何家四世同堂，祖辈已在这里生活 200 多年了，据族谱记载，何学林已是第十二代。他今年 43 岁，已经当爷爷了。

何家山在牛圈沟的一条支沟上，这条支沟叫莲花心沟，亦叫莲花溪沟。

莲花心沟流下来的溪水，在牛圈沟的右上方形成一条 70 米高的大瀑布，十分壮观。

何学林除草的玉米地，只有几十棵，很快就除完。他扛上锄头准备到另一处地里去。

突然，大地开始摇晃。最初轻摇了几下，他没有在意，以前曾有过这样的感觉，他知道这是小地震。

没想到几下轻摇之后，大地开始剧烈地上下跳动。

何学林站不稳，一下莫名其妙地摔到地上。他离老婆两米远，赶紧连滚带爬地去拉老婆，可始终过不去，大地跳得太厉害，上下跳过之后，又开始左右摇。

山上的石头不断地飞下来，根本无法躲避。

大地在摇晃，何学林就好似用筛子筛麦粒时的麦粒，身不由己。万幸的是，没有一块石头砸中他们夫妻俩。

在不停的跳动中，何学林的头和脚不知转动了多少次方向。每次把他抛起来再落下去时方向都不同。跳了十几秒后，他终于抱住了一棵杜仲树。此时，他的头脸正好朝向映秀方向。

跳动开始不久，何学林听到一声巨响，他这辈子从来没有听到过那么大的响声。比平时听到的天上打炸雷的声音响得多，而且声音很沉闷。

随着巨响，一股巨大的石流夹着一道亮光，像闪电一样，从莲花心沟底，喷薄而出。

随后而出的是一股黑烟，接着什么也看不见了。石流喷出来，斜着呈抛物线状飞向牛圈沟。

大地一直在剧烈地跳动，何学林什么也看不见了，但听得见。只听见喷出的石流，落在 400 米远牛圈沟对面一个叫阴山的山上。落下来的石流砸在阴山上，同样发出轰然巨响。

与此同时，何学林夫妻俩闻到了一股焦煳的臭味，臭得让人受不了。

石流落过，听不到剧烈轰响，地震随之减弱。

余震不断，大地还在不停地摇，但没有喷石头时那么强烈的跳动摇晃了。

二、一心想着猪的陈英

同样住在蔡家杠村二组的陈英，今年46岁，早就当外婆了。

那天午饭后，她带着23岁的女儿和3岁的外孙女，与何学林一样，去地里给玉米锄草。她的地离莲花心沟更近，就在沟边的山坡上。

地震发生时，她亲眼看到，石头从地下喷出来，也同样看到亮光、冒黑烟，大地不停地摇，到处乌烟瘴气，就和电视剧里孙悟空打白骨精时一样一样的。

女儿被突如其来的恐怖场面吓得六神无主，一个劲地大喊："妈耶，这是咋个了？惨了喔，只有遭打死了喔！"

外孙女更是吓得大哭大叫。

陈英也大喊："莫闹，闹不得，你闹老天爷就抖得更凶了！"

陈英也弄不懂这是咋的，虽然46岁了，自幼生长在山里，哪里见过这种场面？她只以为老天爷发怒了，要把人整死。

从地下喷出的两块直径一米的大石头，擦着陈英的身体，滚下去了。

陈英虽然安慰女儿和外孙，自己也吓个半死。只有一个劲地祈求："老天爷，求求您了，莫摇了哦，莫把俺们祖孙3人打死了哦，俺家还有猪儿啰。"

人在惊慌的时候，已经分不清主次，陈英家里不仅有猪，还有老公和儿子呢。但当时她居然想不起来了。

映秀镇渔子溪村二组的刘长青，46岁，当时正与本组的张天宝、张志田、马道志等几个村民在聊天。

渔子溪村紧挨着张家坪村，处在映秀镇上方一个较大的平台上。

刘长青正好面对张家坪方向，只听一声巨响，张家坪村牛圈沟上方冒出一股黑烟。紧接着，他看到村后几百米高的整座山上下整体错动，并不停地跳，从牛圈沟穿过渔子溪村往汶川方向，不停地错动过去。

“就像电影里打机关枪一样，‘啾啾啾’地打过去。”

过了一会儿，牛圈沟上方的黑烟散去。

何学林看到，喷出的石头越过牛圈沟打到对面的阴山上，然后又反弹回来，把牛圈沟填平了。

那些石头白花花的，最深处填了 60 多米，浅处填了 20 多米。住在牛圈沟的人家，全都不见了踪影，住户门前三十米高的银杏树，连树梢都看不到了。

何学林感到一阵钻心的痛。被埋的沟，虽然都是张家坪村一组的，与他们既不同镇，也不同村，但那都是他的邻居呀。平时赶场、卖菜，都要经过张家坪，连小孩去映秀上学，都路过张家坪。两个村的人，不仅互相认识，还都叫得出名字，很多还沾亲带故的。这一眨眼的工夫，就没了，咋不心痛呢。

心痛的同时，何学林感到，在大自然面前，人类实在太渺小了。

后来知道，牛圈沟里的张家坪一组 33 户，106 人，在那一瞬间，遇难 18 人，其中 11 人被埋在了牛圈沟里。

埋在牛圈沟里的，不止这 11 人。当时，阿坝铝厂架线的 20 多人，正在沟里施工。这些人也不见了踪影。

还有，蔡家杠村一组的村民，开着两辆微型面包，正在牛圈沟行驶。后面跟着两辆摩托车。骑摩托的，也是蔡家杠村一组的。

山上的石头，铺天盖地地盖下来，骑摩托的反应快；扔下摩托就向回跑，恰好在扔摩托的地方，山坡有点拐角，盖下来的石头没

有砸中他们，可他们三魂吓掉了两魂。

骑摩托的不仅跑掉了，后来还跑回去把摩托车拖出来了，车灯砸瞎了，还好，还能打得着火。可他们前面的两辆面包车，埋得连车屁股也找不到。

蔡家杠村 260 多人，有 17 人遇难。全村人都认为，还比较幸运。冒烟后喷出的石头，是斜着往牛圈沟对面的阴山飞过去的，假如直接往天上喷，那落下来的石头，足可以把何家山一带全部盖上几十米厚，整个蔡家杠村二组，会遭到真正的灭顶之灾。

几天后，何学林到喷石头的地方去看过，那里的沟形成了一个漏斗状。漏斗的底部到漏斗上口，有 20 多米深，里面的石头，大小不一，大的有桌子大小，小的如河沙一样的沙粒。

陈英距地震中心最近，她只是被两块飞石擦伤手和脚，腿上和胳膊上，青一块紫一块的。回到家，她的丈夫和儿子也安然无恙。她担心的猪呢，居然趴在猪棚角落里，一动不动。

过了一段时间，何学林又去看喷石头的那地方，漏斗不存在了，基本平了。连续下雨，漏斗周边的石头，随着雨水往下流，把漏斗填平了。

漏斗里的石缝里开始长草。疯狂的野草向人类昭示，大自然的力量无比强大，为所欲为。

三、张家坪张小兵

张家坪村一组 39 岁的张小兵，他家住在牛圈沟。

他是做工程和货运生意的，那天中午，他在映秀街上的饭店里等朋友吃饭。朋友是耿达乡的，骑摩托来的路上堵车，直到两点多朋友才来到。

落座后刚刚点完菜，突然，大地摇晃。

朋友60多岁了，大喊："张小兵，地震了，快跑。"朋友同时也向外跑。

饭店是两层楼的木房。张小兵坐在里面，起跑稍慢，还未跑出门，房子垮了，他被埋住。

张小兵奋力向外爬，两三分钟就爬出来了。出来后，他看到同一房子里埋着两男一女，他立即施救。余震不断，他摔倒好几次，摔倒了爬起来，爬起来继续救，直到把3人全部救出。

这时，他听到有人喊："映秀小学遭惨了，快去学校救人。"

张小兵向映秀小学跑去，他12岁的儿子就在那所小学读书。

到了映秀小学，张小兵傻了，这哪里是什么小学，就是一片废墟。废墟旁，在一片齐哭乱嗷中，慌乱的人们在抱受伤的小孩。

张小兵的儿子，是4天后被解放军掏出来的。掏出时已经遇难，是头部受伤当场遇难的。

地震时，张小兵的父母与住在他家的外甥女被喷下来的石头直接埋了。

他一家5口人，只有他一人活下来。

震源中心，从地下冒黑烟，喷石头，居然还喷冒黑水呢，不过，他的位置距震源中心8公里。

豆芽坪对岸是老街村三组，叫白家林。

当时，老街村四组村民肖春林，正在三组213国道旁边一家拉丝厂干活。

当地管213国道叫老公路，那是新中国成立后新建的公路。岷江对岸豆芽坪下面是新公路，也就是都汶高速映秀至汶川段。这一段公路是二级公路，叫317国道，今年春节后刚建成通车。

肖春林干活的拉丝厂，距岷江水面约30米。

突然，天摇地动，他站立不稳。接着，不知从哪里冲出一股黑泥浆水，劈头盖脸地向他冲来。水势很大、很猛，又臭又咸。

肖春林本来就站立不稳，被水一冲，毫无防备之力，一下就被冲下去10多米。

肖春林不会游泳，一旦被冲进岷江，后果不堪。他虽然不能把握自己，但心里还是明白的。

肖春林又急又慌，慌乱中拼命挣扎。挣扎中感到自己突然停下来，周围没水了。他使劲睁开眼一看，自己被夹在废墟中，被竖着的门窗挡住了。

没被冲进岷江。他知道自己活得成了，心里那个高兴哟。本想大喊一声："我活了!"可他没有时间喊。

山在不停地摇，地在不停地跳，山体一个劲地往下塌，山上巨大的石头，呼啸着从他身边飞往岷江，砸在江里溅起几十米高的水柱。他唯一的选择，就是赶快爬起来逃命。

天空满是灰尘，只能凭感觉往安全的地方跑。待灰尘稍微散去，他干活的拉丝厂全倒了，10多名工友中被倒下的房子砸死1人，有3人被那股黑水冲进岷江了。

在拉丝厂下游一点，岷江被两岸垮塌下来的山体堵塞，上游的水流不下去了，江里没水了。后来人们知道，上游被塌方山体截流的水面，叫堰塞湖。

拉丝厂旁边还有一家薄膜厂，全厂20多人仅跑出来4个人，其中1人还受了重伤。

一辆旅游的大客车正行驶到拉丝厂旁的老公路上，突然冒出的黑水一下把大客车整体冲下公路。

幸运的是，大客车又平稳地落在下面一块小平地上。车已熄火，车门变形打不开，车上20多名游客，砸烂车窗玻璃往外跳，跳完后清点人数，差一人。

大家分头找，找不到。

后来大家回忆，最先跳车的那人不见了。原来他跳车时，正是黑水冲得最猛的时候。他又跳错了方向，刚一跳出，人没站稳，就被黑水顺势冲进岷江里去了。

那人是幸运的，他第一个跳出危险的车。

那人又是不幸的，他成了车上唯一的失踪人员。

幸运与不幸运，不取决于谁先跳出来，时辰决定命运。

拉丝厂旁边一家工厂的工人，也被那股黑水冲下公路，摔断了手，但人活着，后来被救援的直升机接走治疗了。

哪里来的黑泥浆水？

有的说，是“轰”的一声，从岷江里面直接蹿上来的。

有的说，是从几家工厂上方的山体里喷出来的。

有的说，是天上倒下来的，众说纷纭。

拉丝厂周围，既没有水库，也没有水塘，几家工厂平时用水，都是从一公里外的山沟里牵管子引来的山泉水。

会不会是山沟里的溪水？也不可能。附近几条沟的溪水根本汇不到一块，都是各自独立流进岷江的。就是把周围几条沟的溪水汇在一起，也没有那么大的流量。再说，溪水清澈见底，很甜，而那股水，又黑、又臭、又咸。

一个难解之谜。

四、大命的老奶奶

映秀镇渔子溪村四组，全组人住在映秀往卧龙方向约 4 公里处的桃子坪山上。组里有一位叫高代娣的老奶奶。她生日是农历 8 月 14 日，地震时虚岁 94 岁。

老奶奶娘家在与映秀紧邻的银杏乡东界脑村。她生在那里，长在那里，后来结婚嫁到映秀老街村的豆芽坪，也就是老街村四组。

前几年，映秀湾电厂建设需要移民，她同全家搬迁到渔子溪四

组，即桃子坪。

老奶奶20世纪30年代结婚，丈夫1978年去世了，不去世的话，现在应该105岁了。

老奶奶有5个子女，都在家务农。1978年包产到户后，她开始到映秀镇上卖自己做的豆腐干。这期间，她天天背着二三十斤的豆腐干上街去卖。74岁那年，她不再卖豆腐干，在家带孙子或重孙。

老奶奶带孙辈时，一边带孩子，一边绣花。她大字不识，但会画画。年轻时她先画好图案再绣，后来直接凭手绣，同样绣得针脚细密，图案秀美。

老奶奶90多岁了，生活完全自理，有时家人忙不过来，她还帮助用电饭锅煮饭呢。

老奶奶家住的是木结构瓦房，3排列8间，老人独住一间。山里人的院坝不宽绰，她家的院坝仅2.5米，院坝边上，有半米多高的花坛。院坝下面约2米，是邻居肖树根家的鸡圈，大约有60平方，里面喂了10多只鸡。

地震刚开始时，只是轻轻摇了几下，就把房子上的瓦摇下来几匹。她正坐在院坝边椅子上绣鞋垫，离房子有2米多远，掉下的瓦没有打到她。

随后突然又一摇，她便什么都不知道了。待她回过神来，自己竟坐在坝下肖树根家的鸡圈里。

她一手扶着椅子，一手拉着拐杖站起来。大地还在不停地摇，她左边看看，邻居家的房子垮了。又往右边看，邻居家的房子也垮完了。她想这怎么得了哦，这几家还有70多岁的老年人哪。

后来，她的嫫嫫马超，把她背到了安全的地方。映秀人管第四代孙子叫嫫嫫。

老奶奶耳聪目明，既听得见也看得清，她被抛下2米多高的坝下毫发无损，并且是连同椅子一起被抛下，被抛下去时，她自己把拐杖都一起带下去了。

她被抛下去时，人离开座椅，但仍平稳地坐在滑下的坐垫上。

被抛下去后，她家的房子垮塌了，左右邻居的房子垮塌了，都未伤到她，山上下落的飞石，紧擦着边，也未伤着她。

大命的老奶奶。

第四章 令人心碎的北川（一）

一、北川，“被包了饺子”

北川县城坐落在曲山镇。曲山镇面积0.7平方公里，分为老城区和新城区，常住人口18000人，流动人口3000人。

早在30年前，地震部门就提醒，很多北川人就知道，自己站在一条长500公里、宽70公里的断裂带上。脚底的龙门山断裂带，已300多年没发大脾气了。

地震时，黄菊正在从绵阳回北川的大巴车上，买了新的电脑配件和衣服。车开到离县城还有十多公里的麻柳乡，开不进去了，她担心孩子，急匆匆地徒步往县城走。一路上看到受损越来越严重，越发心惊。赶到离县城约两公里的任家坪时，已经下午四五点钟了。

从县城里逃出来的人告诉她，包括曲山幼儿园在内的老县城靠山边的部分，已经全被埋了。人群都在急匆匆地往外逃。

她执意要去县城找孩子。那里，已经不是她认识的美好家园。她只能估计幼儿园的大概位置，心里想的是：活要见人，死要见尸。她翻找过很多的小孩尸体，都不是自己的孩子。晚上九点多钟，她被人硬拉上了任家坪。

同一时刻，在北川大酒店经营水磨漆的工艺店老板朱宏志，正在县城的马路上开车。他在大酒店的一楼有一家店面。他突然觉得，今天的车不对劲，方向盘不听使唤，使劲按，只觉得车子按不住。他于是下车来看。

气流把他冲起来，然后把他上下抛甩。他只听到周围一片恐怖的哭叫声。一个女人的身体被抛到他的身边，接着，另一个方向又抛来一个。

几分钟后，周围不再旋转，他回过神来发现，周围楼房全倒了。前面一个受伤的人，爬着爬着，就死了。大石头滚下来，不远处的一辆轿车，像电玩里躲避导弹的飞机一样，左支右绌，最终没躲过去，被压成一张纸。一下子看到那么多人死了，根本不敢去救，走着走着，他不敢走了。

地震发生前，文玉夫妻俩正陪几位来自厦门的朋友在县城新城区吃饭。

突然，地面剧烈晃动，桌上的碗碟弹跳着被甩到地上，菜汤流了一地。

“地震了！”大街上，传来惊呼，已有 5 个月身孕的文玉，和大伙儿一起张皇失措地冲出餐馆。刚跑到门口，街道对面 6 层的农业银行大楼，在剧烈摇晃后，轰然倒塌，冲击波把 23 岁的她掀倒在地，砖头压住了她的左腿。

“如果我再离大楼近 50 厘米，就没命了！”她眼睁睁地看着身旁的一名餐馆服务员被钢筋和圈梁压住。大家赶紧上去拼命搬，使出吃奶的力气，钢筋却纹丝不动，女服务员很快就没有了呻吟，用手一探，已没有了呼吸。

和文玉一起就餐的 9 个人中，两人被压得内脏出血，还有人骨折，所幸的是，大家都幸免于难。

在电影中都很难看见的恐怖场景，让每个幸存者惊呆了，求生的本能让文玉忍着剧痛往高处跑。县城周围的泥石流，很快吞噬了县城老城区，包括她经营的位于下十字口的兰兴招待所。

沿途的废墟中，传来小孩子撕心裂肺的哭声，现场惨不忍睹，鲜血流过遇难者的残肢，慢慢地凝固下来。

每当听到被埋乡亲的呼救声，大伙儿便停下来，全力救援。有一个老乡的双腿被砸断了，痛苦地呻吟，血流如注，大家赶紧找来一件围裙给他包扎，但根本止不住血，没过多久，他的脸色变得跟纸一样白，没有了心跳。

文玉的嫂子涂文群，正在位置较高的公园里喝茶，突然，地面摇晃，她站立不稳，倒在地上。等她站起来，发现县城周围的山体汹涌而下，她眼睁睁地看着老城区在眼皮下消失，腾起的灰尘让整个河谷陷入一片昏天黑地。

不知过了多长时间，涂文群被政府组织的救援人员发现，带到县城广场。耳边此起彼伏的岩石垮塌让大家一秒钟都不敢闭眼。

北川县委书记宋明正坐车前往成都参加一个学习班，车刚出城，突然发生了地震，一下子所有通讯都断了，他让司机立即往回赶，经过北川中学时，惨烈的景象让他惊呆了。

他马上下车，校长刘亚春和老师认得他，他把所有能够施救的人分成了三组，分别到三栋倒塌的教学楼救人。

倒塌的钢筋水泥楼板，虽然断裂了，可里面的钢筋没断，老师们用手抬，用木棍撬，都没办法移动。宋明觉得，靠现场的人挖效果很小的，必须派人出去报信，请人来援助。

恰在这时，擂鼓镇的干部李善英、李川英骑摩托车来到宋明的面前，他们心急火燎地向宋明汇报了擂鼓镇的灾情。

擂鼓镇党委书记，是代好学。

地震发生时，他正在镇办公楼上办公。他的办公室处在两栋办公楼的交接那一截。

办公楼晃动摇摆，代好学想，无非是又发生时常发生的地震了。没啥子了不起呢，哪晓得，突然晃凶了。

不好，他顺势蹲到了桌子底下，就听到外面传来“轰轰”“咔嚓”“叮咚”的高处摔东西、砸东西的声响，一阵阵瘆人的恐惧。

估摸着地震已过去，代好学钻出桌底，向门外跑。呵，他惊呆了。办公室右边的整座办公楼，彻底垮塌了。左边的楼，四分五裂，成了楼茬子，楼梯，还有什么楼梯，楼板早塌陷没了。

代好学蹦跳过窟窿连窟窿的走廊，又钻过早成大黑洞的窗户，跳到了办公楼紧挨着的老百姓的平房顶上，捡得一条命。

镇长是从三楼上面直接垮掉下去的，埋得不深，没受重伤。他自己拱出来，惊叫着，到镇场上组织人去了。

代好学与跑下楼幸免于难的一个副书记、一个副镇长碰面。

“这是一场大地震”，副书记说。

“这是擂鼓的大灾难”，副镇长说。

代好学立即组织清点镇机关人员。

镇机关人员 27 人，其中领导班子成员 7 人。3 名中层干部遇难，另外有 6 名前来镇上办事的群众也遇难。

擂鼓镇很简单，就一条街。出了早已变形歪斜的镇大门，代好学让副书记向右、副镇长向左，施救群众，组织群众向宽阔的地方转移。

代好学则向学校驻地赶去。他担心的是镇中学和小学。

到了学校，谢天谢地，学生都疏散到坝子里了。

学校靠电厂那个方向，有一个比较开阔平坦的地方，代好学与校长老师商量，让满坝的学生向那个方向转移。

代好学找到镇长、副书记、副镇长，几个人碰了一下头，汇总

了一下镇场上的灾情。

他又打手机，还是打不通。他决定派人去县上报告灾情，请求救援。

擂鼓镇距北川县城10公里，距绵阳20公里。

代好学派镇干部李善英、李川兴打“摩的”火速去北川告急，请求县上火速救援擂鼓镇。

宋明打断李善英的汇报，擂鼓的情况就说到这里，我知道了，你们骑摩托车火速去绵阳，向市委汇报北川的灾情。

报灾的，被临时抓了官差。

北川常务副县长杨泽森，地震后被压在了政府办公楼的废墟中，派去救他的人给他打伞、给他喂水、和他说话，宋明也去过，但是，却没有办法把他救出来，看着他的生命气息越来越弱，那种心理上的煎熬……

后来，他的妻子来看他，一到现场，马上晕了过去……

副县长瞿永安，一家11口人被埋在了废墟下，他确切知道家人无法救出后，就在废墟前跪下，磕头说：“父亲，对不起了！我要去救人哪。”

二、经大忠

那天下午，经大忠正在县委礼堂参加全县青年创业表彰大会。机关干部、受表彰的青年学生，有300多人参会。

会议刚开始，突然，大地强烈震动，玻璃破碎，天花板掉落，主席台后面的房顶和墙体垮了下来，坐在前排的人被震起一米多高。

“地震了！”所有人都慌乱起来，惊叫声、哭喊声此起彼伏。

会议室只有两扇一米多宽的门，如果一拥而出，后果不堪设想。经大忠一边打手势，示意人群赶快疏散，一边大吼：“大人留下，学生先走。”

200 多名学生很快撤了出来。

经大忠从垮塌的侧墙跑出来，周围房屋全部倒塌，天空弥漫着灰尘，能见度四五米。远方传来“轰轰”“咔嚓”的山体崩塌声。

经大忠立即意识到，北川发生了前所未有的大地震。他掏出手机给县委书记宋明打电话，不通。给市领导打，也不通。

经大忠想，必须先弄清全城情况。他立即安排县人大李主任在县委大院疏散群众，抢救伤员。他带领刚从废墟中拱出来的耳朵撕裂冒血的副书记蒲方方、组织部长王理效、宣传部长韩贵均去查看灾情。

一出县委大门，街上全是惊恐奔逃的人。老城十字路口山体垮塌，形成了高约 30 多米的小山，依山而建的县人武部、医院、民政局、地税局、电影院、文化馆等十几家单位大楼，被山体滑坡掩埋。

道路扭曲，废墟成堆，城市面目全非。

经大忠当即决定，在老城十字路口、新城的北川大酒店、县政府广场和夏禹大桥头再增设疏散点，让蒲方方、王理效、韩贵均，以及跟过来的村干部，负责各点的疏散撤离，救治伤员。

山体还在滑坡，房屋在余震中不停地倒塌，天昏地暗，县城依然危机四伏。疏散集中点的人们还是没有安全感，担心发生更大的地震，恐惧在蔓延，又慢慢乱了起来。有的往河滩跑，有的往山上爬。有的喊：“向唐家山方向跑！”有的喊：“向东北方向跑！”有的喊：“向任家坪方向跑！”还有人喊：“几条路都去不得！”局面眼看就要失控。

情况万分危急，到底往哪里去？这是关系全城人性命的生死抉择！唐家山方向是大峡谷，肯定在滑坡；东北边有湔江河，可能形成堰塞湖阻断撤离通道，更危险的是，如果前后都同时被阻断，那就是死路一条；东南绵阳方向任家坪肯定也在塌方和滑坡，但地势

较高，没有大的河流，容易获得外面的救援。几条路不停地在他脑子里打转，还有人在不断催促："经县长，要赶快确定转移路线，尽快撤！"经大忠果断决定，向绵阳方向的任家坪撤！他让大家相互传话："政府要求，统一撤向任家坪，青壮年要留下救人！"

在组织转移的同时，他们带着留下的人，用双手刨、用绳索吊，靠人背、抬、扶，用最原始的办法，救一个是一个。

晚上，余震不断，风夹着雨，远近不断传来哭泣声、呼救声、呻吟声，伴随着山体哗哗的垮塌声，人们感到极度的恐慌和无助。他们组织党员干部，一边安慰废墟中的群众，鼓励他们，为他们打气："政府一定会来救大家，绝不会放弃任何一个人。"一边收集食品和水，以及能遮风避雨的东西，尽可能让数千受灾群众能避避雨，充充饥，熬过这艰难的一夜。

通讯中断，道路不通，必须立即向上级报告灾情。他们不断派人到绵阳报信。考虑到不断的余震和塌方，去报信的人遇难的可能性非常大！他们先后派出五批人员，并一再要求："只要你们还有一口气，拼命也要跑到绵阳！"

三、戴莹莹

那天下午，北川中学高一一班的同学正在新教学楼 2 楼多媒体教室上美术课。

突然，山崩地裂，听到有人喊了一声"地震了，快趴下"，然后就是一片漆黑。女同学戴莹莹只记得那一瞬间失去光明的恐惧。

教室里，哭喊声一片，她听到体育委员朱付敏大声在黑暗中喊："男生要坚强，女生不要哭，要保持清醒，保持体力。"

几分钟后，同学们安静下来。有的打手机，没有信号。用手机的弱光照明，发现三楼的楼板塌下来，压在教室的桌子上。

没来得及趴下的同学被压在天花板和桌子中间。“有的死了，有的只有微弱的呻吟”。

戴莹莹邻桌女生张黎被楼板压住，已经晕死过去。戴莹莹懂得一些中医知识，她爬过去，使劲掐张黎的人中，张黎醒了过来。

但是，张黎被压住半边身子，无法呼吸，一句话也没有说出来，很快又晕死过去。

看着张黎的惨状，戴莹莹眼睛里噙满了泪水。

大约过了一个小时，朱付敏听到墙外有翻腾的声音。坍塌下来的墙壁上，有一个排气扇留下的小洞。朱付敏对外面喊。原来是班主任龙明全和上体育课的高三男生在用手扒墙。

朱付敏和戴莹莹，分别扳住排气扇处的墙缝，半支着身子，使劲拽。拽了好一会儿，他们终于把墙壁弄出一个一人宽的缝隙，同学们陆续从这个裂缝中爬了出来。

戴莹莹和朱付敏趴在坍塌的墙缝边呼唤张黎，却再也听不到她的声音。

龙明全满脸悲痛。他班上65个孩子，完整出来的仅33个。

四、曲山小学朱贵平 母思宇

“太惨了，太惨了……”北川曲山小学教师朱贵平双眼布满血丝，声音沙哑。

朱贵平是曲山小学二年级二班班主任，14时28分，她刚走上讲台，突然，脚下轰的一声，房子轻微地摇晃了一下，“不到一秒钟，我就反应过来”。

朱贵平大喝一声：“地震，快往操场跑！”

学生们“哗”地一下起身，朱贵平拎住一个跑在前面的孩子，向操场上冲，约五六十秒钟，班上80%的孩子，冲到了操场上。

朱贵平感到强烈的震波，地动山摇，根本站不稳，他本能地大喊一声："快趴下"。

朱贵平记得当时的感觉，"我趴在地上，身下仿佛有一股波涛翻腾，人好像树叶一样飘起来。""我是近视眼，眼镜不见了，只看到周围笼罩在巨大的烟雾中，我抹了一下眼睛，整个县城不见了，没有一栋完整的房子。"

朱贵平爬起来回过头，有的孩子或者老师被压在墙下，有的被埋住双腿。

朱贵平趴在地上，把埋得浅的孩子扒出来，"除了双手，我们什么工具都没有"。

曲山小学六年级二班母思宇：

那天中午，红领巾电视台正在广播，我们班的电视出了故障，我正在捡线，房子摇了起来，我开始并没有太在意。可是，房子摇得越来越凶。

只听见鲁老师喊了一声："地震！"教室里十分恐慌，大家都叫了起来。我惊呆了，死死地抱住电视柜。

同学们都往教室外面跑，我的一个好朋友在教室角里叫："母思宇，快点跑，你后面的山垮塌了！"

我急忙往外走，房子却在东摇西摆，根本走不动，我一扑就滚到了扫帚堆里。我睁开眼，觉得心里很不舒服，马上闭上眼睛，虽然只有20秒钟的时间，但是我觉得好漫长。

地震终于停下来，魏俊杰一把拉起我。我呆了，眼泪像房檐上的雨水，不住地往下滴。同学都往操场逃去。

当站在走廊上时，我再一次吃惊，从六年级一班起，房子全陷下去，六年级一班那儿压住了许多人，有些甚至连头都没有了。从我们班到六年级一班，中间有一条很大的缝，我不敢过去。

比我小的一位同学，在对面为我张开双臂，递给我肯定的眼神，我鼓起勇气跳过去。

一位同学抱住我的腿，哭着对我说：“我求求你，救救我，救救我嘛。”

当时，我心如刀绞，大家毕竟同学一场。但是在灾难面前，人的力量显得多么渺小。我逃到操场，发现董佳昕和尹琪琦不见了。

我急忙询问别班的同学，才知道他们俩被石头压住了，我的两个最要好的朋友，两个班干部，就这样没有了，大家抱头痛哭，为他们惋惜。

五、曲山镇王安平

王安平是曲山镇党委书记。地震时，他正在绵阳市委党校学习。

王安平从大楼里跑出来，惊魂未定地掏出手机和镇上联系，电话不通，和高头（县城）联系，电话仍不通。

王安平想，绵阳的楼房摇晃这么凶，北川处于龙门山断裂带上，多年来都传说，北川一带易遭地震。他不敢往下想。作为镇党委书记，应该立马赶回去。

王安平驾车赶到永安镇交界的地方，道路不通，路中间已滚下了很多桌子般大小的石头，而且石头还在不断地滚。

执勤的警察实行交通管制，不允许车辆通过，王安平只得把车搁在路旁，步行前往。

北川中学的场景让他惊呆了。

县委书记宋明正在指挥施救楼房废墟下的学生。

活着的齐哭乱嗷的学生，抬出来少胳膊断腿的伤员和已经遇难的师生。救难的家长、逃难的村民，挤满了校园的操场。

王安平欲哭无泪，他只是用眼神与宋明打了招呼，就匆忙投入到救人之中。他帮助抬过来一个扎着马尾辫的女学生，刚抬时，女

学生还有气无力地呻吟，可放到操场上没多大会，就听不到她的声音了。

间歇间，王安平找到了镇上的副书记，问他镇上的情况。

副书记说："震时，我正在县委礼堂开会，镇上的情况也不清楚，可能跑出来几个，大部分没有跑出来"。

王安平临时组织了一个机构——曲山镇抗震救灾指挥部，王安平任指挥长、副书记任成员，把与唐祖华一起参加县委礼堂会议的书记村长聚拢过来，还有村上的民兵、青壮年组织起来，进行抢险救灾。

实际上，宋明、经大忠也设立了北川县抗震救灾指挥部。

这时的指挥部，实际上就是周围簇围了一些应急能指派、能调用的人。

天早黑下来了，外面救援的人陆陆续续赶来了。

宋明把王安平叫到跟前说："你组织的那个曲山镇救灾小机构，很好，你不要离我太远。"

宋明又对王安平说："你赶快协调车辆，不管是军队的地方的，公家的私家的，把这操场上的伤员学生拉往绵阳医院救治。"

王安平立即就近找车辆的驾驶员。

"这是谁的车，快开过来，运伤员。"

"你这辆车，装那两名女学生。"

不管是货车、轿车，都顺从地听从王安平的调度指挥，开过来拉起伤员就走。

有的伤员进行了简单的包扎，有的仅用背心捂住了伤口，血淋淋的，没有司机嫌脏，这让王安平感动。

在架伤员上车处，两辆桑塔纳轿车打着火停在那里，开着灯作为临时照明。

这些伤员大都是北川一中的。

天下着雨，晚上的城里漆黑一片，无法对人员施救。午夜时分，武警、解放军，以及绵阳市区的救援人员陆续赶到。没有照明，来得仓促，他们手上没有特殊工具，也是干着急，束手无策，只有那些来救援的医务人员可显身手，对受伤的人员进行简单包扎或输液。

但也很可惜，他们带来的药品、器械很快用完，她们不得不冒着余震，顶着破塑料布到被埋的药店找一些能用的药品和器械。

雨仍然下着，时紧时慢。

天黑得伸手不见五指，北一中的救援仍在持续。

救援人员中，很多是任家坪村上的人。他们带来了氧气瓶，对于废墟下有求救的、上面又有搬不动的预制板进行切割。

天将微明时，从城里又攀爬来一些人，学校的操场上尽管运走一些伤员，但仍显得相当拥挤。

宋明派人将王安平叫到身边说："你要想办法，搭三千顶帐篷。"

如何搭三千顶帐篷？人手没问题，天明后，积极向绵阳求援、向友邻的县市求助。在哪里搭，场地是个难以解决的问题。

学校的操场上、校门口外的公路两旁，都是受伤的、没受伤的师生，无家可归的居民。

特别是操场上，那些已不完整的尸体，就在离学生两三米的地方，这让王安平心里很难受。

王安平找到校长刘亚春说："我们一起去找宋书记，把这些活着的学生转移出去，让他们这么眼睁睁地看着同学的散乱尸首，太痛心啦。"

刘亚春说："对，应该将幸存的学生转移走。"

他们找到宋明，说了转移学生的想法。

宋明说："要的。"

王安平又说："天明后，如果在这里搭帐篷，正在赶来的施救部队连停车的地方都没有，再说眼下这条路上就这么狭窄的一条通道，

救护车辆没处停，连调头都是问题。”

宋明说：“搭帐篷的事暂缓一下，你快去协调军车，把操场上活着的孩子转移走。”

在不远处，有一个后勤保障的龙主任，他战友开了二十多辆车，载了官兵，是前来救援的。

王安平向龙主任说明意图。

龙主任说：“我这里有二十多辆车，一辆车能坐三十个人，学生往哪转移啊？要多长时间？”

王安平想到，昨天来的路上，花亥那一带地震不严重，再就是如果说时间长，龙主任会有顾虑，就说：“就二十多分钟的时间”。

龙主任只是随便问问而已，他哪有什么顾虑，部队连夜开过来，北一中的现场已让他震惊，这里宛如血腥的战场，王安平一提出用车，他爽快地答应。

天蒙蒙亮了，王安平与战士们给准备上车的学生发了一些火腿肠食品。

受伤的、没受伤的学生，与大人一样，已经十七八个小时没吃没喝。

给学生发火腿肠，每人一根，个子高大的学生三两口就吃下去了，有的女生则不停地哭，火腿肠拿在手上，一动不动。

王安平对战士说：“高大的学生，可以再给一根，学生得发够，一旁的大人可以不给，大人饿一顿两顿无所谓。”

这些幸存学生，看着昨天还在一起的同学残缺不全的尸体，早懵了。

这样的场面，大人谁经历过？更不要说这些十几岁的娃娃。

学校各班级分年级分班，整队集合。天上仍下着雨。

指挥部与绵阳市指挥部紧急协调，反复磋商。10点左右，转移学生的工作开始。

年龄小的学生上车、女学生上车、负轻伤的学生上车，其余学生步行向绵阳转移。

12 日下午和晚上，北一中最初的救援很关键。在这关键的时刻，任家坪村的干部群众发挥了重要作用。

任家坪是个一千六百多人的大村，距县城和北一中最近，也就是两里地。这个村遇难近二百人。

这个村的青年人，没有外出打工，多是在县城做工。

地震发生后，村上的人及时跑到学校展开了救援。

这个村的支部书记，几个月前，因粗心大意将一笔公款和自己的钱存到了一个账户上。

纪委查账时，他没有及时归还过去，组织定性为挪用公款，给予撤职处分。

地震前，镇上任命的村代理书记又没有出来。

在这关键时刻，这么一个大村，不能没有“头”。

王安平对正与村民救援的原支部书记说：“在这天灾大难面前，党员干部要救援冲在前，现在我任命你为任家坪村代理书记，发挥支部书记作用，履行支部书记职责，公文程序以后补办。”

实际上，这位原支部书记素质高、协调组织能力强，王安平没任命代理书记前，他也在积极组织人救灾，发挥着模范党员的作用。

那代理书记很是激动。“处分期限……”

王安平又说：“甭管组织处理期限，出了问题，我负责。”

那天下午和晚上，代理书记一直在指挥村上的人，包括六七十岁的老大爷、老大娘，都在徒手施救。

北川县城以湔江河为界，分为老城和新城，分别背靠着王家岩和景家山两座大山。地震和山体坍塌，将老城区内背靠王家岩大山的几条街道全掩埋。

县委办公楼坍塌了，县拘留所成了平地，县民政局消失了，县

图书馆不见了，县人民医院整体沦为废墟，曲山小学西校区没有了，县幼儿园垮了。

在新城区，巨石将北川中学新校区淹没了，仅在操场上体育课的30多人幸免于难；5层的县公安局办公大楼扭曲得像麻花，县农业银行大楼垮了。

菜市场里、汽车站前、大马路上、居民楼中，2.2万多人的县城内，顷刻间，超过半数以上的人员被埋入废墟下。

距县城3.5公里的湔江河上游唐家山段，山体滑坡，移位的山体把湔江河拦腰截断，形成了堰塞湖。

第五章 令人心碎的北川（二）

一、陈家坝赵海清

陈家坝乡位于北川东北 18 公里，赵海清是乡党委书记。

地震时，赵海清正在一楼的办公室，上网看凤凰卫视的新闻。

突然，电脑桌摇，楼房晃，脚下站不稳。

赵海清吆喝："地震啦，地震啦……"

赵海清跑出了办公室，隔壁的乡长和办公室主任闻声跑了出来。

刚跑到楼梯口，楼房摇得更厉害。赵海清又跑出门口半步，楼房围墙倒过来，砸到了院子里停放的汽车，他本能地后退一步，被摔到保坎上，眼镜被甩丢了。

"赵书记，赶快上来。"办公室主任喊着把他拉了上去。他们往保坎靠山的那边跑，那上面较为开阔。

赵海清停住脚，向后一看，天突然变得一片漆黑，在混浊中，办公楼下陷，三楼变作二楼，一楼不见了。

赵海清惊愕地还没回过神来，办公室主任又拉着他说："不好，山滑下来了，赶快往下跑。"

乡政府紧靠的山体大面积滑坡，尘土遮天蔽日。

赵海清真的领教了什么叫飞沙走石，山动地摇，天崩地裂。

若在办公楼里不跑出来，他们肯定没命了。若在保坎处撤得不及时，他们肯定被山体掩埋。若楼房斜着歪倒，他们也肯定没命了。

这，就是死里逃生。

赵海清聚集从楼内跑出来的干部，一清点，一个干部受了重伤，他的肩膀也受伤了。

顾不得伤痛，赵海清立即带着干部先去看学校。

乡政府所在地有两所学校，一所中学、一所小学。

经查看，小学的师生都安全地撤出来了，而中学出了问题。地震前，中学拆了一栋危房，乡政府老会议室借给学校用，老会议室倒塌，埋了二十多个学生。

赵海清指挥干部、老师，紧急施救压埋的学生。

学生有的砸伤了头、有的砸断了胳膊腿，经过一个多小时的施救，有 12 名师生被扒出来，已没有了生命气息，其中就有赵海清的侄儿。

在救援的同时，赵海清与乡长简要地对干部进行了分工：一个施救组在学校进行施救，一个组立即到乡医院组织医务人员对救出的人员进行医治，另外再分出干部分赴全乡各村了解查看灾情。

这时，赵海清已经预感到这不是一般性的灾害了。

根据应急预案，他们决定成立乡抗震救灾指挥部，赵海清任指挥长，乡长和到乡上指导工作的教育局副局长张定武任副指挥长。

张定武也亏得这天上午来陈家坝乡检查，事后才知道，在北川县城老城区的教育局被垮下来的景家山整体掩埋，局长、副局长无一幸免，局机关人员幸存无几。

他命大躲过一劫。

向县上、向市里打电话联系多次了，可就是打不通。

赵海清向聚在一起的干部群众宣布两条纪律，一是后勤保障，乡上所有的食品、药品和水由乡政府统一征用，统一调度使用；二是加强治安维护，进乡镇施救，必须经过乡政府同意，对于趁灾打劫、偷抢公私财务的，派出所公安人员立即警械处置。

小会上还确定派人紧急去北川县报灾求援。

天黑下来了，似乎有下雨的迹象。

灾情陆续报上来了。

全乡 18 个村中遭遇山体滑坡的村 14 个，遇难 700 多人，轻重伤 1400 人。仅陈家坝街上，就伤亡 200 多人。对于这个 18000 人的乡来说，无疑是残酷的数字。

下午，去县城报灾求救的人回来了，可报信人带回的消息并没有让赵海清乐观。

“北川县城被景象山、王家岩包了饺子，一片废墟，一片哭声……”

依靠县上来救援已不可能。

赵海清的父母在北川县城住，妻子在县城邮局工作，儿子在曲山镇幼儿园上学，此时谁能了解他内心的焦躁不安呢。

看着惊恐无助的群众，赵海清压抑着内心的焦躁不安，对大家说：“请大家相信，我们乡党委政府还在，我们一起渡难关。”

“是党员的站出来，党员干部站出来。”

赵海清还说：“温家宝总理来四川了，我们要坚持熬过今晚上。”

干等也不是办法，赵海清和乡长商量，决定派乡党政办公室主任兼武装部副部长去江油市报灾求救。

陈家坝不隶属江油，可在这非常危难时刻，是没办法的办法。

安排完工作，赵海清一腚蹲在了地上，他的身心太累了。

屁股下咋这么湿啊，他手一摸，原来近视眼镜丢了，他竟坐在了一摊猪粪上。

二、记者郑褚　唐建光

郑褚是北川人，他的父母住在离县城45公里外的桂溪乡。

郑褚联系不上家里，他决定明天无论如何也要回北川，带上折叠自行车，路不通时就骑车。除了父母，那里还有他的很多亲戚。

北川所在的绵阳，也是唐建光的家乡，震区江油是他的出生地，包括姐姐在内的他的十余位亲戚也无法联系上。

13日早上，他们决定一起去北川，既为采访，也为寻亲。

他们乘上公司派出的越野车，从成都出发。接到李承鹏打来的电话。李承鹏是唐建光在《成都商报》的前同事，他听说要去灾区，也要求搭车一起去。

李承鹏说，今天早上从车上醒来，他就觉得不对劲，灾难就发生在身边，虽然不是社会新闻记者，但作为四川人，也不能坐在家里看电视吧？

汽车上了成绵高速，除了偶尔有几辆救援车辆北行之外，并没有看到想象中驰援的紧张。

但一到安县的道路入口，气氛骤变，试图进入安县的车辆被大批交警拦住，只允许救援车辆进入。

正当他们向警察说明情况准备进入时，李承鹏探出头叫住了一个人："老段！"

此人是成都著名酒吧"1810"的老板，开了一辆越野车，装了一车东西，准备送到北川去，那里也是他的家乡，到此却被拦住了，跟着郑褚他们才被放行。

进入安县境内，真正感觉到了强震的肃杀。沿途一半的房屋倒塌，人们搭起了各色的简易帐篷。

出了安县城，上了去北川的二级公路，就进了山区，一路都是打着应急灯或拉着警笛的车辆急驰。大家分工观察左右的山壁，雨后的山区随时可能塌方，一路上至少有四辆被砸得变形的车。

到达北川境内，已经是17时。军车和救援物资运输车堵在离北川中学两公里的公路垭口，他们只能下车步行。

5月成都的天气已经颇为炎热，而在雨中的北川却山风料峭。

郑褚和唐建光用背包装上了足够三天吃的干粮和瓶装水，告诉司机老曹，如果今晚他们没回来，可以权宜行事，他们做好了在里面待几天的准备。

半个小时后，他们穿过车流，走过任家坝收费站。熟知地情的郑褚说，此地地势高，往下翻过一个山头就可以俯瞰整个北川城。

各路救灾人马、安置站和临时医疗站都在这里，还有各种应急通信车和帐篷。

他们往北川中学奔去，那里是郑褚的母校。

走进校园，迎面是一座巨大废墟。

那是主教学楼，建成于1997年，高五层，两排楼房呈L型，每排有20个教室。两座教学楼倒了，成了一片瓦砾。

过了这座倒塌的教学楼，另一栋教学楼也严重倾斜，随时有倒地的危险。在教学楼的后面，学生宿舍楼由于地基塌陷也出现了断裂。墙体厚实，外形古朴的行政楼，也许是这所学校最结实的建筑，但它也有两条粗大的裂缝。

吊车在紧张地起吊，消防队员和军人一块块地往外搬运破碎的水泥块，成堆的课本散布其间。

郑褚他们爬上废墟边缘，一个中年男人站在那里，指着一处缝隙说：那是我女儿。

一个孩子扑倒在冰冷的断墙下面，大半个身体埋在瓦砾中，但是露在外面的手臂仍然有动作。

很长时间才能挖出一个人来，通常都已死去。

在两顶帐篷后面的一片空地，那里曾是学生们锻炼单双杠的地方，放着一排排蓝色的塑料袋，简单一数，足有50个，每一个里面躺着一个人。

老段在这里遇到一个个的熟人，他的老师或同学，一问家里情况，要么这个没了，要么那个没了。

郑褚和唐建光决定去县城，沿着水泥路往前走。

这是郑褚极为熟悉的一段路，上高中时，他夜里偷偷翻围墙出来，去城里喝酒、上网、看球赛，然后再踏着夜色返回任家坝北川中学。

走出几百米，道路断了，是被一股巨大的力量上抬了十多米，悬在了空中。从悬路上攀下走不多远，道路又被一堆巨石拦住，最大者足有一辆卡车之巨。

一队队的军人抬着担架，艰难地跋涉。所谓担架多是门板或椅子。每一个担架都有十几个人抬，不断地轮换。

翻过巨石砾，断路尽头的山下，就是北川县城。

此时，天已经渐暗了下来，仍可看得清北川城，在数山夹峙中，像躺在一个锅底，此时已像大锅中的一堆砂石。山上是泥石流留下的巨大伤疤，而山脚的城市已完全瘫倒了。尚未倒下去的，大约只有两三成。

郑褚和唐建光从陡峭的山坡溜下去，站在了县城的水泥路上。

空旷的马路和零乱的废墟中几乎没有人影，他们似乎置身于一座死城。

没有照明、绵雨以及随时发生的余震和滑坡，是救援人员必须在黑夜来临前撤出的原因，但想到这片广阔的废墟下还有无数的人在呻吟、饥饿和苦痛，他们感到异样的沉痛。

通往县城腹地的每一条路都堵死了，无水的河道便成了路，河上那座翻水桥也垮了，一台越野车、两辆三轮车躺在桥下。

这是一座多难的桥，在过去十多年的山洪暴发中被冲垮过两次。

岸上有五个人，抬着一副担架，准备下到河道，郑褚和唐建光赶过去帮忙把担架抬下河道，再抬上另一岸。

那几人一上岸便累得瘫倒在地，有人拿绿色塑料布盖住担架上的人，有人则躺在塑料布上。这时郑褚和唐建光才看清，随处扔的这些塑料布，实际是尸袋。

那群人说，他们是江苏人，两个月前来这里办水泥厂，厂在山里边。地震后，他们抬着这位受伤的女子，翻山越岭才走到这里，已经走了20多个小时了。

再往里走，在一个叫女人街的地方，一堵墙下躺着三个人，最上面是一个女人，其下是一个男人，都已死了，他们身下压着一个小孩，正瞪大眼睛，看着围着的陌生人。

女孩的腿被两个大人压住了，只露出半截身子，而两个大人则被移位的墙压住，完全无法挪动。

在地震发生那一瞬，两个大人用身体护住了孩子，却被移位的墙给压住了。

救援者来自江油的攀长钢集团，他们赤手空拳，已经救出了十几个人。花了五六个小时在这孩子身上，却束手无策。

一名救援人员讲，实在不行，只能把上面的两人身体给切割了，大家默然无应。

天已经暗了，雨一直在下，余震中，周围建筑在瑟瑟发抖。

要撤离了，他们把自己包里的饼干和水递给女孩，然后找了一床棉被给她盖上，找了一把大伞遮住她，希望她能安然度过这一夜。

走过一个街口，郑褚和唐建光突然隐隐听到孩子的哭声，感觉是身边楼上传来的。

这是一幢三层楼房，底层是商铺，二楼住人，三楼是茶坊。那位攀长钢的职工闻讯戴上安全帽就往里冲，两分钟后，他跑出来说，在二楼找了所有房间，没有发现人。

正要走时，又听到哭声，感觉是从三楼传来的，那位职工和一名军人又冲了上去，在三楼也没发现情况。

有人说，可能是墙下压着的那个小孩在哭，救援者也不能再冒险了，他们只能宁愿相信，刚才是幻听。

撤到河边，一只肥大的牧羊犬一直跟着跑，它却没有勇气从街道跳下河道。

那群江苏人抬着担架往前面走，郑褚和唐建光加入进去，走到来路时的那座山坡他们才明白，为何士兵们要十几个人抬一个伤者，要攀上陡峭的山坡需要六个人同时抬，三五分钟就得换人，所谓担架就是一块牌子，背面写着某某公安局委员会字样，三根杠子抬着，因为缚不牢，不时滑掉，这样的行进非常艰难而缓慢。

天已经黑了，一位军人说，干脆背，这样快点。江苏人赶紧说，不行，伤者腹部受了伤，肠子都露出来了，不能背。

歇息时，一个江苏男人跪在担架旁，亲吻那妇女，鼓励她要坚持，并恳求我们救人到底。

黑暗中，不时有哗哗的声音传来，那是周边的大山还在滑坡。这样一步步地攀爬挪动，最终用绳子拉上了山坡，随后又攀爬过巨石堆和断裂路段才看见远处有手电筒照过来，此时已是晚上 8 点多，走这两三公里路段花了近两个小时。

郑褚和唐建光发现，那只牧羊犬已经跟上了他们。对于一条生命，求生总是本能。

黑夜中的任家坪依然车水马龙，救援人员和灾民用倒塌的屋檩窗框之类生起了火，以抵御寒冷雨夜。部队搭起了帐篷，一些灾民在露天裹着被子入眠了。

沿着公路，郑褚和唐建光找到了车。司机告诉他们，李承鹏和老段已经离开去了安县。

郑褚和唐建光在车上吃着干粮。公路上，一辆辆的大巴上坐着军人，他们也得在车上过夜了。

晚上十点多，北川中学里，灯火通明，救援仍在继续。

中学门口，露天躺着一些灾民或伤员，医护人员忙着给他们包扎换药。

中学外，倒下的市场大棚形成了一个屋子，二三十位灾民围着两堆火开始了他们的晚餐，火里烤着土豆。

他们来自东溪乡华林村，那里到县城有 5 个小时的山路。北川本来是自然灾害频发之地，山体滑坡、泥石流每年都有发生，可是地震的威胁似乎只存在于久远的回忆里。

村民付兴琼说，1976 年松潘大地震时，她才只有 12 岁，村里人到防震棚里住了 10 天，可是很多人连地震都没有感觉到。

他们几个人的孩子都在北川中学读书：付兴琼的女儿，初二二班学生；张清惠的女儿朱晓燕，初二一班学生；梁艳碧的儿子李友泽，初三四班学生。

虽然近在咫尺，但他们都没有勇气去翻看那些挖出来的尸体。此外，李德勤的女儿、北川职业中学高一的李红梅，李中英的儿子、茅坝中学初一的吴定友，也都和家里失去了联系。

他们本来不打算下山来的，地震已经让他们无家可归。现在的农村青壮年都出去打工了，孩子们一般在山下城里上学，剩下的就是老弱病妇。走得动的，走出来了，走不动的，还留在山上。

昨天晚上，全村的人都是在山上的森林里度过的。

今天早上，一位从县城返回的人告诉他们，北川县城毁了，北川中学的教学楼塌陷，学生被压在楼下。他们最害怕的事情发生了，于是拼命似的冲下山，来到这里。

可是又能怎么办呢，孩子活不见人，死不见尸，年迈的父母还守在山村外的森林里。

按照政府的安排，作为灾民，他们应该被转移到绵阳的安置区。可是在绵阳一个熟人都没有，去那里干什么呢，说着说着，女人们哭起来。

在聊天时，一次大的余震震得避难棚的塑料屋顶哗哗作响，但人们似乎对这样的震动已经麻木了。

晚上 12 点多，手机里有了短信，虽然时断时续，北川终于和外界连成了一体。

郑褚突然想起在桂溪乡的父母，从地震到现在，一直和他们没有联系，但电话还是不通。

夜深了，篝火和电筒成了街道上唯一的光亮，雨夜的寒冷让唐建光在车上无法入眠，他清晰地数着，凌晨两三点钟震了一次，5 点多又震了一次。

三、记者丛峰　江毅

清晨 7 时许，记者丛峰、江毅徒步一个多小时，终于赶到北川县城。眼前的惨状让他们震惊：县城内的楼房，无一完整，大部分被夷为平地、一片狼藉。几处废墟冒着浓浓的黑烟，被砸扁的汽车随处可见。

令人恐惧的是，每一处堆积如山的废墟下，都可能埋着受困的群众。这个拥有 1 万多人口的小城，目前确切证实，成功逃生的仅 4000 余人。

县城里基本没有了道路，救援者只能在山坡、水沟、河床里摸索前行。迎面而来的是一批批撤离的受灾群众。他们当中，有的头破血流，被人搀扶着，有的昏倒在担架上。

杨家街农贸市场是受灾最重的部位之一，它被地震平移过来的楼房压在了断壁残垣之下，它前后的几排楼房消失得无影无踪。

42 岁的向世勇，当时刚好在另一条街道上，侥幸逃过一劫。然而，他看管店面的妻子，却永远出不来了。直到今天上午，他仍迟迟不肯离开北川。

北川县是全国唯一的羌族自治县，曾以山清水秀而闻名，现在却变得惨不忍睹。

临近县城，在被当地人称为“三道拐”的地方，记者看到，公路像被人扯住两头生生折断了，完全扭曲，变形成了“麻花”，与原来水平位置高低错位四五米。

由此至县城方向，大大小小无数的滑坡塌方覆盖了整条公路，七八米高的巨石堆阻断了行进路线。救援者和逃生者只能在巨石中爬行。

在县农发行，12 名工作人员，仅有 7 人逃出来。银行办公室主任的妻子被埋在了废墟下，他却顾不上悲伤，赶紧帮助同事抢救他 79 岁高龄的老母亲，并一直把她护送到安全区。

自清晨 6 点半，塌方路段抢修通车后，1 万多名武警官兵、预备役官兵、志愿者和来自各地的救援人员陆续进入北川县城，有组织地在各个废墟点抢救被埋人员。某武警指挥学院战士称，从清晨至中午，至少抢救出 200 多名幸存者。

中午 12 时许，断裂的公路边，突然呼啸驶来两辆摩托车，两名绵阳摩托车骑游协会的年轻人，“过五关斩六将”地闯进了灾区现场。

22 岁的杨兴，是华西集团安装公司的工人。12 日晚，就赶来救援，在清晨进入了北川。“我们带来了葡萄糖和手套，看还需要什么，我们再送过来。”

“我们家也发生了地震，房子破了，没事，比这里轻多了！”杨兴说。

上午 11 时，天开始下起了雨，并且越下越大。与此同时，大小

余震不断，新的塌方随时可能发生。现场救援人员没有一丝撤离的意思，仍紧张地继续抢救。

在救灾现场，绵阳市副市长林新告诉记者，自凌晨 1 时起，他们就组织专业施工队伍抢修道路，至 6 时 30 分，已清通至“三道拐”。但是，余下至县城约 2 公里的公路没法抢修。

林新说，要抢修这段公路就要使用炸药，公路两边地质条件差，极为陡峭且石质松散，塌方险情并未排除，一炸反而可能引发新的塌方，造成新的伤亡。从公路毁坏的情况来看，已没有抢修的可能，只有灾后重建。

道路不通，大型机械进不去，一些艰巨的救援就开展不了。

从峰、江毅在现场看到，灾区还严重缺乏各种抢救设备和医疗设施：缺少担架，只能用门板、梯子、柜门代替；缺少雨衣雨伞，病人只能用纸箱壳挡脸避雨；缺乏帐篷，未撤离的群众，只能用木板，搭起临时的避难所；许多幸存者和救援者四处找水，却找不到。

15 时，从峰、江毅一身泥泞回到绵阳，顾不上换衣服，立即发内参上报军地指挥部。

从绵阳市抗震救灾指挥部得知，在已调集 6000 余兵力及 250 人医疗队的基础上，又有 3700 人的解放军部队、650 人的武警官兵和 1000 余名其他救援人员正在赶赴北川的途中。

同时，指挥部已紧急调集医疗人员、医疗设备和药品驰援北川。

四、勾云章

36 岁的勾云章，是北川县公安局巡警大队大队长。

地震发生前，他走出公安局一侧的巡警大队值班室，来到门前的警车前，为汽车添加机油。

突然，地面猛地抖动起来，将勾云章重重地摔在地上，面前的楼房在剧烈摇晃中向他面前压了过来。

“地震了，同志们赶快撤出来。”值班民警迅速跑出楼房外，勾云章搀扶着他们，努力保持平衡，奔向县公安局前面的空坝。

顷刻间，巡警大队楼房的钢筋水泥解体了，重重地压在地面。20 多名受伤的警察，从严重倾斜的大楼内陆续跑出来。

“小心！”勾云章一个箭步冲上前去，将刚跑出楼的女协警刘小玲推倒在地，自己的身体趴在她身上，一大块高空坠落的玻璃在他的头部一侧被砸得粉碎。

望着面前纷纷倒塌的高楼，勾云章明白，北川正遭遇着前所未有的灾难。

县公安局大楼背后不足 100 米的地方，就是曲山小学，地震发生时，几百名学生都在教室里上课。

“不好，赶快去救学生！”副县长兼公安局局长谭佳敏大声召唤。勾云章与战友从惊恐的人群中站出来，穿越仍在不停坠落石块、玻璃的小巷，冲向曲山小学。

眼前的情景让他们惊呆了：学校教学楼几乎完全垮塌，操场堆满了从山上滚落下来的乱石，一些幸存的孩子抱成一团，哭声一片。

“勾拂雷、勾拂雷……”勾云章拼命地冲到教学楼废墟上，呼喊着在五年级一班的儿子的名字。

“警察叔叔，救救我”，周围到处都是被困瓦砾中的学生。

撕心的呼救声让勾云章停止了寻找儿子，他又呼叫了几声儿子的名字，依然没人回答。

勾云章再也无暇顾及生死未卜的儿子，迅速投入到营救师生的战斗。现场没有工具，勾云章与战友们只能徒手施救，鲜血很快染红了他的手掌。

被营救出的受伤学生越来越多，勾云章与战友在摇摇欲坠的教学楼残骸上组成了一排人墙，接力式地将孩子传递到相对安全的地

方，然后再将他们疏散到县公安局大楼前的坝子上……

救援一直持续到18时左右。

11岁的儿子仍然埋在废墟中，泪水、汗水和鲜血浸湿了勾云章的警服。

县公安局门前的坝子里聚集了大量群众，地上到处躺着重伤员。勾云章带着几位民警跑到附近垮塌的药店和楼房倾斜的超市，寻找出药品食物和饮用水，为重伤者进行前期包扎止血，并将食品、饮料分发给妇女、儿童和老人。

“勾哥，嫂子没有跑出来。”勾云章再次闻听妻子同事带来的噩讯。

北川绿宝石宾馆，距县公安局不到200米，一楼和二楼陷入地下，妻子刘洪巧当时正在一楼前台上班，勾云章泪如泉涌，几乎晕倒。

“赶快转移群众!”勾云章抹掉泪水，找来门板、窗框，制成30余副担架，向县城外转移受灾群众和运送伤员。

13日16时，勾云章与民警朱健在城区废墟中找到一位幸存者。这名30来岁的男子，双腿残疾，不能行走，望着灰暗天空飘落的雨点和满城倒塌的房屋，执意要在城里等死。

“你要坚持，就是拼命，我们也要把你送出城外!”勾云章背起他，一步步艰难转移。

通过勾云章、朱健一个多小时的冒死相救，残疾男子被成功地送到任家坪。

“我欠老婆和孩子的太多了。”勾云章望着掩埋妻儿的北川县城，将泪水咽下。

1995年，勾云章从警校毕业，分配到北川县公安局擂鼓派出所，当上了梦寐以求的人民警察。去年3月，他担任巡警大队大队长。妻子刘洪巧的父亲，是北川一位退休的老公安。

她一直默默地支持丈夫的工作，主动承担起教育孩子，操持家务的重任，让勾云章全身心地投入到工作上。

“公安局离学校这么近，你居然第一次参加家长会，对孩子太不负责了。”地震发生前几天，第一次参加家长会的勾云章受到班主任老师的批评。

五、大水村唐祖华

湔江穿北川县城而过，在城中蜿蜒曲折形成一座美丽的龙尾公园。

县城上游3公里处有一座村子，叫作大水村，它与北川县城同属于曲山镇。

村支部书记兼村主任唐祖华是一位28岁的年轻人。

村子与北川老县城背靠背，一山之隔。这背靠的山就是王家岩。

唐祖华的家就在唐家山海拔一千米的山上。通往茂县的北茂公路，穿大水村而过。河两边分别是大水村和楼房坪村。两边分别有一个很不雅的地名，一个叫“屙屎树”，一个叫“老B岩”。

大水村与楼房坪村之间，有一座吊桥相连，那是1992年唐祖华背沙、挣两毛钱一百斤的工钱时修建的。

12日上午，唐祖华与曲山镇镇长王瑛一起研究大水村修路的事。中午，他们在一家鲁菜馆吃饭。饭后，唐祖华把王瑛送到建设局门口，就去县委礼堂开会。

全县五四青年节表彰会一推再推，最后定在了5月12日下午。

走在路上，唐祖华只是感到天气很阴沉，并没感到异样。

唐祖华参加表彰会，幸存下来了。参加会的人能活下来，都亏了这个一推再推的表彰会呢。

这两天，他跟着宋明、经大忠，一直在县城、在北川中学搜救。

14日，唐祖华与幸存的几个村干部，决定回村子里去搜救。他们估计，在河这边还应该有幸存的。果然，有15个老百姓沿着山梁往外逃。

山上完全没有路，而且还在一片片地垮，他们迎住前来搜救的唐祖华时，抱着他就哭。

老百姓背了米、红苕、被子、衣服。他们说："我们在这里已待两天，跟外面联系不上，不晓得外面的情况。我们准备了三天的粮食，要是走不出去，我们还有吃的。"

在山上的几天里，没水吃，幸好昨天下了雨，他们把水塘里的泥水舀到桶里，沉淀后用来喝。

唐祖华抹了把眼泪说："把这些东西全部放下，只带点火腿肠，跟我走。"

这是唐祖华震后第一次回村上。实际上，只走到半道。

14号晚上，唐祖华把大命的妈妈从擂鼓镇送到绵阳，突然接到副县长瞿永安的电话："你马上来任家坪指挥部，待命紧急任务"。

天上下着大雨，唐祖华赶回任家坪指挥部的帐篷，才知道指挥部正在研究唐家山堰塞湖的险情，确定熟悉进山的人，带水利部的专家和武警部队的领导，前去勘察。

派谁当向导，宋明、经大忠一时都拿不定主意，最后瞿永安推荐唐祖华。

几年前，瞿永安曾任曲山镇党委书记，他了解唐祖华。

唐祖华回到任家坪时，已经凌晨两点多。

任务明确了，这两天唐祖华没睡过一会，他就在会议室的一角打盹。

会议又进行了两个小时，四点多钟，唐祖华被叫醒："出发。"

大雨还在一个劲地下，怎么走啊，没法走。

费尽九牛二虎之力，他们爬上了王家岩大山，余震不断，山体仍在垮。

他们一行 18 人，走到半山坡时，天蒙蒙亮了。

他们没带什么工具，唐祖华仅能凭以前的印象向前摸。山体全都变形，没有路，只有避开危险地段往上摸爬。

10 点钟时，他们摸爬到了山顶。

水利部的专家、武警部队的参谋长，勘察水位、坝体的宽度、高度。

勘察后，他们准备下山。

唐祖华一看，不得了啦：垮下来的山体把水堵起来了，这是大家，特别是水利部专家，最不愿看到的险情。

马上打电话报告险情，可电话打不通。唐祖华的电话略微有点信号。

在任家坪，移动公司的救援应急通讯车功率小、信号太弱。

水利部专家带的海事卫星电话，总对不上卫星。

想赶快通知指挥部堰塞湖的水位，可电话就是打不通，真把人急惨了。

唐祖华带领全班人马，又慢慢地下山。

在半山腰，唐祖华看到一只羊拴在树上。他用刀把缰绳割断。

那只羊没有乱跑，而是跟在下山的队伍后面。

这羊通人性吧，有人赶它，却赶不走。

当人们走到堰塞湖大坝时，有一个坎，大家站在上面，上下左右拍照作标记，以备回指挥部汇报，或为测定水位制定坐标。

那羊突然蹿到唐祖华的脚下，用嘴衔他的解放鞋鞋带。

唐祖华起初没理会，还赶那只羊。

那只羊固执地衔他的鞋带，竟给他衔掉了。

冥冥之中，唐祖华感觉不对，就对水利部的专家和武警部队参谋长说：“我们撤吧。”

撤下几分钟，他们站的那一块，“哗”地一下垮进了湖里。

想也想不到，唐祖华救了那只羊一条命，那只羊救了大伙18条命。

第六章 向重灾区突进

一、令人心急的灾情

夜很深了。总参谋部作战指挥部灯火通明，电话铃声此起彼伏。

地震发生 1 个多小时里，灾情不明，受灾地区电讯不通，可需要准确的灾情啊。在那个时间内，田义祥打出的电话、发出的电讯都是索要情况。

晚上，中央政治局常委会听取汶川地震汇报。

都江堰伤亡严重，聚源中学、新建小学、中医院楼房倒塌。

德阳市的绵竹伤亡严重，汉旺中学、东汽中学楼房倒塌。

绵阳市的北川县城，几乎夷为平地。

汶川县、茂县灾情不明，伤亡情况不明……

会议确定，启动国家减灾一级响应。

这个“一级响应”，就不单单靠四川省救灾了。

这个“一级响应”，也不是仅动用灾区附近的部队、武警及医疗资源了。

动哪些部队呢？有战备任务的部队，动不得，只有动用济南军

区这支战略预备队。济南军区驻河南的部队，距四川灾区也是较近的。

总参谋部紧急下达了济南军区、空军立即投入抗震救灾的命令。

公安部向山东、江苏、广东、上海、安徽、河北、河南等省公安厅，下达了紧急驰援灾区的命令。

济南军区接到中央军委的命令，紧急命令驻河南的集团军迅速向洛阳集中。第一梯队，乘汽车向四川开进；第二梯队，计划乘火车入川。

洛阳火车站专门增开了军列，还做出了让过路入川的旅客下车，乘载部队官兵的预案。

13 日凌晨 1 时 15 分，阿坝州首府马尔康。

阿坝州政府副秘书长、应急办主任何飚，通过海事卫星电话终于与汶川县委书记王斌取得联系。

在电话中，王斌哽咽着说，震中映秀、漩口、卧龙乡镇仍无音讯。县城急需通过空投解决帐篷、食品、药品和卫星通信设备，急需空降医务人员抢救受伤群众。

不知是由于信号还是什么原因，电话断了。

何飚将通话情况迅速报告给都江堰军地指挥部。

雨时紧时慢地下了一夜。黎明时分，雨点又大又急，几近瓢泼大雨。有人说，这是老天在为遭受灾难的人哭泣呢。

昨天晚上，温家宝总理可以说彻夜未眠，人民遇到大灾难，他怎能睡得下。天将明时，他略微休息一下。起来后，他立即询问最新灾情及部队官兵的进展。他特别问到汶川、理县、茂县的灾情是否报来，电讯是否通了。

值班人员回答道：通往汶川的道路仍未打通，部队受阻，茂县、汶川电讯不通。昨天晚上，连夜派出的侦察机报告，这几个县没有一丝灯光。他双眉紧皱：“立即开会！”

地震灾情紧急，都江堰军地指挥部心急如焚。

指挥部紧急商议决定：一是，进至都江堰的部队继续想方设法向汶川突进。

二是，令从马尔康出发的武警38师，由西线向汶川突进。

三是，令交通部门加快加速抢修道路。

四是，想方设法打通水路，紧急调用船只，紧急架桥。

雨仍在下。

这天上午9时，全国各大新闻媒体、互联网站，一改往常的播映日程，纷纷推出抗震救灾专题。

二、李亚洲

汶川，这个10万人口的川西北小县，一直揪着世人的心。

通往汶川的每一条路上，都有多支部队冒着余震、塌方和暴雨艰难前行。

古老的羌族人，早在3000多年前就生活在这片土地上，他们穿麻布长衫，外套羊皮长背心，包头巾。女子头巾和衣服上还绣着精致的花边，衣领上镶一排梅花形图案的银饰。

石块垒砌而成的寨子隐藏在连绵的群山间，自成风景。寨子的房子上，常可见到醒目的牛头或羊头图案，这是一种图腾崇拜。有的寨就建在高高的山头，孤岛般耸立。

羌寨深深，世外桃源般与世隔绝。众多羌寨还沿袭着千百年来谈恋爱对唱山歌的习俗。每到传统节日，寨内的姑娘小伙们深情对歌，还要和全村人围着篝火跳锅庄舞，大碗喝酒，大块吃肉，吹着笛子、唢呐、口弦琴，打着羊皮鼓，通宵达旦。

汶川还出过不少名人，最早是治水的大禹，如今红透网络的“天仙妹妹”也来自汶川。

也许是由于水土的滋养，这儿的女孩大多眉清目秀。

地震发生时，省军区副司令员李亚洲正在阿坝军分区组织藏区维稳。

5 月 12 日 20 时 30 分，李亚洲接到省军区命令：速率部向汶川挺进。

李亚洲与州委副书记陈贵华紧急磋商，启动应急预案，组织阿坝军分区官兵、医疗小分队，从马尔康出发，急奔汶川。

当晚 22 时，部队行进至古尔沟，道路严重损毁阻塞。李亚洲与陈贵华决定弃车徒步。

暴雨中，官兵们靠着微弱的手机光亮，编队前进。余震不断，道路右侧是悬崖，悬崖下方是咆哮的岷江。左侧是不断从山上滚落的巨石和泥石流。有的路段，李亚洲和官兵们只能从公路防护栏外面、一尺多宽的边缘通过。好几次泥石流冲下来时，距官兵们仅有几米远。

一次，官兵通过后不到两米，大量泥石淹没了他们刚刚走过的地方。飞石几次打到李亚洲的帽檐，砸到他的腿部，他摔倒了七八次，衣裤都被血染红了。

陈贵华几次劝他停下来休息，途中遇到的老百姓也多次警告前面危险，李亚洲仍然坚持往前走。

“汶川情况不明，我们必须向前。”他说，“部队急行军不能歇，否则，一坐下来就不想走了。”

13 日凌晨 3 时，官兵们突进到理县县城。

理县，国道 317 线沿杂谷脑河贯穿全境，东北与茂县、黑水接壤，西南与小金相连，东南与汶川相通，西北与马尔康、红原毗邻。

杂谷脑镇为理县县城所在地，杂谷脑系藏语“嘎相朗”的谐音，意为“吉祥之地”。这个藏、羌、回、汉等民族的杂居区，历来是川西北的交通要冲，也是沟通成都与草地进出物资的商旅集散市场。

藏族和羌族人占当地人口的大多数，其中藏族占近一半，羌族过三成，汉族近两成，倒成了“少数民族”。

理县山高谷深，河川秀丽。米亚罗红叶风景区、古尔沟自然风光等景点，分布在杂谷脑河沿岸。其中最著名的是国家级自然保护区和米亚罗红叶风景区。

米亚罗拥有较北京香山大180倍的红叶区，是著名的避暑胜地。

县内的桃坪羌寨，吸引了无数游人。

桃坪拥有世界上保存最完整的羌族建筑，被誉为“神秘的东方古堡”。

理县的水能蕴藏异常丰富，水电业为理县的龙头产业，被阿坝州列入高耗能工业经济开发园区。

在众多水电站的包围中，路边有一块小小的牌匾“阿坝杂谷唐无扰城遗址。”

无忧城是诸葛亮麾下大将姜维故垒，今残存部分城垣，被当地居民俗称为姜维。

无忧城记载了一段阴谋与战争的历史。据《旧唐书·地理志》载：“上元元年，吐蕃赞普更，欲图蜀川，累急攻维州不下，及以妇人嫁维州门者，二十年中生二子，及番兵攻城，二子内应，城遂陷。吐蕃得之，号无忧城。”

在急行军的路上，李亚洲边走边给上级汇报，边走边组织救灾。

到达理县，李亚洲立即召集军地领导了解灾情，安排部署当地民兵投入救灾。

凌晨5时多，李亚洲坐进车里休息，劳累的他端着方便面就睡着了。

仅仅休息了半个小时，李亚洲接到都江堰军地指挥部的命令：十万火急，焦点在汶川，制高点在汶川，不管是将军和士兵，谁先到汶川震中，就给谁记功……

这，这纯粹是悬赏令。

三、李丕金

汶川告急、映秀告急。

军地指挥部下达了从都江堰抽调部队挺进映秀的命令。

地震发生后，武警成都支队政委李丕金带领官兵奔赴都江堰新建小学展开救援。他带头用手扒掉瓦砾砖块，组织搬抬压着的水泥板，手指被磨破了，指甲被抠掉了。经过 5 个多小时的奋战，他们抢救出 103 名被困师生。

全力救灾时，北川老家的姐姐打来电话：家里的房屋全被震塌，3 名亲属遇难，10 名亲属失踪，自己是从废墟中爬出来，跑到绵阳打的电话。兄弟 5 家的亲人被压埋在废墟里，让李丕金赶快想办法抢救。

得知亲属遭难的消息，李丕金心里一震。看着眼前倒塌房屋下被困待救的群众，他安慰姐姐："我正在都江堰救人，你们不要着急，党和政府马上会派人抢救的。"说完，又投入抢救被困群众的战斗中。

接到紧急开赴映秀镇的命令。李丕金立即收拢部队准备出发。这时，姐姐又发来信息：在都江堰上学的外甥女下落不明，要他去学校帮助寻找。

身边战友得知李丕金亲属受难情况，劝他派几个战士到学校寻找。李丕金坚定地说："这些受困的群众，都是我们的兄弟姐妹。"说完，迅速带领 1500 余名官兵向映秀开进。

四、军长许勇

党中央、国务院、中央军委、全国人民都在关注汶川灾情。早一分钟进入受灾现场，就能挽救更多人的生命。

“抢救伤员要紧，要不惜一切代价，冒死开辟生命通道。”李世明给部队下了死命令。

大雨滂沱，悬崖陡壁，随时可能出现山崩、滑坡，在崇山峻岭中跋涉，其艰难常人难以想象。

此刻，汶川县县长廖敏一行正冒险向映秀方向，边走边爬，一路滑坡不断，余震频频。

大地震后的耿达乡，民房倾倒，山体垮塌。廖敏哭了。

廖敏就地带队抢险，在废墟里救人。此时，耿达乡死亡 8 人，路人和游客未统计在内。

同王斌、廖敏一样，侍俊仍在作着突进映秀的努力。

13 日早上 8 时，到达阿坝铝厂进入汶川地界映秀境内。部队官兵乘坐橡皮艇、冲锋舟，越过紫坪铺水库，这是唯一能进入汶川的通道，也是侍俊向军地前线指挥部建议开辟的一条路。

13 时，红军师装备部装备科科长李立衡、炮兵团副参谋长杨卫东，率领 22 人的敢死队抵达映秀镇。

他们是今天一早从都江堰徒步出发，冒着大雨、余震、泥石流和飞石，穿过一段段极度危险的死亡之路。

他们的到来犹如黑暗中的一道强光，给充满死亡恐怖、绝望无助的映秀镇带来了希望。

在废墟旁，顶着塑料雨布的人们，包括在临时避雨棚里的伤员，也努力地站起身，流着泪欢呼。“解放军来了，映秀有救了，我们有救了。”

李立衡和杨卫东向张云安和蒋青林简要了解整个映秀镇的灾情后，通过卫星电话立即向军区指挥部汇报。“十万火急，映秀镇人员伤亡惨重，急需救援。沿途有9处山体滑坡塌方，泥石流、滑坡飞石连续不断，情势危急……”

李立衡、杨卫东没有报告敢死队的伤亡情况，一是时间珍贵，没有时间报告，二是他们不能动摇指挥部驰援映秀镇的决心。

映秀派出所共有6名警察，午饭后所长高金耀主持召开了全所会议，总结了上周工作，安排了本周的计划。

14时，会议结束，各自回去休息一下，高金耀着便服回宿舍了。为何在中午开会，基层单位就这样，啰嗦事多，没班没点的，见缝插针，抓住有空的机会就开个会。

高金耀昨天出差才回来，本该好好休息一下。可14时20分左右，他又穿上警服急急忙忙地回来，他叫上派出所教导员马国林，说了声“有任务”，开着所里的北京213切诺吉普就出发了。

马国林刚想问有什么任务，高金耀不问自答地说：“到都汶收费站。”

马国林是九寨沟人，34岁，已参加工作11年。

上了车，他们又到镇政府接上镇党委书记王长红，往老街村的老虎嘴方向开，都汶路收费站设在那里。

吉普车刚开过岷江大桥几百米，突然，山摇地动，山上的石头飞下来，到处一片乌烟瘴气。

正在开车的高金耀一看不好，边停车边喊大家：“快跳车。”

马国林和王长红惊慌地跳下车，四周什么也看不见，灰尘蒙蒙，到处都在飞石头，那一带全是高山。

马国林感觉已没有思维，本能地躲到岷江上的桥墩下。车刚好停在铁索桥那里，幸运的是铁索桥没有塌。

不知过了多久，马国林的思维慢慢恢复过来。他发现自己还活着，可身上已多处受伤，头上有个洞，肋骨断了两根，人站不起来，警服被飞石砸烂，血把警服染透了又沾满了灰尘。

马国林受了重伤，走不动了。

余震不断，铁索桥那里还在飞石，境遇十分危险，他喊王长红和高金耀，既没有回声，也不见他们的踪影。

马国林想，不能在这里白白地等死，应该回所里去，所里的情况不知咋样了。他忍着剧痛往所里爬。

不知爬了多久，爬了一公里多，快爬到镇上时，有老百姓认出了他，把他背到了镇上。

映秀湾电厂的武警，给他简单地包扎了一下头部。

15 日，救援部队的医生给他处理了伤口。

两天后，马国林才知道，王长红受了重伤，可高金耀所长一直没有音讯。

实际上，这时高所长已经牺牲了。

5 月 18 日，其他伤员全部运走了，马国林才搭上直升机，被送到成都医院救治。

映秀通往下游都江堰和通往上游汶川、卧龙的公路，全部被垮塌的山体阻断。水、电、通讯，全部中断。

映秀成了名副其实的孤岛。

镇党委书记受重伤，党委副书记、纪委书记、人大常委会副主任、派出所所长等领导失踪。

镇政府 37 名在职干部职工，有 9 人遇难或失踪，另有十几人不同程度受伤。

幸存下来的领导干部只有 3 位，他们是在映秀检查工作的县委常委、副县长张云安，镇长蒋青林和副镇长兼武装部长徐红军。

徐红军地震时也被埋，他自己掏自己，掏了一个多小时，硬是掏了出来，多处受伤。

几位幸存的领导立即在废墟上集结能找到的村及单位负责人，成立了抗震救灾领导小组，在一片混乱中救灾。

中滩堡村会计张仕力有一辆优利欧轿车。地震时，整个映秀镇的楼房大部分塌了，轿车周围的房子东倒西歪，幸运的是，轿车停在楼下，未被砸中。

张仕力想到了轿车后备厢中的国旗。他从车里取出旗，找了一根竹竿，将国旗插在废墟上。

周围灰蒙蒙的一片，鲜艳的五星红旗十分夺目。

张仕力后来说，遭灾了，竖起国旗，就是为了鼓励大家、鼓励自己，相信党、相信政府一定会来救我们的，当务之急是开展自救。

15 时，侍俊与解放军某集团军军长许勇坐上冲锋舟，驶到位于百花滩的阿坝铝厂，下船爬山，向映秀急赶。

路况好时，就急行军；没有路时攀山爬坡，涉过湍急的河流，还要躲避随时落下的飞石。

短短 30 多公里的山路，他们艰难跋涉了 7 个小时。

映秀镇的景象令侍俊和许勇触目惊心，到处是断壁残垣及遍体鳞伤的乡亲。废墟中，隐隐传来撕心裂肺的呼救声，道路裂口、桥梁坍塌，远处不断塌方的山体发出阵阵巨响，岷江水面漂浮着坍塌房屋的大梁。一座曾经秀美的西南小镇变得满目疮痍。侍俊一阵又一阵地心痛。

“2500 人亡，2700 人失踪，抬出来几十具遗体”，镇长蒋青林哽咽着向侍俊报告。

侍俊通过海事卫星电话向军地指挥部汇报。

王怀臣告诉侍俊：“你所在的位置就是震中。”

映秀镇，阿坝州的咽喉，处汶川县南部，与卧龙自然保护区相邻，是前往九寨沟、卧龙、四姑娘山旅游的必经之路，在 1996 年被四川省命名为“小城镇建设试点镇”。

阿坝州抗震救灾指挥部在震中映秀成立，成为阿坝州抗震救灾的大本营。

侍俊为指挥长，军长许勇为副指挥长。侍俊宣布3条指令：不惜一切力量，抢救生命；组织干部迅速到位，乡干部到村寨，县干部到乡镇，州里的干部到震中；全力以赴打通生命线。

部署完毕，通过卫星电话，侍俊又与首府马尔康取得联系，此时是13日22时。3条指令在两个小时内，通过不同方式发向整个阿坝州。

最让侍俊头疼的是：灾害太严重，救灾如何展开？水不通，路不通，电不通，通讯不通，怎么办？伤员太多，怎样才能安全送出？

“连我都是爬进来的，伤员怎么送出去？”侍俊说。

解放军官兵和武警部队，此刻正按指挥部的命令，火速向汶川映秀挺进。

五、参谋长王毅

王毅是武警某师参谋长。地震发生前，他正在马尔康驻训。他已在这里驻训两个多月了。

地震刚过去四个小时，武警总部命令王毅部向汶川开进。

半小时后，王毅带领600名官兵，从距汶川255公里的马尔康出发，向汶川开进。

车队疾驰70多公里，来到杂谷脑隧道。隧道近1500米，地震过后，到处是裂缝和震落的碎石，余震不断，随时可能塌方。

为减轻颠簸产生的振动，王毅指挥车队拉开距离，减速慢行。掉落的石块砸在车顶上，发出的声响让人感到恐惧。王毅的心一直在揪着，紧紧地盯着手表，5分钟，10分钟，15分钟。当最后一辆车驶出隧道，王毅长长出了一口气。

车队继续前行，通过夹壁乡二道桥时，又一次余震，汽车剧烈颠簸，石块雨点般落下，一块拳头大的石头把指挥车的挡风玻璃砸了个粉碎，玻璃碴子溅了王毅一身。

王毅一看要塌方，抓起对讲机大声命令："加速前进！"

车速飞快，转弯时，外侧的车轮悬空，随时可能车翻人亡。

车队过去不到一分钟，身后传来山崩地裂的巨响，回头望去，半个山体垮塌，瞬间掩埋了道路。他们与死神擦肩而过。

部队开进古尔沟，严重的山体滑坡堵住了前进的道路，被砸烂的汽车横七竖八地翻在路边，像捏瘪了的易拉罐，遇难者的遗体更是惨不忍睹。

夜幕拉下，四周一片漆黑，沉闷的山体滑坡声不断传来。是连夜前进，还是天亮再走，艰难的抉择摆在王毅的面前。他意识到，前面将是一条险象环生的生死之路，会有无数的塌方、断桥和泥石流，但他更明白救援汶川十万火急。他们只有一个选择，以最快的速度、用最短的时间赶到汶川。

向上级报告情况后，王毅决定，组成200人的突击队徒步强行向汶川进发。

官兵们争着要上，10名女兵一听没有她们就跟王毅急了："参谋长，我们也是战士，受伤的群众更需要医护人员"。

突击队迅速完成编组，王毅对他们说："关键时刻，危难关头，要豁得出来、冲得上去。就是爬，也要爬到汶川；就是倒下，头也要朝着汶川的方向！"

什么叫军人，这就是军人。一个军人说过：只要穿上这身军装，你就不是老婆的丈夫，你就不是父母的儿子。你是祖国的儿子，人民的儿子！

夜越来越黑，又下着大雨。他们两三个人一把手电筒，摸索着行进，深一脚浅一脚地走在陡峭的斜坡上，一侧是悬崖峭壁，一侧是湍急的江水，稍不当心就会滑入江中。险情随时都在发生，突击队员王本何一不小心被乱石绊倒，差一点坠落悬崖，幸亏抓住一丛灌木才捡了一条命。

最让人担心的是不断掉落的飞石，夜间无法观察，王毅就往后传话，命令部队5人一组，拉大距离，尽量不出声，仔细听声响，判断有没有石块滚落。经过3个多小时的艰难跋涉，他们终于走出了古尔沟。

古尔沟距汶川县城90公里。

天亮后，他们来到高家庄路段。这是一个更险恶的路段，右侧的山崖上悬着很多巨石，摇摇欲坠，松土夹杂着石块时不时像瀑布一样倾泻而下。

王毅决定分批冲刺，强行通过。大家相互鼓励："一定要胜利地过去"。

王毅冲在最前面，突然听到身后的通信科长大喊："参谋长，快跑！"

王毅向前猛跨一步的瞬间，一块脸盆大的石头砸了下来，又一次死里逃生。

冲过这个险段后，王毅让部队慢下来，喘口气。这时，他想应该给老婆孩子留句话，就在手机里给女儿写了一条短信："爸爸正在去汶川的路上，走的时候没来得及告诉你们，如果爸爸回不来了，你一定要坚强，替爸爸照顾好妈妈。"

这，这纯粹就是遗嘱！

临近傍晚，走到一个羌寨，部队短暂休息。大家又累又饿，很多同志刚坐下就睡着了。得知部队要到汶川去救灾，村民们把刚煮好的一锅粥端给他们，他们不喝就拦着不让走。

村民说："来了天灾，都在往外逃，你们当兵的却不要命地往里走，就以粥代酒，给你们壮行吧！"

这碗粥，他们是含着泪喝下去的。

一位羌族老大妈说什么也要看着女战士把两个粽子吃下去，自己却转过身去，偷偷地舔粘在手上的米粒。

一名胳膊上缠着黑纱的中年妇女非要给他们带路，她说："我的丈夫和孩子都没了，我给你们带路，你们就能走快一些，多救出几个人，多保住几个家。"

望着善良淳朴的群众，王毅沉甸甸的责任感涌上心头：我们是人民的子弟兵，是人民养育了我们，人民有难，就是赴汤蹈火、粉身碎骨，也要勇往直前！

21时左右，他们行进到距汶川不足5公里的桑坪电站，天又下起了滂沱大雨，道路被泥石流和塌方彻底阻断，已经再没有路可走了。王毅急忙找群众打听，一位村民说：到县城有一条古栈道，但多年没人走了，弄不好要丢命的。王毅斩钉截铁地说："只要是路，我们就敢走！"

这条路，悬在半空中，下面是汹涌的岷江，最窄的地方不到一尺，地震使栈道上落满了厚厚的泥土，雨水一浇，又湿又滑，插在石壁中的木桩早已腐烂，人只能紧贴石壁一步一步往前挪。

王毅走在最前面，就在快到头的时候，脚踩的一根木桩，"咔嚓"一声断了，上面铺的石板一下掉进江中，他死死抓住一条树根，使尽全身力气，才够到下一根木桩。短短不到两公里的栈道，他们竟走了两个多小时，终于闯过最后一道险关。

23时15分，他们终于到达汶川县城。

王毅用海事卫星电话向指挥部报告。汶川的灾情随着电波传到了都江堰、传到了北京武警总部。

都江堰军地指挥部的王怀臣接到"部队到达汶川"的电话，激动万分，他生怕不准，大声说道："你再讲一遍！"

"限你在3小时内，开辟空投场、空降场！"通过海事卫星电话，军地指挥部向王毅发来指令。

狂风大雨击打在王毅的脸上，使他原本严肃的表情更加凝重。

“虽然行军一昼夜，已经极度疲惫，但看着灾区群众期盼的眼神，他们感到肩上的担子更加沉重。”受领任务的营教导员宋斌，带领50名官兵迅速投入战斗。

空投场址选在雁门镇广场。由于受滑坡的影响，地面上极为不平，滚满了大大小小的石头。

“共产党员跟我上！”指导员杜明璋站到队伍的前面，用手一挥，40多名党员组成“攻坚突击队”，在大雨中展开。

突击队队伍越来越壮大，团员、青年也纷纷加入。

足球场大的空投场被整理好。另一路官兵又在威州镇开设了空降场，设置了空降标志。

王毅带领的200人的先遣队中，还有“不让须眉”的女兵。

13日17时30分，济南军区抗震救灾先遣指挥部，在都江堰成立。随同指挥部乘机到达的5支医疗救护队迅即赶往责任区展开救援。

军地指挥部灾情报告，自洛阳经宝鸡南下四川的109隧道塌方，正在行驶的21043列车在隧道中起火燃烧。

雪上加霜的灾情。

中央军委紧急决定，命令空军紧急空运在洛阳集中的拟乘火车入川救灾官兵。

第七章　震中映秀

一、小河边组吴泽云

映秀有两条河，一条是从汶川流下来的岷江，叫大河；一条是从卧龙流下来的皮条河，当地人叫二河。两条河的交汇处叫两河口。岷江的水量大，皮条河的水量小。

中滩堡三组全部在二河边上，所以也叫小河边组，紧邻映秀小学。离两河口不到1公里，河对岸是漩口中学。

小河边组组长吴泽云与3位村民正悠闲地走在二河的河堤上。

突然，一种巨力把他们猛然推倒。摔倒后他们还莫名其妙，不知是咋回事，大地在不停地跳。他们几乎用同一种方法，把两手伸直，使出全身力气死死地抠住河堤，实际上是想抱住河堤趴着。

河堤抖得太凶，他们几人虽然年轻力壮，但根本抠不住。4个人一下被抖起来，甩下5米多高的河坝里。

刚一抛下河，吴泽云发现50多米宽的河床像被人提起甩到对岸一样。河里的水不往下游两河口流，而是从对岸涌向自己这一边。

大地在剧烈地抖动，河水顷刻间又涌了过来。吴泽云想：完了，没被摔死也要被淹死了。

万万没有想到的是，涌过来的河水刚把他们淹住。河床又像被人提起这一边，顷刻间，河水又涌回对岸了。

几十米宽的二河，就像有人故意在逗着玩，提起河这边，又提起河那边，河水涌过来涌过去，像打秋千似的。让人感到那河不是河，而是老天爷的玩具。

吴泽云四人可没觉得好玩儿，他们感到的只有恐惧，恐惧得连呼吸都要停止了。

4个人趁河水涌回去的空隙，拼命地向河岸上爬。4人只是不同程度地受点小伤。

吴泽云4人吓得脸青面红，半天说不出话来。大自然的力量太强大了，连河都拿来摇来摇去的玩，就像大人摇小孩的摇篮。

吴泽云的家就在河边，他立即冲回家去。妻子没事，叫他快去看看在漩口中学读书的两个孩子。

吴泽去说："不着急，我去看看组里的乡亲们。"

吴泽云与本组的村民一道，挨家挨户找乡亲。遇到房子塌了压着的，就动手掏，先后掏出6名乡亲。他们掏人的队伍越来越大，被掏出来的人也一起去掏。

看看全组的乡亲能掏的都掏出来了，小河边的男人又一起跑向映秀小学。

小河边离映秀小学最近，学校围墙外面住的全是小河边村的人。地震后，只要是男人都去小学救人了。

在救人的过程中，吴泽云看到二河没有水流下来，知道上游肯定堵了。堵的地方一旦垮塌，就会有大水冲下来，小河边村离正常水面只有5米，那样全组都会被淹。

吴泽云越想越怕，就赶快折回去，组织乡亲们往相对安全的二台山转移，那里是映秀湾电厂的篮球场。

随后，天要下雨，吴泽云又组织乡亲用彩条布搭棚来避雨。

晚上7点多，天黑下来，雨“哗哗”地下紧了，已经看不见救人了，基本停止救人。

这时，吴泽云突然发现自己的脚肿得穿不进鞋了，比平时粗了一倍。不看还没事，一看疼痛就袭来了，疼得他一屁股坐在地上，再也站不起来，额头上直冒汗。

吴泽云坐在小河边的废墟上，和他在那里的有两名动不得的伤员和一名腿脚能动的人，他们都是小河边的村民。

吴泽云的脚疼得睡不着。凌晨4点多，他听到二河有流水的声音，赶紧叫能动的村民去看看，那人回来说，水不大，比正常的水位稍高点，离河边还有5米。

后来流水的声音大了，吴泽云又叫那人去看，那人回来后十分紧张地说：“糟了，水大了，快淹到公路了，赶快走。”

他们将受伤最重的人安顿在废墟的最高处，手脚好的扶着那些伤得较轻的伤员向二台山走，吴泽云则向二台山上爬。

天下着雨，周围漆黑一片，吴泽云按照熟悉的方向感判断方位，一寸一寸地向二台山上爬。

天太黑了，什么也看不见，他手脚多处被划破，雨水浸进伤口钻心地痛。

吴泽云爬一会儿歇一会儿，歇一会儿又继续爬。天上是雨水，地下泥泞，周围是废墟，余震不断，大地随时在抖动，未倒的楼房不停地往下掉砖块。

危险时时存在，肚子饿得咕咕叫，身上穿着湿衣服冻得牙齿直打架。没得办法，必须爬上二台山，否则二河上游的大水冲下来，只有死路一条。

天亮了，吴泽云终于爬上二台山。

从小河边村废墟到二台山直线距离500米，他一个精壮男子居然爬了 4 个小时。

假如他的脚伤轻一点，哪怕拄着根棍子单脚跳，也用不了这么长时间。

好在二河上游的水，很快小了，小河边村没被淹，否则吴泽云是爬不到二台山的。

二、医院大夫董成云

映秀镇卫生院内科医生董成云，34 岁。他的老家在岷江对岸的老街村四组，那里叫西瓜脑。

牛圈沟冒烟喷石那一刻，卫生院的楼房没有全塌，医护人员基本逃出来了。由于街上塌楼太多，灰尘太大，人们看不清周围的事物。余震不断，人人都在竭尽全力保持身体平衡，以免摔倒。

董成云听到四楼退休的杨医生家有人从里面敲门，知道他肯定没出来。周围恰好有个建筑工地，他冲到工地上拖了一根钢管又冲上四楼，使劲撬开防盗门，救出了杨医生。

他们下来后，又看到住院部 3 楼一个叫杨少林的住院病人与他妻子一起趴在窗台上喊救命，董成云一边喊他们快跑，一边又往楼上冲。

冲进病房一看，有一位 70 多岁的老奶奶，她是陪老伴住院的。老伴已经跑下楼，她还在收拾一双胶鞋、一封芝麻饼和农村合作医疗证。

董成云大喊："大娘，快跑！"

老奶奶手上不急，却心急地说："不把合作医疗证带走，老头子住院咋个报账呢？"她一边说一边背对着董成云，继续收拾那些破东西。

真是舍命不舍东西。

董成云没待她说完，双手抓起她的双肩，一把提着就往下跑。

董成云提着跑，老奶奶不停地喊：“你慢点，莫把我摔倒了。”

那时，哪管得快慢，先提下来再说。

刚跑下来，就听有人喊：“董医生，快点救命啊。”

董成云一看，是一个叫李进的男人背着他老婆在喊。他老婆在医院对面一幢楼下卖卤菜。

地震时那幢楼塌了，一块水泥预制板飞下来，把他老婆的左脚从踝关节处整齐地砸断。

李进刚在卫生院住过院，所以认识董成云。

卫生院已经塌了，既无药品又无器械，怎么救？董成云看到他老婆身上恰好有围裙，就解下围裙扎住大腿止血。简单处理后，让李进赶快背老婆到旁边新住院楼那块空地上去。老住院楼以及周围还在不停地随着余震垮塌。

这是映秀镇卫生院收治的第一名伤员，距地震发生仅4分钟。

这时，药房的张宜兰光着脚哭着跑过来喊：“惨了哇，小学已经垮完了，连方向都找不到哇。”

她的儿子在小学读三年级，董成云的女儿在小学读二年级。董成云搀扶着她走过废墟，告诉正在救人的崔院长：“您看着，我去小学看看。”

话未说完，董成云就冲出医院了。

刚一出大门，就听人喊：“董医生，您老家西瓜脑垮完了。”

喊董成云的，是他小学的同学，他的孩子也在映秀小学读书，与董成云的女儿是同班。

董成云顾不得那么多了，他知道当时那个样子，肯定一时半会回不了西瓜脑。

从卫生院到小学约有600米，街两旁的楼房还在不断地垮塌，不时有砖头、水泥板飞下来。

跑到小学入口的公路时，他们两个找不到方向了。

周围的楼房全部塌完了，到处是废墟，根本就没路。地震刚过，余震还在，灰尘弥漫，连小学的旗杆都看不到。

平时小学离公路约有 100 米，他们就估摸着方向往里冲。冲了约 50 米，看到一名家长背着一名女生往外走，就问："小学是不是这个方向？"

对方回答："跑进去就对了。"其实哪里是跑，根本就没有下脚的地方，完全是在废墟上跳。

学校的教学楼、住宿楼全塌了，只有教学楼和住宿楼之间还有一间大约十几平方的四层楼，突兀地直立着。但也随着余震摇摇欲坠，反而成了救人的指示坐标。

废墟上，家长们哭声一片，喊孩子的声音此起彼伏。

废墟下，一片哭喊声："爸爸，妈妈，快来救我，叔叔，阿姨快来救我……"

董成云的女儿董诗杰，8 岁，在二年级二班。董成云冲着教室的大概方向拼命地喊女儿的小名："贝贝、贝……"喊破嗓子，都没有回应。

这时，存活的教师、急赶来的家长和小河边村的群众，约有 100 多人，没有号召，没人分工，5 人一组、6 人一群全力救人。不管死的活的，不管是谁的孩子，能掏出来全部掏出来再说。

上 8 点多，天完全黑下来，没有电，废墟上漆黑一片，什么也看不见。校长谭国强既怕救人的大人出危险，更怕被救的学生因晚上看不见而遭受第二次伤害，只得劝大家暂停，明天天亮后再救。

三、副校长张春东

副校长张春东回宿舍楼二楼找安全资料，准备向县防汛指挥部

写报告。因为学校就建在二河边上，河堤矮汛期来临，需加高，以保障防汛安全。

他进得家门，弯腰把皮鞋换成胶鞋。下午老师们有一场篮球赛，他是主力队员，需要上场。

正换鞋间，张春东听到大地“轰”的一声闷响，紧接着，楼在上下跳，但跳得不厉害，仅两三秒钟。

以前的地震他经历过，跳两下就会停，他没有太在意。

万万没有想到，第一波的两三秒摇过后，接着来了第二波，来势凶猛，不仅摇得厉害，而且像筛粮食一样，让人团团转。

张春东马上意识到，这不是小打小闹，是大地震来了。

爱人李文灿是本校老师，也在上课。他本能地逃生，他没有向卫生间跑，也没破门而出。他从寝室直接往正门外的阳台跑。他要跳楼逃生。反正住二楼，跳下去也无所谓。

可惜他没有机会跳楼。这时，上面楼层的阳台“哗哗”地向下垮，根本跳不出去。

楼房越摇越凶，张春东只好放弃跳楼。他紧紧扶住厨房与阳台相连的门柱，嘴上不停地念道：“快停停，快停停，莫摇了，让我出去。”

接着，一阵“哗啦啦”的响声，突然有一种失重的感觉，就像坐疯狂过山车往下坠，他整个身体随着楼板一起往下掉，还来不及做任何反应，人就随着楼板停下了。

张春东活动了一下身体，发现自己没有受伤，心想：这下可能活成了。

张春东趴在地上，一股浓烈刺鼻的烟雾呛得他喘不过气来，他立刻把身上的T恤扯起来捂住鼻子，边捂鼻子边往外爬，他知道外面是操场，是最初选择的逃生方向。

张春东爬出后，人还趴着，大地还在摇，人站不起来，到处都是浓烟，只听到一片被呛后剧烈的咳嗽声和惨烈的哭喊声。

与此同时，他听到爱人李文灿哭着对毛芳琴老师说：“俺家春东完了。”

张春东接口说：“我没有完，我爬出来了。”

他们谁也没有看清对方在何地方。

随着浓烟散去，整个校园映在眼前。天哪，还是什么校园，楼房全部垮塌，四层的教学楼和五层的综合楼全部变成了一堆废墟。

倒塌的废墟边缘和表层到处都是向外挣扎、攀爬的小手和凄厉的哭声和呼救声。场景之惨烈，令张春东目瞪口呆。

董成云去了二台山灾民安置点，这里已挤满了人。

从下午开始，老天爷又雪上加霜地下起了雨，而且越下越大。人们找来一些彩布条，搭起了简易的避雨棚。

地震后几分钟，卫生院崔彬院长将全部医护人员分成四组，分头救护伤员，其中映秀小学是重点，始终有一个小组在这里。

卫生院门诊药房有一些药品没有被埋，崔彬组织医护人员和旁边的建筑工人冒着生命危险反复冲进摇摇欲坠的危楼，抢救出一些药品。给一些重伤员输上了液。由于缺少止痛药，很多伤员在痛苦地呻吟，有的痛得惨叫。

余震不断，房子还在不停地倒，山还在不停塌。手机不通，无法与外界联系。饥寒交迫，凄惨雨夜。

22 时许，董成云正在给伤员治伤，同院的女同事高勇花跑过来喊：“小董，你们家董诗杰出来了，你快去看看。”

董成云才猛然想起，自己的女儿还不知在哪里呢。

处治完手上的伤员，董成云满篮球场找女儿，高勇花也帮着找。她先找到，就喊：“诗杰在这里！”

董成云挤过人群，借着一人的手电亮光，他看清楚了女儿。

他一把抱着女儿问："幺儿，伤着没有?"

女儿回答："爸爸，我被埋了一个多小时，里面什么也看不见，我喊你们也不答应，以为再也见不到你们了，我就哭了，哭得好惨啰。"

董成云紧紧地抱着女儿，什么话也说不出来，任由泪水和雨水在脸上流。

这是真正的生死重逢。

董诗杰继续对爸爸说："听救我的叔叔说，我们张老师死了。"

张老师就是张米亚。

那一刻，张米亚紧紧护住了 5 名学生，其中存活 4 人，董诗杰是存活的其中一人。

董诗杰在废墟中，左大腿被课桌和凳子砸肿了，几名护士建议给她输液。董成云蹲下看了一下女儿的伤情说"重伤员这么多，需要输液，外面救援不知何时才能来，液体药品太紧张"，阻止了护士的行动。

近水楼台不得月嘛。

漆黑的雨夜，山风冷嗖，避雨棚内伤员的呻吟让人听得毛骨悚然。下半夜，有些呻吟惨叫的伤员不出声了，输着的液体不滴了。董成云去检查，他（她）们已经去世了。

第二天早上，人们找来木板把他（她）们抬走，高勇花出于职业的习惯数着人数，二台山这个安置点前后抬走了 8 个。

四、体育教师叶尚敏

叶尚敏是映秀小学体育教师。

那一刻，她正在操场给三年级一班上投掷课。

叶尚敏先听到一声巨响，接着看到张家坪方向的山体像波浪一样经渔子溪村一路涌过来，又向汶川方向涌去。

山体波浪往前涌，学校楼房向后退，越退越远。她感到很奇怪，很惊讶，也很恐惧。

叶尚敏转向学校的教学楼，教学楼比宿舍楼摇得厉害，楼的摇晃就像狂风吹大树一样。玻璃产生爆裂声，而不是破裂声。碎玻璃“稀里哗啦”地往下掉。

与此同时，教室里的学生从教室向走廊蜂拥而出，惊叫声此起彼伏，恐惧到了极点。

大地的轰鸣声、学生的惊叫声、玻璃的爆裂声、楼房的垮塌声交织在一起，非常嘈杂，反而让人听不到任何声音。

叶尚敏知道自己站立的位置靠近操场的旗杆，离周围的楼房比较远。她大声喊：“全过来，向我靠拢。”

叶尚敏，身高近1米7，很健壮，平时一两个学生奈何她不得，但处于极度恐慌中的学生，听到她的呼喊，立即冲向她，几十名学生像一堵人墙压过来，把她撞了个四脚朝天。

倒下的叶尚敏立即爬起来，把学生往地上按，一边按一边喊：“趴下，快趴下。”

学生们趴下的同时，叶尚敏感到重心下坠，有失重感，地在下沉。她大脑里闪出一个概念——“地裂了，完了”。

也就是二十多秒的时间，周围的楼房垮塌了，浓浓气浪灰烟，逆袭而来。

随着灰尘慢慢散去，周围逐渐看清，她的周围黑压压地趴了一大片学生。

叶尚敏听到教英语的毛芳琴老师在哭喊：“莫哭，莫哭，有老师在这里。”

毛芳琴当时正在给一年级二班上英语课。她带着学生从一楼的教室里全部跑出来。一班也在李文灿的带领下从一楼的另一幢教室全部跑出，一年级成了映秀小学唯一存活的一个年级。

五、罗春华　马崇林

渔子溪村3组的罗春华，32岁，丈夫马道银大她5岁。她的大女儿马崇林9岁多，儿子马雨晨7岁半。

马崇林在映秀小学二年级二班，与林浩一个班。林浩当班长，她当学习委员。马雨晨在映秀小学读学前班。

这对姐弟俩非常优秀。

马崇林在班上学习最好，常常比林浩的成绩还好。小女孩爱好广泛，舞蹈、音乐、美术、英语都好，老师同学都喜欢她。

马崇林的班主任就是张米亚，辅导员是龚冬梅。

张米亚曾对罗春华说过，你家崇林各方面都优秀，与林浩不相上下，但林浩是男孩，比女孩具有管理优势，林浩当班长，让你家崇林当学习委员。

有几次，马崇林放学回家晚了，罗春华找到学校，问张米亚老师是不是女儿学习成绩不好，被留下补课了。

张米亚说，不是，是留下崇林帮助辅导其他同学呢。

马崇林常常被老师留下，一边自己做作业，一边辅导其他同学，后来女儿晚回罗春华就不再过问。

马崇林放学后，父母从来没有去接过。她不仅不要父母去接，还对罗春华说："妈妈，您太辛苦了，爸爸又不在家，以后放学了，我天天把弟弟带回来。"

回家的路上，姐姐拉着弟弟过马路。姐姐先看看有没有车，没有车时就拉着弟弟一起跑过马路。

回到家，姐弟俩都主动帮父母做家务。马崇林还会到地里帮妈妈割猪草，晚上帮妈妈打洗脚水。

马崇林平时从不要钱买零食，但会要钱买书，家里买了不少课外读物。由于经常看书，她的知识面很宽。

姐姐爱看书，弟弟也不差，有好几次，姐弟俩语文成绩都是百分，数学成绩都是99分。

罗春华问："是不是约好了的，咋个考一样的分？"

姐弟俩嘻嘻地笑，罗春华心里甜甜的。

龚冬梅很喜欢马崇林，经常表扬她。她得了不少奖品，大都是笔和日记本什么的。

丈夫在阿坝州的黑水县打工，罗春华一人在家。

当时，罗春华从房子里跑出来，被瓦砸了手，受了伤，几分钟后，她听人说小学全垮了。罗春华一脚未站稳，一下就晕倒了。

有人把她扶起来，问她怎么了，她说："没事，头晕了一下。"

起来后她一直盯着学校，渔子溪比学校高出三四百米，可以俯瞰学校全貌。

罗春华的小叔子，地震时在家，他第一时间就冲下山，到学校找两个侄儿。冲下去时，瘦溪河还没有断流，他是趟着齐腰深的河水到小学的。

到了小学，他惊呆了，侄儿上课的教学楼垮成了废墟，幸存的老师、赶来的家长正在慌乱中救孩子。废墟上，哭声、喊声一片。他一直寻找两个侄儿，一直找不到。他与其他人救出很多学生，可始终不见两个侄儿的踪影。

罗春华也天天下去找，天天伤心而归。

第八章 刻不容缓

一、荆树杰

刚刚接通了一位采访过我的记者的电话，她刚从绵竹退下来，这个娇小的丫头电话里和我讲她眼见的情况，只用四个字形容："世界末日"。

她说，几乎无法工作，眼泪没有停过，太惨了，一片一片的废墟，到处是哭喊的声音。救援队发了疯一样地救人，往往救不了，跟着去的摄影只拍了一张照片，就扔下相机去帮忙，因为那情景，让你不可能站着看着。

她和我说，在学校现场看到了永远不会忘记的一幕：学校的主教学楼坍塌了大半，当时在上课，100 多个孩子被压在了下面，全是小学生。

一队消防官兵在废墟中已经抢出了十几个孩子和三十多具尸体，看着那些戴着红领巾再也无法睁开眼睛的孩子，她突然觉得自己说话的勇气都没有了。

就在抢救最关键的时候，突然教学楼的废墟因为余震和机吊操作发生了移动，随时可能发生再次坍塌，再进入废墟救援几乎等于送死。

指挥员下了死命令，让钻入废墟的人马上撤出来，等到坍塌稳定后再进入。然而此时，几个刚从废墟出来的战士大叫又发现了孩子。

几个战士听见就不管了，转头又要往里钻。这时坍塌就要发生，一块巨大的混凝土块眼看就往下陷，往里钻的战士马上被其他的战士死死拖往，两帮人在上面拉扯，最后废墟上的战士被人拖到了安全地带。

刚从废墟中带出一个孩子的荆树杰跪了下来大哭，对拖着他的人说："让我再去救一个，求求你们，让我再去救一个，我还能再救一个!"

看到这个情形，所有人都哭了，然而所有人都无计可施，眼睁睁地看着废墟第二次坍塌。

后来，那几个小孩子还是给挖出来了，但是，却只有一个还活着。

看着年轻的战士抱着幸存的小女孩在雨中大叫着跑向救援帐篷，她已经泣不成声。

二、王念法

13 日凌晨 1 时 10 分，国家救援队到达都江堰。

王念法第一组赶赴中医院，看到的是一个巨大的废墟。废墟外的平地上，躺满了横七竖八的尸体。

在他们到来前的几个小时里，先期赶到的成都武警、消防、解放军官兵已进行了救援。他们立刻分组，一组带着搜救犬进行搜索，一组进行人工搜索。

这时，天空下着大雨，队员们没有带雨具，也顾不得了。

王念法在废墟上，不停地大喊："有人吗？有人在吗？"搜索到住院部时，终于听到废墟下有人回应。

"有人，快点救我！"是个女孩子的声音。

王念法仔细观察，女孩被楼顶的楼板和砖块埋压。

王念法又问："你身旁还有人吗？"

她说："还有一个。"

王念法安慰说："你们别怕，坚持一下，我们是国家救援队的，专门来救你们。从现在开始，你不要说话，要节省体力。"

时间一分一秒地过去。王念法与队友破拆了部分预制板，距被困者越来越近了。

突然，安全员大喊："有余震！"他们只得飞速撤离。

余震过后，他们又进入废墟。王念法用手电，向被困者的位置照过去。"手电光你能看到吗？"

"能看到！"女孩虚弱的声音。

王念法距女孩只有一臂长的距离，但用手却够不到她，好着急啊。

王念法又喊来一名队友帮忙，经过努力，终于挖掉了女孩身旁的瓦砾。

这时，对讲机里传来尹光辉领队的呼叫："王念法，收到请回答！""又发现一个受灾重要区域，待救人员多，你速带一个小组来这里！"

尹光辉新发现的重灾区域，是新建小学。

王念法一边令人施救女孩，一边分离出一个小组，前去新建小学。

13日6时55分，新建小学大门口。

废墟中，一名身着白大褂的女护士高举着一瓶液体，不停地对被埋了一半身体的女孩说："不要害怕，姐姐救你来了。"

一旁的一名解放军战士正在用撬杠撬预制板。

王念法急快地跑过来，被预制板压着的小女孩脸上满是雨水和泥沙。一块预制板压着她的右手，1/3 的身体被另一块预制板压着。

女孩哭着说："我要妈妈，我要妈妈……"

王念法含着泪大声说："妈妈在外边等着你呢，你是最坚强的孩子。"

王念法做好了支撑，又喊过来两个队友帮忙。

"听我口令，我喊到三，你们用最大的力往下压撬杠。"

"一、二、三……"

7 时 20 分，小女孩被救出。

王念法发现女孩的右手已经被压扁了，他的心好痛好痛。

天空阴沉，飘着小雨。

凌晨，解放军某部的 2000 余名官兵一进入北川县城就开始了紧张的救援。

记者赶到时，看到入城公路已是一片废墟。这条盘山公路被当地人称"三道拐"，地震造成的断裂使原本平整的水泥路面，产生许多沉降缝，有 4 米的高度差。一处山体严重垮塌，公路路面完全被大小岩石阻断。

前来救援的车队受阻，无法前行，工程车、军用卡车、救护车、大客车等车辆排成长龙。

3 公里的路，只能在乱石中步行。

脱险的群众正在解放军官兵的帮助下向外疏散撤离。

"没有路，肩膀就是通道！"一位年轻战士背着一位受伤的老人，一边往前走，一边对记者说。

雨越下越大，战士的迷彩服上全是泥水，已经看不出颜色。几

个战士抬着一名受伤的女孩，一路上不停地鼓励着：“千万不要睡着了！”

北川老县城80%、新县城60%以上的建筑坍塌，地震引发的山体滑坡让县城成为一片废墟。

没有受伤的群众很多也主动留下来，参加搜救。没有专业的救援工具，就用铁锹。有人干脆从废墟中拣起钢筋，加入营救。没有担架，就用门板抬起伤员，越过几公里坍塌的公路，转移到邻近的城镇进行救治。

回绵阳的途中，记者看到沿途都设立了临时救援点。一路上，装载着医疗药品、帐篷等生活必需品的车辆源源不断驶向北川。

山体滑坡，道路被阻，大型机械进不来，仅靠双手救废墟下被埋的人员，难啊。

13 日 7 时 21 分，都江堰新建小学。

王念法听到同事王爽在喊：“念法、念法，快快过来。”

王念法跑过去一看，原来有一个女孩被困在一根横梁下。这根下落的横梁砸在课桌上，课桌又砸在她的腿上。她受了伤，不停地哭。

王念法对女孩说：“听叔叔的，不哭好吗？你是个勇敢的孩子。”

可能是伤痛，女孩还是一个劲地哭。

王念法让王爽和女孩说话，以稳定她的情绪。

王念法急快地找来止血带，把女孩被压的腿部系起来，然后利用液压剪剪断了课桌的支架。

8 时 16 分，王念法轻轻地把女孩的脚从剪断的课桌下抽出，女孩被成功救出。

把抱着的女孩放到担架上，王念法两腿发抖，瘫坐在废墟上。他感到高度紧张，有些虚脱了，浑身都是雨水、汗水和泥沙。

王念法多愿在地上，哪怕满是泥水的废墟上，歇一下。可严酷的场景不允许他停下来，歇一歇。

“念法、念法，快快过来!”工程师司洪波又大声召唤王念法。

王念法跑过去一看：一名男孩被困在废墟下，塌落下来的横梁砸在课桌上，课桌上的木面和钢架一分为二，男孩被压在下面。

要救出男孩，很困难，只能用扩张器。王念法爬进废墟，把扩张器打开。

小男孩身后又传来一个女孩的声音：“叔叔，也救救我。”

“里边还有人!”王念法仔细察看，男孩的右侧是个已经遇难的女孩，再往里，有个小女孩还活着。

王念法让司洪波和两个孩子不停地聊天，鼓励他们。他找准时机，一打手势，队友迅速启动液压泵，打开输油阀，压在小男孩身上的课桌被夹扁了。

8 时 49 分，小男孩被成功救出。

该救里面的小女孩了。要想救出女孩，就必须把挡在小女孩外边的尸体转移走。时间太珍贵了，王念法用最快的速度把压在尸体周围的课桌钢架全部剪断，用裹尸袋把遗体移出废墟。

9 时 38 分，王念法与队友救出了尸体旁边的女孩。

9 时 50 分，李雨晴被成功救出。

10 时 03 分，赵基松被成功救出。

12 时 07 分，王念法和李尚庆又救出了被埋压很深的女孩沈桂芬。

夜幕降临，王念法所在的这一组又救出了多名幸存者。经过搜救犬仔细确认，这里已经没有生命迹象。

这时，王志秋处长跑过来说，接军地指挥部命令，德阳市绵竹汉旺镇受灾非常严重，要求国家救援队迅速前往救援。

17 时 05 分，他们和在聚源中学施救的队友会合。

天依然下着雨，王念法的心情和天气一样阴晦。

虽然一天救出24人，是他们救援历史上最多的一天。但是，还有很多的同胞被压埋在废墟里，迫切等待去营救。

王念法与队友不敢耽误一分钟。

23时53分，他们紧急赶到了绵竹市汉旺镇。到达汉旺镇后，立即分成两队，一队搜救东汽中学，一队搜救东方汽轮机厂总部大楼。

三、北川

曲山镇大水村二社的桂和清一家人正在吃午饭。他伸出筷子去夹菜。突然，菜碗晃了起来，接着，满桌子的碗筷像被施了魔法，上下跳动。木房发出“咔咔嚓嚓”的巨响，房上的瓦片噼噼啪啪地往下掉。

回过神来的一桌人，跳起来向门外跑。刚跑到院子里，整个唐家山向山底的湔江河滑下去。

在200多米的下滑过程中，无数的土方、岩石向他们掩盖过来，他们不停地左右躲避、上下跳起，又不断地从掩到膝盖的土石中，拔出双脚到地面上。

不到一分钟的时间，他们就滑到了对岸楼房坪村的石家坡半山腰，紧接着，石家坡山又垮塌下来。被推得荡来荡去的，摔得天旋地转的桂和清等人，有的大半个身子埋在泥石下，有的倒挂在岩石上，有的被深深地埋进了泥石下。

他们慢慢爬拢瘫倒在一起。回望住了几辈子的唐家山，整个山都没有了，垮塌下来的泥石把湔江河拦腰阻断，形成了一道100多米高、400多米宽、800多米长的大坝，平日里波涛汹涌的湔江，被圈养在了大坝内。山上100多户村民和他们的房屋没有了一点生命的迹象，四处一片死寂。

桂和清他们6人虽然都身受重伤，但却保住了生命。他们村当天在家的80多位村民，永远地被埋在了唐家山堰塞湖下，成为大坝的一部分。

四、西瓜脑贺小林

董成云的老家西瓜脑，也叫老街村四组。

地震时，39岁的村民贺小林正在坡上给自家的玉米施肥。玉米地在离家100多米的山坡上。

突如其来的地动山摇把贺小林摔在地上。他看到山在垮，地在摇，到处飞沙走石，乌烟瘴气。

他首先想到的是，自己家100多年的木房子肯定经不住这般折腾，更让他放心不下的是，父母都在家呢。

贺小林爬起来，向山上跑去，刚迈出一步就被摇得摔倒了，像一根石条，直杠杠地摔在地上。

他爬起来继续跑。突然，脚下裂开一米多宽、3米多深的大裂缝。他毫无防备，像坐电梯一样坠进了缝里。

他毕竟年轻，也不知从哪儿来的劲，脚一蹬，一下就从裂缝中蹿上来。

刚蹿上来，裂缝就合拢了，他吓得背上直冒冷汗。

那只是瞬间的感觉，容不得多想，他继续向山上冲，刚冲不几步，又掉进一条大裂缝里，又脚尖一扭，蹦了上来。

短短的100米山坡，贺小林4次掉进大裂缝里，又惊奇地瞬间蹦跳上来。

当然，也有被裂缝埋住的，有人一只脚掉进裂缝里，赶紧拔出来，但动作稍慢了点儿，裂缝合拢了，脚被合拢的裂缝夹断了。

北川唐家山大水村的一村民说，他的儿媳妇找不到了，只找到她的背篓，背篓在一条大裂缝上。那条裂缝，事隔好几天，还有 40 多厘米宽，但不知有多深。

唯一的解释是儿媳妇在裂缝里，之前有人看到她在背篓旁边干活。

贺小林跌跌撞撞冲到家里，已浑身无力了，太累了，太吓人了。他看到自家的房子塌了，父母被埋在房子里，赶紧把父母掏出来，父亲的腰和母亲的脚都受了伤。他把父母亲放到较为安全的地方，马上去找邻居。

四组本来人就不多，周围共有 8 户人家，其中 1 户无人在家。

贺小林找出 10 位邻居，其中 4 人受伤。

有位邻居当时正在睡觉，房子垮塌把他埋了，他自己爬出来，身上一丝不挂。贺小林急忙从废墟中找来衣服给他穿上。

一位受伤的女邻居只有 25 岁，身边还带着 3 岁的儿子。女邻居是被倒下的石墙砸了，造成骨盆骨折。把她放在地上，她躺都躺不得，痛得嗷嗷叫。贺小林又去把邻居家的床掏出来给他睡。

天下雨了。贺小林与邻居们搭起棚子避雨。他们把重伤的女邻居放在床中间，其余 9 人围坐在床周围。

他们清点人数。全组 7 家 16 人，其中 6 人遇难。受重伤女邻居的父母和奶奶被垮塌山体埋了，那山是整座塌下来的，根本没法掏。

另有 3 家，各有一个小孩在映秀小学上学，后来证实，全部遇难了。

当晚，他们把邻居肖春林家的腊肉掏出来煮了，10 个人哪吃得下。

余震不断，飞石频频，大雨下个不停。平时朝夕相处的邻居，一下就遇难 6 人，旁边重伤的女邻居又不断地惨叫。

西瓜脑本来就是山脊上一块不大的小平地。上面的山已经整体塌下来，不知道蹲着的地方还会不会整体塌下去。肚子尽管咕咕叫，谁也吃不下东西。

第二天早上，雨还在下。继续在山上待下去太危险，他们决定让走得动的往山下走。

10 人中有 3 人 60 多岁。他们哪是走下去的，简直就是坐着滑下去的。一则没路，二则有余震和飞石，三则下得大雨把山体都泡软了。一脚下去，陷过膝盖，脚都拔不出来。

受重伤女邻居的儿子，被他表哥董成林背下山去了。如果不背下去，小孩子不懂事，在她妈妈身上乱动，一动就疼得女邻居不停地惨叫。

女邻居伤势重，没法下山，她不止一次地对乡亲们说："你们下山去吧，别管我了，让我死在这里算啦。"

贺小林没走，他留下了。

贺小林知道，女邻居的丈夫在贵州打工，已两年未回。组里的壮老力基本都没在家，他再走了，女邻居只有死路一条。他留下来冒着大雨，照顾了女邻居一天。这一天他们什么也没吃。

第三天早上，雨停了。天刚蒙蒙亮，贺小林决定，无论如何要把女邻居送下山去。否则，她在山上得不到治疗，后果难测。

贺小林找来布带，像大人背小孩一样把女邻居捆在背上，捆的女邻居痛得直叫唤。

她对贺小林说："让我死了算了，莫捆我了。"

贺小林没有搭话，照样捆。

捆好后，贺小林背着女邻居往山下走。

贺小林身材瘦小。女邻居的身高和体重跟他完全一样，背着她，一个人变成了两个人的重量，一脚踩下去，下了雨的山泥，一下陷到大腿根，贺小林使出吃奶的劲，才能把腿拔出来。

贺小林一陷下去，女邻居就会被山泥顶到折断了的骨盆处，疼得死命地惨叫。那贴着耳朵根的惨叫，让贺小林心里发毛。

贺小林吸取教训，转过身来，自己面对着山体，一步一步地倒着往下挪。

余震不断，飞石隆隆，贺小林既要倒着看清下一脚往哪里踩，以免坠下悬崖，又要抬头望山，提防滚落的飞石。

有好几次，他们躲避飞石摔倒，女邻居痛得死去活来。

一次，飞石袭来，贺小林正好抓住一棵茶树，他大吼一声，使劲地往旁边一倒，飞石擦身而过。否则，他们被砸到百米深的悬崖下了。

经过6个多小时的艰难爬行，他们终于走完了平时只需十来分钟就可以走下来的山坡。

下到山底时，贺小林的母亲看到他背着女邻居爬下来了，两人像泥猴似的，从头到脚全是泥。母亲心痛地哭了。

放下女邻居，恰好女邻居的哥哥来找她了。将女邻居交给其哥哥，他终于松了一口气。

贺小林到溪边洗脚，两只脚和大腿到处划得稀烂，不停地冒血。

第二天，贺小林与其哥哥将女邻居送上了前来救援的直升机。

两个多月后，接受记者采访时女邻居说，她当时知道父母和奶奶都遇难了，老公多年在外打工，自己带着儿子本来就辛苦，加上又受了重伤，天下着大雨，实在心灰意冷，心里直想放弃生命。没想到贺大哥菩萨心肠，费了那么大劲，把她救了。这辈子找不到什么报答贺大哥，只有等下辈子报答了。

记者问贺小林，“她既不是你的亲戚，也不是你老婆，又没苦求你救她，你怎么吃了那么多苦，救她呢？”

贺小林回答：“咋能不救呢，那是一条活生生的命啊。”

山里人，就那么善良。

第九章 救灾、救人

一、汉旺东汽中学王念法

14日0时15分，东汽中学的废墟前，部队官兵正在这里救援。有个脑袋露出来的孩子，正在被抢救。他的名字叫江涛。

王念法仔细察看，江涛的身上压有大砖块，还有废墟上的大横梁。救援需要时间，他立刻让医疗人员给他打上点滴。

王念法找来一床旧被子，盖在江涛身上，帮助他保暖，又用木板盖在他头上，防止瓦砾落在他的脸上。

王念法和队友利用塌落的木料把大横梁支撑，以防余震造成塌落。

王念法拿出手动破拆工具，把大砖块一块一块地往下凿，队友朱斌在旁携助。空间很小，只能单人操作。他们轮流上阵。

6时40分，江涛被救出。

7时，王念法和朱斌在搜索时发现楼房后面有求救声，朱斌冒着生命危险窜进废墟仅存的窗户，进入到废墟里察看。

过了一会儿，朱斌出来说里面有个小女孩，还活着，名叫小琴。

王念法进去察看，看着那张废墟下痛苦的小脸，真让人心疼。

王念法与队员迅速制定了营救方案。王念法令朱斌把窗户上的钢筋剪断，以方便进出，又对墙体及横梁进行了支撑，然后对小琴周围进行破拆。

在队员们营救小琴时，王念法到废墟的另一边进行搜索，又发现了幸存者魏玲，她被压埋得的很深。

在施救的过程中，突然大地摇晃，废墟上的楼板强烈摇摆。

是大余震，有人喊："快撤!"

楼上有些物件开始往下掉，王念法与队员急忙往外跑。王念法跑出来了，杨阳也跑出来，但是崴了脚。

卢源泉所处的营救位置比较深，他冲出来时被碎石砖绊住，跌到废墟中。

王念法立即上前，把卢源泉搀起来。糟糕，伤得不轻，好像骨折了。

把他们送上救护车，杨阳奋力挣脱拒绝："我没事，我要救人哪!"

杨阳流着泪。王念法知道，他不是因为自己受伤，而是因为不能继续救人。

杨阳就是汶川人，地震在他的家乡发生，他的亲人还联系不上，不知道生死和下落，他不容易啊。从抵达地震现场到现在，他一分钟也没睡过，一直在拼命救人。他多想为家乡出力，多多地救出父老乡亲啊。他受伤了，他的心一定很痛。

经过艰难的抢救，魏玲被救出来了。

这个 17 岁的女孩，在住院的两年时间里做手术 17 次，她直面现实的乐观，接受记者采访时不时的微笑让人感动。

二、谭斌

14 日，一架直升机飞抵汶川。

此前两天，陆航团已连续 6 次尝试飞进汶川，但因为天气原因，均告失败。地震把汶川和外界阻隔成了两个世界。世人陷入一片焦灼。

上午 8 时，天气好转了一些。作训部门立刻安排了 3 架飞机，再飞汶川。机长由团长亲自担任，食品药品、帐篷等早就装上了飞机。

9 时许，魏建红爬上飞机，心里仍打着鼓。

峡谷里漂浮着团状的浓雾，能见度很低。目之所及，民房垮塌、山体滑坡。

机舱内沉默着。机长和副机长绷紧了弦，一人看近处，一人观远方，握着驾驶杆，小心穿行。

一小时后，一座河水环绕的小城出现了，“那是汶川！”螺旋桨发出“哒哒”声，把下面的土地惊醒了。

稀疏搭建的帐篷下，人们陆续跑出来。男女老少们仰望着天，又吼又跳，不断有红绸布挥舞起来。

没有合适的着陆点，直升机盘旋了好几圈。舷窗下，人们点点散开，又随着直升机不断汇集，追着跑。飞机最终选择了一座山头的空地，泊下。魏建红拉开舱门，“咚”的一声，跳了下去。

脚下的土地已经被地震隔绝了 40 多个小时。

一群男女老少从四面八方跑了过来，向着直升机齐刷刷跪下。有的缠着绷带，全身灰扑扑的。老人们在哭泣，含混不清地说：“吉祥鸟来了，我们有救了。”

刚刚遇到从汶川走出来的人，他叫谭斌，56 岁，是汶川水磨镇一家工厂的管理人员。

他和 4 名同伴从地震发生到现在，走了 24 个小时，攀爬了 50 公里，才走出来。

前天下午，工人们正在工厂上班，站在院子中间的谭斌，突然感到地面晃动。“站都站不稳，我赶紧蹲下来”。地面先是左右晃动，然后就像波浪一样“翻滚”。

车间里的工人纷纷向外跑，剧烈的晃动使他们一个个摔倒在地，工人们牵拉着从厂房爬到院子里，而这时，屋顶开始坍塌，雨点般落下的砖瓦砸中了好几个工人。

谭斌的大脑一片空白，过了好久才反应过来：啊，发生大地震了。

瞬间，一个美丽的山中小镇消失了，房屋全部夷为平地，大量居民被埋在瓦砾之下，幸存下来的畜禽四处乱窜……

几分钟前，还生机盎然的小镇瞬间变得满目疮痍，惨不忍睹，电力中断，供水中断，通讯中断。

17 时左右，谭斌与幸存下来的四名同事决定：逃离这个“死亡之地”。

从水磨镇到都江堰市区，40 多公里，平时开车用不到一个小时。此刻却寸步难行，强烈的地震使得沿途桥梁几乎全部被毁，数百米的隧道出现塌方，更为严重的是，余震不断，道路两旁的高山上不时隆隆滚下巨石。

谭斌和四个同伴手挽着手，艰难跋涉，尽管小心翼翼地防着山体滑坡，他的膝盖还是被滚下的石块砸伤了。

雨一直在下，汗水混着雨水，早把衣服打湿。天色渐暗，最难挨的黑夜来临。漫山遍野，不时传来石块滚落的声音，一眼望去，看不到一丝光亮。

“最恐怖的是，与外界失去联系！”谭斌已记不清摔了多少次跤，被石块砸中多少次，这种刻骨铭心的孤独感、无助感，让他惊悸不已。

第二天下午，到达距都江堰市区大约20公里的地方时，沉寂了20多个小时的手机终于收到了一条短信：是都江堰市的天气预报。

接着，谭斌看到一队队、一列列解放军救援官兵冒着急袭的暴雨艰难地向汶川方向挺进，两架直升机亦飞临上空，他们感到真的有救了。

三、董雪峰　张米亚　严蓉

董雪峰是映秀小学教师。灾难降临时，他正在学校综合楼2楼向谭国强校长汇报工作。

突然，大地剧烈抖动、楼房猛烈摇晃、玻璃相继破裂，他们站立不稳，飞速冲出办公室，接着，董雪峰就糊里糊涂地被重重摔飞在地，想要爬起来，根本做不到。

谭国强跌跌撞撞朝正上体育课的同学们大喊，“不要怕，趴下！”大地出现了一道道裂缝，充满了巨大的轰鸣声，眼前什么也看不清。

董雪峰爬起来时，教学楼、综合楼、宿舍楼全部变成了一片废墟。他们冲向坍塌的教学楼，眼泪夺眶而出。

48岁的谭国强像孩子一样瘫坐在地上，拍着大腿，撕心裂肺地哭喊：“我的孩子们，我的孩子们！”

废墟里，到处是孩子凄厉的哭叫声，有的孩子探出头用近乎绝望又有希望的眼神看着他们。有的孩子伸出小手，使劲地摇晃。他们很快救出了几名孩子。

强烈的余震，一次次袭来，但谁也没有离开，他们心中只有一个信念，就是快救孩子。他们喊哑了嗓子，疯狂地寻找着孩子，一

遍一遍安慰孩子，“孩子们，不要怕，节省体力，老师正在想办法救你们!”

家长们也陆续赶来，小河村边的村民赶来，他们扑向废墟，绝望哭喊着自己孩子的名字。有的家长带来麻绳、钢绳等工具。老师找来一个千斤顶成功救出几名学生。对那些不能立即施救的孩子，则一一开辟通风口，增加孩子的生存可能性。

突然，董雪峰看见一个孩子被抬出来了，一身黑色的运动服，那么熟悉，那不是自己11岁的儿子董煦豪吗？此时，他最大的希望是儿子还活着，他心跳加快、双腿发软，奔过去摇着儿子：“煦豪、煦豪!”

儿子一动不动，静静地躺在那儿，灰尘铺满了他幼小的身体。

董雪峰抱着儿子，万念俱灰，对他说：“儿子，爸爸对不起你”，然后把他轻轻放在草地上，他多想再抱抱他、陪陪他。但是，此刻他不能。他一抹眼泪，再一次冲向废墟。

学校周围的山不断崩塌，大块的巨石接连倒下。22时左右，校园里一片漆黑。他们在操场上燃起了一堆火，有了火，废墟中的孩子就知道老师还陪着，他们就有希望。雨水冲刷了废墟，那些无法被救出，在恐惧、绝望和寒冷中等待的孩子们，让他们备受煎熬。老师们穿着单薄的衣服，冻得瑟瑟发抖，大家抱在一起，度过了余震不断、山崩不断、暴雨不断的恐怖夜晚。

13日，大雨还不停地下，道路完全摧毁，通讯完全中断，救援一时无法到达，必须进行自救。一夜没睡，8个教师分了一包方便面后，冒着大雨再次开始救援。

这时，民警来警告说，上游形成多处堰塞湖，映秀小学随时可能被淹没。

部分家长撤离了，但是老师一个也没有离开，与坚持下来的家长一起，硬是靠人工从教学楼顶部打开了一条很小的生命通道，又成功救出 30 多名被困的孩子。

有的孩子伤势非常严重，由于没有药，只能简单包扎。

第一个救出的女生是董雪峰班上的王思雨，她漂亮，是学校舞蹈队跳舞最好的。发现她时，她左腿就没有了。她却说：“别难过，我只是少了一条腿，还有那么多同学埋在废墟里。”

四年级班主任苏老师，在废墟里发现了班上的张春雷。苏老师冒着大雨，一边挖掘，一边同他说话。但他埋得太深，无法被救出。

张春雷对苏老师说，“我出来，你还要给我上课，我头发乱了，不好看了，你帮我理一下。”

张春雷还说，“老师你累了，你去吃饭吧。”

几天后，张春雷终于获救，但永远失去了双腿。

14 日下午，专业救援队到来，学校搜救的重点全部放在教学楼。教师宿舍和办公楼，却顾不上救。短短两天，48 岁的谭国强白了头。

傍晚，上海特勤救援小组说，映秀小学废墟下已经没有生命体征。谭国强爬上教师宿舍楼查看，发现妻子午休时睡觉的沙发还有一角露在外面。

沉默了一下，谭国强说“太迟了”，转身回到教学楼废墟，一直站到救援部队清场。

几天后，谭国强妻子和岳母遗体才被找到。

张米亚是映秀小学二年级二班的班主任，抗震小英雄林浩是这个班的班长，龚冬梅是这个班的辅导员。

地震时，张米亚正在班上上数学课。

脚下的楼面颤动，张米亚最早反应过来。他大声告诉同学们躲到课桌下。

几秒钟内，教学楼塌了，他们被埋在了烟尘滚滚的废墟中。

第三天上午，人们把张米亚掏出来时，所有在场的人都惊呆了。

张米亚张开双臂，双臂下各搂着一名学生，同时各捂着另一名学生。

张米亚的后脑勺被塌下来的预制板砸得血肉模糊，右臂下有一名学生也遇难了，其他四名学生还活着。

幸存学生董诗杰在医院的病床上，对前来看望她的老师毛芳琴、龚冬梅说："被埋时，我的手向后摸，摸到了一双大手，那应该是张老师的大手。"

人们向外掏张米亚，想掰开他的手，抱出他护住的学生，却怎么也掰不开。

一救援人员哭着说："没得办法，只有踞掉这个大人的手。"

一旁帮助、关注救援的学生家长，马上坚决反对。

"张老师为了我们的孩子，把命都搭上了，一定要给张老师留个全尸。"

救援官兵、老师、家长共同努力，想方设法保住了张米亚的双臂，救出了他护住的学生。

抬出张米亚的遗体，人们万分悲痛。更让人悲痛欲绝的是，张米亚的爱人、数学老师邓霞也在学校遇难了。

还有更让人悲痛的噩耗，张米亚 3 岁半的儿子张欣岩也在幼儿园遇难。

人们仰天长叹，齐声责问苍天："老天爷，你太残酷无情，为何把这个美好的家庭给毁了!"

这的确是一个幸福美好的家庭。

张米亚，1 米 7 的个子，长得帅气，很活泼，篮球打得好，歌唱得好，课也上得好，全校师生都喜欢他。

两个星期前，映秀镇举行"与党同心，与社会主义同向——迎奥运，庆五一"大型活动。镇机关方队入场时，一位形象气质极佳的女士举着方队的标牌在前面引导，她身着修长的紫红连衣裙，脑后的马尾辫上下颤动，简直是漂亮的仙女，引得场内外的人们惊呼，她就是张米亚的爱人邓霞。真可惜，这个幸福的家庭，被无情地毁了。

有位哲人说过，喜剧是把美丽的东西放大了给人看；悲剧却是把美丽的东西撕碎了给人看。

美丽的人，人生不美丽。

女老师严蓉的家在阿坝州交警支队映秀直属大队宿舍。丈夫都鹏祥是直属交警大队的警察，刚调九寨沟机场工作。

直属交警大队宿舍，就在学校旁边映秀往卧龙的路口处。

丈夫远去九寨沟工作，父母就与严蓉住在一起，也照顾她一岁半的女儿。

地震发生时，严蓉正在六年级二班上美术课。她对惊呆了的学生大喊："地震，大家快下楼。"随即指挥班上的30多名学生，往教室门口方向撤离。

在剧烈的摇晃中，严蓉用单薄的身体死死地抵住门，不让门关上，以便让学生从门口向外跑。同时，用手把学生往外推，只要她碰得到的学生，她都拼命地往外推。

那是在给逃生的同学助力。

当看到教学楼不断地往下塌时，她又叫来不及逃出的同学从窗户往外跳。

教学楼轰然倒塌，她瞬间被埋在废墟之中。

第三天上，救援人员掏出她的遗体时，她仍紧紧地护着两名学生，其中一名存活。

那一刻，交警直属大队宿舍楼，轰然倒塌，她的父母和女儿雯欣被埋入废墟下。

雯欣后来被救出，严蓉的父亲遇难，母亲杨云芬下半身被大梁和废墟死死地压住，上半身能动，半露在废墟外。

语文老师雨秋，刚满25岁，她本来可以请假休息，因为带毕业班，一直坚持上课，她和未出世的孩子一起遇难。

董雪峰的妻子、四年级的班主任，正在办公室批改作业，也被无情的地震夺去了生命。

四、漩口中学杨松尚

连线阿坝州应急办主任何飚。

主持人：现在能连线到你，非常高兴，你和汶川县有没有取得联系？

何飙：刚刚取得联系。这次地震，最严重的是震中映秀镇。今天20时，常务副省长带领一个小分队，大概一百多人，千辛万苦赶到映秀镇。赶到之后，通过卫星电话告诉了我们那里的情况。

从都江堰到映秀镇，所有的公路彻底崩溃、摧毁，公路没有了。

主持人：赶到映秀镇，是完全徒步走过去吗？

何飙：徒步。

主持人：通过卫星电话，有没有向您通报整个映秀镇包括您说到另外一个镇的灾情。

何飙：映秀镇，常住人口6000人，加上流动人口，大概9000人。这个镇是阿坝州工业重镇，现在幸存大概2300人，其中还有1000多重病人，专业救援队还未赶到，医疗药品非常欠缺，映秀小学彻底垮了，孩子们有呼救声，他们到了之后，立即投入营救。

主持人：何主任，您刚才说除了营救之外，还有一个镇已经倒了。

何飙：工业重镇就是阿坝州的工业经济区，刚才，几个科技人员在都江堰给我打来电话，说这个两万人的大镇，周围的基础设施，道路桥梁、电讯彻底崩溃了。现在急需药品、食品、水，急需空投。

主持人：整个汶川县，一共有多少个这样的镇，通过这两个镇，能不能对其他的镇有一个预计？

何飙：县委书记王斌跟我通电话说，汶川县城的情况稍微好一点，房屋的倒塌不是那么严重，群众已经转移到避灾的地方。老百姓的房子都是石头砌的，70%到80%都倒塌了。

现在最危险的是，汶川上游的几个水库其中的图龙水库已经出现险情。它一崩溃，就会对下面的电站形成冲击。这是非常危险的事情。

主持人：现在与汶川几个镇的联络，卫星电话是唯一的渠道？

何飙：对。汶川县城有一个卫星电话。

主持人：卫星电话需要电力支持，当地的电力情况是不是很紧缺？

不知是啥原因，连线中断了。

漩口中学，以前的确在漩口镇，后来修建紫坪铺水库时，搬迁到映秀，与映秀中学合并，仍保留漩口中学的校名。原因是漩口中学是阿坝州重点中学，阿坝州考取清华大学的第一位学生，就是20世纪80年代从漩口中学考走的。漩口中学是周边乡镇乃至全县学生争相报考的重点中学。

12日14时28分，地震突袭，漩口中学高二三班教室墙上的时钟，永远定格在这一刻。

山崩地裂，烟尘冲天。教学楼在声声巨响中坍塌。学生被废墟掩埋，哭声、喊声、叫声，一声高过一声。幸运的是，在墙角处的杨松尚安然无事。

烟尘过后，杨松尚睁开惊恐的双眼，教室的墙大部分已经倒塌，

地面呈四十五度角倾斜，到处是书本、桌椅、砖块、泥渣，上面还悬着一根梁柱。

17 岁的杨松尚，他害怕，但很冷静；他惊恐，但更理智。

“得救人!”杨松尚告诉自己。他小心翼翼地爬起来，四周的求救声越来越清晰，他不顾一切，冲向埋人最多的地方，开始救同学。没有可利用的工具，他就用双手，在废墟里刨。

马川、王渊博等人被埋在砖柱下，不停地求救，杨松尚发狂似的用手刨开碎砖，搬开压在他们身上的砖柱和桌椅。一下，两下……用力，再用力……终于，第一个同学被救出来。

被救出的同学，又加入到救援的队伍，奋力抢救被深埋的同学。

杨松尚的手磨破了，他似乎不知道疼，依旧用力地刨着，边刨边喊：“先救女生和伤重的同学！三班不会有事的，三班要雄起!”他的话语激励着其他同学。

高二三班在他的感召下，凝聚成一股空前的力量。救人，尽快救人。争分夺秒，与死神赛跑。终于，那堆被压着的同学都得救了。

正当杨松尚准备离开时，墙角处又传来微弱的呻吟。他马上冲过去，却只见一堆砖块，不见人。人在哪里？他顺着呻吟声找去，拼命地在废墟里挖。

手磨破了，血肉模糊，杨松尚全然不顾。他呼喊着同学的名字，激励她，给她生的希望。

经过一个多小时的掏挖，他看见了这名女同学的头。同学还活着，他更来劲了。

被埋女同学，压在两根砖柱下，脚被桌椅卡住，不住地流血。杨松尚看过周围的情况后，决定从旁边挖过去，掏空下面救出同学，因为实在无法挪动那两根砖柱。

救援过程异常艰难，手钻心地痛，但他坚持着。终于，从下面挖出一个洞，救出了女同学。

他搀扶着女同学，到达安全地带。杨松尚哭了，哭得很伤心。

14 日中午 12 时 30 分，直升机载着映秀镇 30 名伤员抵达凤凰山机场，又被救护车迅速运送到华西医院。

华西医院已经腾出 450 张床位，接受转来的伤员。

在抢救室里，记者见到了从映秀镇转来的于卉。当时，她正在户外，“最多两秒钟，我就被埋了。”

“我以为自己死了，我掐了掐脸，还有感觉，我睁开眼，发现前面有很多石碴，我挣扎着往前爬，一边爬，一边刨开周围的东西，大约 10 分钟后，我爬出来了。”

“过了一会，我觉得有人在拉我。啊，我有救了，不过，我已经没力气睁眼了。”

漩口中学 17 岁学生姜东梅说，地震时，她脑海里一片空白，眼前一黑，就被埋进土里，她凭借顽强的求生意识，慢慢爬出了土堆。

“我爬出来后，看见不远处，有几个同学还被埋着，但我确实没有力气再去帮他们了，我倒在了地上。”我是被同学背出来的。

姜东梅说，“这两天我们都在山上躲着，健康的人就回到镇上，从废墟里救同学。”

“昨天中午，我们听到天上‘嗡、嗡、嗡’的声音，终于看见直升机了……”

急诊室外，守候着不少焦急的市民，看到从灾区送来的伤者，都会立刻扑过去询问，“你们是哪里来的？是不是汶川出来的，那边情况怎么样了？”

这些市民的家人都在汶川，从地震那天起，他们就与家人失去了联系。

“你们知不知道映秀电厂的情况？我爸爸李世田 12 日还在那儿上班！”在成都工作的李薇和妈妈一起在医院急诊室，问了很多来自

映秀的伤员，但都没有人认识李世田。

一个伤者告诉她们一个不好的消息，映秀的电厂被夷为平地了。

“我哥哥也在映秀电厂！”一位叫刘占川的女士找到李薇，原来她哥哥刘占峰和李薇的父亲是同事。

三人哭成一团，哽咽中，她们互留电话，约定有消息一定互通信息。

送来华西医院的伤员中，有一位怀孕5个多月的孕妇。

守候在急救大厅门口的医护人员，跑步推来轮椅，拍拍她的肩，关切地说：“不怕，你已经得救了！”

孕妇泪流满面，摸着隆起的肚子，眼里满是祈求，“医生，肚里的孩子已经不动了，救救我们。”简短安慰过后，医护人员跑步把她送往妇产科检查。

“老公，我们母女平安，你在哪儿啊！”同样从汶川映秀被解救的金晓娟十分担心丈夫段勇的安危。

事发时，段勇正在成都，想到妻女还在卧龙，段勇曾对成都的朋友说：“就是走路，也要走到汶川救他们。”

说起获救的一刻，金晓娟很是感动，“当时我们和另外几个女的被埋了，是她们的丈夫救我和女儿出来，但是，她们的妻子已经死了。”

金晓娟哽咽着说，虽然他们知道自己深爱的人已经死去，但他们一边大声哭喊，一边继续用满是鲜血的手刨开废墟，救出了更多的人。

从救护车上下来的明红梅，双脚发软，泪水不停地从她红肿的双眼滚落，这个年轻女孩是卧龙镇的医生，也是第一个将卧龙的消息，带出来的人。

到达华西医院的病人刚安顿好，明红梅哭喊着找领导：“耿达乡还有37个重伤员，还在下雨，泥石流还没停止！”

“现在里面没有药，只有森林武警和我们在一起，没有食品、缺少药品。仅有的药品都是医生和武警冒险从倒塌的卫生院里挖出来的。”卧龙镇卫生院，有9名医生，耿达乡卫生院有5名医生，都在不分昼夜抢救伤员。所有医生和明红梅一样，已经两天两夜没有合眼。

“大雨在不断地下，一些老人、小孩因为淋雨，已经感冒、发烧、咳嗽，一些伤员的伤口开始感染；卧龙镇夹在两山之间，一旦出现滑坡，所有人都没救了！”

明红梅说，她想随下一班直升机回去，“我想把希望给他们带回去！”

9时，武警水电三总队100余名官兵，经过27小时奋战，抢通从马尔康到理县县城的47公里道路。

10时20分许，两架直升机飞抵震中汶川县城上空，并成功降落。

五、曲山小学范泉滟 任思雨

地震发生后，曲山小学三层教学楼塌了，范泉滟所在的四年级三班被压到了最下面，500多名学生只跑出一半。

14日下午，现场废墟里到处是学生们的哀求。在四年级三班位置，不停传出一名女童凄惨的呼救声。

“叔叔，救救我！”她就是范泉滟。她双脚脚踝被卡住，在她的上方是二楼摇摇欲坠的水泥板。

早先赶来的救援官兵，没有专业设备，无法有效施救。当晚22时，云南地震灾害救援队携带专业设备赶到。

队员们用专门的切割和分离设备，不停扩大她双脚周围的空间。

两个小时后，抢救接近成功。60个小时未进餐的小姑娘又大声

喊饿。5 分钟后，范泉滟喊了一句，“我饿得想吃泥土”，便再也没有说话。

凌晨 0 时 07 分，她终于被抬了出来。

就在队员们欢庆胜利时，绵阳市医院医生李冬明发现小姑娘双手惨白，已经昏迷。人们顿时又慌乱起来。

李冬明和两位医生给小姑娘做人工呼吸，按压心脏。最初几分钟，还能摸到她脉搏的跳动。

0 时 22 分，李冬明向周围站立的队员们摇了摇头，把一块白布盖在了小姑娘的脸上……

这个 10 岁的女孩被埋在废墟下，与死神搏斗了 60 个小时，却在被救出约 10 分钟后熄灭了生命之火。

父亲范全风无论如何接受不了这样的现实，他和身边的亲戚们不停地询问医生，孩子是不是昏过去了，“也许是睡着了呢？”

李冬明再次掀开白布，撕下一溜棉絮放在孩子的鼻孔边，棉絮一动不动，孩子确实没有了呼吸。

救援队员们围在范泉滟的身边，默然无语。一名又高又壮的队员拉着范全风的手说，“对不起，真的对不起”。

望着女儿的尸体，范全风除了哭泣，没有别的表达。女儿虽年幼，却早已自立，“什么事情都靠她自己，她喜欢什么，以后想干什么，我一点也不知道”。

记者递过一件随身携带的新衣，范全风连声道谢后，给女儿穿上，拿起一瓶水给女儿洗了洗脸。在和亲戚耳语一番后，将小姑娘抬到了校外一个熊熊燃烧的火堆旁，亲戚们不停给火堆加柴，范全风则不断揉捏着女儿的双手。

“她刚走，身体还柔软，火烤一烤，要是她意志坚强，兴许还能活过来”，范全风的眼泪一滴滴落在女儿的脸上。

任思雨，是曲山小学一年级一班学生，6 岁半。

地动山摇之时，任思雨正在教室上课。两天后，搜救队员却在幼儿园的废墟中发现了她。

以前，从曲山小学到幼儿园大概要走 5 分钟，根据当地人的描述，足以想象地震的惨烈，有的楼挪位后，让人完全找不着北。

14 日 13 时许，救援队在北川县委大院下游约 100 米的废墟中发现了任思雨。

她头部斜着向下，不能动弹，因为有老师将她压在身下，孩子头脸上身没怎么受伤。大家用棉签蘸水滴了些水在她嘴里，慢慢地，她的话开始多了，她说起爸爸妈妈的名字，各自的手机号码，还说："叔叔，我不怕，你们不要担心。"

从发现任思雨到救出她，大概有两三个小时，她一直没哭，还唱着"两只老虎，跑得快"的儿歌。小女孩真的不简单，很勇敢。

救援队员从任思雨的下方，打了个洞，将她救出。

18 时许，任思雨的姑姑和姑父打听到任思雨没有生命危险，激动得抱头痛哭。姑姑说，她的哥哥和嫂嫂下落不明，她的孩子已经罹难。任思雨是她和丈夫最后的精神支柱。

任思雨的父亲任成华至今下落不明，任思雨的舅舅景连东还执着地抱着一线希望，不断在网上发帖，求助记者。

姑姑正是通过帖子上的手机号码，与景连东取得联系，并在华西医院找到了任思雨。

妈妈景连聪并不在，任思雨的身旁围着志愿者、舅舅景连东、姐姐、记者。她拿着舅舅的数码相机，对着每个人咔嚓个没完。

景连东说，曲山小学一年级一班，全班加上老师共 45 人，任思雨是唯一的幸存者。她的左腿软组织和神经，受了伤，恢复的时间特别长。

以前的任思雨，有啥说啥，天真可爱。可地震后，她急躁不安，

晚上睡觉必须有妈妈在身边。爸爸呢？任思雨摇了摇头说：“不知道。”想他吗？任思雨毫不犹豫地答道：“想。”随即轻轻地说，爸爸长得很帅，而且她最喜欢爸爸教她唱歌。

舅舅说，心理医生告诉说，不介意让孩子回忆惊险瞬间，要让孩子接受现实，只是到现在，还不敢告诉任思雨，她可能再也见不到爸爸。

细心的人或许会发现，她的右脸上有个明显的深色圆印，这不是胎记，也不是伤疤，而是和胡老师脸贴脸 50 多个小时贴出来的。

任思雨说，胡老师不漂亮，胖胖的，很严厉，她其实不太喜欢胡老师，不过正因为有胡老师的保护，她才成为全班唯一的幸存者。

在被埋的分分秒秒中，听到天空传来轰隆隆的响声。任思雨说，胡老师，打雷了，咋办嘛？胡老师没有反应。

那时，任思雨已经知道，胡老师去了另一个地方。她也不害怕，等雨落下，她努力伸着脖子张嘴去接。

很难想象，一个 6 岁的孩子能乐观地面对死亡威胁，平静地回忆所有细节。采访结束时，任思雨黯然地说：我非常想念胡老师和班上的同学。

六、罗晓菲　朱福慧

上午 10 时，山东派出 50 部救护车，风驰电掣向四川急奔。

凌晨 2 时，山东省卫生厅值班室接到卫生部紧急电话。令山东紧急调派 50 部救护车及相关医护人员，携带急救药品立即赶往灾区。得电后，省卫生厅立即安排部署，从全省各地市集中了人员、车辆、医疗物资。

根据军地指挥部的请求，中央军委又从济南军区、南京军区调派 32600 名官兵，增援抗震救灾。

离北川县城 15 公里，海元山和乌鸦山这两座大山袅袅的浮云下，一座学校耸立在半山坡上。

学校有 483 个学生，其中 180 个住校生，4 年级的吴晓菲是其中之一。她的家在距北川两小时车程的梅龙镇。通常放三天假，她才会回家。

12 日 14 时 28 分，整个教学楼摇晃起来。

语文老师朱福慧喊道，“趴在地上！别动!”厚厚的灰尘扑面而来，学生们用红领巾捂住鼻子。

整个天空乌云密布。趴在地上的吴晓菲偷偷把头抬起来，看见平时纹丝不动的水泥柱子跳舞似的来回摆。

混乱持续了 1 分多钟，晃动戛然而止。大家跑到操场上，清点人数，全体师生安然无恙。

孩子们看到学校对面的楼整个坍塌下来，这才意识到危险，哭喊着要妈妈。吴晓菲和同学大哭不止。她大脑一片空白，想回家，但家里电话打不通，路塌了，想走也走不了。

老师带着孩子向学校后面的海元山上转移，按照班级分队，男女生两两拉手，快速向山上跑。到了山顶，吴晓菲向下面的学校看，什么都看不到，一片土黄色。

把孩子转移到山上，男老师砍竹子。一起爬上山的家长骑摩托下山找了一些塑料棚布，搭了简易帐篷。一些老师跑下山，把寄宿学生的被子抱上来。

在山上待了好久，也不见北川县城有人来。

朱福慧心中有不祥的预感，天黑时，传来消息——北川县城被夷为平地。一些女老师失声痛哭，老师的家人都在县城。

凌晨时，天开始下雨。远处的乌鸦山一整夜“哗啦啦”不停地从山上向下滚石头。不时有余震，孩子们尖叫大哭。冷风吹过，孩子们瑟瑟发抖。

老师们整夜没睡，帐篷漏雨，男老师一直用手撑着帐篷顶，不让雨水渗进来。女老师抱着一些幼儿班的小孩子。

由于生源减少，许多小学合并，因此也有一些幼儿班的学生。老师们尽量把孩子围在中间，挡住山上的冷风。

400 多个学生挤在狭小的帐篷里，两两背靠背互相取暖。被子有限，所有的孩子只能盖到膝盖。

漆黑寒冷的夜，不时听到孩子的哭声。一个哭了，紧接着哭声一片。

吴晓菲整晚不停地胡思乱想，洪水会冲上来把我们淹死吗？地会裂缝把我们埋进去吗？如果我们死了，该怎么办？她害怕被埋，见不到爸爸妈妈。

吴晓菲很早就醒了，害怕的感觉挥之不去。她在山顶走来走去，很烦躁。

校长让一部分老师回县城找教育局汇报，一部分老师去寻找亲人，留下 9 个老师照顾孩子。

陆续有家长来接孩子走。

吴晓菲很羡慕那些被接走的同学。每走一个学生，都要到老师那里签字。她就站在老师旁边看着，希望会轮到自己。她心里明白，家离这里很远，路也塌了，可她仍怀着希望等待。

她的好朋友也被接走了。吴晓菲很想和她一起走，但老师不让。好朋友走后，吴晓菲更加烦躁，没人和她聊天。

最后剩下 71 个孩子，盼了好久，终于不见再有人来。吴晓菲伤心地哭了，她很想爸爸妈妈。

这 71 个孩子，大部分是住校生。父母赶不过来，也有在外面打工的。

下午两点，解放军来了，要带大家转移。早一分钟转移出去，就多一分生存的希望。路上，一次都没让孩子们休息，宽路上还要小跑。吴晓菲感觉从来没这么累过，水滴不停地从头上流下，分不清是汗水还是雨水。

雨一直不停，路上异常泥泞，解放军战士在前面开路。每隔一段队伍，就有一个解放军跟着，防止掉队。吴晓菲和同学已经感觉不到饿，淋在雨里，只是冷，冷得牙齿打颤，嘴唇发紫。

这支特殊的队伍行走在到处是裂缝、满是巨石的山路上。吴晓菲几乎是连滚带爬，哭着走到了任家坪。

回头看北川县城，全成了废墟。月光冷冷地照着，全是瓦砾的残垣断壁，哭声顺着风远远传来。

继续向外走，奇异的恶臭扑面而来，吴晓菲捂着鼻子，远远看到路两边躺着很多人，身上盖着布，不知是死是活，“大概是受重伤了吧”。她想起妈妈说过，死人的脸是白色，她突然害怕起来，不敢再看下去，绕着跑开了。

孩子们全身湿透，好些小孩子还发起高烧。解放军把自己的吃的给了孩子，每人一盒饼干、一瓶水、一把雨伞。

晚上，解放军把军车让给孩子，他们撑伞站在雨里。坐不下，老师让大孩子抱着小孩子睡，10 岁的吴晓菲一整夜抱着一个 5 岁的孩子。狭小的空间里，混杂着难闻的气味，平均两个同学挤在半个座位上，身上依然湿透。

夜里，后车厢还坐着一位受了伤的老奶奶，半夜她一直在喊好痛好痛，叫得孩子们毛骨悚然。吴晓菲鼓起勇气，走过去对她说，你别叫了，我们好几天没睡了。老奶奶说我不叫行吗，我有心脏病。

吴晓菲彻夜难眠。

自从看到北川县城成为废墟，她就一直沉默。她知道住在县城的干爹干妈肯定跑不出来了。

朱福慧 13 日早上 5 时多下山，听人说，看到她丈夫开车去救人了，心里一热，随即向儿子所在的曲山小学赶去。

赶到那里，她整个人完全傻了，学校的教学楼全塌了，一楼陷了进去，钢筋水泥的承重墙也倒了。

儿子正是在一楼。她想到地震时，自己叫学生不要跑，趴在地上，儿子那时，有可能也趴在了地上。

学校废墟前，全是哭天喊地的家长，在挖自己的孩子。有个家长在角落里喊到儿子了，儿子周围还有10几个同学。与儿子对话很清晰，只是腿被压着，这个家长徒手挖开一个洞，能把手伸进去摸到孩子。但再挖就不行了，需要大型工具。

14日上午8时，解放军来了，这个家长喊他们一起挖，可解放军也只带了铁锹等简单工具，挖不开。当时只有两条路，要么截肢，要么等大型机械进来。

这个家长突然下了决心，找把刀来，要把孩子腿砍了，拉出来。旁边有人劝阻他，这么做，怕孩子等不到上手术台就要去了。于是家长又决定，守着孩子等待更多的援手。当时他还充满希望。看到朱福慧，他笑着鼓励她，说已经救出9个孩子，也许你儿子就在其中。

朱福慧把所有希望寄托在这个家长的话上，她一路小跑到任家坪，看到别人抬担架，就跑过去看，是不是自己的儿子。岂不知，给她希望的那个家长不停地给孩子递水递吃的，但到了当天夜里，里面就没声音了。

因为路塌方，大型机械和医疗队进不来。这个家长眼睁睁地看着孩子死去了。

朱福慧把绵阳市的医院找了个遍，没找到儿子。她又回到北川县城，发现遇难者尸体已经逐渐运走，但更多的尸体还压在废墟下。像儿子这样的情况，根本挖不出来。

既是母亲又是老师的朱福慧，必须让自己平静下来。她拿着儿子爱吃的零食，在儿子的教室前与儿子诀别。

之后，她终于收起伤痛欲绝的心，回到71个孩子身边。

吴晓菲说，朱老师手机里有一张儿子的照片，知道儿子不在后，她毅然删了照片，为了不让自己再想起。

她时有轻生的念头，因为看着这71个孩子，就想起自己的儿子，每个夜里，她都独自饮泣。

记者见到朱福慧时，她平静地说，已经想开了，“这是天灾，不可抗拒。”

七、张振亚 武学和

13日上午，江苏省地震局张振亚与省消防总队副总队长武学和率队91人，飞赴四川。飞机到达成都时已经是夜间，他与救援队官兵不顾颠簸和疲劳，冒雨驱车赶往绵阳。

14日上午，他们徒步7公里来到北川。

北川县城，几乎成为一片废墟：倒塌的房屋、变形的公路、滚落的巨石、遇难者的遗体和惊魂未定的灾民，县城的破坏程度，不堪想象。

张振亚与武学和深入县城，了解灾情、勘察施救现场，为开展搜救作技术准备。

就在他们开进县城时，却传来上游堰塞湖大坝岌岌可危的消息，在人慌马乱中全城紧急大撤退。

张振亚沉着冷静，及时与前线指挥部联系，判断该消息并不属实，当即与武学和组织救援队开进了几乎撤离一空的北川县城。

南京消防支队特勤大队，被分成了几个小队，进入县城后，很快分散开，各自行动起来。医护人员也进入临时医疗点开展工作。

小分队没走多远，一个老乡冲过来，几乎是在喊：“那个幼儿园倒了，里面还有活着的孩子！”

分队指挥员决定，立即前往救援。老乡救人心切，带着官兵绕开了大路，抄小路直奔现场。

途经一个水库时，救援队员刚走上去，突然听到远远有人在喊："停下，退回去!"

循着声音看过去，几个身着救援服的人在挥着手大喊："水库堤坝有裂缝，危险!"

指挥员决定立即回撤，这让带路的老乡非常失望。

"救救我的娃，我的孙子在里面啊!"他拍拍自己背着的包，"里面全是水，要去救他们啊!"他的眼神里带着恳求的渴望。无奈无助之际，他在用一桶水"贿赂"搜救人员。

一个孩子掉进河里，面临被冲走的危险，跳下去救孩子有危险。

孩子被埋在废墟下，大坝有溃决危险，可没有溃决啊。面对危险，考验救援官兵敢不敢跳水救人。

指挥员决定冒险通过，"救孩子要紧!"消防战士们轻手轻脚地走，终于平安过了这段路。

幼儿园位于金罗巷，这是一大片废墟，三幢楼房呈三个角度，严重倾斜，都指向了幼儿园。

战士们走近时发现，几个孩子躺在瓦砾下面，都只有五六岁的样子，有的被压住了胳膊，有的被压住了腿。一个半躺着的女孩还能说话。她在哭喊："爸爸，怎么还不来救我。"

消防战士上前安慰她："不要哭，你们马上就能出来了。"

女孩停止了啼哭，其他孩子也都停止了挣扎，看着忙碌的陌生叔叔们。

战士们用手动破拆器，开始切割，用手掏石块，以免孩子们因救援再次受伤。

救援进行时，发生了三次明显感觉到的余震。

最后一次余震时，倾斜的楼房上不时掉下砖块。战士们没有一个人理会，现场除了指挥员偶尔发出的口令，只有破拆器的轰鸣声。

“好，好，轻一点，慢一点!”

16 时 45 分，第一个孩子被小心地托了出来，是个女孩。看着她的身体完全离开地面后，战士们泪流满面。

打开了通道，工作轻松了很多，17 时 02 分，17 时 29 分，17 时 35 分，陆续又有三个孩子被救出，两个女孩，一个男孩。

随队的医生现场施救后，把他们立即送往医疗点急救。

让人提着心的大坝，并未垮。

四个孩子被救成功，更加鼓舞着消防官兵。他们忘却了救人的危险。

消防战士们又来到一个庞大的废墟边。老乡说，这个地方原来是一排门面房，里面还有人活着。

战士们贴近一个小洞口，向里面喊话：“有人吗?”

“有，救救我们!”

战士们不敢冒进，因为不知道废墟下是什么结构，怕贸然切割，反而会造成坍塌。战士们用手把小洞慢慢扒大，再用脸盆运走泥石。

战士们挖出能容一个人的洞，钻进了瓦砾，发现下面一个厢式货车支住了倒下的墙体。经过确认，废墟下至少有两个人还活着。

“谁有水?”一个战士回头大声喊。战士们这时才发现，手里只剩下少许橙汁饮料，战士接过水，递给了被困者。

“把眼睛闭起来，不能睁开。”随队的军医对着里面喊。他递过去几个口罩，让被埋的人遮住眼睛，以避免强光刺激。现场情况太复杂，救援进展缓慢。

直到 20 时，里面的人还没有救出来。战士们仍在努力。

目睹了江苏救援队，临危入城、冒死救援的北川人冯廷光专门给江苏省地震局打来致谢电话，并代表北川人向江苏省救援队致以崇高的敬意。

第十章　抢通救援通道

一、急人的泥石流塌方

地震引起山体塌方，形成的泥石流把公路切断。

救援人员受阻，大型机械进不去，受伤的伤员运不出。

时间一分一秒地过去，废墟下的被埋人员等待急救，救援现场急需大型机械，可道路就是不通，咋不急人呢。

军地指挥部确定专题研究打通汶川道路的问题。

在放大的交通地图前，冯正霖介绍起了交通抢修情况。他是交通运输部副部长。

抢通工作的重点是围绕着汶川震中，从四个方向同时攻坚。

东线：从绵阳沿国道108线，南下至永兴，从永兴经县道至安县，从安县经省道105至北川。目前，救援车辆可到达北川。北川省道302至茂县的98公里路段正在抢修。

北线：国道213线，从松潘由北往南已抢通至茂县，距茂县县城还有20公里。从茂县至汶川50公里，正在由北往南抢通，进展缓慢。

西线：国道317线，从马尔康由西向东，已抢通至古尔沟，距离理县还有20公里，距汶川尚有77公里。

南线：国道317线从都江堰至紫坪铺库区翻坝公路，已经抢通，距映秀还有32公里，正动用战备钢架桥抢通第一个路基大缺口。

四川省技术人员和施工队伍已乘冲锋舟，通过紫坪铺库区前往抢修人行便道。

据现场反馈的信息，从映秀至汶川的57公里损毁严重，多处路面断裂落差达1至2米，抢通任务十分艰巨。

四个方向都处在攻坚，抢通进度最快的是西线。

会议室的人都屏住呼吸，静听着。

“在以汶川为中心，周边50公里的范围内，地质条件差，山体崩塌严重，抢通作业面窄，抢通推进的难度极大。”冯正霖说。

“抢通现场与外界还没有建立正常的通信联系。”

都江堰到汶川，到了最艰难的时候，绕坝公路上有1万多土石方，压在路面上。如果绕坝公路打通，下面的工作面，就可以宽一些。

西线理县方向，目前突击进度最快，但这个方向，公路等级低，有的地方只有8.5米宽，作业面狭窄。塌方岩石大，推土机单体推进，严重影响进度。

“能不能多上一些机械呢?”不知是谁说了一句。

“现在是有劲使不上，有充足的机械和人员，作业时只能上一台推土机，其他的机械摆不上去，只能一米一米地掘进。”冯正霖说着，额上已是热汗涔涔。

会议确定，向四个抢通方向派出技术勘察组，了解需要的机械和充实的人员，实现抢通突破。

15日凌晨2时22分，一架伊尔—76大型运输机向汶川灾区空投食品、药品等救灾物资，这是我军首次实施夜间云上空投。

20时20分，空军空降兵部队向震中映秀镇伞降挖掘机、推土机等装备，强力支持救援。

中国民航局连夜调集民用直升机，飞来救灾前线。

所有这些，都是军地指挥部采取的应急措施。

情急之下，总参谋部调来了二炮工程团。

二、二炮工程团

黄金坡是第二炮兵某工程团政委。

该团是担负导弹阵地建设的工程部队。40年前，他们曾驻防北川这座秀丽的小城，与羌族这个“云朵中的民族”结下了血浓于水的深情。

15日凌晨4时，他们一到达灾区立即受命抢通从绵阳到北川的公路。

此时，北川县城急需救援。道路不通，救援的车辆无法进入，大量伤员运不出。为将重伤员运出，八个十个官兵费尽九牛二虎力气。

这条道路有3.5公里，被山体滑坡完全堵死。有的路段紧靠悬崖边缘，下面就是深渊；有的路段横卧河沟谷底，作业空间狭窄；有的路段桥梁被毁，填土的石方量大。专家断言，没有一个月时间，很难打通。

72小时黄金救援时间眼看就要过去，早一分钟打通道路，就能挽救更多人的生命。他们当即立下军令状：24小时打通道路。

他们抽调技术骨干，编成观察测量、工程机械、安全防范等6个作业队，投入先进装备，打响了抢通道路的攻坚战。

就在这时，该团徒步进城救援的官兵花了很大力气救出了县国税局会计朱兰。地震时，她用双臂护卫同事，身受重伤。

大家爬着跪着抬担架，用了两个多小时才通过塌方路段。当送上救护车时，朱兰的心脏停止了跳动。

医生痛心地说，要是早几分钟，她还有生还的希望。官兵们全都哭了。一个年轻的生命，就因为这3.5公里的阻隔，走进了另一个世界。

道路在一米一米地向前推进。当修到距县城2公里的地段时，一块块巨石横在前面。

爆破，会引发山体滑坡。移动，现有的装备无能为力。他们经过反复研究，利用现有的地形，在无法移动的巨石旁迂回开道，掘开一个个大坑，将其滚入大坑，埋入地下，终于除掉了这些“拦路虎”。

施工中，不时有余震发生，松动的巨石随时可能滚下，造成新的伤害。

团长郭中定始终在最前沿指挥，上午9时许，余震突然发生，一块石头滚下来，幸亏他躲得及时，才逃过一劫。

安全员跑上前来，要把他拉到安全的地方，他说：“我的指挥位置，就在这里，如果我人安全了，心就不安了。”官兵们凭着钢铁般的意志，在两家地方路桥公司的帮助下，仅用12小时，就完成了通常一个月才能完成的工程量。

15日18时，他们比预定时间提前12个小时，打通北川“生命线”！

这个打通，仅仅是打通到任家坪，大型机械可以到达北川中学。从任家坪向北川城区的路，不好打通，也没计划打通。

道路刚刚打通，他们又受领了挖掘北川县农业银行金库的任务。

这是一座7层大楼，在地震中，完全坍塌，水泥板叠成了千层饼，紧挨着的一栋家属楼也倒在了银行大楼的废墟上，堆成一座直径达百米的钢筋混凝土小山包。

大型机械要想接近位于底层的金库，必须在四五米高的废墟上开辟一条通道。如果用小型机械或人工作业，无异于“愚公移山”。他们让吊车、挖掘机、推土机一起上阵，各展其长，大块的楼板被吊走，厚厚的建渣被清除，金库慢慢显露出来。

到傍晚时分，挖出六百三十多万元人民币和大量凭证票据。

北川封城后，救援队伍纷纷撤离。这时，北川县委请求，帮助挖掘和抢救县委大楼内的档案。里面存有北川县自1937年以来的土地民权、文书封印和重要文电等档案资料。

北川是我国唯一的羌族自治县，甲骨文中记载的唯一一个旗号就是羌族。北川县城被地震摧毁了，北川的历史不能被掩埋，悠久的羌族文化遗产不能消失。

当时，唐家山堰塞湖随时都有溃坝的可能，疫情的威胁也越来越大。官兵义无反顾，他们先从倒塌的办公楼顶部打出一个洞，代理排长童絮新钻进去摸清档案资料的详细位置，再用大型装备打开通往档案室的切口。

废墟下到处都是断壁残垣，余震不时发生，随时都有被埋的危险。官兵们不顾个人安危，用了5个多小时，将资料一一传出。

档案资料，完好无损。

这些珍贵资料交到北川县委办公室洪主任手中时，这位羌族汉子泪流满面，连声说：“有了它，北川就在；有了它，北川就永远不会被埋没！”

之后，军地指挥部又令工兵团抢修擂鼓镇至禹里乡63公里的道路。沿途12个乡镇，6万多名群众被困山中，仅靠空投物品维持生存。这条公路95%以上被损毁，4个堰塞湖高于施工路段，塌方、滑坡时有发生。

三、义德阳

义德阳，54 岁，是一名养路工人、装载机手，在海拔 4400 米的鹧鸪山上工作 30 年了。

12 日下午，义德阳正在距汶川 150 多公里的鹧鸪山上清理塌方。

突然，装载机猛地摇了起来，连方向盘都抓不住。他急忙停车，看到山上到处都是浓烟。凭经验，他知道那是山体塌方卷起的尘土。肯定是什么地方地震了，必须赶快报告。

到了分局，义德阳才知道，汶川地震了，理县塌方了。州里启动了应急预案，他们分局要去抢险。

他马上找到分局书记说："我的装载机在山上，距理县最近，我去！"

天下起大雨，义德阳开着装载机抢在前面。公路上到处都是石头，山上还在不断地往下掉。

突然，站在驾驶室外的徒弟大喊，"师傅，上面有飞石！"他急忙刹车，几块石头落在车前。

"师傅，后面又来了！"他猛加油门，只听咚咚咚，石头砸在车顶上。接着，一块桌子大的石头飞过车顶，把一棵大树拦腰劈断，砸入河中。

他们左躲右闪，一路清除塌方，好不容易在 23 时，来到理县夹壁乡，结果，遇到一处大塌方。

这处塌方将一辆大货车直接推到了河里。平时，像这样危险的塌方，晚上哪敢作业。灾情就是命令，他们顾不了这么多。这时，仅靠车灯根本看不清山上的情况。书记打起手电筒为他放哨。他们硬是用了两小时，清理出一条汽车便道。

他们继续往前赶，到达距理县 30 公里的古尔沟时，已经是 13

日的凌晨3时。

镇上的房子都裂开了大嘴，很多汽车埋在塌方下，有的被推下了悬崖。突然，义德阳听有人说，地震中心在映秀！

“啊，映秀？”义德阳简直不敢相信，问了好几次，“映秀怎么啦？”他的女儿和外孙坦坦都在映秀啊。

这时，他恨不得丢下车，哪怕是翻山越岭，要去找他的外孙坦坦。

坦坦4个月大时就和他们住在一起。去年，坦坦要上学了，才把他送到映秀的奶奶家。娃娃很乖，两天前还给义德阳打电话，说他在学校得了小红花，要义德阳奖励他。义德阳答应他等有空了，一定买个大的变形金刚奖励他。想到这里，他的头都要炸了。

徒弟看出了义德阳的异样。“师傅，师傅你怎么了？”义德阳只说了一句，“坦坦在映秀！”眼泪一下子掉了出来。

“姥爷，姥爷，你快来啊！”坦坦的喊声仿佛就在义德阳耳边。他心想：快点，再快一点，把路抢通，去见他的坦坦。

各分局的抢险队伍陆续赶到，他们带来消息说，到汶川的四条路，西线是最有希望抢通的。现在，党和国家领导人，全国人民都在密切关注我们，大部队正在赶来。

都江堰军地指挥部已打了三次电话，询问抢修进展。交通部、省交通厅也派人前来帮助抢修，所派人员半小时将来到。

军地指挥部把最先打通的希望寄托在了西线。

到了理县红叶电站，义德阳吓了一大跳。眼前的半匹山从两百多米高的地方垮了下来，一直冲进10多米深的河里，把300多米长的公路全部淹没了。

突然，徒弟大喊：“余震来了，师傅，快躲！”他来不及倒车，只听一声巨响，什么都看不见了。

尘土慢慢散尽，塌方在装载机前5米的地方堆成了一座小山。

车顶被砸出一个大坑，挡风玻璃、大灯支架被砸碎了。义德阳满身泥土，从车里出来。在场的人都说："好险啊！"

这时，理县分局的一位驾驶员顺着塌方爬了过来。他母亲和义德阳的女儿住在同一栋楼。看到义德阳就像见了亲人，拉着他哭了起来："老义啊，完了，映秀全完了！地震发生时，我给家里通了电话，你女儿受了伤。"

"那我外孙坦坦呢？"

"不知道，电话很快就断了，再也打不通了。"

义德阳心乱如麻，脑袋一片空白，不知道该怎么办。理县公路分局的张局长得知他的情况后，握着他的手说："老义啊，一定要挺住。他们的下落，我来帮你查"。

徒弟劝义德阳休息。他摆摆手说，"不，还是我来！"说实话，这时，他只想拼命地干。因为，只要一静下来，他的眼前都是坦坦三翻、六坐、八个月爬爬、十个月踏踏的影子。

14 日凌晨 2 时，他们推进到距理县 6 公里的高家庄，受命增援的武警水电部队赶到。机械虽然多了，但作业面狭窄，有劲也使不上。此时，前往灾区救援的部队就紧随在他们身后，等不及的官兵冒着生命危险，徒步向灾区前进。他看在眼里，急在心头，该怎么办呢？

凭着多年的经验，他想，如果把装载机先送过去，作业面就可以增大，推进速度就可以加快。

义德阳的建议得到了采纳，武警部队的挖掘机在塌方上，开出了一条机械便道，他开着装载机第一个冲了过去！有了武警官兵的协同，14 日中午，他们推进到理县县城。

在理县县城，义德阳收到张局长传来的纸条：情况已经核实，坦坦和他奶奶不幸遇难，女儿没有生命危险，正在医治……

同事们知道了义德阳的不幸，都来安慰他。"老义，这几天你一

直战斗在最前面，你的苦，我们懂”，“不要再埋在心里，要哭，就哭出来吧”。

汶川还没有抢通，哪有时间哭啊！他知道，早一分钟抢通公路就可能多救出一条生命。小外孙坦坦已经不在了。现在，他只有一个牵挂，那就是“汶川”。

15 日凌晨 4 时，他们推进到汶川克枯乡。时间已经过去 60 多个小时，他们连续奋战，又累又饿，已经筋疲力尽。一位老乡硬把干粮塞给他：“师傅，公路什么时候能通啊？”

“老乡，快啦！”义德阳知道，前面也有他的亲人。他们一刻不能停，向汶川发起了冲刺。

15 日 21 时 30 分，公路抢通。

救灾车队源源不断驶进县城，人们纷纷涌到公路旁，眼含热泪，迎接救援队伍的到来。

义德阳和同事们的手紧紧地握在了一起。

“通了，到汶川的路通了！”

挂掉抢通前线的电话，冯正霖激动万分，也让他稍稍松了一口气。

由成都到雅安，经小金到马尔康，走理县到汶川，全程近 700 公里。尽管绕远，但它成为第一条到达汶川的公路。

19 时，北线由沙坝至茂县的 G213 线已经抢通至老龙湾，距茂县还有 22 公里；南线都江堰——映秀也突破了前两天 1 万多石方垮在路上的瓶颈，施工机械正在同时往前推进。

四、空降兵

茂县通信和交通中断，与外界失去了联系。

无论是党中央、国务院，还是普通百姓，都迫切想知道灾区的具体情况。如何尽快进入灾区，了解灾情，人们把希望寄托于空军空降兵。

13日9时，空降兵研究所所长李振波大校和115名空降兵登上了前往茂县的飞机。

茂县为高山峡谷地形，境内山峰，多在海拔4000米。各国空降兵跳伞训练通常在数百米高度进行，要在这样的高度实施伞降，在世界军事航空史上少有。

飞机飞临茂县上空，准备空降时，由于气候原因，飞机机体结冰，机舱门打不开。李振波当即决定，改变空降计划，飞机返航。

14日，雨后初霁的太平寺机场，跑道上尚有积水。李振波带领15名突击队员，登上了伊尔76飞机。

11时30分，飞机呼啸着腾空而起，向茂县飞去。

航线上，浓雾笼罩，飞机好像紧贴着山尖飞行，山上皑皑白雪，清晰可见，指挥所不时提醒“注意安全高度”。

11时45分，飞行高度5200米，准时进入茂县空降地域！

突然，浓雾间猛地露出一道缝隙，夹在岷江和高山之间狭窄的空降着陆场，瞬时出现在眼前。

浓雾翻滚，时机稍纵即逝。指挥员果断下令：“跳！跳！跳！”

飞机尾门张开，第一批7名队员一跃而出！

金黄色、艳红色的武装翼伞，向下飘去。

第二批8名队员紧接着跳下。

他们身背小型卫星站、超短波电台、夜视仪等先进的通信装备。

李振波：选拔人时，有一个小伙子比较年轻，我已经把他扒下来了，他叫向海波。

向海波2004年12月入伍，这里面是最年轻的。

李振波：小伙子这么年轻，跳伞次数少。实际上，我还需要这个人，他是搞气象引导的。

向海波：13 日晚上，确定用翼伞跳，没有我。这种伞型，我第一次跳，他怕安全方面出问题。

李振波：执行这么艰巨的任务，面临着伤亡，作为一个领导，确实于心不忍。

11 时 47 分，云层露出了一丝狭小的缝隙，48 岁的李振波，第一个跃出了机舱。

王君伟：任务迫在眉睫，这时把这么老的同志都用上来，体现了任务的紧迫性。

由于高空气压过低，李振波和王君伟都遇到了意外险情：跳出机舱后，主伞迟迟打不开，身体在空中一落千丈，耳边风声呼啸，真可谓“命悬一线”。

李振波：离开飞机后，按照原商定的，四秒钟把降落伞拉开。可开伞器处于不工作状态。

王君伟：开伞器工作环境是 3500 米以下。我们跳伞的高度却是 5000 米。

李振波：我的备用伞开了，第一项任务就是找我的跳伞员。

向海波：我下降速度比较快，散开之后，四周一看，全是山，我落在树林里。我以为是庄稼地，觉得那块儿要稍微好一点，还有高压线，比想象中要复杂。

殷远：快着陆的瞬间，伞飘过那个菜地，落到了树前面，我两腿并拢，把操纵棒拉下来，把自己的面部、脸部护住，就撞到树上了。

李振波：一落地，我的胸被树撞得很疼，顾不得了，赶紧召集我的队员。

殷远：离地 100 多米时，看见下面有人了。

李振波：我落在离村庄不远的地方，有六七十个老乡都围过来，帮我解脱伞，扶我。

李振波忍着疼痛，大声对围过来的群众说："党中央、国务院、中央军委时刻挂着你们，想尽快知道，怎么样来救援。"

群众高举着手，嗷嗷地哭起来，感谢党中央，感谢国务院。

李振波：那时，就没有感觉到这个话是大话，现在想想，我们离党中央、国务院远得很，但是那时，感觉很近，就是代表党中央国务院去的。

通信士官雷志胜报告了着陆情况，地面地形情况复杂，不利于高空伞降；天气又在变坏，建议取消后续空降行动。

李振波与茂县县委、县政府取得了联系。他们依靠携带的电台和海事卫星电话，每半小时与指挥部联系一次。

15 日 23 时，民航飞行学院广汉机场已就位民用直升机 17 架。根据军地指挥部的要求，民航局紧急下发通知，要求来自全国各地的直升机向成都集结，以配合军机空中救援。

从都江堰通往映秀镇紫坪铺水库的道路成为唯一一条可以缩短路程的通道。

为解决大型救灾设备无法通过这个难题，成都军区某工兵团，13 日星夜赶到紫坪铺水库，在水库边建起了一座门桥渡场。

现场指挥王盛槐说，建起这个门桥渡场，到映秀镇的水路距离 25 公里，比陆路缩短 37 公里。大型救援设备和大宗救援物资完全可以通过。

王盛槐是成都军区军训和兵种部部长。

工兵团的官兵在水库边像野战一样，亮出全套家底，架桥技术娴熟的工兵们一个个奔忙在水陆之间。

经过近一整天的忙碌，到 14 日深夜，四座门桥已开始启用。

映秀镇的伤员和灾民开始有序通过门桥转移；大型救灾机械设备、大包救灾食品、药品，开始源源送往救灾现场。

15 日 18 时，绵竹至北川的道路打通。

21 时 40 分，水电三总队清理了 40 万方山体滑坡，打通了通往汶川县城的 317 国道。

15 日 23 时，丹巴至理县 40 公里道路抢通。

17 日下午，都江堰至汶川映秀镇的道路打通。

一条条道路的抢通，扫清了救援部队全速进入灾区的障碍。

大型机械开进去了，一些重伤员可以外运转往成都、重庆医院救治。

然而，东线，昨晚抢通的北川——茂县的 S302 线，却遭遇山体崩塌，北川至漩坪 16 公里处被水淹没，两座公路桥梁被毁，积水形成直径约 10 公里的悬湖。抢通攻坚，雪上加霜。

第十一章 黄金救援时间

凌晨时分，王念法刚刚躺下，想休息一会，忽然有人叫他。

“念法，快点起来，把小琴救出来”。

王念法一骨碌爬起来，迷迷糊糊睁开了眼，眼睛好疼，只得使劲用手揉揉。他习惯地抬腕看了一下手表：2 时 20 分，才睡了一个小时。

从昨天早上 7 时，为了救小琴，他已经连续工作 20 个小时。

王念法进入废墟中的巷道，清理压在小琴腿上的遗体，小琴突然说话了：“叔叔，我想睡觉。”

王念法说：“好孩子，好姑娘，千万不能睡觉，”他真怕她一睡，就再不醒了。

王念法让队友王爽和小琴聊天，不让她睡觉。其他队员加快清理小琴身边的遗体和瓦砾。

6 时 30 分，经过 24 小时的努力，终于救出了小琴。

8 时，王念法到车上吃东西时，看到队友谢鹏架设起了海事卫星。

王念法试着给北京的妻子打个电话，这是他赴灾区以来，打得第一个电话。

真好，电话通了。

妻子讲，她每天都关注着救灾，并告诉他，在小区门口代他捐了200元钱，署名是一名正在灾区的救援队员。

15时20分，他们发现了高二六班的苣柯。

19时52分，苣柯被安全救出。

一、绝地映秀

映秀镇开辟了机降场，军地指挥部命令国家救援队紧急驰援。

14日夜，救援队领导成员王志秋透露给孙闻消息：明天一早，由40名队员组成的突击小分队，乘直升机赴震中映秀镇。

“一定要保证新华社两个名额，一个文字，一个摄影”，孙闻说。

“我说了不算，得找老尹。”

老尹，叫尹光辉，是国家地震局震灾救援司副司长，在这支队伍里他说话管用。

孙闻找到了尹光辉：“明天务必保证新华社两个名额去映秀，一文一摄。”

“不行，明天是坐直升机去，气象条件复杂，很危险。我们选的40人叫敢死队，你知道吗？”

“你们敢死，我们也敢死。”

“不行。”

“不行也得行。”

“最多一个。”

“两个。”

“一个。”

“两个。”

“先睡觉，明天再说”，老尹最终留了个活话儿。

他们四个商量了一下，决定孙闻和摄影记者王建华跟小分队去映秀，如果只有一个名额，就孙闻去。

清晨5时，天刚放亮，“敢死队”员们整装列队。孙闻和王建华也站到了队伍里。这时老尹变卦了，要把另外两家媒体的记者安排进去。

王凡少校一看争着去的记者太多，把孙闻和王建华悄悄拉到了卡车旁，趁大家争持不下时把他们推上了车。

“上车再说，到了机场，我有办法”，王凡说。

王凡是成都军区驻蓉某联勤分部的宣传干事，他负责救援队后勤保障。

敢死队员们都上车，留下来的人在车下默默挥手，虽然无酒，依然悲壮。

“到了机场，先发一条快讯，飞机到了之后，再发一条”，田雨在车下叮嘱。

可当车子启动的那一刻，田雨突然跑过来大喊：“稿子发不发无所谓，一定要平安回来，安全第一。”说着，从兜里掏出一包压缩干粮，扔上车，“关键时刻再吃！”

孙闻笑着朝他挥手作别，却不觉泪流满面。

9时53分，“敢死队”到达凤凰山机场，停机坪上的直升机已经发动。争上飞机的记者互不相让。王凡又一次悄悄把孙闻和王建华拉到了一架直升机旁，交给了机场调度、成都军区陆航某部唐春少校。

“这两个新华社记者，与我只有一面之缘，十分敬业，请务必保证他们平安去，平安回。”王凡把孙闻、王建华托付给唐春。

“他们怎么跟你联系？回来时找谁联系？”王凡又说。

唐春在孙闻的采访本上写下了自己的名字和电话，以及在映秀负责调度的战友李宏策的电话。

飞机就要起飞。机长告诉大家，飞机满载，谁也不要乱动！

王凡突然跑过来，拿起王建华的相机，“笑一笑，我给你们留个影。”

孙闻和王建华都明白“以防万一回不来”的意思，谁也笑不出来。

飞机起飞后，机舱里没有一个人说话。孙闻一手攥着采访本，一手攥着笔，想的是万一……可以马上写下些什么。

飞机进入山区，在气流冲击下不停大幅摇摆、颠簸。孙闻几次想打开本子写几句话，可千言万语不知该从何写起。

半个小时的飞行，异常漫长。10 时 30 分，直升机在映秀降落。

走出机舱，孙闻和王建华跟救援队员一起，在侍俊带领下绕映秀镇巡察一圈。

映秀镇大概方圆两公里，坐落在山谷里，岷江自北向南流经这里，自东北方流下的瘦溪河在镇子东南汇入岷江，岷江在镇子的正南方拐了一个 90 度的急弯，调头向西。

这个四面环山、山水相映、风景秀丽的小镇，如果不是地震，一定是个美的令人心醉的地方。地震过后，这里居然没有一处完整的房子，满目疮痍，令人心碎。

侍俊说，镇子里有 5000 人口，埋在地下的至少有 2700 人。

镇子中心区，最北边是映秀小学，学校四层的教学楼逐层垮塌，堆起来的废墟有两层楼高。400 多上课的师生，逃出来的寥寥无几。

走到学校跟前，刺鼻的尸臭味顶得人上不来气。远远望去，依稀可辨四层教室坍塌的窗户上压着一个死去的孩子，在跳窗逃生的最后一瞬，她手里还死死地抓着自己的书包……

小学往北是一处灾民集中临时安置点，那里散乱地搭起了防雨篷。一个十来岁的半大小伙子手里拎着一只野兔，兴冲冲地对帐篷里坐着发呆的女人喊：“妈，你看我逮了个啥子，咱晚上有吃的了。”

不想话音未落，却遭到母亲狠狠的一记耳光："你个龟儿子，你老子还埋在下面，不知是死是活，你却还敢杀生！"

儿子把兔子一扔，与母亲抱头痛哭。

转了一圈，回到镇子最南端的漩口中学，看到院子的花坛上架了一台海事卫星电话，孙闻走上前去一看，竟是摄影部的陈树根，又赶紧招呼王建华与他们会合。

找到王建华时，他正站在停机坪旁边的一处土坡上张望着什么。顺着他手指的方向一看，几个灾民正在围攻12号与他们一起乘运输机到达灾区的一位女记者。

王建华说，这个记者想搭直升机回成都。

集团军军长许勇下令：出映秀的飞机只准运伤员，其他人等伤员运完了再说。

与老根儿会合后，这条命令带来的绝望盖过了他乡重逢的喜悦。

"这里是绝地啊！"王建华一句慨叹。

15时50分，在教师家属楼发现了受困者董晓红，这位44岁的女教师，被压埋在仅有两拳高的楼板缝隙间，除头部可以活动外，其余身体部位被周围的碎石烂砖卡住，丝毫不能动弹。

此时，余震不断，废墟随时有坍塌的危险。

随着"封控现场、安全员就位、支撑准备"等一串串口令，营救行动开始。

队员们先用气垫慢慢顶起楼板，塞进垫木，教官卢杰和朱斌爬进刚刚扩开的缝隙，小心翼翼向董晓红所在的方位掘进。由于作业空间窄，队员们只能两人一组轮替，替换下来的队员满脸是汗、全身是土。

6个小时过去了，经过多种方式的掘进破拆，董晓红周围的压迫物全部清理，19时08分，她被成功救出。

董晓红的哥哥得知妹妹被成功营救的消息，专程从成都赶来，

一见到救援分队就跪在地上，泪水夺眶而出，号啕大哭："感谢共产党，感谢解放军，感谢亲人救援队……"

董晓红掩埋在废墟下长达 3 天，被解救出来后，得知自己的学生仅有七八个存活时，她的世界瞬间失衡。

据一路陪护她的医疗队员介绍，董晓红在此间的 20 来天都不说话，无法入睡，神情抑郁。

她是后来转入厦门第一医院伤情最严重一个：左、右小腿多处骨折，左腿部分肌肉已经坏死。

由于董晓红极度焦虑，医院不敢贸然手术，在积极抗感染治疗的同时，经过心理辅导、用药治疗后，董晓红在地震发生 20 多天后，第一次真正入睡。这之后医生对她进行了手术。

16 日凌晨 6 时，救援分队派出两个小组，营救 39 岁的王佩先和 32 岁的藏族青年陈燕。

王佩先所困的教师楼废墟，与昨天救出的董晓红同属一栋建筑，上层楼板与横梁垮塌后形成了狭小空隙，他的身体被夹在 4 具遇难者遗体之间。要施救，必须先移开压在上面的楼板和横梁，再采用破拆、剪切、扩张等方法，打开救援通道。

由于缺少大型起重机，他们只好求助附近救援的武警，硬是靠人力手拉的方式，挪开了一个可供进出的缺口。

经过 7 个多小时的努力，终于在 15 时 20 分救出王佩先。

陈燕于 15 日凌晨被救援队发现，她被困于映秀工商分局摇摇欲坠的宿舍楼废墟。

救援条件恶劣，两侧内倾的五层危楼随时可能发生二次坍塌，危及救援人员的生命安全。

指挥部的侍俊、许勇商量，将这件艰难的任务交给国家救援队映秀分队。

初步勘查，这是一处不具备救援条件的死亡之地。但是，面对灾区人民期盼的目光、面对幸存者微弱而无奈的“救救我，别离开我”的求救声，他们毅然决定：只要有一线希望，就不惜一切代价。

这样的选择，自然包括不惜牺牲个人的生命，“苟利国家生死以，岂因祸福避趋之”。

反复论证后，救援教官卢杰提出了营救方案：先支撑，再掘进。魏庆锋、岳林贵两名队员首先进入废墟，一点一点缓慢地向前摸索，3 个小时过去，入口向前推进了十厘米。

受困者远在三米外的废墟深处，随着时间的流逝，她还能支撑多久？就在大家苦思冥想更好的营救方案时，余震发生，废墟变形，楼板从上面砸下来，所有队员的眼睛都盯着在废墟中作业的两名队员，大声呼喊他们的名字。

对讲机里，传来指挥部急促的声音：“营救 3 组，迅速报告情况”。

20 秒过去了，大家急切等待废墟里的回音。

“报告队长，我们一切正常，清理正在继续”，所有人都松了一口气……

4 个小时又过去了，通道再次推进了 10 厘米。也不知过了多长时间，轮换了多少批队员。当地老乡纷纷从倒塌的家里找来锤子、菜刀、撬棍前来帮忙，有的还拿来了水和馒头。

18 时，营救通道终于打通。

队员们一边安抚陈燕的情绪，一边利用升顶器材移开压在她腿上的楼板。

19 时 45 分，被压埋 101 小时的陈燕成功获救。

侍俊在看望救援分队时，动情地说：“我已向胡主席汇报了现场工作情况，你们连续工作 27 小时，克服重重困难，冒着二次坍塌的危险成功营救压埋 101 小时的受困者，创造了奇迹，展示了你们顽强的作风和高超的专业水平”。

17日晚上，映秀镇遭到一场暴雨袭击，四周山体多处再次滑坡。次日凌晨，队员们不顾滚滚落石，再次前往受灾点进行搜索。

在映秀税务分局家属楼倒塌的废墟里，救援队发现了一名幸存者。

该建筑为六层砖混楼房，全部倒塌。幸存者叫申培云，男，53岁，是交通局稽查干部，被压在废墟深处已140小时。

幸存者的体力微弱到了极限，随时都有生命危险。救援人员通过谈话，了解他的埋压及受伤情况，迅速展开营救。

加固、支撑、破拆、顶升、切割等一系列动作，紧张而有序。

雨后的天气，潮湿而闷热，许多人早已汗流浃背、口干舌燥，大家只有一个念头，就是“快点，再快点”。

经过8个小时的艰苦努力，终于打开一条3米长的通道。16时，申培云被成功救出，并迅速通过直升机转移救治。

16日凌晨一点，孙闻从自汶川县城徒步逃到映秀的灾民那里，得到一条可怕的消息：映秀以北6公里，山体塌方形成的一处高宽各300米、纵深百余米的堰塞湖，已经漫顶、渗漏，随时可能溃堤。

一旦溃堤，湖水下泻，不消几分钟就可以淹没映秀，跑都跑不了。

他们决定，次日徒步离开映秀。路有两条：其一，步行40公里山路，去都江堰，但路上塌方遍布，随时可遇山体滑坡；其二，步行10里山路，至岷江下游一处渡口，再乘冲锋舟或木排至都江堰，但据灾民说，在渡口等待摆渡的人至少两天才能运完。

他们根本不知道，解放军官兵已连夜抢修了门桥渡场。

二、许勇

一大早，孙闻在漩口中学旁边的土坡上列席了映秀抗震救灾指挥部的晨会。

会上许勇少将说，鉴于映秀记者较多，可以等伤员运完后，分批安排直升机，运送记者撤离。

许勇话刚说完，一位女记者立刻挤进人群说：“我是某某报记者，能否安排我们的人先走？”

“一边待着去，先运伤员！”许勇厉声道。

“我是全国……”那人报上了她获得的一个荣誉称号。

“那你更应该最后走！”

……

当最后一批伤员运走之后，许勇没有食言，依次安排在映秀的中外记者安全撤离。

许勇这个49岁的将军，在抗震救灾之初当起了排长，带领军指的三十来个兵，从都江堰猛穿插，巧迂回，开辟水路进入震中映秀。

在映秀，到处传扬着他的故事。

在灾区各地，记者大军是一支重要力量，报道灾情，宣传鼓劲。多数记者以灾情为重，多帮忙，不添乱。对于极个别记者的小小不端，救援人员也宽容居多，很少有人像许勇那样不客气。

记者抵达映秀后，各路救援人员已逾八千，部队给养只能依靠直升机空运进来，直升机班次有限，而部队自带的给养又很快耗尽。在临时机场，就发生了抢给养的事。

直升机还没停稳，就有人围了上去准备抢水、抢吃的。

许勇见状，手持扩音器命令部队：“不拿出警戒线的，都算搬动。搬出警戒线的，都算抢。有敢抢的，给我用工兵锹狠狠地揍！”

许勇手下的兵，抄起工兵锹，迎着直升机螺旋桨刮起的风沙，怒目圆睁，像门神一样，盯着一个个抱着东西的人把物资一件件码放整齐。

许勇一直客气地对侍俊说，“我在这儿，只管好我的部队，完成你们交办的救援任务”。可谁都知道，他的话在映秀是最管用。

在映秀，救援人员在镇子南边的河滩上安营扎寨，部队住的是制式帐篷，模样一样，但一看就知道，哪支部队是许勇的。

许勇的部队扎的帐篷有板有眼，帐篷四边全都用石块和土压好，用工兵锹拍出统一角度的斜坡，下面再挖出一道排水沟，下大雨，帐篷外面都不会积水，更不会有水渗进帐篷。帐篷里面，正中的顶上还挂一块石头，加大压力防风。他和士兵一样，睡觉时，身下铺一件雨衣，用来防潮。

许勇的士兵大解也是一景，部队官兵到河滩上大解，都拎着工兵锹，先挖坑，再解手，解完之后，还要埋好。

一位战士告诉记者：“军长有令，不埋的要记过”。

谁能知道，许勇是带着心痛和哀伤参加抗震救灾的。地震前夕，他16岁的儿子，因病不治，永远地离开了他。

映秀救援，刚刚理出头绪，他又被派往打通都江堰至映秀的公路抢通现场。

向孝廉是漩口中学初三五班的学生，地震发生时，她正在3楼的教室上课。突然，整个教室晃动。老师慌忙喊学生们跑，同学们争相往门外涌。在走廊上，她感到天旋地转，站立不稳，好不容易跑到一楼，楼顶的一块水泥板“噗”的一下砸在她身上。“我心想完了，就什么也不知道了。”这位13岁的小姑娘对记者孙闻说。

不知什么时候，向孝廉第一次醒来，迷糊着没有知觉，但能从缝隙里，看到外面的亮光，接着再次昏迷。第二次醒来时，天已经黑了。

一个声音唤醒了她，那是同学马健的声音。“我哭着对他说，马健你别走，等我死了再走吧。”

马健说：“我不会走的，你是班上年纪最小的，也是生命力最旺盛的，这点困难难不倒你。”

马健一边喊着“坚持，坚持!”一边疯了似的用双手刨着水泥碎块。大约4个小时后，向孝廉终于被刨了出来。

而马健的双手已经血肉模糊。已感觉不到伤痛的他，背起向孝廉艰难地向门外走去。

刚到门口，扒出孝廉的地方，墙壁突然倒塌。

好险！如果晚半分钟，他们两个都出不来了。

“记者叔叔，你们一定得帮我，给马健颁一个见义勇为奖”，向孝廉说。

三、李文茜

李文茜是映秀小学五年级一班的学生，很爱跳舞。

当时，艾丽莎老师在给她们班上美术课。

突然，大地抖动。艾老师边喊大家快跑，边组织学生撤离。

教室在4楼。

李文茜刚跑到4楼和3楼的楼梯处，教学楼塌了。

她与一位男同学一起被埋，她左手抬不起，右手手背受伤，左脚被压着动不了，预制板把右脚膝盖内侧肌肉砸掉一大块。

她被压得喘不过气来，就用能动的右手把身上的砖块移开，移开后呼吸顺畅多了。她这时还不知道，自己的胸腔骨也已经折断。

她拼命地喊救命，无人应，周围全是救命的喊声。她边喊边感到头晕，眼睛睁不开。想睡，真的睡了。

10多分钟后又醒了。只要听到外面有人，她就喊救命；只要听到外面有人喊学生的名字，她就答应。她把受伤的右手从预制板缝隙伸出招手。

不久有人来了，那位叔叔看了看，说预制板太大，救不了，就去救别的同学了。

过了很久，又有人来了，这位叔叔仍说救不了。

李文茜努力把手伸出去，使劲抓住了叔叔的裤脚："求求您，叔叔救救我。"

从李文茜的泪眼中，叔叔受了莫大的感动，再难救也要救啊。

叔叔说："你放开手，我去找几个人来，一起救你。"

叔叔真得找来几个人，大家合力一抬，那预制板压得并不是非常紧，一下就抬开了。

李文茜和男同学被救了出来。

人们一个传一个地把李文茜传到了操场上，董成云略作检查，让护士给她输上了液，当时她的双脚还完整。

14 日，李文茜被直升机送出，到了华西医院，伤腿已经感染绿脓菌，马上手术。

医生说："再晚来一点，就没命了。"

22 时，手术后两小时，同屋病友的家属帮忙接通了她远在广东打工父母的电话。李文茜告诉父亲："爸爸，我在华西医院。我没事，你们放心。"

父母从电视里了解的映秀的灾情，心急得不得了，让成都的大姨去医院看看。

大姨看了后才知道，李文茜的左脚已经截肢。

她自己并不知道左脚已经被截肢，所以她告诉父母自己没事。

14 日晚上，父亲坐飞机回到成都，李文茜见到父亲第一句话就问："爸爸，我的脚还在吗？我还要跳舞。"

父亲心里在哭泣，但脸上装出乐观的样子告诉女儿："很好，以后你还能跳舞。"

几天后，日夜挂念女儿的母亲也几经辗转，来到华西医院她的病床前。

四、张春东 张春梅

预制板吊起，孩子的遗体被抱了起来，焦急等待的家长们立即围拢上来，分辨是不是自己的骨肉。

从9时30分开始，所有人把目光聚集到了正在移动的起重机吊臂上。缓缓吊起的一块楼板下，一名小女孩仍然活着。她是映秀小学四年级一班的学生张春梅，才11岁。

地震发生以来，一直守护在现场的老师张春东告诉记者，他们三天前就发现了孩子，始终守在她身边，通过空隙与孩子对话，送进去水、火腿肠……

昨天晚上，坚持了50多个小时的张春梅说："我困，想睡一会儿。"

张春东鼓励她："孩子，千万别睡，老师陪着你。"

张春梅的身边，三个死亡孩子的尸体散发出腥臭。老师鼓励孩子："别怕，你是一个勇敢的孩子，很快有人救你出来。"

时间一分一秒地过去，张春东和周围的人非常焦急，一直盼望专业救援队的到来！

14日晚上，上海救援队赶到，人们把希望寄托在他们身上。这是到达映秀的第一支专业救援队。

他们包括20名上海消防官兵和9名安徽合肥消防官兵。

张春梅被埋压的地形特殊，必须等到天亮后救援。

10时20分，当最后一根阻碍救援的钢筋被切断，人群激动。

医生们准备好了纱布、急救药品，武警战士准备好了担架，进入现场采访的记者则把镜头对准了洞口……

孩子被抱出来了，立即转移到简易帐篷里。医生迅速查看伤口，他边看边叮嘱："孩子，千万别睁眼！"在黑暗中出来的孩子，突然

见到光亮，可能会致盲。

医生给孩子露出骨头的小腿消毒时，她忍不住叫了起来："我疼!"

"你是一个勇敢的孩子，这么多叔叔阿姨在救你，别怕，没事的!"医生安慰孩子。

"我要喝水，水……"张春梅呢喃着。

"谁有水?"医生问。

记者立即打开随身携带的背囊，掏出从昨晚保存到现在的小半瓶纯净水递了上去。

看到水通过医生的手一点一滴地流进张春梅干渴的嘴里，记者的眼泪再也不能忍住。

"孩子的生命没有问题，但很可能要截肢。"医生对旁边焦急的人群说。

七八百米外，直升机已经开动螺旋桨，武警战士飞快地将应急医疗处理的孩子送上直升机。

直升机轰鸣而起，带着人们的希望。

五、陈坚，你陈不坚

在北川，陈坚已经在废墟下支撑了73小时。他被埋在像小山一样的废墟中。

救援人员，层层切开和凿掉预制板。

半个小时后，他的头露了出来，虽然不能动弹，但救援人员很乐观，估计再过15分钟就能将他救出，因为只需要千斤顶给他顶出不到10厘米的空间，就可以顺利将他救出。

但很快，救援工作陷入新困境：他腰部以下被几米厚的水泥板压住，根本无法被正常拉出来。

救援人员必须紧急调来双作用千斤顶，而这件工具，翻越这座废墟至少需要大半个小时。

在等待工具的空隙，被预制板压得无法动弹的陈坚，饶有兴致地跟记者聊起了天，鼓励营救人员坚持到底："我们结婚才一年多，媳妇怀孕快八个月了。我不想小孩生下来就没有父亲。"

陈坚强烈的求生欲望让人感动："我三天三夜没吃东西，只喝了点水。但是我觉得命大，大难不死，必有后福。"

陈坚，坚强得令人心痛。蹲在废墟旁的记者不停地安慰他，再坚持一下。

陈坚说："说实话，头天晚上我真的差点坚持不下去了，很想放弃。但我回头又想，我不能失去他们。我不想放弃家里任何一个人，所以我要坚强。"

守在一旁的消防官兵齐声应道："一定把你救出来"。

陈坚又继续说道："我必须要坚强，为了每一个深爱我的人，要顽强地活下去。"

夜幕降临，救援人员抬着工具奔来。他们用双作用千斤顶，撑开一个小的缝隙，发现陈坚腰部以下被压住的部分有三角铁、钢筋、水泥块，根本拉不动。

陈坚说，希望能够跟家人通话："我的老婆叫谭小凤，我家是桑州人。这辈子我没抱太大希望，只想我们两个和和睦睦地过一辈子就行了。"

救援人员匍匐在废墟下设置机器，一旁的人员让陈坚哼哼自己平时喜欢的歌，他却"一、二、三"吃力地哼起了号子，为自己、也为营救人员鼓劲。他一边呻吟，一边用颤抖的声音数着："八、九、十……"声音虚弱，但充满力量。

20 时 15 分，营救人员欢声雷动："出来了！出来了！"此时的陈坚却虚弱得只剩下呻吟。

在瓦砾堆积如山的废墟上，大家抬着陈坚摸黑艰难前行。“坚持一下，再坚持一下！”众人呼喊着。

苍茫的夜色下，满面尘土的陈坚渐渐不再回应众人的呼喊……

救援武警边做人工呼吸边说：“你这个‘傻子’，你都坚持了这么久了……”

女记者哭喊着，摇着他的手：“你醒醒，你老婆还在等你回家呢！”

电视台的直播主持人哭得说不出话了，节目被迫中断……

陈坚，陈坚，你陈不坚。

六、“可乐少年”和“爱照相”的小女孩

15日20时多，记者赶到东方汽轮机厂子弟小学救援现场。

国家救援队汉旺分队的领队张庆山，穿着印有“CHINA”救援字样的橙色制服，戴着橙色头盔，系着口罩，只露出一双充满血丝的眼睛。他正在指挥队员救援。

趁着工作间隙，记者好不容易和他说上一句话。

张庆山说：“我们是昨天凌晨1时30分，从都江堰救援现场分兵赶赴这里。目前，已经成功救出9名幸存学生。”

真让人兴奋，22时22分，解救女孩时，又发现了被埋压的小学生薛枭。

12日14时28分，薛枭坐在4楼教室里上化学课。老师唐三喜刚刚布置了几道习题，教室里很安静，班上45个同学都在埋头做题。快下课了，薛枭只想着把老师留的习题做完。

突然，教室剧烈地晃动，讲台上的唐老师最先反应过来，他大声叫着：“地震了，大家不要慌。”

薛枭和几个同学赶紧往桌子下钻，几秒钟的时间，整个教室垮

塌了。薛枭只感觉脚下一空，人直往下掉，轰轰几声巨响之后，四周突然变得异常安静。

瞬间，薛枭被埋在一片黑暗之中，耳边传来呜咽的哭声，哭声让他心里很慌乱。

“我是龙锐，还有谁在?”一个声音从头顶传来。

“我是李春阳”“我是肖冬”……十几个声音陆续响起，熟悉的声音让薛枭镇定下来。

“我是薛枭!”吼出这句话后，他开始适应“新的环境”。右手被一块预制板紧压着，他用左手推那块预制板，把右手解放出来，沉重的预制板纹丝不动；而双腿被两块水泥板挤压住，左腿稍微松动些。

薛枭用力挣脱左脚的鞋，将左腿从水泥板的缝隙中抽了出来，他稍微感觉舒适了些，他动了动右腿，除了疼痛之外，右腿无法动弹。最大的安慰和希望来自于头顶的一条缝隙，那里透出些微光，让他呼吸到外面的空气。

最初的慌乱过后，薛枭感觉口渴，真想可乐哪。仿佛上帝创世般神奇，不但有了光和空气，水随后传递到他的手中。这瓶水不知是哪位同学在废墟中刨出的一个塑料杯子，里面有水。有同学说：“每个人只喝一小口哈，还有很多同学要喝……”

杯子传到薛枭的手上时，他只喝了一小口，杯子就空了。

头上的微光渐渐消逝，黑夜来临。为了让大家保持清醒，同学们开始唱歌，定下的规矩是：一个唱两句后，下一个人接着唱。轮到薛枭时，他忘记了歌词，接不上去，乱哼了几声。

黑暗的废墟里，竟然响起断断续续的轻笑声。

第一个晚上，薛枭没有睡觉，身边的同学也让他没有一丝害怕，他坚信自己一定可以出去。

光线再次从缝隙中透进来，同时也带来了新的希望。13 日一

早，外面的脚步声让同学们精神为之一振，十余个人在数了“1、2、3”后，一起大声呼救：“这里有人，快来救我。”

救援人员施救时，同学们用聊天互相鼓励，说得最多的话题是出去后干什么。有人说“出去我要先喝水”，有人说，我要去买篮球，咱班的篮球，肯定砸坏了……

这些闲聊让薛枭感觉就像是下课时分，同学们聚在一起的唠嗑，他静静地听着，没有参与，只要能出去，干什么都好。他喊了声埋在上面的龙锐，问他的手机还在不在。他伸手，让龙锐将手机递给他。

薛枭聚精会神地玩着游戏。手机上有四格电，在消耗了一格电量后，他把手机还给了龙锐。

13 日的白天在期待中度过，薛枭不知道有没有同学被救出，他感到困倦了。

他对身边的马晓凤说：“我睡两分钟，你记得叫醒我。”

马晓凤不同意，使劲喊着薛枭的名字，不让他睡，于是同学们都开始互相喊着名字，薛枭答应着，强撑着没睡。

然而，在这一次报名中，有两个同学没有了回应，薛枭心里明白，他们永远不会再“报名”了。

薛枭有些难过，但他没有心慌，他觉得自己死不了，就算死，还有那么多同学陪在一起。

反倒是陆续有同学被救出，薛枭心里有些发慌了：“什么时候，才能轮到我呢?”

一直没有饥饿感的薛枭感到无可遏制的口渴，嘴唇干裂，他用舌头一遍遍舔嘴唇，好像连唾液都没有了。

14 日，头顶上挖出一条更大一点的缝隙，一根管子伸进废墟，那是救援人员递进来的葡萄糖水，薛枭喝了很多，其实，他最想喝可乐饮料，这糖水实在不合他的口味。

薛枭埋在最下面，又不敢动用机器，怕引起危房垮塌，救援进展缓慢。

14 日晚上，薛枭没有支撑住，太累了，他睡着了。也不知睡了多久，他迷迷糊糊听见李春阳大声叫喊他的名字，随后，一根棍子捅到他身上，把他捅醒了。

李春阳说："你把我吓死了，喊你半天都不说话，我以为你也不行了。"

薛枭在黑暗中疲惫地笑了一下，回了句："我没事，我想喝可乐。"

薛枭头部上方有一根大横梁，右手臂被一块水泥板压住。

救援队员何红卫一边清理掉周围的瓦砾，一边不停地跟薛枭说话。

"叔叔，你不要走开啊！"薛枭轻轻地说。

"放心，叔叔不会走开，我们一定会救你出去的"，何红卫回答道。

王念法在操作时，突然听到横梁另一侧传来一名女孩柔弱的声音："叔叔，薛枭怎样了？"

还有一个人，王念法立刻让何红卫营救薛枭，他则往女孩求救处爬。

"喂，能听到吗？"

"能！"

"你叫什么名字？"

"马晓凤。"

"你受伤没有？"

"受了点轻伤！"

"你周围是什么情况？"

"我周围是课桌。"

慢慢地，营救通道打通了。王念法看到上下预制板间只有 20 厘米的空间，马晓凤是爬不出来的。

王念法让何红卫找了一根大约 3 米的棍子，让队员送来一瓶矿泉水。他把矿泉水的盖子拧松，然后用绳子捆绑在棍子上，小心地递给马晓凤，让她慢慢喝一点。

王念法又找来一根输液导管，爬进通道递给马晓凤。“你量一下你头上的楼板到下边楼板的距离，知道吗？”

她量好距离递出来，王念法很快锯了五根木棍。

王念法爬进去，递给马晓凤说：“看我的手电光，在这儿支一根。”

竟然不行，太长了。原来马晓凤刚才过于激动，量斜了。

王念法又把木棍锯了 10 厘米，再次爬进通道。这一次行了，一会就支好了。

她的头顶有四块预制板，身下是单层楼板。王念法架好扩张器，利用上面预制板的重量把下边单层楼板强行扩张。

22 时 20 分，营救通道打开，马晓凤马上就能出来。

突然，马晓凤说：“叔叔，在这照张相吧，我要记住这一刻”。

看着她瞪得圆圆的眼睛，嘴角露出的笑容，王念法眼睛湿润了。

小女孩，你真逗。

22 时 28 分，马晓凤爬出了废墟，王念法把她抱上了担架，周围的家长和志愿者鼓起了欢庆的掌声。

王念法把马晓凤抬上救护车。临别前，她说：“叔叔，能把你的联系方式告诉我吗？”

“可以！”

23 时 05 分，薛枭也被成功救出。

薛枭入院治疗期间，热心人不断到医院探望。对于薛枭来说，地震的创伤可以逐渐淡忘，被截肢的右臂却永远不能接回。他的主治医生说，薛枭是用左手按下了同意手术的指印，当时他没有流泪。

昨天，薛枭在医院告诉记者：“我还想考大学！”

薛枭的母亲谭忠燕，闻讯赶到医院，看到只剩下左手的儿子。儿子没有掉眼泪，他对妈妈说：“我右手没保住，被救出来时就知道保不住了。”

“自强不息”4个字，是谭忠燕对儿子薛枭的赠言。

第十二章　自救、互救（一）

一、枫香树林海英

映秀镇枫香树村有一家九寨沟制药厂，那是阿坝州州属企业。制药厂效益不错，年交税金近千万元呢。

药厂办公楼高 4 层，13 时，有 30 人在楼里上班。地震时，办公楼整体垮塌，只跑出来 10 个人。

被埋的人员中，有财务室的一名经理两名会计，林海英就在其中。

地震后，林海英的丈夫带了几拨人去救她。

林海英的前面横着一根大梁，由于无法打断这根大梁，几次救援都失败了。丈夫让林海英在里面先待着，等待救援人员或大型机械来了之后再救。

丈夫回到临时安置点，照顾受重伤的父亲。这期间，丈夫去幼儿园找女儿。女儿从废墟中掏出来了，已经遇难。

第二天一直下大雨，没人有办法对林海英施救，只有丈夫隔两个小时来跟她说一次话，鼓励她。

18时许，仍下着雨，已近傍黑，林海英奇迹般地走出了。她走到制药厂对岸福堂坝临时安置点的岷江堤上，不断地喊丈夫。丈夫刚开始以为是幻觉，听到了也没应，他觉得她自己无论如何出不来。

后来，丈夫听到她喊了好几声，确定是她的声音，将信将疑地走出安置棚，看个究竟。

他看到的真是林海英，满身水满身泥，湿漉漉的刘海儿遮住了右额头。

丈夫赶紧冲过去，把她背到临时安置棚。

丈夫尽管欣喜若狂，背着林海英还在想：这是真的吗？还在问："你真是我老婆海英？"

棚子里的人都知道林海英被埋着，几次救都救不出来。很多人都到现场，参与了救援。

林海英不是超人，不是神仙，不可能像孙悟空那样缩身变小，从废墟中钻出来。

林海英的身旁一下围了很多人。

一边看稀奇一边问："你是不是鬼哟？"

人们七嘴八舌议论间，林海英告诉了她脱身的经过。

他们财务室在办公楼的二楼。地震时，她们从财务室跑出来，以为是施工的都汶高速公路隧道放炮放凶了，就在财务室门口停了几秒钟。

平时隧道施工放炮，门窗震得嘎嘎响。

有人喊："快跑，地震了。"他们反应过来，赶紧往楼梯跑。

刚跑到楼梯口，楼梯就塌到一楼，她们一起被摔了下去。如果不耽误那几秒，第一时间赶紧跑就跑出去了。

林海英被埋后，什么也看不见。通过摸索，知道自己处在两根大梁交错倒塌的一个空隙里。两手和左脚能动，右脚小腿以下被其中一根大梁压着。

在右脚的上方，有一个同事的脑袋，同事已经遇难。假如不是同事的脑袋，她的右脚就会被大梁压碎。

林海英把周围的砖块刨开，让身边的空隙稍大一些。

她试着抽动右脚，太痛了，抽不出来。她拼命地喊“救命”，无人答应。外面的人说话，她完全听得到。

林海英在里面，不断地听到有人来救人，不断地有人被救走。

每来一次人，她就高兴一次，每救走一个人，她就失望一次。

被埋女同事被救走，林海英更失望。

大约半小时后，丈夫喊她，她听到了。丈夫也听到了她的答话。

丈夫欣喜地叫人来救她。

林海英从救她的几拨人嘴里知道，公公头部受了重伤，女儿没在外面叫妈妈，可能出事了。

林海英还知道，没人能移动头上的两根大梁，她伤心绝望地哭了。

哭过之后，她反觉得轻松些，她想，自己才 32 岁，还年轻，不能就这么死了，一定要活着出去。

林海英试着把右脚往外抽，这时，她已被埋 24 小时。右脚被压得没有知觉，不知道痛。

她咬着牙，努力了约有 1 个多小时，竟奇迹般地把右脚抽出来。

抽出脚，她高兴了；有希望了，也有力气了。他往周围拱了几下，看到一缕亮光，更高兴了。就往亮处掏，终于掏出一个小洞，可以呼吸到外面的新鲜空气了，也看到外面在下雨。

周围的东西，林海英再也掏不动了，就拼命地喊救命。外面在下雨，没有人答应。喊了一会儿，她失望地哭了。

这时，人们都撤到岷江对岸福堂坝的临时安置点去避雨，没有人听到她的喊声。

哭完又喊。

这时，奇迹出现，一个小伙子的声音说："你莫叫了，他们都在江对面，莫得人来救你。"

林海英高兴极了，终于有人了。她央求小伙子，"小兄弟，麻烦你去喊我老公来救我。"

小伙子说："我不认识你老公，也不知道他在哪儿。"

少顷，小伙子主动说："我来救你吧。"

她听声音是个小男孩，就问："你没得工具，咋个来救我？"

小伙子说："我去找个千斤顶来。"

几分钟后，小伙子真得找了个千斤顶，把林海英前面的大梁顶起一些，她还是出不去。

小伙子用带来的榔头把她前面的洞敲大了些，让她往外爬。她让小伙子拽她，小伙子不敢，怕她身上有伤。

林海英只好努力向外爬。

终于，奇迹出现，她爬出了那个小洞。"现在再叫我爬那么小的洞，那是无论如何爬不出来的。"

林海英问小伙子，你叫什么名字，小伙子只说是小河边村的人，不说名字。

这时，在林海英被埋的上方，还有一名女工埋在废墟里喊救命，这是办公楼里最后活着的一名员工。

小伙子说要去救她。

林海英只好过岷江上的团结桥去找丈夫。

人们问她是不是鬼时，她顿时感到右脚奇痛难忍，差点昏迷过去。

"这救林海英的，莫不是小偷呢。"

有这种疑惑的人认为，当时人们都在躲余震、避雨，他一个人提着千斤顶和其他工具冒雨到废墟上干什么。当时天快黑了，他不陪林海英过河，说去救上面那位被埋的女工，实际上他可能没去救，

那位女工遇难了。他说是小河边村人，可小河边村没有这个人。

林海英可不这样想，她不相信小伙子是小偷。她被救出来时看到，小伙子只有十二三岁，完全是一个孩子。如果是小偷，他会专门去偷东西，绝不会来救人。

林海英甚至想，小伙子是上天派来救她的小天使。

二、虹口乡张兴蓉

张兴蓉是都江堰市虹口乡妇联主席。

那天，张兴蓉与妇女主任于树清、成教专职干部明小玲、综治办干部胡磊到联合村去了解计生工作。

联合村处在龙溪和虹口国家级生态区边缘，已属原始森林区。这里距映秀直线距离10公里，周围几乎没有人烟。

在回来的路上，于树清开车，张兴蓉坐在副驾驶位置，两个小青年坐在后排。

车在山间盘旋前行。

突然，注视前方的张兴蓉看到路两旁的树枝“哗哗哗”地摇：“这是咋啦，好奇怪哟。”

于树清反应得快：“遭了，地震了。”

张兴蓉背上的鸡皮疙瘩都起来了，她说：“快停车。”

于树清说：“不要慌，大家坐好。”

路旁山上的树摇得更厉害了。张兴蓉说：“快停车，不能开了。”

车刚停稳，车前5米滚下一块桌子大小的巨石，好险。车若一味地向前冲，必被那大石击中。

她们惊吓地拉开车门，急速下车，车后三米处滑下一大摊泥石，一块碗口大的石头砸在倒车镜上，左倒车镜一下就碎了。

路边有个坎，张兴蓉说：“大家靠到坎边。”小明、小胡和张兴蓉紧贴坎，躲避山上隆隆落下的飞石。

于树清经验丰富，他跑过来跑过去，观察山上落下的飞石，观察险情，寻找出路。

脚下摇晃更加厉害，山体隆隆。车子前面几米远的地方裂开一条近半米的裂缝，又一阵飞石从山上飞下，一块大石头“咣”地砸在车左侧，差一点将车掀翻，张兴蓉的脸吓得铁青。

于树清还在跑来跑去找出路。

张兴蓉和小明、小胡不约而同地打手机，可电话不通。

山体滑坡带下的烟尘，迷蒙的看不清五六米的地方。

对面的山与她们停车的地方间有一条小河。

怎么办？张兴蓉说：“我们返回联合村。”

他们四人扔下车，徒步向回走，走了一截，翻过一个山包，她们惊呆了：垮下的半匹山挡住了去路，山还在不停地垮，危险重重。

于树清说：“联合村回不去，我们沿着小河向前走，回我们乡政府。”

走了几截，一看，脚下纯粹是百丈悬崖。

真是走投无路。

于树清有主见，他用非常原始的方式朝河对面大声地吼，“喂——喂——喂——”

河对面是联合村二组。山上面还有七八户人家，那里应该是三组。

喊了几嗓子，还真管用，对岸用“喂——”答应了。

对方问：“你们在哪儿？”

“我们在这儿！”于树清回答。

于树清问对方：“你们那边怎么样？”

对方又回答：“山垮得特别凶，房子全垮了。”

“有没有人员伤亡？”

“没得。”

于树清又朝联合三组的方向喊，联合三组也答应了，那里是二郎庙。

对方又问：“你们是哪里的哦？”

于树清回答：“我们是乡政府的。妇联张兴蓉主席在这里呢。”

“你们几个哦？”

“我们四个。”

他们又说：“你们所处的那地方很危险哈，你们站的地方下面已经垮完了，唯一的出路就是往上爬。”

山里人居然用原始的方式给他们指出一条明路。

她们顺着联合三组人的指点，艰难地往山上爬，于树清爬在前面，开路探路。

张兴蓉身体发福，艰难的不得，两个小青年不得不前面拖，后面推，最艰难时，又召回于树清回头帮忙。

他们爬到一个山间小平地，刚想喘口气，不料那小平地张开大嘴，生生地裂开一条一米宽的大裂缝。幸亏没有掉进裂缝。

吓得她们早说不出话来，有泪也不敢流，只往肚里咽。

小平地不得停留，她们四人又向联合三组的方向爬，且左躲右闪山上飞下的落石。

爬得一段，她们居然遇到一个70多岁的老太婆。她是联合三组的。她在山间东摸西走，找不到路了。

张兴蓉说：“你不要东走西撞了，没有路，你走不动，我们抬起你走。就算我们四人砸死了，也不能把你摞在这里。”

17时许，她们爬到了联合三组。

张兴蓉本想大哭一场，劫难余生嘛，可看着眼前惊恐无助村民的眼神，又不得不强打精神，安排村民，找塑料布、找绳子，搭帐篷。

天黑下来了，她们与村民蹲坐在简易篷里，余震不断，远处塌方的山体隆隆。哪睡得着呢。

张兴蓉打起电筒向不远处的废墟一照，一条大黄狗静静地躺在那里。

张兴蓉说："你平时多凶啊，现在也老实了。"

她走过去一看，狗已经死了，它身上没有一点伤。

张兴蓉踢了一下说："我们都没遭死，你倒遭吓死了。"

突然，她们听到"扑通"的一声沉闷声。稍停了一会，有胆子大的村民到外面看。

原来，一块桌子大的石头落在了村民成屋叉的屋顶上，没有它滚落的痕迹，是从天上掉下来的，好惊奇哪。

13 日，下了一天的雨，没得办法。

14 日，她们决定向外走。一是乡上惦记她们，二是村上的老百姓太苦了。这村上的求助信息必须向外传递。

她们上山下山，山上山下，爬到联合四组张家院子时，张兴蓉说："我走不动了，你们去报信吧，我投降。"

她们在歇息间了解了这个组的灾情。

村民们人心惶惶，都在找身份证和户口本，准备外逃。

老百姓中间还有传言："政府的人已经坐飞机逃了，就把我们丢在这儿。"

听到这里，张兴蓉来劲了，厉声说："谁在散布谣言，政府的人咋坐飞机逃了呢，我就是乡政府的张兴蓉。"

天灾来了，困难说困难，决不能胡说八道。

15 日 6 时多，她们终于从山里爬出来了。

在高原村大桥处，她们又停下喘息。

你看看我，我看看你，衣服又脏又烂，手上腿上伤痕累累，血糊糊的一个个像讨饭的叫花婆。

三天了，待她们回到乡政府，乡上已将她们四人作为失踪人员上报国务院失踪人员名单了。

三、“那裤头，我要珍藏做纪念呢”

映秀湾水电厂水工师傅孙名胜，40多岁，心宽体胖，体重80多公斤。

地震时，他在宿舍，刚穿好工作服，准备去上班，里面只穿了背心和内裤。

地动山摇，他迅速躲到了桌子底下，楼房塌下来，把他埋住。

他刨身边的砖块，拼命往前拱，拱了约两米远，桌子被塌下来的大梁压垮了。他有1.7米，所以没压着。

假如他当时不往前拱，就会被压成肉饼了。

孙名胜在废墟里埋了两天，只能看到前方拇指般粗细的一缕亮光，可以判断有人路过。他喊救命，可外面下着雨，又有余震，别人听不到他的声音。

他在希望、失望的煎熬中熬过了两天。他开始出现幻觉，觉得自己到了一个无声无息的空寂世界，一个人在这个世界里自由自在地神游。

饿了，找不到吃的，他摸到工作服内有块卫生纸，慢慢地嚼着吃下去。

第二天早上，工友王洪昌到废墟中找碗吃饭，低下头钻进废墟。

孙名胜正好这时又喊救命。王洪昌听到了，哪还顾得找碗，赶快找人来救孙名胜。

七八个工友连续奋战4小时，把预制板凿开一个洞。

洞太小，他太胖，爬不出来。

再把洞凿大的可能性不大，一是有大梁打不了，再则，人们几天没有像样的吃饭，都累得没劲了。

孙名胜把工作服脱了，递出来，向外爬，还是爬不出。

孙名胜在里面问："外面有没有女的？有就走开。"

外面的工友答："你爬出来就行了，还管男的女的干啥子。"

孙名胜说："我把背心和内裤全脱了。我往外爬，你们在外面拉。"

工友们这才明白过来，赶紧接过他递出来的背心和内裤。

他使劲向外爬，外面的人尽力向外拽。

拽累了又休息，又调整体位。

足足拖了10分钟，孙名胜真得被拖出来了。可他的全身上下，除头部外，找不出一块完整的皮肤，到处都是刮擦伤。

事后有人问孙名胜："出来时痛吗？"

孙名胜说："当时痛啊，可再痛也没有叫，只要能出来就好，埋在里面一点儿都不安逸呀。"

输了几天液，住了几天院，出院时孙名胜向大夫要内裤："那裤头，我要珍藏做纪念哪。"

做纪念，何止这短裤头。

校长谭国强救学生时，衣服上下沾满了血，没有了布丝，其后换下扔掉了。震后，映秀小学易地重建，有企业老板欲收购谭国强的血衣以作纪念，开价150万元。不要说150万元，15万元，对于重建学校也大有作为呢。

谭国强拉上张春东和叶尚敏上下翻腾垃圾场，找他的血衣，不知情的人问他："找什么呢？"

谭国强回答："找150万元哪。"

四、豆芽坪曾佐强

老街村二组叫豆芽坪。那是映秀往汶川方向最北面的一个组，再向北就属银杏乡了。

豆芽坪全组19户，72人，地震时在家的有33人。

村民杨志华家里新建了一幢两层楼房，请人装修。承包装修的是富川县的曾佐强。

地震时，曾佐强和侄儿郑家友、女婿邱正宏都在架子上干活，老婆在院坝里调灰。突如其来的大地抖动，搞得他们莫名其妙。

他们知道房子后面有公路，以为是公路上有大货车过路。曾佐强想：啥子车哟，咋个这么凶哦，把房子摇得要散了。他一边想一边在老婆呼叫声中从架子上蹦下来。

侄儿郑家友大喊："是地震了，快点跑哇。"

其实他们算好的，以为是汽车引起的大地震动。在岷江上游，正修建的水电工地上，一名正在施工的临时工被突然发生的地震吓得惊叫："糟了哦，美国人甩炸弹过来了哦。"

这家伙把太平洋对岸的美国人大大给冤枉了。

曾佐强与女儿和侄媳妇互相搀扶着往公路上跑，不停地躲着山上飞下来的石头。当时，2米见方的石头到处乱飞，所幸他们蹦蹦跳跳，都躲过去了。

他们回过神来，看到岷江被两边垮塌的山体完全阻断，江水上涨，下游没水了。

看着天要下雨，曾佐强叫大家搭棚子避雨。

刚开始搭棚子，听到岷江对岸有人喊救命，接着从对岸游过来4个男人。此时的岷江水位已上涨10多米，完全形成了一个湖。这4人是从湖面上游过来的，他们不知道那湖叫堰塞湖。

那4个人上得岸，曾佐强才弄清楚，4人坐同一辆中巴车，中巴从汶川开往都江堰，前后塌方，中巴堵在公路上，车上还有10个人。公路已全毁了，车开不了，人也过不去，车上还有一名重伤员。

他们确实过不去。中巴当时走的老公路，也就是213国道。岷江这岸是新公路，也就是国道317线。

堰塞湖317线一边就是险中险路段——老虎嘴。

曾佐强他们二话没说，立即救人。

村民尚兴文家有一条抽沙船，是电动的，当时没有电不能动。

尚兴文、曾佐强、邱正宏和一名姓梁的电工各自找来竹竿和木板，将抽沙船向对岸划去。此时，湖水已有20多米深，竹竿根本撑不到底。

划至对岸，他们将绳子抛到停在10米悬崖的车上。

把绳子系在车上，先把伤员吊下来，其余的人也依次吊下。

船太小，只能装10个人，已经有4人划船，所以一次只能载6人。他们分两次把中巴上的9个人载过来。

没有装载那名重伤员，尚兴文对那位重伤员说："兄弟，对不起了。我们无法救你，我们那里没有医生，把你运载过去也无药救你。"

他们和车上的人都清楚，这人伤得太重，脸像纸一样白，毫无血色。人除眼珠在动，哪都动不了，呼吸也只有出气没有进气，这样的伤情放在医院也很难救活。

他们把这名重伤员放在江岸上的一小块平地上。两个月后，还有人看到他的尸骨和衣服。

后来，每次尚兴文和曾佐强路过那里，都要望一望岷江对岸那个地方，心里默默地说："对不起兄弟，我们救了车上的13个人，实在救不了你呀。"

他们何止救了13个人。

把中巴上的人接过来后，全组的人都到自己家里去找衣服、鞋子给他们穿。

此时的豆芽坪，房子塌完了，哪里还有家哟，衣服和鞋子全是从废墟中冒险刨出来的。

村民们搭起棚子，中巴上的13人就与村民一同吃住。

之后，陆续从四面八方涌来300多受灾逃难的群众，他们又多搭了十几个棚子。

一个仅有33人的小组，一下要在废墟上冒着大雨接待10倍的逃难人员，能承受吗？

豆芽坪人接收300多避难的群众，受到贵客般的礼遇。

他们把刨出来的米煮成菜稀饭，放上盐给客人吃，每天都吃三顿。

为了保证营养，他们把刨出来的腊肉放到稀饭里一起煮，家家户户的腊肉都吃完了，尚德可把自家100多斤的肥猪拉来杀了，煮肉稀饭吃。

人太多了，实在不敢吃干饭。

丁常文开的小卖部，只要是能吃的东西，全都拿来吃光了。

逃难的人中有一名重伤员，他受到了特殊照顾。村民们把他安排住在最大的一个棚子中间，雨淋不着。身上盖上被子，晚上冻不着。头上枕着枕头，当时300多人仅有两个枕头。这对枕头是新过门媳妇的，枕套上还绣着一对红嘴鸳鸯呢。

村民们没有给重伤员吃腊肉稀饭，曾佐强告诉他，有伤就有寒，有寒就不能吃腊肉。

开始时，给他吃小卖部的火腿肠，后来杀了猪，就专门熬新鲜的排骨稀饭，吃得他眼泪不住地往下流。

这么多的人吃饭，碗和水哪儿来？

山里人每家每户都有几桌人的碗，那是平时遇有红白喜事，或生日之类招待客人用的。

水呢，曾佐强走南闯北，见多识广，他知道当时的岷江和山里的水不能吃。恰好地震时公路上，滞停了一辆大货车，驾驶室顶上有个刹车水箱，里面装满了水，大家先吃水箱里的水。

真是天无绝人之路，水箱里水用尽，天下雨了，村民用各种物件接雨水，大到水桶，小到锅碗。接下来的雨水先集中，再使用。到后来也不知那大货车是谁的。

前有塌方，后有滑坡，天又下大雨，走不了，去不成，300 多人在豆芽坪苦熬难挨。

豆芽坪人倾其所有，尽情招待，还特别照顾伤员和小孩。林子大了，什么鸟都有，个别人却把豆芽坪人气了个半死。

13 日晚上，一个中年男子来到豆芽坪，开口就说："我有钱，快给我弄点饭吃！"

人们用鄙视的目光盯着他。尚兴文举着拳头冲他吼道："老子这里不卖饭！"这人乖乖地等到晚饭时排队领饭。

每到煮饭时，人们都行动起来，淘米、洗菜、生火、切肉。

可有的人自始至终就像一尊菩萨，坐在那里一动不动，看着人们忙碌。饭煮好了，排队领饭时，又冲在最前面。更有甚者，抢着吃完碗里的，又到后面去排队，领第二次饭，引来人们一片吼声。

有的人打饭时，还让村民给他找筷子。村民没好气地呛道："老子连儿子都没找到，还帮你找筷子！"事实上，喝稀饭也不用筷子。

江风、山风夹着雨，让人透心地凉。

豆芽坪人把家里所有刨出来的衣服全拿出来了。可有一个男人抱怨："我是男人，怎么拿件女人衣服给我穿？"

给衣服的老大娘，一把夺回衣服，扭头就走。那人又跳过来，把衣服抢回去，一下就穿在身上了。

苏昌华大娘，59 岁了，她把自己最珍贵的花呢子大衣拿出来给人穿了。

15 日早上，雨停天晴，太阳出来了。刨出的米、腊肉、小卖部的东西，全吃光了，也无粮无水煮早饭了。人们商量，集体外撤。

曾佐强、尚兴文他们四人划船，一船又一船，将滞留豆芽坪的 300 多人，向岷江对岸的白家林渡撤。以便沿着老公路，213 国道，向映秀方向逃。豆芽坪这岸的下游是老虎嘴，无法通过。

老虎嘴的堰塞湖已形成 3 天了，湖水深达 30 米，湖面宽达 150 米，村民撑着竹竿，划着木板，把这岸的人摆渡过去，还要把对岸往上游汶川方向去的人捎回来。

天不下雨了，毒辣辣的太阳当头，没得饭吃，没得水喝，满身大汗，不用劲划，那船就不动啊。

历经三个小时，过江涉湖的人过去了。曾佐强、尚兴文他们四人累得趴在船上，一动不想动了。

五、毛芳琴

所有的男老师都冲到废墟上救人了。女老师在谭国强的指挥下，一边把跑出的学生向稍安全的篮球场转移，一边清点人数，并从男老师手里接过那些被救出来的学生。

被救出来的学生，个个都血淋淋的。

叶尚敏接手两名救出来的学生，其中一名女同学她不认识，另一名男同学她认识，叫高昆，是六年级的。

高昆两眼无神，一只脚和一只手不见了。叶尚敏不敢再看，闭着眼睛与另一位老师把他抬到篮球场上。

叶尚敏以前教过高昆。他个子高挑，聪明活泼，梦想长大了当警察，也是叶尚敏培养的体育特长生。

高昆被救出时，面部无伤，只有灰尘，叶尚敏一眼就认出他。

从救出后，高昆一句话都没说，也没法得到有效治疗，很可惜，这位活泼帅气的学生第二天就活活地痛死了。

从废墟中救出来的学生，不管是活的还是遇难的，很难找到完好无损的。

这，就是毁灭性的灾难。

震后约二十多分钟，镇政府来人通知：二河断流了，上游肯定被塌方堵了河道，必须把学生往安全的高处转移。

谭国强思忖了一下，令一名老师打头带领篮球场上的学生向二台山转，不分年级，不分班，一个跟一个。令其余的老师或背或抬躺在地上的学生。赶来的家长也加入了转移受伤学生的队伍。

把全班学生带出来的毛芳琴，形容地震后的学校就像一颗易碎的核桃，被人恶意地狠狠地一脚踩碎了，连里面的核桃仁都踩得粉碎了。

艾丽莎老师，年仅28岁，教美术的。她是全校最美的女老师之一。当时，她正给五年级一班上美术课，教室在教学楼右边的第二间。

清点人数时，发现这个班只有一小部分学生在操场上集中，艾丽莎肯定埋在废墟里了，叫也没有答应。

人们从废墟中掏出艾丽莎的遗体时，她的怀中紧紧地护着女学生张婉婷。

艾丽莎组织学生逃生时，有位叫陶艺的男生摔了一跤，眼镜摔掉了。

艾丽莎大喊："大家快跑，帮一下陶艺同学。"

马红秀挺身而出，帮陶艺逃生。结果陶艺跑出去了，马红秀却被埋了。第二天马红秀才被救出。

张映鹏说："我女儿婉婷虽然死了，幸亏艾老师，我女儿才有全尸。"

艾丽莎的儿子何艾明才 3 岁多，在映秀幼儿园上学。他是幼儿园最后一个被救出的。幼儿园是砖木结构的两层楼，垮了也好救，当天下午天黑时就救完了。

毛芳琴与艾丽莎非常要好，幼儿园园长徐加林就把何艾明抱来交给毛芳琴。

小明头部受伤，满脸满身都是血，双脚也有瘀血，不断地喊痛。毛芳琴抱着小明，在二台山临时安置点的雨棚里坐了一晚上。

第二天下午，天仍下着雨，毛芳琴到学校去看艾丽莎是否被掏出来，并在废墟中找了一条被单准备盖艾丽莎。等了好久，也没被掏出来。毛芳琴心里说："丽莎，我不等你了，我回去照顾你儿子了。"

回到安置点，小明不停地问："毛阿姨，妈妈呢?"

毛芳琴回答："妈妈在学校里有事。"

隔了一会，小明又问："妈妈怎么还不来啊?"

毛芳琴又答："在学校里睡觉。"

傍晚，艾丽莎的遗体被掏出来了，她头部严重受伤。

一位学生告诉毛芳琴，小明的爸爸也在这里，看样子受伤了。

毛芳琴拨开人群，找了好大一阵，找到了小明的爸爸何原。

何原受了重伤，躺在地上，不能说话，脸上只有简单的表情。他是漩口中学的老师。

毛芳琴告诉了何原艾丽莎和儿子的情况，劝他要坚强，儿子还需要他，她也有保留，没告诉他儿子的伤情。

何原喃喃地说："我想看看儿子。"

毛芳琴把小明抱过来，给何原看。

小明不停地喊爸爸。

看着泪眼汪汪的何原，毛芳琴只好把小明强忍着抱走了。

16 日下午，谭国强说，学校已经翻了两遍，救援人员已用生命探测仪仔细搜寻过，没有生命迹象了。这时，学生都被家长和亲属接走了。岷江上的堰塞湖随时有决坝的危险，大家决定向都江堰转移。

毛芳琴撕了一条床单，把小明背在背上，她不敢让小明去看一眼艾丽莎。上路前，毛芳琴让小明对着学校喊："妈妈，何艾明走了！"

3 岁多的小明似乎懂得什么，冲着学校的废墟大喊："妈妈，何艾明走了！"

动人心魄的童声，喊得在场所有幸存的老师泪如雨下。

公路全断了，毛芳琴和张春东一起，连走带爬地把小明背到百花滩，坐冲锋舟到紫坪铺水库大坝上岸。

毛芳琴身上无钱，向人借了 110 元钱，好打电话。

在岸边，那里的医生给小明做了初步检查后，要送医院。

小明的外公外婆和大姨都在都江堰。毛芳琴的家也在都江堰。她一直不知家人的情况，只听说都江堰受灾也很严重。

毛芳琴很想在都江堰下车，回家看看女儿，可救护车要去成都龙泉驿医院。

毛芳琴没有提出停车要求，任由救护车呼啸着驶过都江堰，她知道，此时的小明更需要她。

20 时许，龙泉驿医院医护人员给小明做了全面体检。正好学校的女老师卿兰春也送到医院来了。毛芳琴要求把她和小明安排在一起，好一起照顾。

一切安顿好，毛芳琴借别人的手机给家人打电话，按通后第一句就说："我还在。"

电话那头的姐姐也说："你女儿也在。"

毛芳琴一下子哭了。

第十三章 自救、互救（二）

一、禹里乡陈国兴

禹里乡，原名治城，是古代治水大禹的故里。以此地为中心，方圆十平方公里内，至今保留着“禹穴”“禹王庙”等众多大禹遗迹。

从禹里乡向南，过禹里大桥300米，即可见“神禹故里”坊。穿过坊门，沿右边石纽山崎岖小路行一里许，山腰石上有阳刻“石纽”二字，相传为汉代学者杨雄所书。史载“禹生石纽”，指的就是这个地方。

1935年5月，长征途中的红军与国民党军曾在此激战，红军官兵伤亡千人之多，战斗激烈程度，可见一斑。

1950年1月，北川县人民政府在此成立，迅即遭到反动势力的垂死反扑，31位南征北战的官兵壮烈牺牲，长眠在这里。

为此，县人民政府向关外搬迁，迁到了现在的曲山镇。

谁能想到，事隔半个世纪，一场特大地震把北川县政府驻地“包了饺子”。

陈国兴是禹里乡的党委书记。

12 日上午，陈国兴在乡里召开了全乡行政效能建设动员会。

中午散会后，他留参会的人吃午饭。

除乡上 37 个干部，村上的书记、村长、妇女主任三职也来了。吃饭时，乱哄哄地坐了 10 桌。

14 时 24 分，陈国兴走在去办公室的路上。

突然，脚下抖动摇晃。陈国兴心想，无非是抖两下就过去了。

不好，他看到两边的房子往下垮。他正对面是一堵墙。

这堵近三米高的围墙轰然砸下来，陈国兴蹦跳了几步，幸好没把他闷在底下。

惊恐的陈国兴从矮了一截的围墙处，一个箭步跳过去。

他跳在围墙外一块菜地里。

如果围墙不倒他是跳不过去的。

陈国兴蹲在地上一看，前面的房子在倒，面前的房子在垮，他本想站起再跑，哎哟，脚下钻心地痛。

事后知道，他的脚踝关节两处骨折了。

间歇那一刻，陈国兴听到有人喊："塌到人了，有两个人!"那是老贾在喊，他说他母亲塌在里面了。

陈国兴忍着疼痛，一瘸一拐地走出废墟。

烟雾散去，陈国兴拄着一根棍子走到院坝安全的地方，放眼四望，乡办公楼垮了。

再向远处望去，居民楼房，垮的垮，塌的塌。人们哭的哭，叫的叫，整个禹里城哭喊声一片。陈国兴立即招呼跑出来的人，组织老百姓向空旷的地方疏散。

好在上午开会的那些干部都跑出来了。

余震在继续，没有垮完的楼房仍在"哗哗"地掉砖瓦。

突然，陈国兴想到了学校，说应该快去学校看看。

禹里乡共有七所中小学，1696名学生。乡政府大楼后面是乡中学，也就是北川二中，人们简称“北二中”。任家坪北川一中叫“北一中”。

陈国兴与李乡长很快分工：乡长带一部分干部去学校，陈国兴带一部分干部查看街上这一块。

陈国兴给县上打电话，电话不通。

乡长与干部跑到北二中。

学校教学楼只有一个楼梯口。整个三层楼的学生，全部从这一个楼梯口跑下。

整幢教学楼垮完了，真是万幸，教学楼里的师生跑得快，楼垮塌之前，师生们跑下来了，轻伤28个，重伤一个。

整个禹里乡14500人，4300户，死亡429人，重伤126个。

灾情很严重，陈国兴召开了个小会，禹里乡遭了大地震，遇上了大灾难。他们成立了几个小组，由乡领导分任组长，明确职责和分工。

最后，陈国兴点到分管农业的副乡长和双渔村村长李家友：“李家友你骑上摩托，拉上副乡长，去北川县上报告我们禹里的灾情，十万火急，请县上火速支援。”

二、唐祖华

唐祖华的家在北川县城上游2公里的大水村。整个大水村坐落在湔江河右岸的一座山上，那座山叫唐家山。

唐祖华的家在唐家山的最高处，离湔江河的水面有700多米。

地震发生最初的那一瞬间，一阵地动山摇后，整座唐家山从山顶到江面半边的山体垮塌，滑进湔江，形成一个长800米，宽600米，高120米的坝体，成了举世闻名的唐家山堰塞湖。

大水村的大部分村民和江对岸楼房坪的村民，一起被埋在堰塞湖底。

唐祖华说："堰塞湖底，至少埋了300多人。"

这两个村，可以说遭到了灭顶之灾。

地震发生时，唐祖华的父母都正在地里干活。

山摇地动，唐祖华的父亲在挣扎中不知咋的抱住了一棵树。这棵树在山体垮塌时从山顶一直滑下来，停在离坝体约20米的地方，树还是竖着，没有倒下。

他紧紧抱着这棵树，像坐电梯一样，至少滑了几百米。

大地还在不停地摇，可他一直紧紧抱着树，一直还在树上，没有掉下来。

假如手一松，从树上掉下来，人就不知道哪去了。

满天的灰尘渐渐散去，大地摇得轻一些时，他才看清，那棵树上抱了3个人。

唐家山山体还在垮塌。

他们惊愕地跳下树，惊慌地手脚并用，攀爬过山石，走过大坝，绕路逃生了。

唐祖华的母亲，地震时也随着山体一起滑下来，被埋在了坝体中间。万幸的是，头没被埋住，人还是清醒的。

灰尘太大，什么也看不清。她想喊救命，被埋住喊不出声。她拼命挣扎，把一只手抽出来，用这只手掏出另一只手，呼吸一下顺畅多了。两只手都能动了，她高兴了，劲头也足了，继续掏自己。

烟雾迷蒙，大地还在不停地摇。她隐隐约约看到有三四个人在面前十几米的地方走过。她拼命喊救命，喊不出声，整个身体被埋着。

她眼睁睁失望地看着逃生人远去。

没办法，她继续掏自己，掏着掏着，老天爷下起了大雨，没办

法避雨，任凭雨淋雨浇，再大的雨也只能继续掏。

山里人意志坚强，真的是有劲儿。在大雨中，掏了一晚上，到第二天上午，居然把自己掏出来了。她又饿着肚子，爬山爬岭，走了两天，终于自己走出来。

见到儿子，见到了老公，互相一说才知道，当时她看到十几米远走过的那三四个人，就是老公他们。老公没有听到喊声，也看不清楚，根本想不到几百米滑下的山体上有活人。

她是不幸的，又是万幸的，灾难差点把她送进地狱，坚强使她获得了新生。

整个唐家山被埋住的 300 多人，只有她一个活下来，其他人连影儿都没见到。

三、何亚军

“我还活着！”11 岁的何亚军醒来时，发现自己被压在一片废墟之中，右腿被死死地卡住，动弹不得。透过废墟的缝隙，她看到了黑沉沉死寂的天空，还有几颗闪烁着微弱星光的星星，竟然是晚上了。

头疼加上钻心的腿痛，她感到巨大的恐惧。她渐渐回忆起，当天下午的可怕情景。

12 日 14 时左右，在北川曲山镇小学，何亚军和同学们陆续走进教室上课。

突然，教学楼猛烈地摇晃，还没等他们冲出教学楼，楼房坍塌了，一阵剧痛让她顿时失去了知觉。

“老师和同学们呢？他们还活着吗？”何亚军的眼泪“唰”地一下流下来。她开始祈祷，愿上苍保佑老师同学们安然无恙。

“还有没有人？”废墟下的何亚军试着问了一句。

突然，从斜下方传来回音："我还活着，我是牛钰。"

小亚军一下子振奋起来。"我们千万不能睡着，我们要坚强！"两个女孩子相互鼓励。

她们聊起了天，实在累了，就一个说，一个听。她们心里有一个信念，就是"挺住，挺住，不能睡去"。

漫长的黑夜，从来没有这样漫长。

13 日上午 9 时许，她们被救援人员发现。一名救援人员用长绳绑住矿泉水瓶，通过狭窄的缝隙缓缓地放绳递给亚军："孩子，挺住，相信叔叔一定能把你们救出去！"

救命的水啊！小亚军的口唇已经干裂，她的身体已经十分虚弱。她抿了口水，精神一下子清醒了许多：得赶紧让牛钰喝上几口。牛钰和亚军恰好是背对背，牛钰被深埋在亚军斜下方 1 米多处。想把水递过去，够不着啊，怎么办？

"牛钰，我倒给你喝！"小亚军伸出仅能活动的右手，拼命后仰，倾倒着矿泉水。"快喝，牛钰！"

不断的后仰使压着的腿受到更多的磨压，一阵阵的疼痛袭来，小亚军咬紧了牙，但她仍旧不断地给牛钰喂水。

长时间的磨压导致小亚军的右小腿因皮肤坏死而面临截肢。经过医生的精心救治，她的腿终于保住。

人们都称赞小亚军帮助同学的义举，她却主动要了一张白纸，微笑着，写下了两个大字——感谢！

四、康洁

康洁是映秀小学六年级学生。12 日下午地震时，她正在 6 楼上课，老师立即叫学生快跑。康洁先是钻到桌子底下，在经过短时间考虑后，就从 6 楼纵身跳下。

“我努力让屁股着地，最后着地时，居然只有腿被划伤。”康洁对于自己跳楼也感到有些不可思议。

康洁脱险后，又冒着生命危险跨进了随时可能倒塌的教学楼。她四处搜寻同学和老师，看到一些老师被砸伤后不能动弹，康洁使出全身力气将老师往外拉。但康洁毕竟只有11岁，逐渐体力不支，她赶紧跑出废墟，呼叫救援。

时间一分一秒逝去，从镇上来救援的乡亲们冲进废墟，救出了不少的师生，同时也把受伤的康洁带到了安全区域。

当晚，康洁在二台山上见到了妈妈杨秀香。妈妈今年41岁，是做保险工作的，也受了伤。

妈妈告诉康洁，在当地安监局工作的爸爸在救人时永远地离开了她们。

15日下午，妈妈背康洁上了飞机，她没随女儿离开。飞机只能空运伤员。

唐洁右脚骨折，腿上被瓦砾割开一道长8厘米的伤口，女主治大夫为她缝伤口，五六名身着白大褂的医护人员围拢在一旁，被小姑娘的坚强所感动，似乎要分担她心灵和身体的伤痛。康洁却不以为然地说：“谢谢阿姨为我治疗；不要这么多人在我身边，我没事，请你们去救其他人吧!”

五、青川木鱼中学何翠清

一位美丽的女孩，在灾难来临时，表现出与其天使般年纪不相符的沉着、冷静与机智。她就是青川县木鱼镇小学13岁的女孩何翠清。

木鱼镇，地处青川县东大门，辖3村一居委，地震造成小学的宿舍楼顷刻倒塌，400 多名学生被埋。

15 日早上，记者在广元市中心医院，采访了何翠清。

小翠清正在病床上呻吟。

记者：现在感觉怎么样？

何翠清：浑身疼。

医院医师绍明：她的伤情不轻，她在废墟里深埋了 48 小时。

记者：地震发生时，你正在干什么？

何翠清：我们全寝室的同学都在睡午觉。地震摇了一下，我还说，是哪个同学在摇床。接下来我跑出去，真的是地震了。

记者：你已经出来，为什么还要跑回去呢？

何翠清：我们寝室的娃都还没起来，我要救他们。我喊他们。叫起来的同学，就跑了。我接着喊没起来的。

小翠清叫出一部分同学后，天花板瞬间坍塌，她和另外四个同学被压在了天花板底下。几个被砸伤的孩子，在黑暗的废墟里被挤压得不能动弹。

记者：在这 40 多个小时里，你是怎么过来的？

何翠清：我也不知道，怎么有那么好的精神。昨天晚上，我在那里狂喊。废墟里，黑乎乎的，静得吓人，我们娃儿都没有勇气活下去。我就说，我们要坚持，一定要活着出去，他们都答应好好的。

小翠清一边给同伴们鼓劲加油，一边注意外面的动静，只要听到有人经过，就大声呼救。

何翠清：我的头被一个大石头压着了，上面有个床把子，还有铁床，把我压得死死的，缩也缩不过去，不顾那么多，我就狂喊。

14 日凌晨，赶来的救援队听到了小翠清的呼救声。

何翠清：感谢那些叔叔阿姨。有部电视剧叫《士兵突击》，里面有个许班长。当时，我听见有人喊许班长，我说不会吧，他们不会来现场吧。我相信解放军叔叔，一定来救我们的。

救援人员，利用吊车吊石块，小心谨慎地用手拨去压在孩子们身上的砖块。

何翠清：那个叔叔很着急，很关心我，慢慢、慢慢地掏，不想让我受伤害。

营救持续了3个小时，何翠清重见天日。

何翠清在西安打工的父母得到地震的消息，几经周折赶回青川，在等待了三天后，已感到希望渺茫的父母看见女儿被救出，喜极而泣。

何翠清父亲：幸运嘛，感到心里高兴，只要她的命在。

广元市中心医院，收治了木鱼镇中学的40多名同学。

医院医师绍明：救治小翠清，从医学观点来讲，肯定是能保的要保，尽最大的努力恢复她的功能，减少她的残疾。让她走向社会，生活质量更好一些。

小翠清还不知道，自己要截肢的消息。

记者问这位坚强机智的女孩：你后悔吗？

躺在病床上的何翠清，摇着头，哽咽着说：不后悔，后悔的是没能救出更多的同学！

六、都江堰紫坪铺库区

站在昨晚修通的门桥渡场边上的乱石堆中，远远地看见他们被漕渡门桥、冲锋小艇运来了。他们，有的是自己走的，步履蹒跚；有的是被抬着，浑身是血；有的相互搀扶，面带凄容；有的怀抱婴儿，小声抽泣……

又望着他们，慢慢远去，或被救护车送走，记者的眼里噙满了泪水。因为，他们都来自重灾区的映秀镇。

孙芳琴只有20来岁，看上去要比实际年龄苍老好多。她搀扶着一名被砸伤的中年妇女，走了过来。我赶紧追了上去。她的衣裤上溅满了泥点，破烂不堪的鞋上全是泥巴。

5 月 12 日，在温江工作的孙芳琴乘车去汶川看望父母，没想到地震来袭，被困在了离映秀镇不远的地方。

"我的父母、哥哥、嫂子，还有两个侄儿，至今没有音讯，多么希望他们……"孙芳琴说不下去了，哭了。她的哥哥是汶川桑坪中学的一名教师。

去汶川的路断了，根本过不去。无奈之下，她只好选择出映秀回温江。我对她说，几千名解放军和武警官兵已经想方设法，进入了汶川县境，正在积极开展救援。

"那太感谢解放军了。"那一瞬间，她止住了哭泣，说，"我现在好想知道，他们现在怎么样了，哪怕是……"

她又说不下去。她默默地抹了一下眼角的泪水，搀着受伤妇女走了。

望着她远去单薄的背影，记者在心里默默祝福她。

康爽的大半个脸是紫肿的，尤其是眼部周围，红一团白一块的。

地震袭来时，她正在上课。"就那么十几秒钟，教学楼剧烈摇晃，我一下子懵了，也被压住了。"她回忆说，"好在部队的救援官兵，包括医生第二天就赶来了，把我救了出来。"

漩口中学位于映秀镇边上，师生有 1000 多人。康爽今年是高三，学的是文科，梦想是考上四川师范大学。

"看来，今年考大学是没什么希望了。"她说。

她已经和家住松潘的父母通了电话，家里都平安无事，这是她两三天来最大的欣慰。

肖艳是漩口中学初中部的老师。发生地震时，她刚休完产假，没有担负上课任务，正在二楼的办公室里备课。

眼看情况不妙，肖艳从二楼冲了下来，再回头看，5 层的楼房

变成了4层，第一层楼全部陷入地下。“里面还有不少学生和单身教师。他们都没逃出来。”

漩口中学公寓楼住得都是老师。有位姓孟的女老师怀孕了，父母来照顾她。恰好她妹妹也怀孕了，父母又把她妹妹接来一起照顾。

地震前，一家人刚吃完午饭，父亲去洗碗。她家的厨房有下水道，洗完碗直接就可以倒水。可不知咋回事儿，父亲没在厨房倒水，而是专门走到屋外去倒水。

父亲一走出去，地震突然发生，整栋公寓楼下陷。他回头看时，一楼消失，二楼瞬间变成了一楼。

孟老师的父亲这一舍近求远，却捡回一条命。

孟老师和母亲、妹妹，以及妹妹怀着的孩子，却瞬间阴阳两隔了。五条人命哪。

张大彪的长相和身材都与他的名字相反，看上去瘦瘦弱弱。他的家是一座两层的小楼，一楼经营着网吧，网吧里有40多台上网电脑。

那天，网吧生意出奇的红火。平时上午上网的人很少，可那天却来了30多人。

一瞬间，两层的小楼坍塌了，张大彪和上网的人全被房屋掩埋。

幸运的是，张大彪家的旁边是个派出所。震后半个小时，刘跃平民警就把他从废墟里扒拉了出来。

“上网的人也都逃了出来。在二楼休息的父亲，却没有逃出来。”他哽咽着说，“肯定是没命了。”

张大彪的爱人徐霞是映秀小学的教师。她说，学校有400多人，活着的估计不足百人。“至今还有被埋的孩子，在废墟里呼救。”

后来，解放军、武警官兵赶来了，刚开始没有大型的机械，只能用手救孩子。“我离开学校的时候，直升机送来了铲车、挖掘机、吊车，抢救的速度加快了。可是，扒出来的尸体也越来越多。”徐霞说着，难掩脸上的惊恐。

曾智沿，成都的一个花艺店老板。地震发生 1 个小时后，他知道了震中在汶川，他的哥哥一家恰恰就在汶川。

当天下午，他就开车来到都江堰。由于道路过不去，他只好返回。

第二天，他又坐客车来到都江堰，从 13 日 15 时 30 分开始，徒步前行，路断了就绕，直到 14 日 14 时多才走到映秀。

曾智沿的哥嫂都是漩口中学的教师。地震发生时，他的哥哥正好去别的学校出差，至今下落不明。嫂子在家里休息，房子开始摇晃时，她意识到地震了，赶紧把 2 岁大的孩子塞到了结实的衣柜里。

后来，嫂子摇摇晃晃地去开门，门变形了，她就用身体撞，终于把门撞开了，她才抱着孩子逃出来。

目前，他的嫂子仍待在学校里坚守岗位。

为了防止余震，他把侄子抱了出来。可是，他嫂子学校里的同事和学生就没有那么幸运。

17 岁的马志成是不幸中的幸运儿。地震发生那天，家住彭州市银厂沟的他，跟随家人到汶川走亲戚。灾难发生。

亲戚家的房屋整个坍塌，坐在堂屋靠里的他，向外跑时被压在了梁下。

亲人们的呼喊很快引来了劫后余生的人们，惊恐之中，迅速用手刨挖。

这时，天上下起了暴雨，亲戚家的房屋在山脚下，刚挖开一点，山上的泥沙就不断被雨水冲刷下来。

雨越下越大，随时有发生泥石流的危险。救援者不得不强行将马志成的亲人拖离现场。

下了一天一夜的急雨渐渐减弱，人们再次返回现场，却惊讶地

发现，马志成自己爬出了废墟，躺在泥水中。

马志成被掩埋后，房梁虽然压住了他，但形成了一个小空间，他能够活动手臂，也能摸到全身的各部位。在等待了几个小时后，他开始一点点朝一个方向挖掘，一直不断地用手挖，最后竟然爬了出来。

爬出来的那一刻，他感觉再也没有了力气，只有躺在地上。他在废墟中，用手至少挖掘了30多个小时。

马志成出来时，解放军、武警官兵已经翻山越岭赶到了汶川。当地没有条件对他医疗救治53名官兵接力，经过两天两夜，爬山越岭，期间又经历了数次余震，终于把他抬了出来，送到了最近的一个医院，后被转送到成都龙泉驿区航天医院。

看着病床上的马志成，医护人员都流泪了。

七、什邡蓥华中学陈全红

四面环山的蓥华镇，距震中汶川仅20公里。

地震发生时，300多名学生正在蓥华中学教学楼里上课。

14时28分，大地开始摇晃。正在走廊里检查学生背诵的班主任陈全红向学生们大喊："地震!"

她跑到操场上，回头看时，整座教学楼塌了。这一切，不过几秒钟。

地震发生9个小时后，第一批抢险车辆的灯光照亮了漆黑的蓥华镇。部队救援现场总指挥、武警水电三总队政委程跃进说，他们到达现场时，废墟下传来清晰的声音："叔叔阿姨，救命!"

清理建筑碎渣，按照板、梁、柱的顺序用吊车吊开大楼主架，最后用手把孩子们扒出来，武警官兵"像绣花一样"开始了特殊抢险。

获救者大多数是女孩。或许女孩的生命力强，或许女孩跑得慢，滞留在了生存机会大的教室中部空间。

第16个获救者是15岁的女孩廖友瑶。对她的营救，整整持续了35个小时，仅研究营救方案就开了三次现场会，她埋得太深。五层的教学楼废墟，她困在第二层，虽然上身和双手能动弹，交叉着的双腿却牢牢压在石板之间。

救援队动用了所有的力量，仍然无法把她救出。有人建议截肢，随即遭到否决。谁也不愿意看到，这个面容清秀的女孩从此走向不完整的人生。

营救人员不得不采取最原始的方法：头朝下探进女孩被困空间，用榔头、电钻、千斤顶和一切能用上的小型设备，一块块敲下压在她身上的混凝土。

营救时，又经历了10多次余震。紧挨着教学楼废墟的综合楼，摇摇欲坠。

“这是抢险中最困难的部分。”支队副参谋长王淑建说，“在随时可能倒塌的大楼旁施救，完全是违章作业。但，为了孩子们的生命，我们别无选择。”

艰辛的营救静静地进行着。人们说得最多的，只有一个字——快！

“清清，那个美丽好学的女孩，你们看见没有？”在救助现场，陈全红一直关心着名叫邓清清的学生：在她心中，这个山区小女孩人穷志不穷，常在回家路上打着手电筒看书。

在乱石堆中，每看到一具学生的尸体被挖抬出来，陈全红就会默默流泪，“他们一天前还是活蹦乱跳的，咋一下就变成这样呢？”

邓清清被救出来时，还在废墟里面打着手电筒看书。她说：“下面一片漆黑，我怕。我又冷又饿，只能靠看书，缓解心中的害怕！”

陈全红一下子哭了，抱着清清连说：“好孩子，只要你活着出

来，就比什么都好。”

与邓清清一样，另一个被压在废墟里的女孩子罗瑶，手脚受伤，一遍遍地哼着歌曲，靠着顽强的“钢琴梦”激励自己不要入睡，结果她赢了死神。

“你是最勇敢、最坚强的孩子，马上就能出来……”隔着层层叠叠的石砾，王淑建鼓励着等待营救的孩子们。

“山里的孩子不能跟城里的孩子比，我们必须多看书，才能写好作文。”29 岁的陈全红曾这样教育她的学生。孩子们商定，从各自的压岁钱里拿出 10 元，凑在一起到旧书市场买些优秀作文、名人名言之类的课外书籍。

今年的钱早就凑齐了，陈全红却一直没能找到价廉物美的书店。

“我对不起你们，没有给你们买到好书。”陈全红说，这是她很后悔的一件事。

悲伤与倦意显现在陈全红的眼睛里。几十个小时里，她目不转睛地守在救援现场。

“陈老师，我以前做了很多错事，原谅我好吗?”这是女孩张曼见到陈全红后的第一句话。

或许是觉察到严重受伤的手指和腿，罗瑶对抱着她的武警战士说：“叔叔，我想弹钢琴、跳芭蕾……”

那个似乎永远长不大的男孩蒋蒙，笑着向往上拉他的救援人员说：“你拉吧，我能忍住。”

获救后他则反复念叨：“下面还有人，快去救她们。”

所有的大人们都以为，久违的亲人和阳光会让孩子们放声大哭，但 16 个获救的孩子却都只是默默地流泪。

大多数遗体都难以辨认，只有少数孩子的脖子上仍然挂着写有名字的蓝色胸牌。对于自己班里的孩子，陈全红一眼就能认出来。

为庆祝五一劳动节，初一一班表演合唱《十送红军》。陈全红给孩子们买来了统一服装和布鞋，女生红色，男生黑色。就在上周末，她还对表演一结束就把布鞋束之高阁的孩子们说，布鞋并不丑，既舒服又俭朴。

“孩子特别听话，这个星期都穿上了布鞋。”陈全红泣不成声。

遗体辨认与营救同时进行。直到最后也无人认领的遗体，被放在了教学楼对面一排白墙黄门的小屋里。

14 日上午 10 点，生命探测仪表明，百年老校蓥华中学的废墟下已经没有生命信号了。

救援队还是不愿意放弃千分之一、万分之一的希望。他们迟迟不肯使用挖掘机，而是坚持用手、用撬杆一点一点地挖，直到 15 日 6 时，最后一层瓦砾被揭开。

“没有了，找不到了……”在现场，等候了两天两夜的父亲撕心裂肺的喊声在山雾沉沉的校园一角回荡。

程跃进发动武警官兵为 16 个孩子捐款，资助他们继续上中学、上大学。

那个白墙黄门小屋内，静躺着的学生，在等什么，在说什么呢？

第十四章 自救、互救（三）

一、向峨乡罗鸿亮 任隆富

罗鸿亮是向峨乡党委书记。

12号下午，罗鸿亮正在莲花湖畔的莲月村主持村道建设会。突然，地动山摇，莲花湖像开水一样翻滚。有人大声喊：“地震了!”他和大家赶紧跑出会议室，爬上湖边的岩石，朝乡政府方向望去：满天黄烟，什么都看不清。

不好，得马上赶回去。罗鸿亮和同事们急忙往乡政府跑。一路上，周围的农房几乎都垮了，水泥路面到处坍塌开裂。

乡政府和周边成片的房屋只剩下几栋，孤零零地立在废墟中，整个街道变成了一片砖瓦堆。

“罗书记，乡政府大楼垮了，好多乡干部都埋在了底下!”罗鸿亮一惊。

“罗书记，爱莲社区的房子垮了!”罗鸿亮又一惊。

几个村民跑过来说：“中学的教学楼垮了!”

罗鸿亮心惊的头发都竖起来了，这可是上课时间，几百个学生啊。他火速把在场的乡干部叫过来，主持召开了向峨乡历史上最短的一次党委会，做出了一个生死抉择：先救学生。

乡长付岷涛立即带着一群干部，拼命向学校奔去，边跑边对惊恐的人群喊："快去学校，快去救娃娃！"

地震把中学的教学楼全部震垮，废墟中不时传出孩子的哭声、呼救声。已经赶到学校的家长哭喊着扑在废墟上，疯狂地刨找着自家的娃娃。

慌乱中，有群众问："乡干部都到哪儿去了？"

民政干部罗代强跳上乒乓球桌，大声说："哪个说乡干部不在，我就是乡干部，男人们都站过来！"慌乱的人群一下子安静了许多。

罗鸿亮嘶哑着嗓子对大家说："现在只顾自己，谁家的娃娃都救不出来。都到呼救声最多的地方去，救一个算一个。"

身强力壮的男人站到了废墟的最上面，其余的人排成两行，把砖头和水泥块不断往后传。

10 多分钟后，废墟里救出了一个活着的娃娃。

小雪被废墟掩埋不久，她感觉有黏糊糊的液体从头上流到手上，她越来越觉得恐怖和压抑。

这时，她听到小亚的呼叫，原来小亚和她紧挨着。"小亚，我在这儿。"两只小手握在了一起。

小亚头部被预制板击中，伤势非常严重。小雪拉着小亚的手，不停地鼓励小亚，绝不能放弃生存机会。

小亚向小雪承诺，一定要陪着小雪等待救援。

两个小时后，"我等不及施救了，坚持不住了。"小亚抓紧小雪的手逐渐松开。

"小亚，你答应过，不能食言呀！"小雪对小亚大声吼着，小亚的声音越来越弱。

3 个多小时过去了，小雪发现小亚已没了反应。

19时许，救援人员将小雪和小亚从废墟中刨出来，伤情严重的小亚已去世多时。

没有大型机械，救援进展十分缓慢。时间一分一秒地过去，废墟中孩子们的呼救声越来越微弱，罗鸿亮的心也越来越沉……

怎么办？必须找到救援机械，他们马上派人四处寻找。

15分钟后，东林村村主任袁凤群带着自家的两台挖掘机赶了过来。

挖掘机进场后，清除了废墟旁的路障，打通了操场连接校外的通道。

怕挖掘机伤到娃娃，木匠任隆富带着几个人拆掉倒在操场上的篮球架，土法上马，把挖掘机改装成了简易吊车。

外号任木匠的任隆富，是向峨乡海虹村四组村民。

那天中午，他正在帮一个矿山老总安装设备。13时30分左右，他们从矿山走下来，到山下一个仓库吃饭。

任隆富先吃完，就到不远处的小店买水，拿起水刚回到院坝就觉得脚下移动，有一种声音，好像是山在笑。

这个矿山今天没有放炮嘛，咋会有地力传过来。

稍清醒过来，任隆富大叫到："地震了，地震了！"抬眼远处一望，山上的石头滚下来。

其他吃饭的人慌忙地跑到院坝中来，围成一圈，院坝的房屋修在一个下坑里，三方的石头都向这个地方滚，大家尽情地躲避飞来的山石，可屋角"嗷嗷"叫的大黄狗瞬间就被山石掩埋。

像冰雹一样滚落的石头，稍一停歇，任隆富就招呼大家往山上撤，刚才滚下的石头把路面砸出一两米的深坑，人若被击中，肯定成了肉渣渣。

任隆富对店主人说："你也与大家往山上撤，我呢，学校里有两个娃娃，学校肯定垮了，我要下山救娃娃。”

任隆富所在的地方，距学校 5 公里。

任隆富翻过一座山，看见朋友的挖掘机在那里，挖掘机师傅满脸是血，他是浙江人，周围还有二三十人，有的挖掘机遭埋，一副徒手无助的样子。

任隆富把他们带下山，安排在海虹村的自己家里，他急忙向乡中学赶去。

向峨乡中学的情景让他傻了。五层的教学楼垮了，成了一片废墟，几百号师生被埋。

废墟旁，人们齐哭乱嗷。乡上干部、附近的村民以及家长正在施救。

任隆富大声地喊着女儿的名字：“艺慧，艺慧！”

废墟下的女孩子都在叫：“爸爸，救我……”

任隆富泪流满面，无所适从。他的手刚刚做过一次手术，即使是两只好手，面对横七竖八的钢筋混凝土块，也无能为力。

任隆富看到一个女孩子，在两根梁中间，已经没有声息，可她的胳膊还在慢慢地动。

任隆富抱起那女孩向外拉。

一旁的朋友说：“这是你女儿哪？”

任隆富说：“不是。”

朋友用撬棍把大梁撬开，任隆富将女孩抱起，走下废墟，将她放到了操场的乒乓球台子上。女孩的血把任隆富的衣服染成了红色。

任隆富又不知抱出多少个孩子，这时，他的大脑已麻木。

他觉得这废墟上的大梁、预制板真是可恶。

必须有吊车将它们吊开，才能将废墟下的孩子抱出。若有十台八台吊车来现场，才最好。可到哪里弄吊车去？

任隆富看附近有两台铲车，他闪念一想，有了，用铲车改制成

吊车。

任隆富叫来一个姓赵的，他有一辆三轮车："你去山上，报我任木匠的名字，把氧气瓶和切割机拉来，我用它作切割，改制吊车。"

姓赵的开着三轮车走了。

现场仍然一片混乱，哭声叫声一片，操场上摆放着四肢不全的学生，有已经离世的、有呻吟的。

大约过了一个小时，氧气瓶和切割机拉来了，任隆富切割了钢管，电管站的人拿来了钢绳，简易的吊车做成。

任隆富指挥着吊车，吊起如山的预制板和大梁。

救援的人们把羡慕的目光投向任隆富和这土制的吊车。

任隆富又切断篮球架，改制成一部吊车。

两部土制吊车起吊，大大地鼓舞着救援的人们。

突然，一个吊车的钢绳断了。

没有办法，任隆富让人替他指挥吊车。他找到罗鸿亮："你能否给我安排个车子，我去都江堰弄钢绳。"

罗鸿亮立即安排了派出所的警车。

来到都江堰卖钢绳的地方，店的门脸房已被震垮，二楼的楼板摇摇欲坠。钢绳倒是有，埋在废墟下，老板也在，神情呆滞地望着垮塌的门市。

任隆富钻进废墟，把钢绳掏出来，向老板说："我是向峨乡的任木匠，拿你的钢绳去救向峨中学的学生，身上没带钱，救完了给你送钱来。"

老板并不认识任隆富，倒也痛快："救人要紧哪！你拿来就去救嘛。"

任隆富拿上钢绳向回赶。路过新建路口，见有两台吊车在救银行的人。

垮塌的银行营业楼摇摇欲坠。

任隆富想，向峨中学太需要吊车了，他停车向前问：“你们这里埋了多少人?”他们说：“有5个人。”

任隆富说：“请你们的吊车先去救向峨中学的学生，向峨中学垮没了，我也是志愿者哪!”

那人不同意。

任隆富“扑通”跪下了，“求你了，他们都是学生，祖国未来的花朵。”

任隆富又来到一个看似现场指挥的人面前说：“这两台吊车得马上跟我走，去救向峨中学的学生，那里十万火急!”

那人犹豫了一下，同意了。

任隆富欲带两台吊车走，那吊车司机又说：“吊车快没得油了。”

任隆富恳求说：“没得油不要紧，到现场，我们就是抽汽车里的油，也不要你掏钱加油!”

这两台吊车开上去时，已是13日凌晨了。

雨越下越大。废墟下呼叫“救命”的声音由强到弱。任隆富任由泪水和雨水从脸上流下。他制作的第二个吊车，由于超负荷，钢绳又断了。

任隆富说：“把这两台吊车撤了，使用新来的吊车。”

廖小平副市长昨天晚上就来到了救援现场，目睹现场救援，他深知任隆富有经验，就对罗鸿亮说：“吊车、铲车机具这一块，就让任木匠指挥，他要什么，就给他提供什么。”

14日上午，部队救援的设备赶到，先是8吨和6吨的，接着16吨和32吨的也来了，救援加快了。廖小平副市长和部队首长还是让任隆富指挥吊车、铲车。

晚上，女儿任艺慧被抬出，可他已认不得了。

侄儿去认了一下，告诉他说：“是妹妹艺慧!”

任隆富还说不是。

侄儿又将婶婶叫来辨认，果然是任艺慧。

侄儿骂起任隆富："什么狗屁父亲，连女儿都不认得。"

任隆富专注地指挥救援，女孩满脸是泥土，身穿的衣服又是全校统一的校服，他哪里认得。

村长过来把任隆富强行拉出去："你女儿出来了，你去看一眼嘛。"

任隆富去操场边看了一下躺在泥水中的女儿，泪水不停地流。妻子哭得死去活来。

吊车没有人指挥，也停了。

任隆富强忍住泪水说："对不起，你今晚上守女儿一下，我明天请个假，把女儿送回去嘛。"

妻子哭得伤心欲绝。

第二天早上九点多，任隆富已经疲惫不堪。废墟翻了个遍，吊车也不用了，任隆富向廖小平副市长请假说："这都第四天了，幸存者希望很小了，我将女儿带回去，入土为安。"

廖小平对身旁的罗鸿亮说："你马上安排一个车子，把任木匠的娃娃送回去。"

任隆富将女儿抱上三轮车。还有他们一个生产队的学生，也遇难了。

任隆富说："一起放上车，送回去嘛。"

回到家，任隆富找了两块木板，钉了一个盒子，把女儿装上，入土为安了。

惦记着学校的救援，下午任隆富又回到了学校。

学校清点人数，有 20 多名教师遇难，遇难学生 300 多人。

可还有很多学生家长嚷嚷着没有找到孩子。

任隆富有些迷惘，像山一样的主教学楼废墟被清理了个底朝天，咋还有失踪的呢。

这时，现场来了一批带吊车、挖掘机的救援人员，他们是重庆矿山救护队的。他们本来是奉命到汶川去的，由于去汶川的路不通，廖小平副市长就把他们带到了这里。

任隆富以为他们带有生命探测仪设备，就说："老师放档案的地方，有一小堆废墟没有清理，最后的希望只有这里。"

任隆富叫上铲车，铲了一条通道，让部队的大吊车开过去。

又一阵紧张地起吊、清理。

失踪的学生被发现了，二十多个无一生存。他们都是成绩优秀的学生，当天下午老师要他们一同帮助改作业的。

罗代强在组织救援前，已经看到了埋在废墟里的儿子。当时，儿子露出了一只脚，他一眼就认出儿子脚上穿的鞋和袜子。为了不打乱救援安排，他没有向救援队伍表露自己的孩子还埋在废墟下。

3 天后，孩子的遗体从废墟中抬了出来。儿子留给罗代强最后的记忆，就是废墟里露出的那只脚。

罗代强后来告诉罗鸿亮，晚上睡觉就不敢闭眼，一闭眼，儿子的鞋和袜就在眼前晃。

16 日清晨，学校救援基本结束，一部分机械和力量随即转到乡政府。

但是，太晚了。17 号凌晨，地震发生后的第 5 天，乡政府废墟中，才清理出最后一名干部的遗体，包括乡长助理易大东在内，8 人遇难。

32 岁的易大东，去年 9 月从市里下派到乡里挂职。救援时，几块水泥板死死地压在他身上。救援的同事鼓励他挺住，一有机械和人手马上来救他。他用微弱的声音说："不要管我，你们先去救学生。"

大东结婚多年，忙于事业，把要孩子的事一推再推。大东走了，留下了永远的遗憾。

乡干部李明在乡政府大楼完全垮塌的瞬间，用力把一名来乡锻炼的女大学生推出了死亡地带，自己却被深深地埋在了废墟里。

后来，解放军战士进村入户帮助清理财产。在李明家，战士问他的妻子有什么贵重物品需要清理。她说："其他的都不要了，只希望找到他的'优秀共产党员'证书。要让女儿知道，爸爸是名优秀的共产党员！"

这几天，到向峨乡爱莲社区的人都会看到，爱莲社区党支部的牌子立在废墟旁的受灾群众安置点。

立牌子的人是社区党支部书记王婉民。地震那天，她的母亲遇难了，她流着泪朝掩埋母亲的废墟鞠了个躬说："妈，女儿不孝，顾不到您了。"说完，就匆匆赶去疏散群众。

第二天，当她再次跑过家门时，家里人已经把母亲的遗体收拾停当。作为女儿，她能做的，只是最后一次帮母亲换上一双新鞋。

二、龙池镇唐海

唐海是龙池镇南岳村党支部委员、镇巡逻队队员。

那天中午，唐海与村支部书记和其他支委正在也是支委的王安全家里开会，研究解决村民拆迁的问题。

王安全的家是座新建的两层楼，作农家乐饭店，开张也仅两个星期。

下午两点钟，他们协调研究好了，准备将研究的事项送镇上签字。

接通电话，镇党委书记王晋说，你们协调好就行了，字不用签了。

支部书记刚合上电话，地面有些颤动。唐海在云南当兵时，遇到过地震，脚下仅仅是颤动，他就晓得是地震了。

王安全说："遭了，这哪儿又地震了。"

少顷，震颤加剧，乒乒乓乓地左右筛。聚在一起的七八个人蹦出农家乐，又窜到公路上。

唐海认为安全了，因为站得地方距房子一二十米，即使楼房倒下来，也不会被砸到。

地摇得更凶了，又感到上下抖动，站不稳，有两人开跑，其他人晃倒在地。

唐海听到好似爆破的声音。抬头看到一片黑瓮瓮的东西飞过来，空气中弥漫着石头摩擦的味道。

突然，唐海腾空而起，在空中飞起来。他心想："遭了，看不到我屋头的人了。"

说时迟，那时快，唐海在空中飞过公路，飞过一块田，直到冲到一匹瓦桶（椽子）上，才被挡住，但土石马上偎上来，把他壅了一半。

公路 8 米，加上公路离房子 7 米，也就是说，气浪瞬间把他甩出了十五米。

唐海受伤了，他全身都是乌疙瘩，脑袋上起了两个鸡蛋大的乌包。一旁的人说他脑壳上长了两只角，成了"牛魔王"了。

唐海回头一看，整整一座山就停在他身边。山上的树木和草都还长得上好。他们刚才开会的地方，全部被覆盖。

飞来峰，过去听说过，现在可好，就在眼前。飞来的这座山峰，足有三十多米高。

唐海稍清醒，数了一下面前的人数：只有三人，开会时不是有七人吗？

村支书、两名支委，以及王安全的家属，被飞来峰整体掩埋。

怎么办？有的说，快拿锄头来挖。只能是愚公移山。

没得办法，他们商量，快去学校救人。

学校离他们开会的地方有500米。

赶到学校，学生被老师集中到操场上。这时，不知谁说龙泉度假村的电站要爆了，唐海与村长、文书商定，将学生向安全的地方转移。

转移的师生刚上得路，不知哪来的大水就冲过来，涌到了学校大门口。

16时许，唐海和文书赶到镇上，向王晋书记汇报了村上开会和学校的险情，并表示要去村上看一下。

王晋很需要东岳村上的灾情信息，当即给了他一部对讲机，让其速去速回。

唐海赶到村，村上的人看到他都哭了。

他老远看到婆娘抱着什么，还以为是他的娘遭险了，结果近前一看，婆娘怀中抱的是他刚满四个月的娃儿。

唐海通过对讲机向王晋汇报了南岳村的灾情。

三、胡涛的“孤镇”日记

龙池镇与映秀镇仅一山之隔。地震后，这个处于国家级森林公园、大熊猫栖息地的“世外桃源”，瞬间变成一座“山中孤镇”：路断、电断，通讯中断。

镇党委副书记胡涛平时有记东西的习惯，地震后他从派出所借了本“民警工作日记”，随身揣着，随时记录。红色的小本子用坏了，他又换了一个练习本。他说，好脑子不如烂笔头，这不仅是一种记忆，更重要的是，在今后总结得失。

5月12日14时33分，应急指挥部宣布成立。

14时28分，胡涛正在王晋屋里汇报工作。突然，房子上下跳、横向移，屋顶开始掉土。

王晋反应快，立即大喊："地震了，到外面去！"

镇政府对面的两层楼在眼前垮下去。胡涛趴在地上掏出手机打110。王晋也在打。但是，都没有信号。他们对视了一下，感觉到事态严重。

巨晃停止，王晋站起来，紧急开了一个临时党委扩大会。参会者是镇机关跑出来的十几个干部。党政办、规划办、社事办……咦，不全，难道有人没跑出来？

14 时 33 分，应急指挥部宣布成立。总指挥：王晋。临时办公点：栗坪村马路边的空地上。

14 时 38 分，应急指挥部下达两个命令：疏散群众，抢救孩子；察看灾情。

指挥部安排，由副镇长宁佐昌带队，率 6 个干部，用最快速度直扑山腰上的南岳村，那里有一所小学。王晋指示：不惜代价，抢救学生。

镇长赵武贵立即组建由党员和年轻人参加的突击队，分成 6 组，奔赴各村社，查看灾情，救助伤员。

李军等四人前往市里报告情况。但他们带回的信息让人沮丧：山体滑坡，山路已断，出不去。

副镇长冯尘带领女同志向惊慌的群众喊话，组织他们向镇外的空坝跑；劝群众不要单独行动，不要回家抢救财物，切不可"要财不要命"。

14 时 43 分，收集食品、大米、药。

14 时 43 分，王晋下达一连串命令：派一路人马急驰山上，察看那里的二级电站。地震如果对电站造成险情，后果不堪设想。

有人来报，洞头的水越来越涨。指挥部担心山体已经起了变化，立即布置几支队伍，沿途通知老百姓撤离。

不知与外界中断还要持续多久？救灾物资能不能迅速到达？指挥部派出另一路人马迅速到小卖部和药店收集食品、大米、药，放在已经砸坏的中巴车上，以备统一向村民提供。

副镇长田德虎带队送食品、棚布、医药品、彩布条到南岳村，帮助学生和村民搭建临时帐篷。

指挥部抽出几个干部保护机关大楼里重要档案和财务资料。

12 日夜，镇领导分成三组冒雨巡逻。

19 时 30 分，下雨了，镇政府的年轻人去拾柴，生火给群众取暖。

21 时 40 分，雨还在下。下午指挥部派出各小组到各村临时安置点，与群众同吃同住，安定民心。

22 时，大家吃了震后第一餐饭，是稀饭汤。

饭后，6 位镇村领导分成三组，隔两小时一班，到各灾民点巡逻，安抚群众的情绪。

从危楼取下镇党委、镇政府的牌子，被搬到临时指挥部前立起来。

雨一直下，整夜无眠。龙池镇还没有与外界联系上。

5 月 13 日，给四壮士发壮行烟，拜托了！

5 时，天微亮，雨仍未停。

7 时，王晋分配新工作。南岳村告急，派人急送食品；从小卖部收集的 3 桶纯净水，也被送过去。

河沟里的水已变成黄绿色，不能用。必须节约用水，还得注意接雨水。

由田德虎带队的四人小组再次翻山越岭到市里去报灾情。临走，胡涛给每人发了一支壮行烟。他们身负重任，拜托了。

胡涛想法找到一台收音机。从广播得知，原来震中居然离龙池这么近，就在山那边的映秀镇。收音机里，一遍遍播放温家宝总理震后两小时即乘飞机赶来灾区的讯息。

胡涛迅速向王晋通报，并把这些内容向老百姓宣传。

山体滑坡从地震开始一直未停，轰隆隆声响彻山谷。

9 时 35 分，政协的老胡探路回来，说南岳六七组有的地方仍在垮，路不通，里面情况完全不知。

10 时 40 分，两架直升机在空中盘旋。众人估计市里、省里也在挂念龙池。

12 时，新的死亡统计报上来：南岳村七组 2 人、六组 12 人、四组 8 人，东岳村 3 人；景区内死亡两人，失踪两人。

5 月 14 日，开始控制食物，坚持到救援人员到来。

8 时，路不通，电话依然不通。

王晋组织开了临时党委会，从各个渠道凑的消息来看，都江堰受损乡镇很多，虹口、向峨乡可能比较严重。

必须开展自救。首件事，就是控制食物，坚持到救援人员到来。

商店里，凡是卖的东西，由政府购买统一分配。好消息是，有飞机空投食品饮料了。

班子成员的任务再次细分：

胡涛在栗坪村，负责控制临时点食品发放，接收空投物资。

赵镇长带队到高山上的村寨，察看灾情；

王晋的右腿肿得不行了，但他一定要带队到东岳、南岳两个村。

接到一个好消息：市里已将水、食品、药品送到大坝。

不过，车辆还是不能轻易动，必须节省汽油，用在最关键时刻。

12 时 30 分，南岳村支书和另外两名村支委，已被证实遇难。

党委会决定，由村支委唐海临时负责南岳村工作。这个年轻人几天来表现很好，村民们很信任。

财务所的文书档案及现金，还得注意控制，越忙越不能乱。

群众中纷纷传言龙池将沉，人心惶惶。要立即科学回应，打消群众疑虑。

17时54分，市武装部苏小龙政委、林业局赵志龙、交通局高成军等领导徒步到达龙池。紧接着，海南公安边防医疗队也来了。终于与外界联系上了。

5月15日，拉起警戒线，架起警戒牌。

6时30分，再次召开党委会，明确思想，配合救援部队，展开救助。

今天要做的主要事情：挖出死者遗体，集中处理。

海南公安边防医院的救援队，要抬送一批重伤员到市里救治。路断了，往外徒步抬送，可能有风险，需要经伤员家属同意。

还有一个隐患：因为修建公路隧道，工地附近埋有雷管和炸药，瓦斯浓度高。指挥中心接到情况汇报后，将洞口附近居民迁移出来，拉起警戒线，架起警戒牌。

5月16日，机关所有幸存人员都哭了。

9时，王晋召集机关所有幸存人员开会。

快四天了，30多个人疲惫不堪。他们的家大部分都在市里，但镇里情况急，必须坚守岗位，王晋要求所有人一律不得回市里打听亲友情况。

王晋拄着拐杖。从来没见过他哭。他边说边哭，胡涛边听边哭边记。

“谁都有父母，谁都有亲人。这几天近似军事化管理，大家都没有退却，我为大家骄傲。我也在心里祈求各位家里平安。我给大家鞠躬了！”

全场拍起了手掌。男的、女的都在哭。

10时，鼓劲会一开，班子成员再次分工。

决定：物资开始运送进来，已经不像前几天匮乏，但是，要注意节约，食物尽快发放到村民手中。财务所建立详细台账，每一笔支出都登记清楚，每一笔发放都必须到位。

下午，路上来了衣衫不整的一群人，经打听，是从映秀方面翻山逃出来的。王晋听说后，立即安排给他们饮料和食品。

5月17日，通讯恢复。

11时，指挥部通知各安置点注意远离水源地方，组织人搭建了厕所。龙池是个风景旅游区，不能因灾后处置不当造成水源污染。赵镇长安排组织各村社集居点的消毒防疫。

16时，第一台发电机开始发电。

16时20分，王晋的手机震动了一下，有短信进来，终于有了通讯信号。王晋拿起电话向市委书记刘俊林汇报："报告书记，龙池镇，党在，人在！"泪水一下子涌出来。

20时，南岳村刘大胡子、罗老二到指挥部请示，明天他们自己找一辆车来，帮助运输物资到各灾民集居点去。指挥部同意了。

20时50分，栗坪安置点反映，大米发放存在不到位现象。王晋立即发了狠话：每笔粮食必须一追到底，保证到群众手中。发现机关干部、村干部有徇私失职的，马上处理，公安干警介入。

5月18日，帐篷运来了，优先给老弱病残孕。

路终于通了，是新修的便道。

7时，200顶帐篷运达镇指挥部，被立即分发到各安置点，优先老弱病残孕。

天又下倾盆大雨了。指挥部的帐篷被掀翻，机关干部临时搭建的帐篷全部灌进了水。

9时，南岳村村支书等3人的遗体被村民挖出来了。王晋前去

吊唁。

11时，成都武警指挥学院的救援队来了，有一个营驻扎在这里。集结后，他们立即向各村出发。

随着救援部队的进入，龙池镇实行“军地联合指挥”，何森任指挥长。何森原来是成都市检察院公诉一处处长，就任都江堰市检察长第一天就遇上了地震。他已在都江堰中医院指挥了三天三夜救援。

王晋在医生“再不治，腿就要废了”的劝告下，被强制送出龙池。省骨科医院诊断结果：腿伤撕裂，右膝后交叉韧带撕裂，积液严重。

四、沙坪关龙德强

沙坪关村，属汶川县银杏乡，坐落在岷江大峡谷，四周高山环绕，村子前面就是岷江，国道213线从村子中间穿过。

12日下午，村支部书记龙德强和侄儿正在村外的电站修机器。

突然，传来一阵轰隆隆的巨响，玻璃破碎，厂房摇晃。他们赶紧往外跑，无数的石头砸向河谷，龙德强的侄儿被一块石头砸中，当场死亡。他的头和腰也被石头打伤。和他一起跑出厂房的村民，不知怎么回事，就被抛到一米多高的地方。很快，眼前被沙尘挡住，什么也看不见……他东躲西藏，好不容易跑到村口。

龙德强跑进村，房子垮的垮，塌的塌，村民哭成一团，十分凄惨。

龙德强马上喊：“大家不要急，不要慌。党员和民兵跟我来，先救人!”

十几个党员、民兵冒着余震和山上的飞石，挨家挨户展开搜救。

正在救人时，龙德强大女儿哭着赶来。他心里有个不祥的感觉。

女儿一把抓住龙德强的手，哭着说："爸爸，妈妈没有了，大爷、大娘也没有了。"龙德强眼前一黑，浑身发软，瘫倒在地……

老婆跟他 30 年，从来没红过脸、吵过嘴，家里的事都是她在做，怎么说没就没了。

周围的乡亲都来劝他。这时，龙德强又听到有人在求救。顾不得多想，他控制住自己的情绪，跪倒在地："老婆，对不起了，乡亲们还需要我！"

他们实行党员包组，民兵包户，把全村 4 个小组、500 多名群众安全转移。搭简易帐篷，收集粮食，开伙食团，照顾老人、伤员和孩子。

这时 213 国道完全垮塌，几十辆汽车被滑下的山体掩埋。电断了，电话打不通。沙坪关村成了一个孤岛。

村子对面的老鹰崖不断塌方，悬崖下通向外面的公路完全被堵塞。强行过路的人，要么被飞石打死，要么被活埋，很少能安全通过。太惨了，附近再也没有其他路可以通过。

龙德强看在眼里，急在心上，不能再死人了。河这边相对比较安全，但是山垮了，桥断了，现在架桥根本就行不通，对面的人没办法过来。怎么办？

用溜索，龙德强突然想起岷江上渡人的老办法，大家都说也只有这个办法了。

龙德强带着民兵连长丁富兵和几个党员，从李贵家里挖出一捆钢绳，找到滑轮。可是，刚到江边，大家心就凉了半截，岷江水太急，根本过不去。两岸之间，只有一条比筷子粗一点的钢绳，过去是挂水管用的，不知道能不能过人。

村民丁富超站出来说："我来试一试。"头上飞石不断，脚下岷江翻滚。丁富超反复试了好几次，硬是靠着一双手，悬空攀到了河

对岸，拉起钢绳。

他们赶快打桩、绞线，拴牢钢绳，加固地桩，安装滑轮，系上保险绳。一条百米长的溜索，终于在岷江上架好了。

他们先渡伤员，再渡妇女和孩子，青壮年最后渡河。彻底关公路检查站的职工刘金波渡过溜索后，抱着龙德强哭着说："我以为要被困死在江对面了，是你们救了我。"

随后的几天里，通过这条溜索，他们又转移了几十名伤员，解救了彻底关公路检查站被困的20多名职工，以及滞留在国道213线的150多名游客。

率领300多名官兵渡过溜索的黄团长，拉着龙德强的手说："龙书记，这条溜索是搭建在死亡区的生命线哪！"

从12日晚上起，连续两三天都一直在下雨，余震不断，伤员没办法治。村里的信息出不去，村外的情况进不来，大家情绪很低落，一点精神也没有。怎么消除大家的恐惧，了解外面的情况？

龙德强想到了电视。好不容易找到没砸坏的电视机，但电的问题怎么解决？接收天线在哪儿？龙德强一提出这个想法，村民们你一言我一语，都在想办法。有村民说，我那儿有发电机。还有村民说，我家有接收"锅盖"。很快，你一样、我一样，东西就凑齐了。但是新的问题又出来了，发电机没有油，怎么办？陈兵说，我家的摩托车有油。十多个村民纷纷从自家的摩托车里抽出汽油，一共有几十升。

发电机响了。四川卫视的电视图像调出来了。村民们聚在一起，眼睛盯着电视，看到温家宝总理正在映秀指挥抗震救灾，全村的人像没娘的孩子见到亲人，泪水禁不住流出来，都说："温总理到映秀了，党和政府在关心我们，解放军来救我们啦。"

伤员的情况一天比一天严重，有的人伤口已经开始化脓腐烂，龙德强吃不下饭，睡不好觉。

龙德强请路过的救援部队首长给县里带去灾情报告。他因劳累过度，连写字的力气也没有，只能用沙哑的声音口述，由一位战士代笔，把灾情写在巴掌大的一张纸片上。

正是因为这块纸片，上级及时做出了让他们全部转移的决定。

龙德强坚持着把伤员、老人孩子送上直升机。

在大家要离开时，村里的一位妇女说：“龙书记，你太累了，眼睛都红透了，跟我们一起走吧。”他说：“只要还有一个人，我就绝不会离开！”

送走最后一个村民，龙德强才离开沙坪关。他回头看了看，过去的家园，全成了废墟。

大地震中，全村 17 名党员，失去 11 个亲人。但是，村支部没有垮。

五、舒云

12 日 14 时多，舒云正在县城开会。他是青川县石坝乡党委书记。

突然，地摇楼晃，房倒楼塌，地震了。

县委命令参会人员立即全部返回岗位，组织抗震救灾。

舒云登车向回赶，出得城随处可见山石毁坏的道路。

经过两处山体滑坡，东河口村房屋和村民被埋。公路彻底阻断。舒云不得不弃车步行。

乡广播站文小平的家就在东河口。舒云曾经到过他的家，那个曾到过的家被埋了。舒云的泪，在心里流。

舒云拿出手机，先向乡里打电话，像前几次一样，仍然打不通。乡里的情况究竟咋样，他只能加快深一脚浅一脚的脚步。

自己的父母现住在木鱼镇，情况不明。他打过一次电话，但打不通。他再没敢打其他的电话查询。他的心中有一种不祥的感觉。

连续的余震造成山体滑坡，滚石轰隆隆的巨响。突然，在前方出现了一辆被巨石砸的车，车中的被困受伤人员在呻吟求救。

舒云立即停下施救，这时，又有附近村的人赶来。

救出车上的人，舒云将伤员交给他们，一再交代："把他们送到医院，包扎处理！"

舒云心急火燎地向乡里赶去。

他不知道，在木鱼镇家中，他的父母已被埋在了废墟中。

15 日 9 时 16 分，北川县城展开拉网式搜索。

11 时，外交部称，中国政府已同意国际救援队赴地震灾区协助救援。

第十五章 最是危急时刻

一、志愿者张丽娜

16 日早 5 时，张丽娜从帐篷里钻了出来，向消防战士了解情况。

这时，穿着黄色 T 恤的小朱气喘吁吁地跑着喊："谁是志愿者，曲山镇卫生院下面有人活着，快去救人。"他的衣服开了很多口子，脚腕和膝盖缠着绷带，脓已经流出来，但他跑得很快。

张丽娜跟上他，问："确信活着么？"

"应该是吧。"

一路上，志愿者队伍越来越壮大。

来自绵阳的小李，是部队转业的女同志。

张丽娜看到她腿上受了伤，血渍浸了出来。大家不让她上山，她却说，"咱们干什么来了，没有那么娇气。"

领头的小朱，今年 19 岁，叫朱远桐，在成都搞物流。他从前天来到这里，一直在山上搜救，已经 20 多个小时没吃东西。

张丽娜跟在他后面，和路上的士兵要了口罩和手套，与他一起冲在最前面。

“那里是重灾区，要做好心理准备。”小朱说。

一路上，很多刚刚搬运出来的遗体被放在路边。张丽娜身后，一个年纪很小的志愿者，背着一篓子水和食物。大家一溜小跑，大山上，有些石头几乎要掉下来，大家心里多少有点紧张。尤其到了吊桥那里，几个女同志的腿开始发抖，江水湍急，吊桥在不断地晃动。

大家手牵手，走了过来，然后攀登废墟，钢筋、木板、砖头，还有半拉的危墙，大概有 20 多米。

这里原来是曲山镇卫生院，有幢五层楼，一楼和二楼被彻底掩埋，大家爬上来的废墟，应该是五楼。

张丽娜敲击着石头问：“下面有人么?”

很快，一众志愿者听到了回应。

这时，从不远处赶来一位老同志，还带着两个年轻人，他们告诉张丽娜，凌晨 2 时左右，他们就听到了敲击声，然后和她不断对话。

老同志姓梅，来自成都市，已经退休，他带着儿子和儿子的朋友开车赶过来的，儿子叫梅扬，他的朋友叫陈小军。梅扬和陈小军一直负责搜救，以及给山上搜救的人运送物资。“不知来来回回跑多少次这样危险的山路了，上来就不敢往下看。”梅扬说。

梅杨搬运石头时，他的老父亲就在一旁指挥。老梅原来在地质部门工作，唐山地震时，曾被抽调过去。他说，整个晚上他们一行三人一直在山上搜救。

很快，一位志愿者又气喘吁吁赶上来，他叫龙建国，在成都搞销售。

“没想到，在这里又见到了!”龙建国高兴地说。很多救援志愿者在这里已经成了兄弟。

小朱是大家的总指挥，别看他年龄小，却跟个大人一样给大家安排工作。

通过对话得知，被困者是23岁的女护士，叫段忠英，被卡在楼梯间。她一直通过敲击的方式寻求救援。

“这个姑娘很聪明，懂得自救的方法，如果总是喊，她肯定没有力气了。”老梅说。

在了解了基本情况后，梁春趴在石板上告诉她：“不要说话了，我们一定想办法救你，救不走你，我们就不走。”

由于没有合适的工具，他们向在隔壁山头作业的江苏消防总队求助，他们过来了10个消防战士，武学和指挥也爬到了废墟上来。

由于人手不够，武学和问：“哪些志愿者愿意参与救援?”在场的志愿者都把手举了起来，三名女同志更是踊跃走到前边，几个男同志跟她们争执。

“你们体力不行，不要添乱。”

“没啥不行的，我们可以跟她谈心，增强她的信心。”

志愿者被分成了5个小组，和消防官兵一起救援。

梁春与消防战士一起下到了石缝中，他一边往外搬石块，一边告诉被困者：“你一定要坚持住，我们很多人在救你，困难再大，也会战胜的。你出来后，我们大家都和你做好朋友。”

8时40分左右，很多人在山上呼喊自己亲人的名字，还有号啕大哭声。

一个20多岁的小伙子也来到救援的地方，他嘴里念叨着什么，原来他的女朋友就被困在下边。

经过仔细询问，他惊喜地发现，大家救援的竟是他的女友。“她还活着!”小李激动地几乎哭出来。

他一边通过裂缝跟女友对话，一边把这个消息告诉了姐姐。

姐姐和姐夫迅速赶了过来。姐姐哭泣着告诉说：“弟弟他俩正准备结婚呢，新房子都盖好了。”

在救援的过程中，张丽娜听到隔壁山头有搜救者呼喊：“又发现两名活着的。”一部分志愿者赶紧到另一个山头救援。

一位女志愿者从石缝中给段忠英递了一瓶特制的盐糖水，用吸管给她喝，看到一杯水快喝完了，她露出了欣慰的笑容。

这名志愿者来自绵阳，她说，地震发生后停电，通电后听广播才知道可以报名当志愿者，她没有征得丈夫的同意就报名了，“因为我有一定医护经验，才抢到最后一个名额。”

救援和等待令人十分焦急。尤其到了中午，天气越来越热，气味很浓，口罩已经不管用了。志愿者和消防战士的衣服都被汗水浸透。

小朱膝盖的脓已经洇湿了裤子很大一片。

14 时 20 分，正在底下搬运砖块的梁春喊：“马上出来了!”

14 时 23 分，段忠英终于被“挖”了出来，她神志清醒，医护人员马上蒙上了她的眼睛。

消防官兵和志愿者无不喜极而泣。

“你和儿子准备去哪里，老梅?”志愿者彼此之间很熟了，他们打听着各自的去向。

“我们还会坚持搜救”，老梅说。

梁春说，他准备等救灾结束了再走。

“继续坚持!”小朱和来自上海的志愿者李琪、美籍华人陈浩击掌相庆。原本三个陌路人，如今称兄道弟，组成抗震救灾三人帮。在废墟中，总会听到他们三个呼喊：“大哥，你在哪里?我这里缺人手。”

段忠英的男友和姐姐要留下救援人员的电话，以便日后感谢，但志愿者们都悄悄地走开了。

二、孙汉刚

16 日黄昏，一场 6 级余震过后，劫后余生的四川电视台记者何慧柔，忍不住低声啜泣：“我们当时都非常无助，是他，使在场的

600 多人安下心来。”

他，就是第三军医大学新桥医院奔赴灾区救灾医疗队的领队、副院长孙汉刚。

16 日 12 时 30 分，救灾医疗队抵达一颗印村高家庄 317 国道段。根据军地指挥部的安排，他们前往理县救治伤员。

高家庄四面环山，峭壁陡立，通往理县的 317 国道必须经过一段高近 150 米的大片裸露岩壁，公路在岩壁下，是一个 S 形的大转弯。由于多次垮塌，岩壁上疏松的岩石有如流星雨般不时滚落，卷起阵阵尘土。当地村民形象地称这一段路为“满天星”，是一道通往理县的“鬼门关”。

几天来，石壁上掉落下的土石方堵塞了“鬼门关”，大批车辆滞留在公路上。

13 时 15 分，前方道路疏通队传来消息：“道路已经疏通，车队可以通过。”

孙汉刚希望医疗队能早一刻赶到目的地抢救伤员，听到路通了，连忙下车与警察一同指挥车辆依序通过。他站在最危险的路段，头上不断有飞石落下。

“要加快速度，一辆车过去后，下一辆再跟上，注意保持距离。”孙汉刚一边指挥，一边大声喊着。

车队刚过去一半，大地突然震动，山坡上崩裂出无数飞石，伴着漫天尘土滚滚而下。

“不好，是地震！”反应过来的人群，赶忙往后躲。

此时，能见度不到两米，孙汉刚迅速冲到医疗队乘坐的车队前，冲着继续前行的车辆，大声吼道：“停下，不能动！”

随着紧急的刹车声，一块巨石在前方不足 5 米的地方落下，车内队员吓得目瞪口呆。

孙汉刚冲上去拉开车门，大声指挥队员们：“不要慌，赶紧下车。”

队员们有序撤离。

公路上人群涌动，有人在大喊，有人在奔跑，大家用衣袖和湿毛巾遮掩着眼睛、鼻子和嘴巴。厚厚的沙尘落在衣服、背包上。

在当地村民的指引下，孙汉刚带领医疗队队员，协助人群朝公路上的一块菜地转移。

孙汉刚的镇定，安抚着恐慌的群众。

13 时 41 分、13 时 50 分、14 时 21 分，余震持续发生，山体上岩石的崩裂和滚落声不绝于耳。

往菜地撤离的过程中，孙汉刚不停地用对讲机和前面车上的女队员联系。余震发生时，她们刚刚通过大转弯。

空中的灰尘散去，“满天星”的石壁上，仍然一片飞沙走石。菜地上，包括当地群众，聚集了 600 多人，惊叫声、哭喊声一片。

看着周围一张张惊惶无助的脸，孙汉刚明白：自己不能慌，穿绿军装的，一定要带好头。他强忍着对前方队员生死未卜的焦虑，找到在场的理县常务副县长伍连才。经过商量，他们当即决定，军地联合成立应急指挥部，由孙汉刚担任指挥长，统一指挥现场人员就地安置。

孙汉刚召集医疗队集合，并招呼周围群众围拢来，他大声对大伙说：“大家不要担心，我们解放军，还有当地的政府领导、公安人员，绝对不会丢下大伙不管，大家要团结协作，共渡难关……”

孙汉刚将在场人员统筹起来，分成 4 组，一组以民兵为主，负责下山从被困的车辆上抢运物资，包括医疗队携带的医疗设备、药品等；一组以施工队的工人为主，在医疗队队员指导下，搭建军用帐篷，安置群众；一组以医疗队队员为主，就地展开对受伤群众的救治。

孙汉刚部署完毕，大家立即分头行动，最初的茫然失措消失了，人人似乎找到了所在的岗位，井然有序的场面让人难以相信这里刚刚发生了一场惊心动魄的大余震。

医疗队队员王立明注意到了孙汉刚情绪的异常。只要一背转身，孙汉刚的眉头就紧蹙起来。他不停地拨弄手中的对讲机，里面不时传出一阵阵杂音。

王立明知道他的痛。医疗队每一个队员都被这种痛折磨着，前方 11 名女队员和 1 名司机渺无音讯。

在默默的祈祷中，漫长的两小时过去了。

17 时，对讲机里断断续续传来声音："现场勘察，没有发现受伤人员和被埋车辆。"

孙汉刚拨打手机，电话接通，传出协理员州利蓉"大家都很平安"的声音。他终于忍不住失声痛哭："感谢大家，感谢大家都还活着。"

这个军人的哭声深深打动了在场的每一个人，不少人流下泪来。孙汉刚高举电话，对着医疗队队员大声说道："我们新桥医院的队员是顽强的，不会轻易被打垮，我相信，我们都会圆满完成任务。"

欢呼声、掌声响彻山谷。

夜幕降临，医疗队在搭起的帐篷前点起篝火，唱起《咱当兵的人》……

孙汉刚声音有些嘶哑："在经历生与死的较量后，我们医疗队队员更加珍惜生命，珍惜救治灾区伤员的机会。"

三、记者王成

王成一瘸一拐徒步 3 小时，终于在紫坪铺的简易码头坐上了冲锋舟。他是《北京晚报》的记者，已被困在映秀 6 天。

发动机鸣响的瞬间，王成的眼泪夺眶而出，很多人没有他这般幸运，能最终走到这里。

5 月 12 日，映秀的时间停止了。

213 国道映秀镇南 2 公里。王成在卧龙采访企业认养大熊猫仪式

刚结束2小时，他正在回成都的路上。

一声尖叫令王成从瞌睡中惊醒。他坐在商务车的中排右侧靠窗位置。窗外无数的巨石从高山上飞滚下来。

“倒车！快倒车！”王成向司机嘶喊着。车子倒了没有半米，便撞到后面的巨石。与此同时，一块直径约1米的石头直接命中车身。

睁开眼时，车辆已经侧翻，原来右手边的两个人，压在他身上，令他动弹不得。定了定神，王成感到从脚部传来一股钻心的疼。由于车体变形，他的右脚被死死卡在推拉车门的沟槽里。

侧翻的车底盘上传来密集的碎石撞击声，王成惊恐地意识到，如果再有块大点的石头砸中汽车，使其变形，他的右脚必将不保。

果然，王成又听到了一声巨大的撞击声，随后车体像根铁丝一样被狠狠地扭了一下，就在一秒钟前，他使出平生的力气，将脚拔了出来。试着将右脚动一下，谢天谢地，它还在。

此时，眼前的景象一下子黑了起来，凭感觉王成意识到，自己被挤在了最下面。

车里歪躺着的人，掏出手机拨打110，手机没有任何动静。车子突然再次强烈晃动起来，“谁在动？都别动！”某个女记者喊着。

“外面有人吗？”王成扯着嗓子向车外喊，没有回答。

轰轰的响声从山上传来，像魔鬼的嘶吼，越来越近，随后是金属的扭曲声、撞击声，然后是浓重的土味儿。这样的情况每隔半小时一次，定时定点折磨着他们的忍耐力。

王成祈祷着千万别再掉石头了，别再折磨我们的承受力了。他的身体被厚厚的铁皮包裹得动弹不得，呼吸越来越急促，空气越来越不够用，搞不清身上是冷汗还是热汗……

王成开始回忆起生活中那些曾经的美好，想起爱人，想起结婚时的样子……慢慢地，身体不再做无用的挣扎。他将这种感受告诉了其他人，还和他们聊起出去后的美好愿望。

渐渐地，车子不再抖动了。

“有人吗?”车外传来救人的声音。

王成麻木的神经突然亢奋起来,“有人!”

车内响声四起。随后敲击声、搬运石头的声音,撬棍撬车体的声音传进变形的车体内。

首先,坐在副驾驶的杭州电视台男记者被抬了出去。“先救后面的,后面有好几个女孩,她们在车后部”。车里的男记者们一起喊着。

“哦,知道了,我们在想办法”。

外面的人在车厢中部撬开缝隙,空气一下多了起来。杭州电视台的女记者压在王成头部的上方,脚被别住了,痛的她直叫。

所有人屏住呼吸,努力扭动着身体,希望为她腾出一个可以拔出脚的空间,大约用了十分钟的努力,女记者被成功地拽了出去。

一位央视的记者和《浙江日报》的记者,卡在王成腿的上方,他们通往出口的地方被座椅死死地挡住。只有王成腾出空间,他们才有可能通过这个类似于U字形的空间爬出去。

王成终于逃出了这该死的车子,右脚刚一着地,一阵钻心的疼,他目光所及的地方,已经被大小不一的石头所覆盖。

此时,从旁边跑来一个陌生人,背起王成就向北边一个碎石滚落较少,相对安全的地方跑。

卡在王成腿上的记者,也很快爬了出来。又是一阵撬砸,中国日报社的女记者被拽了出来。央视的另一个记者也脱险了,显然,他的情况不太妙,两个人连背带抬地帮他跑向相对安全的地方。

两个当地人打算帮他们把行李、设备扒出来。

“东西不要了,你们快过来,人最重要。”眼看着山上掉下来的碎石满天乱飞,他们真担心有人为了他们的财物,而再次陷入危险。

查看伤情时,杭州电视台的男记者,胸部疼痛难忍,情况不妙;央视男记者,锁骨受伤,左臂不能动弹;中国日报的女记者,颈椎出了问题,头不能转了。

王成的右脚经过简单适应，勉强能够蹒跚行走；杭州电视台女记者，鞋子没了；而远处，那台他们搭乘的汽车，已被砸得像只烂皮鞋。

紧随其后的大巴，却不见了踪影，那是认养大熊猫企业总经理谢雷军坐的车。

王成看了一下道旁的路碑，213 国道 1010，时间 5 月 12 日 18 时。这里，距映秀 2 公里。

四、民警赵刚　姜明全

12 日一早，绵竹市公安局汉旺分局民警姜明全告别自己的妻子："我要去清平磷矿，检查危爆物。"说完，便和同事赵刚出发了。

去清平磷矿那条崎岖颠簸的山路，开车也要两个多小时。姜明全，每月要去山里几次，每一次都牵动着全家人的心。

14 时 28 分，小木岭，地震袭来，山体隆隆，白烟蔽日，通讯中断。

两人迅即带领炸药库的员工，撤离危险地带。跑过已经成为废墟的村庄，他们一边搜救幸存者，一边劝说老百姓赶快离开，最后带着几十个村民跑向相对安全的九鼎山，这里海拔 3200 米。

赵刚从收音机中听到，地震来自几十公里外的汶川，绝不能在这里坐等外援。他和姜明全数度下山、上山，召集起越来越多的村民。

在与外界隔绝的深山里，村民们极度恐慌，把他们当成"党和政府"来依靠。

"为什么你们不往外走呢？"记者问极度虚弱的姜明全。他干涸的嘴唇间迸出这样一句话："我们的队伍越来越大，自始至终都是一个集体，我们怎么能丢下他们呢？"

15 日，他们来到清平的一座伐木厂，这里有 400 多名伐木工人被困。赵刚听到一个让他欣喜若狂的消息：伐木场里有一部卫星电话。

电话只有三格电。上午 10 时 15 分，赵刚通过 110 专线接通德阳市公安局指挥部：“我们有 500 人被困，在九鼎山附近。已经三天三夜没有吃的，请求救援。”

指挥部鼓励他们：“坚持住，我们尽快请空军救援！”

第二天，直升机开始空投食品和水。

物资四散在山上，村民们四处搜捡，体力差的村民只能望“机”兴叹。赵刚和姜明全挨个做工作，收回物资统一分配。“要活着出去，大家就要团结，保证每人都有一份！”已经饿了六天的第一顿午餐，他俩分吃了一包方便面。

赵刚患有心肌炎，心脏中装置着起搏器；姜明全患有高血压，每天要吃降压药。在弹尽粮绝的日子里，他们吃草豌豆、吃野竹笋，到最后，吃嫩的树皮。

余震接连不断，每一次大的余震，都伴随大规模的塌方。伐木工人被称为“钻山豹”，他们就让“钻山豹”带路，砍树开路，带领着 500 人的队伍，在飞沙走石的山谷中，辗转腾挪，寻找暂时的栖身之所。

500 人的队伍辗转在山中，赵刚和姜明全拖着极度虚弱的躯体，一前一后。一支竹签插破了赵刚的鞋，直插脚心；姜明全摔伤了双腿，鲜血淌流。

卫星电话的三格电，变成两格、一格。每天，他们都用极其简短的话语告知战友所处境况。

近乎绝望的姜明全妻子日夜守候在电话旁，她冲着电话大声喊：“我是为你才活着的，你有一口气也必须活着出来！”

被困后的第 8 天，救援人员才找到他们的位置。赵刚在前，带领 300 人；姜明全殿后，负责 200 人。他们砍树开路，徒步三公里，来到直升机降落点。

上午10时许，500人陆续被送出。赵刚和姜明全最后登上直升机。

下午，他们被送往驻扎在绵竹的北京军区第255医院医疗舱。

五、咬人救人的蛇

地震，制造了难以数计的恐怖场景，不甘寂寞的毒蛇也来凑热闹。

45岁的宋佳秀，是什邡市红白镇下马口村人。昨天16时，她抱柴火时，左手中指被一条约一尺长的毒蛇咬伤，甩掉毒蛇后，她用布条将中指根部，紧紧扎住。

20分钟后，左臂又麻又痛，丈夫开车送她到了红白镇，这里驻扎着抗震救灾的广州军区医疗队。

值班医生杨家荣检查发现，宋佳秀的左手中指已经发黑，上面有两个清晰的蛇牙印，手背已经肿胀，蛇毒通过血液正向她的体内入侵。

杨家荣立即进行手术，将她的左手中指划开深深的“十”字，挤出来一点黑血水后，再也挤不出来。

危急之际，杨家荣用嘴将她的左手中指含住，一口一口地使劲吸毒液。

15分钟后，宋佳秀的伤口处流出了鲜红的血液，手臂的麻木感也减轻。因当地没有蛇药，杨家荣让她尽快到什邡市人民医院，作进一步治疗。

镇卫生院院长，得知杨家荣口腔有溃疡后，非常感动，带着医护人员四处为他找药。一个小时后，他们终于从一个百姓家里找到一盒“蛇药片”，将它送到杨家荣的手上。

有的蛇添乱咬人，有的蛇却救人呢。

在湔江河下游十多公里的地方，有一座多年失修的桥，地震时，一辆摩托车和一辆大客车正向桥头驶来。

疾驶的摩托冲上桥，刚驶得半截，“轰”的一声，桥断了，摩托和司机随断桥栽入了河里。

而大客车刚欲上桥头，司机突然看到一条大蛇横穿桥头。

保护野生动物的本能，令司机紧急刹车。

大客车停在了桥头，刹车太猛，车上的乘客还在那里埋怨：“开的啥子车，拱一拱的。”一打盹的乘客额头撞上了前面的后座。

说时迟，那时快，天摇地动，飞沙走石，大客车后面的山体轰然倒塌。

全车人惊魂未定。

栽入河中的摩托司机，像泥鳅一样爬上岸来。

车上的人，缓过神来。是这条横穿桥头的大蛇，救了一车人的命。

大客车若不停在桥头，必像摩托车一样栽进河里，单就大客车的重量，也要造成死伤。

车上的人弃车而逃，司机也逃走了。车上的人都说，横过桥头的不是一条蛇，那是上天派来救人的龙。

第十六章 抗震救灾总攻

一、某集团军的总攻

17日上午，军地指挥部发出号令，要求抗震救灾部队将救灾行动扩展至灾区所有村寨。

10时30分，前指下达了一道铁令：各责任区立即调派兵力，到40个边远乡镇实施救援，其中包括第五责任区的21个乡镇。

命令要求，17日24时前，到达乡镇不少于五分之二，18日24时前，到达乡镇不少于五分之四，19日14时28分前，全部到达。

19日14时28分，一个不寻常的时间节点，距地震发生刚好7个昼夜。

7个昼夜，是震后受困者所能承受的生理极限。搜救被困群众刻不容缓。宋普选当即抓起电话，要通正在平武县境内的师长石正露和旅长杨文耀，快速向他们传达命令。

军令如山，军情如火。一支支小分队像离弦之箭迅速出发，进村入户的攻坚战打响。

12时，接到前指通知，19时20分到成都听胡主席做指示。宋普选驱车行进在通往成都的山路上，不时询问各部队到位情况。

13 时 30 分，平武县高村乡首先报告，炮营营长阮凌云率 2 连官兵率先到位。

14 时 40 分，修理连连长侯勇报告，所率官兵进入水田乡。

15 时，旅副参谋长王学刚、宋卫兵几乎同时报告，由他们分别率领的官兵，已进入大印镇和锁江羌族乡。

16 时，旅政治部副主任魏建勋所率官兵抵达徐塘羌族乡……

17 日晚上，在成都召开的抗震救灾会议上，胡锦涛再次发出号召：要充分发挥人民解放军、武警部队和公安消防特警突击队作用，在救援队进入所有乡镇的基础上，尽快进入所有村庄，排查每一处倒塌房屋，竭尽全力，搜救被困群众。

听完胡主席讲话后，指挥所值班员报告，团长朱兵所率官兵进入坝子乡。

部队拟进入的 21 个乡镇，只剩下平南、水观和泗耳 3 个乡尚未到达。

天下起了大雨。率部向泗耳藏族乡挺进的副政委孙增顺，从北川打来电话：由于山体滑坡，通往泗耳的路被阻断，请求绕道进入。经计算，绕行的山路 480 公里，摩托车开进至少需要两天。

杨旅长当机立断，派副旅长余秋胜率先遣队，从豆叩乡经平武县城向泗耳乡穿插，随后率指挥组与先遣队会合，冒着大雨和余震徒步向泗耳乡疾进。

23 时 10 分，团参谋长官克诺报告，所率官兵已进入平南乡。此时，水观乡方向还没有任何消息。

令人焦心的一夜，伴着“哗哗”的雨声过去了。

18 日 10 时 10 分，副团长司圣现终于辗转传回消息：170 名官兵经过艰苦跋涉，抵达目的地平南乡，查明全乡亡 64 人，失踪 94 人，伤 128 人，山体滑坡使进出道路完全中断。

然而，向泗耳乡进军的队伍，仍然没有消息。

泗耳，成为第五责任区进军乡镇的最后一个堡垒。来自各个方面的询问电话接连打来。都江堰军地指挥部的询问，更增添了压力和焦灼不安。

19日上午6时，指挥所通过海事卫星电话终于与余秋胜副旅长联系上，先遣队距泗耳乡还有50公里，但需翻越岷山支脉。此时，距最后的时限不到9个小时。

向泗耳乡发起最后冲刺的时候到了。

11时45分，余秋胜爬上一座高山，向指挥所报告，他们已于11时胜利抵达泗耳乡，提前3个小时28分完成任务。

极度疲劳的官兵顾不上休息，紧急搜救了13名电站职工，救助了12名藏族群众，然后送16名重伤员下山治疗。

那一刻，指挥所的同志无不热泪盈眶。

二、难忘三江刘亚民

在部队官兵向“盲点”乡镇突击的同时，哈尔滨市公安局特警支队长刘亚民也在向重灾盲点乡镇突进。

15日上午，他们从都江堰徒步向汶川进发。一路上，不断有受灾乡镇的消息传来，唯独三江乡既没有人下来，也没有任何消息。刘亚民受命带领516名公安特警、消防特勤官兵和福建边防总队的医护人员组成先遣队，向三江挺进。

余震不断，山体滑坡，巨石滚落，根本无路可走。刘亚民说了三句话：哪怕我们伤亡惨重，也要冲进去解救群众；哪怕我们只进去一个人，也要告诉群众，后援部队马上就到；哪怕我们全军覆没，也要为后援队伍留下路标！

16日早晨，当他们无法继续前行时，发现从山上连滚带爬下来一个人。一问，还真是从三江来的。从他那里得知，三江已经断粮了，乡亲们已经挨饿；受伤的人缺医少药。听说官兵是去救援的，他二话没说，马上答应当向导。

情况危急，刻不容缓。刘亚民命令队伍快速前进。走了 4 个多小时，刘亚民问向导，还有多远，他说才走了三分之一。

刘亚民一听，就急了。他当机立断，挑出 10 名特警、10 名消防战士和 10 名边防医护人员，组成突击队，先行向三江加速开进。

经过 3 个多小时的艰难跋涉，突击队到达三江乡政府所在地——街村。

眼前的情景让人揪心。整个乡镇房屋倒塌，处处废墟。幸存下来的 1000 多人，躲到了乡中心小学的操场上。

看到官兵的一刹那，村民都站了起来，高喊着："我们有救了！我们能活了！"一位 80 多岁的老大爷激动地说："我就知道共产党一定能来救我们。"

在医疗队救治伤员的同时，刘亚民下令，把先遣队带的三天给养拿出两天的分给群众。但一千多人，这点东西哪解决问题。

刘亚民决定，在废墟中抢粮。他挑了一些身手敏捷的队员，编成 20 个组，分头行动，爬上屋顶，把绳子放到屋里，一个人钻进去收集粮食，再用绳子吊出来。

还有 8 个村子啥消息也没有。最近的村子，翻山越岭一个来回也要三四个小时；最远的一个，来回要 9 个小时。他们编了 8 个小组，每组 4 个特警、4 个医护人员，立即赶往这 8 个村子。

后续救援队伍上来后，官兵就要离开三江，接受新的任务。临走时，官兵把身上所有的钱都留给了乡亲们。全村人都来送行。此情此景，让刘亚民激动不已。他命令队员把特警战旗插在中心小学广场上，留在三江，让官兵的心永远和三江人民在一起。

三、舒云　孙闻

石坝乡，尽管距震中汶川映秀有一百多里，但它处于地震断裂带上，灾情比离映秀近的地方还严重，一些村庄瞬间消失了。

昨天，舒云赶回乡，立即投入到抢救人员中。初步统计，全乡1200户，有8成房屋倒塌，4000多人无家可归，100多人死亡，150多人失踪，重伤50多人，轻伤200多人。也就是说，每8个人就有1个伤亡。

一个副乡长，看到舒云就哭了。

舒云组织乡干部，分赴各村庄搜救被困被埋群众，查灾情，组织自救互救。

去各村庄的人走得差不多了，文小平感到奇怪，书记没有分派他去村上。

文小平问舒云："我去哪个村？"

舒云的眼泪挤了出来："你的村，东河口村，被埋了。"

"我想让你回村看看！"

文小平听到这里，心里一惊。他直盯着舒云。

看着舒云眼角的泪，他明白了村上被埋的严重性。

少顷，他向舒云说："全村被埋了，那我到别的村去救人吧！"

舒云这个三十岁的汉子，眼泪唰唰地掉下来。

石坝乡与外界的交通、通讯断了。安排着乡里的事，他多么惦记远在木鱼镇的父母啊。

17日4时50分，唐家山堰塞湖告警，地震形成的大坝裂缝移位，坝外涌水。

几天来，湖水一直在涨，坝体一旦溃决，正在北川救援的人员、下游的城镇、公路等一切设施，必将承受灭顶之灾。

指挥部核实情况后，研究决定：正在北川县城的所有人员，不论是部队官兵，还是地方救援人员，立即撤离。

下午，孙闻结束对成都军区驻蓉联勤某分部的采访，正在营区大楼里写稿。

突然，孙闻接到新华社抗震救灾前指总指挥彭树杰的电话：“北川堰塞湖出现重大险情，前方记者联系不上，速与田雨、李明放等人联系。”

孙闻立即拨打田雨的手机，怎么也打不通。放下电话，抄起桌上一张部队的便笺，写下一句话：“新华社记者田雨、李明放等，现在北川，联系不上，请速找到他们，并安排他们撤至安全地带”。写完后，孙闻递给部队宣传科长林野，让他速交部队长马雄。

林科长走后，孙闻才想起来，便笺上忘了写“谢谢”。

田雨的电话终于通了，他没接。过了一会儿，收到他发来的一条短信，“手机快没电，部队已找到我，已随部队撤离”。

次日，在成都见到田雨，田雨激动地一把抱住孙闻，还原了昨天的惊魂一刻。

当时，田雨和李明放正分头在县城采访，突然发现部队和灾民惊慌外撤，手机信号中断，他们谁也联系不上谁，也不知道到底出了什么事，只能跟着往外跑。

这时，联勤分部的战士逆着人流往里冲，边冲边喊“田雨”。

找到他之后，把他拖到了城外的一处高地上。

到达安全地带后，部队的一名副参谋长翻出“北斗一号”上的一条短信给他看，“速找到田雨等新华社记者，并带他们撤至安全地带。马雄。”

“你跟马部长很熟啊？”副参谋长问道。

“哦，哦，见到老马替我问他好啊。”不明就里的田雨顺水推舟。

此后，联勤分部的战士一直跟着他们，一时不见，就会四处寻找，直到送他们安全离开北川。

四、渔子溪蒋永福

这几天，映秀镇遇难人员的遗体放得到处都是。距离远的几个村的村民遗体，都被亲属或者邻居就近掩埋了。可遇难人员较多的映秀镇区，遗体太多，掩埋遗体成了个大问题。

经过12、13日的大雨，又经过14、15日火辣辣太阳的暴晒，遗体腐烂，发出阵阵恶臭，引来无数苍蝇。

人们戴着两层口罩，都觉得奇臭难忍。遗体上，爬满了成堆的绿头苍蝇。不及时把这些遗体处理，一旦引起大疫情，后果不堪设想。

地震时，县委常委、副县长张云安，正好在映秀检查工作。他遇险没遇难，成了映秀地震之初的最高领导人。实际上他能用的领导干部仅有两人，一人是镇长蒋青林，一人是副镇长徐红军，其余的镇领导不是失踪就是受重伤。

张云安、蒋青林、徐红军商量，由徐红军负责遇难人员遗体的掩埋，县里下基层映秀小组组长彭建军和渔子溪村党支部书记蒋永福协助。

徐红军后来成了映秀镇镇长，彭建军成了映秀镇副镇长。这么多的遗体，埋在哪里？

开始选址在中滩堡村的三台山，在二台山变电站的上面。后来被否定，一是上三台山无路，抬遗体上去非常困难；二是距离太远，坡太陡，官兵们抬遗体上去吃不消。

后来选在渔子溪村与镇区之间叫大坡的半山坡上。这里有足够的坡地，原来又有路，方便官兵抬遗体，而且距离较近，官兵不会太劳累。

15 日上午，蒋永福从成都军区某工兵团找来一台挖掘机，从上午一直挖到第二天凌晨 2 时，换人不歇机，共挖了 6 条沟。这些沟宽 3 米，深 5 米，总长 300 多米。

挖好沟，开始掩埋，一边挖一边埋。

遗体全部用装尸袋装好，装之前消毒，启运前再消毒，4 名战士抬一具，体格大的遗体 4 个人根本抬不动。

有的遗体，经过雨水浸泡发胀，装进尸袋都困难，要用两三个袋装尸。遇到这样的情况，就在尸袋中间下部加一条木杠，6 个人抬一具。

抬遗体的官兵全部戴口罩和手套，遗体太臭了，他们不得不在口罩上倒白酒压味。

负责装尸和掩埋的人，全部穿防化服。

遗体装袋前都做了登记，知道姓名地址的，写清姓名地址，家属在场的还写明年龄、单位。不知名的写明启运地点、性别、大人或小孩及估计年龄。不少残缺的无法辨认的，只能写明男女。

到了掩埋点，这些信息再被登记，以备查核。不能确认身份的，由法医保留检材，统一编号，以备确认。

掩埋点被封锁起来，除负责掩埋的工作人员和抬遗体的官兵外，其他人员不准靠近。有家属陪送的，家属只得停留在 100 米外的警戒线。

家属只知道统一埋在哪里，不知道掩埋的确切位置。掩埋点警戒线外，整天哭声一片。

家属不知道准确的掩埋点，甚是遗憾，他们进不了掩埋现场。进得现场抬遗体的官兵，恰恰是最不愿进现场的。既累又臭，还很恐怖。抬到后他们放下遗体，掉头就走，还要去抬下一具呢。

挖好沟，对沟底和沟壁洒消毒水，放消毒片，撒生石灰。

对抬过来的装尸袋消毒，将装尸袋放进沟里排好。边排边消毒，排好再消毒。

填好泥土再消毒，消完毒再放下一层装尸袋。如此重复，放了五层。

到最后填2.5米厚的泥土，边填边消毒，直到填平。

这些遇难者特殊的土葬，不过是集体土葬。

从映秀镇到掩埋点的那条路是应急通道。16日晚上，这条路安装了路灯，是用柴油机发电，只供这条路。

应急通道有两个作用：一是供连夜掩埋遗体用；二是如果上游堰塞湖溃坝河水暴涨，人们可以通过应急通道，迅速撤向渔子溪。

有了路灯，掩埋时间延长，进度加快。

掩埋工作持续了一个星期。

这期间，可苦了那些日夜抬遗体的官兵，他们都是十几岁的娃娃，平时哪吃过这样的苦。每抬一具遗体过来，一抬到就瘫坐在地上。最远的从枫香树村抬过来，有两公里远，还要过铁索桥、爬山。

遗体掩埋点后来成为“5·12”特大地震遇难者公墓，树了碑楼，搭了灵台，供亲属凭吊和祭奠。

公墓向阳，占地5亩，鸟瞰映秀全镇。

这里掩埋了映秀绝大部分遇难者遗体，约有3000多具。

当地群众土语管叫公墓“万人坑”。

当时，渔子溪村的群众对在村边上设掩埋点，很不理解，很不支持。

有的村民质问蒋永福：“你把那么多死人埋到村里来，想把全村的人都搞死啦?”

蒋永福那时想的是：映秀的惨状简直是尸横遍地，这些遗体，初期几天先是下暴雨浸泡，后又被大太阳暴晒，已经开始腐烂，引起蛆虫遍地，苍蝇满天，恶臭难忍。

没有人、没有时间、没有药物和工具来处理啊。

人们实施救援时，抓住这些遗体，就会有腐肉粘在手上，不仅臭，也找不到水和药来清洗消毒，只能抓把地上的泥土，搓几下就算清洁了。

如不抓紧掩埋这些遗体，一旦暴发大的疫情，谁也活不了。

掩埋遗体，迫在眉睫。

映秀镇区仅有1.9平方千米的小块平地，除了原街道的废墟和岷江、二河两条河道，已经无地可用。只有邻近的渔子溪还有土地尚存，这是唯一可利用的空间。

后来，震源点牛圈沟、漩口中学、老虎嘴遗址、地震纪念馆和相邻的公墓，成了映秀镇闻名的地震灾难景点。

凭吊游览高峰时，岷江、瘦溪河畔人流如织。人流、物流带来经济流。

渔子溪村的村民又开始称赞蒋永福有远见卓识。

蒋永福不以为然："我哪有那么伟大，当时只是顾全大局，莫让疫情暴发，把大家都搞死了"。

为了防止疫情，镇上统一布置，把各家各户的猫和狗集中打杀。谁家的猫狗，谁家牵送到集中点，由民兵或武警棒杀。

捞不着吃大补狗肉，消毒后全部深埋。

蒋永福家的狗喂了十多年了，长得油光水滑的，与主人感情深着哪。

蒋永福亲手拴了它，但牵不走它。

牵到集中点，蒋永福掉头就走。听到后面传来狗的惨叫，他心里很不是滋味。

第十七章 抢险救灾

一、硬汉王洪发

央视记者董倩，来到救灾前线。她采访了县民政局长王洪发。

董倩：走进成为废墟的北川县城，让人感到震撼的是，人们在经历了灾难和生离死别之后，所表现出来的那种坚强。

董倩：这次地震中，民政干部有没有受到损失？

王洪发：我们整个县局，25个人。目前下落不明16人。

董倩：下落不明意味着什么？

王洪发：意味着死亡。整个局级班子五人，只剩下我一个。

地震发生时，王洪发正走在从家里到民政局的路上。他家离民政局有两百米。

王洪发：我中午在家吃饭，从家里出来，碰见一个同学，都回忆不起是谁了。我俩抽了一口烟。是谁给我打手机，记不得了。掏出电话一看，2时26分，我该上班了。刚走出两步，就晃动了。心想，不外乎是平常的余震，每年都有这么一两次。

再走第三步，一下把我摔出去了。当时意识还是清醒的，抱头蹲在地上。蹲也不稳，我说糟了，当时那个地方，有十几个人，大家都一样，站不稳，摔在地上。

只听耳边，就像除夕之夜放鞭炮似的，噼里啪啦、咔嚓，一片混沌世界了。

董倩：那个震，持续了多长时间？

王洪发：感觉是几十秒到一分钟。我试图站起来，但站不起来，腿是软的，发酸。脑袋一片空白。

过了两三分钟，我在想我还活着吗，掐一下，手还疼，我还活着。我们手拉手，相互攀着站起来，眼睛睁开，只看见两只眼珠转动，满脸的灰尘。环顾四周，满眼砖头瓦块，周边的道路、建筑全部变形。县中心医院大楼垮塌，地税局大楼被平推20米后倾覆，路口也被巨石砸断。

王洪发的第一反应是“糟了”，他想到民政局看一看，但前面的道路已被堵死。他顺原路退回县政府大楼，发现这座大楼已倒塌。

地震时，正在县委礼堂开表彰会的经大忠，从废墟里爬出来，灰头土脸地开始布置救援工作。王洪发负责医疗救援。

王洪发：接到任务，距地震发生大概也就10分钟。这时，我的脑子好像重新转起来，应该马上去医院。可是，县中心医院已经不存在了。我的任务变成了从废墟里救人。

董倩：你救了几个人？

王洪发：记不清楚了，七八个吧。

董倩：怎么救的？

王洪发：有的是在桥下，有的是在车里，有的是在学校。

北川县城地处两山之间，地震引发山体大面积滑坡，许多人被巨石砸中身亡。县城一片废墟，哀号一片，惨不忍睹。

到处都有人在喊“救命”。王洪发机械性地奔跑着，见人就救。

大约16时，王洪发听说曲山镇小学垮了，埋了很多学生。他赶

紧往那边跑。

路过电力公司宿舍楼时，他突然心里一阵悲怆：遭了，16 岁的儿子不就因病休学住在这里么。可眼前是被夷为平地的一片废墟。

“那时候，顾不上是不是自己的娃，离谁近就救谁。”王洪发说。

在曲山镇小学，王洪发救出两个孩子。

17 时左右，县政府安排受灾群众向平坦开阔地带转移，大部分群众被疏散到北川中学一带，小部分被疏散到县政府大院。

此前，王洪发越过像山一样的废墟，寻找民政局。然而，民政局大楼已葬身于滚石之下，大楼上的土石厚度高达 10 多米。

天快黑了，他抓紧时间奔跑呼号，招呼灾民向北川中学转移。在奔跑中，他的左腿不知被什么刮伤了，至今走起路来还一瘸一拐。

震后第一夜，凄风冷雨降临。北川中学门口的街上聚集了三四千名受灾群众，他们蜷缩在露天里或屋檐下，任雨水打落在身上。没有水，没有电，只有寒冷和饥饿。强余震，大概 10 多分钟就有一次。县政府千方百计找来两台汽油发电机，几个灯泡开始闪动微弱的光。

因为王洪发是民政局长，一些重灾户找到他，问：“能不能找点吃的和被子？”

王洪发发愁了。房倒屋塌，黑灯瞎火，余震不断，怎么办？他操起大嗓门喊：“没倒房的，给遭灾大的拿点棉衣棉被？”

一些居民开始响应，冒险回家中拿出棉衣棉被和食品。再有什么事儿，大家就四处喊“王局长”“民政局的人”。

一直忙到凌晨三四点，王洪发终于找个空闲，一屁股坐在泥水里。他只穿了一件浅蓝色的 T 恤衫，全身冷得颤抖。他想起了儿子，想起了埋葬儿子的那堆废墟。他感到一阵心痛，那可是他唯一的儿子！

回忆到这里，王洪发眼圈发红，“不仅是我，失去孩子的人也很多啊!”

记者连续两天采访他，从来没有一次完整的过程。他总是说着说着，又忙别的事去了。

17 日上午，记者采访王洪发。期间，宜宾县民政局一位领导带着 50 万元的救灾物资前来捐赠，采访被打断。他立即带领来人和前线救灾指挥部接洽，记者跟随他时，一不留神跟丢了。

找寻好久，到处打听，终于发现他在北川县救灾指挥部的帐篷里开会。

县委书记宋明要他马上制订方案，给受灾乡村运送粮食和食品，较近的乡村，由王洪发组织志愿者车队运送，偏远乡村，由解放军负责运送。

王洪发走出帐篷，对记者说：“别跟着我了，我有十万火急的事情!”

下午，记者又一次遇到了王洪发，他正在和工作人员商量救灾物品发放的事情。他问：“记者同志，你能不能写写我们的民政干部何征雄？他胳膊骨折了，伤口红肿化脓，还坚持发放赈灾物资。还有邓伟和穆枝燕，两人都腿部受伤，却不肯请假。”

王洪发真的很忙，事情很杂，要调度今天和明天的粮食供给，要统计救灾物资和食品发放，并及时上报缺少什么。捐赠单位的衔接工作，也由他牵头负责。

他说：“晚上没事的时候，我总会想起局里的那些老哥，他们要是还活着，怎么也能替我顶一顶啊。”

董倩说，地震中，王洪发失去了他看得比自己生命还重要的儿子。作为一名记者，我不知道该如何提问。职业要求我必须让他讲，但我也是一个母亲，我知道，当父母失去孩子时，心里会是多大的伤痛。这些问题，该怎么提出呢？我真的怕伤害他。

王洪发：我的家在那边，也埋掉了。就是那一片瓦砾堆，分不

清了。每当我看见那个地方，就无比的难受。今天，省民政厅来慰问我们民政局的死难家属，叫我列个名单，我写名单的手是抖的。每写一个名字，心里都在滴血，整个名单写出来是蝌蚪文。每写一个名字，我就会想我们共事的时光，瞬间就没有了。

董倩：会写到你儿子吗?

王洪发：没有。我儿子比我还高一厘米，一米七七，十六岁，挺可爱的。有时趴在椅子上打盹时会想他，心里挺难受的。加上他，我整个家族十五人不在了，灾难面前像我这种情况的不止我一人。活着就应该多做事情，能救一个是一个。像你们都在关心我们灾区，我们为何还要沉迷于已经不存在的……没意思。

董倩：我觉得，跟你谈话这么长时间，说到你儿子时，你从来没有掉过泪，为什么?

王洪发：痛在心里。现在咋说，应该说，泪已经流干了。

董倩：我觉得，你是一个乐观的人，虽然你失去了这么多亲人。

王洪发：说句实在话，现在大脑仍然是麻木的。

说到不在世的儿子，王洪发好像在讲述别人的事。采访过程中，他一直没有掉泪。只有一次，眼泪在眼眶里不断地打转，最后还是没有掉下来。记者问他，这是你第几次看震后的北川，他说，这是第二次。第一次是在确认儿子遇难后，他一个人走到那片掩埋儿子的废墟上，心里轻轻地说，儿子，爸爸来看看你在什么地方。后来，他还跟同事开玩笑说：“老天爷替我厚葬了儿子。”他说，希望用这种方式鼓励他的同事，勇敢地面对灾难。

王洪发：工作一是凭良心，二是机械性的，不由自主。我的脚板已经打了两轮血泡，还是要跑。这不是我在争先进，而是身处这种场面，环境逼人。我活着是庆幸、是幸运。前几天每天只是嚼一点干方便面，喝点矿泉水，连着四天只是解一点小手。现在别说吃肉，有一碗热米粥喝就感觉像过年似的。庸俗一点说，国家还每个月给我们发工资，老百姓呢，流离失所，什么也没有了。做人做事就得讲道德、凭良心。

采访过程中，王洪发自始至终把坚强的一面留给了我们，把巨大的哀痛藏在了心里。他身上表现出来的坚强和忘我精神，让我们看到了北川在废墟上重生的希望。

"你失去这么多亲人，现在伤心吗?"记者冒昧地问了一句。

"我想伤心，你能给我时间吗？总有一天我要大哭一场!"

王洪发的眼圈，红红的。

二、警花蒋敏

"瑞瑞乖，你快快长大，妈妈把你带到彭州读书哈……"这是12日中午12时许，彭州市公安局民警蒋敏和远在北川的两岁女儿在通电话。

两个小时后，蒋敏与女儿永远天各一方。

地震后，彭州市通讯中断，民警们紧急集结，抢救伤员、维护秩序。

19时10分，巡逻回来的蒋敏再次拨动那串熟悉的电话号码，传来的还是令人揪心的忙音。

在耳边沉重地回荡着收音机传出的最新消息：北川老县城被塌方山体全部掩埋，死亡人数大约3000余人……

蒋敏按捺不住内心的牵挂，再一次拨打亲人的电话。20时30分，电话依然无法拨通。

凌晨6时许，蒋敏的手机响了，来电显示号码是北川的。

"喂!"蒋敏和对方说了两句话，顿时泪如雨下。

蒋敏在哭，旁边女警也在哭。

蒋敏的舅舅哭着打来电话，说蒋敏的爷爷奶奶、母亲、女儿全

部遇难。除了舅舅，蒋敏在北川的一家10口人已经确认死亡。

除了家人，蒋敏原来所在的曲山镇派出所的8名同事全部遇难。

看着蒋敏在抗灾一线一天天忙碌憔悴，领导和同事非常担心，特意把她调换到了指挥中心，但一天后，她又要求到一线去。

天彭中学安置了4000多名来自龙门山、九峰山的灾民。

17日，蒋敏一直在这里维持秩序，帮助送水、送物资。傍晚，她又和同事为刚到的灾民扎帐篷。

蒋敏说，孩子已经没有了，她唯一能做的，就是实实在在地帮助这些灾民。“我的舅舅现在也住在这样的帐篷里。如果母亲和女儿还活着，肯定也被这样帮助关爱着，这么多家庭和我一样不幸，我感同身受，灾难面前，所有的人都是一家人。”

凌晨，部队刚救援出来的银厂沟灾民，来到了安置点，其中有个胖胖的小男孩。蒋敏安置好大人后，紧紧地抱起他，久久不愿意放下，看了又看，她问同事张燕：“你说，这孩子有两岁多了吧?”

“差不多吧。”张燕的心一酸，她知道蒋敏在想女儿。放下孩子后，张燕搀起了蒋敏，突然感到臂弯一沉，怎么拉都拉不住。因为连日的劳累和悲伤，蒋敏晕厥过去。

现场的警官赶快把蒋敏扶到板凳上，用手托着她的头。医生检查发现，她的血压非常低。

在医生的坚持下，蒋敏被送到医院输液，但一醒过来，她就马上再次回到安置点。“我还行，我不能占医院的床位，我也不能停下来。”

蒋敏挣扎着，回到天彭中学安置点。

28岁的蒋敏出生在北川县，她一米六八的个儿，皮肤白嫩，是个漂亮的羌族姑娘，丈夫在成都市卫生局工作。3年前，她调到彭州市公安局，女儿降生后，一直随外婆住在北川。

女儿既乖巧又聪明，常在电话里给她背唐诗，还甜甜地说：“妈妈，我想你！”

“现在，再也听不到有人叫妈妈了。”更让她心痛的，是一笔对父母永远还不清的亲情账。蒋敏红着双眼说，经历这场灾难的同时，也体验着更深厚的爱：“我会坚强，家园失去了，但是我还在，大家还在。”

三、武警陆伟

“走，走！你这个不孝子，快跟我救爷爷去！”

18 日 10 时许，北川中学校园里，一名哭得死去活来的女孩使劲拽住一位武警战士的手，拼命往县城废墟方向拖。战士眼含热泪，尽力劝阻。

女孩是这位武警战士的表妹，叫刘莉。她一早从绵阳赶来北川，好不容易找到在绵阳武警当兵的表哥陆伟，他正在这里参加救援。

“你为什么不救自己的亲人?”刘莉哭得声嘶力竭，用拳头拼命捶表哥的胸膛。

“对不起，对不起！”身穿武警迷彩服的陆伟，一脸憔悴，流着泪，不断重复着这句话。

昨天，陆伟和死里逃生、暂住绵阳市救助站的父亲通电话时，也反复说着这句话。

陆伟的家在北川县城车站附近，地震发生后，他家有 8 个亲人被埋在废墟下。陆伟随所在的部队，在地震发生 4 个小时后赶到北川县城。

“先救别人还是自己人?”对于这个问题，陆伟告诉记者，一切听从部队的统一调遣。

几天来，他怕打乱部队的救援部署，愣是忍着没告诉领导县城废墟下面埋着他的 8 个亲人。

陆伟说，这些亲人的生命很危险，但他不能离开部队，因为他是整个北川援救支队唯一的通信兵。必须要保证全支队通讯联络的畅通，这样才能救出更多的人。

“每到晚上，一闭眼，就仿佛看见被埋在废墟下的外公、外婆、大姑爷他们，我禁不住就哭”，他说。

陆伟到达北川后，由于救援任务繁重，每天 24 小时超负荷运转，已经整整 6 个昼夜没好好合过眼。在保障通讯的同时，他还在北川中学救出两个学生。

尽管目前加大了救援力度，由于已经超过 144 小时，他被埋在废墟下的亲人生还的可能性微乎其微。

四、高空施救

13 日 15 时多，在都江堰太平街 242 号马尔康林业局宿舍，正在搜救的刘子军和战友，已奋战了 18 个小时。

一个群众心急火燎地赶来：“二号楼七楼，有一个婆婆困在里面。”

现场很危急：被困太婆所在大楼，位于一片完全垮塌的废墟中央，二楼已塌陷，楼梯间还压着一具尸体；三楼至七楼严重倾斜，在余震中，剧烈地抖落着飞石，随时可能发生二次垮塌。

“怎么办？云梯车发挥不了作用，毁损的建筑结构也不适宜攀爬救人。”

指挥员郭俊峰着急地望着战士们。

“让我上！”刘子军站了出来。

“送人上去救援！”郭俊峰突然做出大胆决定：起用 200 吨重型吊车，通过吊车吊臂将救援人员送上救援楼层。

刘子军和龚敏站上吊臂下的钢板，在余震和细雨摇摆中，颤巍巍地被吊上了七楼。

“这是我的家，我不要你们救!”也许遭到过度惊吓，房内的太婆已有些精神失常。

刘子军决定，悬空割断防护栏，强行进入房间施救，在不时袭来的余震和风雨中，悬吊的钢丝晃来晃去，平时灵巧的切割工具，变得异常笨重。

刘子军努力在悬摆的高空控制着重心，防护栏被割断。他跳入房间，惊出一身冷汗。

房间客厅被震出一个大窟窿，天花板不停地向下掉，太婆把自己反锁在卧室里，死活不出来。

刘子军小心翼翼地绕过大窟窿，转到卧室门口，不断和太婆交流，但固执的太婆认为破门而入的刘子军是坏人，不停地骂骂咧咧。

卧室门被强行打开的一瞬，刘子军眼睛湿润了：太婆头部和腿上，都受了伤，右脸红肿着，在房间里蹿来蹿去。“不要管我，没有地震。这是我的家，我要等我儿子回来。”

时间一分一秒地过去，又是几秒强余震，房间角落哗哗地落着灰渣。刘子军走到太婆身边，忍不住哭了。“婆婆，这里危险，求求你，跟我走。”

“不，你又不是我儿子，喊他来救我，我才走。”固执的婆婆并不配合。

“扑通”，刘子军重重地跪了下来，脆弱的地板轻轻晃动着，太婆怔住了。

从来没有哭过的刘子军，泣不成声。“婆婆，我不能扔下你不管，就当我是你儿子吧。我才20多岁，我还不想死，还有那么多人被埋在下面，等着我们去救。”

一秒、二秒，危险越来越逼近，刘子军跪在危房里不动。在20多分钟的僵持里，他的脸上、手臂多处被太婆抓伤。刘子军趁机把太婆固定好，与龚敏一起，将其抬到钢板上。

在高空降落的过程中，太婆不停地挣扎。三个人在空中不断摇晃，细细的钢丝颤巍巍的。刘子军死死地抱住太婆，不断在她耳边小声安慰着，好几次都险些被挣扎的太婆掀下来。

17 时，他们终于将太婆从 20 多米的高空救下。

五、袁玉松

绵竹市汉旺镇建筑公司工程部经理袁玉松，向记者诉说了历尽艰难的求生记。他感叹：地震发生后的 16 天，仿佛经历了一次重生。

12 日下午，我们正开车从清平乡杨家沟往矿仓工程工地走，突然感到车子摇摆。轰隆一声，像放炮一样，前面的山垮了。

地震了，我们弃车向山下开阔地带跑，突然，身后一块巨石垮下来，足足有几十吨，直直地砸到车子上。袁玉松的心跳加速，后背发凉。

我突然想起，还有几个工人在守炸药库，不知他们是不是还活着。走到一棵大树后面，看到他们出来了，一个个灰头土脸。有个年轻的工人哭了，仰天大叫："我们还活着！"

袁玉松想到了手机。哪里还能打出去？路断了，通讯中断。

工人们都很绝望，我安慰他们：我们活着，会有人来救的。我想到了工地还有大米，一个工人刨出了十多斤。那晚，我们就在一块玉米地睡了。

第二天，天下起了大雨。我们不能等死，于是往清平乡政府方向走。我多了个心眼，叫一个工人捡了一口锅。

中午，支起锅，煮了一点米，大家轮流端着锅喝了几口。下午，一个工人累得坐在地上，怎么也不愿走了，袁玉松上去一摸发现，他发烧了。没得办法，只有暂时不走了。

14 日，我们到了平水河。工人们都很绝望，米不多了，又没有水。一个工人走到河边时，腿又摔伤了。大家默默地坐在河边。我真的不晓得怎么办了。

15 日，大米吃完了。没得大米，很多人连站起来都没有力气了，我决定，还是回杨家沟。杨家沟比较开阔，容易被人发现。

没想到回杨家沟，也没有路。这时，年纪最大的一个工人坐在地上不走了。

要死也死在一起，我叫两个年轻同事扶起他，继续走。

17 日，是我们最兴奋的一天。走到一个山坡时，我们听到了轰隆隆的声音，抬头一望，看到了直升机。大家都很激动，都取下红色安全帽，举在手里挥。怕飞机看不到，我叫一个人把毯子摆在地上点燃。

老天爷太不给面子，下起了雨。飞机转了三圈，没有发现我们，飞走了。

没得办法，我只有叫他们又起来走。不带领他们出去，我向他们家人交不了差。

这天，我发现了落叶韭，一种野菜，没有油没有盐，河水煮起吃。

18 日和 19 日，大家继续朝杨家沟方向走。

我们稀里糊涂地走到一个全垮的村民屋子前。这家的房子啥子都没了，里面的人肯定遭难了，太惨了，我们都哭了。

这时，景发泉想到了个主意，他说不如留个纸条，有人来找，也晓得我们还活着。他捡起燃过的炭，找了一块纸板，写下了：我们去杨家沟了，汉建 8 人，原地返回。

21 日，又是一锅野菜，我们坚持了一天。

由于去杨家沟的路不通，我决定向一匹布（当地地名）方向走，我记得那里好像比较开阔。

在杨家沟又吃了三天野菜。25 日，一个工人外出找水，捡到了空投的矿泉水和面包，回来兴奋得大叫："找到吃的了，我们不会死了。"那天大家很兴奋，我哭了，他们也都哭了。

26 日，我第二次看到直升机在头上盘旋。可能飞机飞得太高，没发现我们，我们又失望了。

第二天，直升机又来了。飞机在上空飞了很久，都没有走。飞机投下些食物后，飞走了。我给工人打气，肯定还会来救我们，要挺住。

28 日 9 时多，我们又听到了直升机隆隆的声响，飞机在我们头顶盘旋，矿区有很多电缆和钢丝，不是很好降落。我们使出全部力气，追着跑。

直升机终于在一块空地降落。我们大叫着，流着眼泪鼓掌，跑过去。

那一刻，我知道，我们真的得救了。

六、徐明昌

徐明昌是都江堰安龙镇卉景村村民。

12 日 14 时 28 分，"弟兄们，地震来了，快跑！"正在都江铸造公司干活的徐明昌，意识到灾难的降临，大声招呼厂房里的工友撤离。

水泥坪上的摩托车在摇摆，徐明昌提醒大家，蹲在地上不要动。

摇晃平息，徐明昌给妻子打电话，打不通。他骑上摩托车，朝乡中学赶。幸好女儿妻子都没事，只是家里的房子塌了。总得有个地方睡觉，他搬家具，搭窝棚，安定了下来。

不知道村里乡亲怎么样了？徐明昌顾不上吃东西，就走家串户去了。所幸村里人都没事，只是房子塌了。

13 日，一个个不好的消息传来。“都江堰、汶川、北川好多房子塌了，人也被埋了。”

那一夜，徐明昌躺在窝棚里，翻来覆去，无法入睡：我们家里受灾不严重，现在国难当前，我应该做点什么。

“我们受灾不重，都江堰还埋着好多人，就到那里救人去!”徐明昌下定了决心。

14 日凌晨 5 时多，天还未亮，徐明昌再也躺不住了，迷迷糊糊地摸索着爬起床。他没惊动家人，拿上大水壶，灌上一壶开水，轻轻地出了窝棚。

走到镇政府门口，徐明昌发现，已经有好多老乡了，一问之下，镇政府正组织人去都江堰城区救人。

徐明昌向镇政府领导请战。

领导告诉他，救人是轮批换的，现在还没有轮到他们大队。

“不要轮不轮的，我自愿报名，天天都去!”

徐明昌坚决的态度让镇领导无法拒绝，“上车吧，好多人等着我们去救呢。”

徐明昌和 30 多名老乡登上了救援的卡车。

进入都江堰城区。“一路看得我心都碎了，天啊，怎么会这样，一路都是垮掉的房子，好多人在哭，还有人抬着死人，从废墟里出来……”

徐明昌的心，急得快要蹦出来了，“快点，早一点救就多一点希望”。

搜救开始了，徐明昌和老乡被分配到荷花池农贸市场一座垮塌的楼房。

这个农贸市场是最早向指挥部报告灾情的。救援人员被分成3个组，徐明昌带领一个6人组成的搜救组，进入废墟，搜救幸存人员。

几个小时过去了，将废墟的几块地方翻了个遍，只找到5具尸体。

“我告诉自己，肯定还有人活着，认真找。”徐明昌在废墟里看到一个有半个身子大小的空隙，他探头贴进洞口，朝里大喊：“里面有人吗？有人吗？”

没有人应答，徐明昌不肯放弃，继续喊。

“快救我，快救救我。”一个带着哭腔的女声从地下传来。徐明昌兴奋地大叫着，“快点拿工具。”

冒着余震在废墟下救人，稍用大力就可能再次坍塌。徐明昌和老乡们轻轻地将盖在上面的砖块一块块地挪开，遇到有钢筋水泥时，要用钢钳把钢筋剪断才能继续打开缺口。

余震不断，旁边吊着的横梁还在摇，随时有生命危险，但他们已经顾不了这么多了。

“快点救救我。”虚弱的声音断断续续地从地下传来，揪着徐明昌的心。“我恨不得一下就把她从地下拉出来。”虽这样想，但他必须小心点，再小心点。一个疏忽大意，一个生命就可能葬送。

“别急，我们正在救，很快就可以出来了……”边搬砖块，徐明昌边向地下的女孩喊话。他怕她坚持不住，一下睡着了。

三个小时过去了，他们终于救出第一个幸存者。

“我得救了吗？是真的吗？”女孩出来后，还不敢相信自己还活着。

救护车把女孩拉走了。徐明昌不知道她的名字。

“太兴奋了，这是最有意义的事，我一天没吃饭，也没感觉到饿，也不觉得累。”。

徐明昌和老乡们干到很晚才赶回家。此时已近凌晨，妻子肖红群正焦急地等着他回来。

“今天，我去都江堰救人了，还救到一个女孩。”徐明昌兴奋地告诉妻子。

“你不早告诉我，这是好事啊，我还想去呢!”肖红群责怪丈夫瞒着她，让家人担心。

“我明天还去，不一定能回得来。”

“去吧，多救一些人!”肖红群答应得很干脆。

15 日一大早，徐明昌又出发了。和第一天一样，刚开始抬出的都是遇难尸体。

14 时左右，徐明昌又听到了呼救声。

“还是个女孩，我们花了两个小时，才把她救出来。”徐明昌说，女孩还能说话，一直说着谢谢，她告诉徐明昌，她姓乐。

“我们就只救到两个活人，后来再抬出来的，都是尸体了，真的太惨了，我的心都快死了。”徐明昌说。

19 日下午，他们接到政府通知，从废墟上撤下来。

在搜救的几天里，徐明昌和老乡们在废墟中拾到了不少“宝贝”，十元、百元、金银首饰、证件，大家发现后，想也没想全部上交。

“有一次，我发现了一捆钱，好几万，全交了。这个时候还动歪念头，那还是人吗?”徐明昌每天晚上就守在废墟里执勤，制止来废墟里“淘宝”的人。

回到家的第二天，徐明昌就到工厂上班了。“我当时也没有想什

么，只是觉得国难当前，我应该尽一份力，把自己这 120 斤献出去。”

“这也算是对我过去犯下罪恶的一种救赎吧”，徐明昌说。

10 年前，因为自己的不成熟和冲动，失手打死了哥哥，他现在仍感到深深的愧疚。

“不管做多少（好）事，我也不能原谅自己。”徐明昌低着头，擦着眼泪说。

第十八章 慈母般的老师

一、周汝兰

周汝兰是彭州市红岩小学四年级二班的班主任，临时抽调到幼儿园上课。

5 月 12 日，午后的红岩小学校园一片宁静。

午休时间到了，周汝兰轻轻走进教室，不时比划着，示意个别调皮的孩子好好睡觉。也许是真的困了，不一会儿，孩子们纷纷进入了甜蜜的梦乡。

2 时 28 分，距离上课还有 2 分钟。教室猛烈地摇晃，瓦片从房顶上噼里啪啦掉落，日光灯荡起了秋千；地板裂开了，墙体张开了嘴，教室里烟雾弥漫，整栋教学楼似乎就要垮塌。

门外的周汝兰，摇晃着扑到门边，打开教室前门，拼命大喊：“地震来了，快跑，操场上等老师！”

孩子们太小，意识不到死亡的恐惧。

或许是突如其来的灾难把他们吓呆了，有的孩子听到喊声，站起来往外跑，有的往后门挤，有的惊慌地站在原地不知所措，甚至

还有孩子睡得正香。

周汝兰随手“抓”起一个熟睡的孩子，跑出教室，一边跑一边大喊：“快跑，跟着老师，快跑！”

冲到操场上，放下孩子，周汝兰回头一看：教学楼摇晃得更厉害了，墙上出现了一道道裂痕。强烈的摇晃下，周汝兰再次站立不稳，摔倒在地。

摇晃的教学楼中，传来孩子们的哭喊声。

周汝兰站起来，冲进教室，她发现，教室后门没有开，有两个孩子还坐在教室后排，若无其事地做着自己的事情。都到生死关头了，怎么还坐着不动？面对天真得不知道害怕的孩子，周汝兰觉得嗓子发干，急得想哭：“罗茜、廖洪霄，地震来了，快跑，快跑啊！”她大声呼喊，声音哽咽。两个孩子还是没有反应，她迅速打开后门，推了他们一把……

剧烈的摇晃让人无法站立。这时，教室里还有好几个孩子，仍在熟睡，丝毫没有意识到死亡的威胁。

她已经极度疲惫，能不能救出全部孩子，心里真是没底。

楼房摇晃得越来越厉害，站立行走的难度越来越大，仅凭自己的双手根本不可能一次抱出那么多孩子，她感到了一丝绝望：难道这些鲜活的小生命，就要被地震恶魔吞噬？

万分危急时刻，校长陈显斌赶来了。他“抓”起两个熟睡的孩子，一个箭步冲出了教室。

校长也冲进来救人，周汝兰的脚下突然生出无穷的力量，没有了恐惧，没有了惊慌，只有一个念头：抢在房屋垮塌前，救出所有的孩子！

周汝兰第三次冲进岌岌可危的教室。她抬头一看，被眼前的情形吓坏了：小学生钟贤秋居然还在教室里，睁着天真的大眼睛，不知道、不明白周围发生的一切。

大地再次剧烈地震动，周汝兰手脚并用，爬到孩子身边，“抓”起他就往外跑。

这一次，摇晃实在太厉害，震落的泥块砸在周汝兰的头上、身上。她将孩子护在怀中，剧烈的摇晃下，精疲力竭的周汝兰终于没有站稳，头一阵昏眩，身体一歪，一下子撞在教室的门框上，眼冒金星跪在了地上。

“当时我什么也来不及想了，唯一的念头，就是爬也要爬出去。”就在周汝兰正准备扑下身子爬出去时，陈显斌又一次冲进来，他立马抱起孩子，拉起周汝兰，迅速脱离了险境。

孩子们总算被转移到操场上。

周汝兰顾不上极度的疲劳，双脚发软地站在操场上，开始紧张地点名，“1、2、3……51、52”。“怎么只有 52 人？大班不是 54 人吗？”

“还有人在教室里！”发现少了 2 个孩子，累得没有一丝力气的周汝兰又一次冲进了教室，只留下一句回音：“孩子们在操场上蹲好，千万不要乱动！”

周汝兰第四次冲进教室。教室早已面目全非，一片狼藉，尘埃漫天。

周汝兰在门外，焦急地大喊：“还有哪个小朋友在里面？有就喊出来啊！”

没有回音，会不会睡着了？周汝兰踉踉跄跄地冲进教室。孩子们喜欢藏的桌子底下，没有；教室门后面，没有，人呢？

就在她无所适从时，声音从操场传来。

“周老师快出来，两个学生被家长接走了！”

“都救出去了！”听到大班班主任杨老师的声音，周汝兰回过神来，冲出了教室。

大地停止了颤抖，地震终于过去。纷纷赶来的家长们抱着自己

的孩子，哭着对周汝兰鞠躬，不停地说着：“谢谢!”

周汝兰今年 34 岁，她的家乡红岩镇，地处偏远的浅山丘陵地区，经济条件相对较差。吃国家饭，帮国家干，当一名教师，一直是她的梦想。

1990 年，她如愿以偿进了师范学校；三年后，回到了故乡任教，开始了虽然平淡但自我感觉很有意义的从教生涯。

周汝兰不是善于表达情感的人。平日里，她喜欢走进孩子的生活。操场上，她喜欢和孩子们一起打乒乓球；花园里，她喜欢听孩子们讲有趣的事；走廊上，她喜欢攀着孩子们的肩，和他们谈心，说悄悄话。“我追求的境界：课堂上，孩子们是我的学生；下课后，我是孩子们的朋友。”

周汝兰说：“15 年来，我和孩子们生活在一起，是孩子们让我感到充实富有。在无情的地震灾害中，我感受到教师称呼的新内涵，那就是教师职责的神圣!”

二、张辉兵　宣丽

在什邡市受灾严重的红白镇，中心学校物理老师张辉兵为救学生而献出生命的故事广为流传。

像往常一样，29 岁的张辉兵在 13 时 20 分，准时出现在初三 1 班的教室里。

参加辅导的 20 名学生，都坐在二楼的教室。指导了孩子的功课后，张辉兵看到座位上的唐章建还趴在桌子上睡午觉。

“我在睡午觉，有人把我推醒了，刚看清楚是张老师，地震就来了。”唐章建回忆说。

唐章建睡眼蒙眬中感到教室不停地晃动。张辉兵快步蹦到教室前门，拉开半掩着的门，用身体靠住门框。

“我不太清楚到底发生了什么，听到张老师喊，都别慌，快往外跑。我拼命往门口跑，出门时，回头看了一下张老师，他站在那儿面朝大家，右臂平伸，护住房门和门框。房子在剧烈地抖动，他努力维持着平衡。那是最后看到的那张平淡、宁静的面孔……”唐章建哽咽着说。

跑出几步后，再次回头，那个健硕的身影消失了。

张辉兵的爱人宣丽也在学校工作，地震发生后，她跑出教工宿舍，看到了教室垮塌的一幕。“我只想找到丈夫，到处打听他的下落。”

宣丽茫然地拨开目光呆滞的人群，心碎地喊着：“人呢？人呢！”

“我看到了他的身体，穿着那件黄色的 T 恤衫。同时看到了……”

两个多小时后，一个学校同事痛苦地说，张老师被两根巨大的水泥横梁压倒，脸上神色坦然，右手还指着教室门外的方向。

“他离门最近，他是业余篮球运动员，他却没迈出那一步。那条线是生死线啊。安全跑出来的 4 个学生，都是过了那条线的。”张辉兵的同事悲伤地说。

“我看到丈夫，是武警把他抬出来时。”宣丽回忆起那个悲痛的夜晚。

天下起了大雨，宣丽身边带着四岁的女儿张鑫。女儿问：“爸爸为什么在雨中，还躺在地上睡觉？”宣丽只能告诉她，爸爸去天堂了。

女儿又问：“是谁叫他去的，他不喜欢我了吗？”

宣丽告诉她：“爸爸很爱你，很爱我们。是天使叫他去的。”

女儿又说：“天上下着大雨，他身上都湿了。妈妈，你给爸爸再盖一件衣服吧，别让他觉得冷。”

那一刻，宣丽忍不住痛哭起来。

那个夜晚，红白镇的乡亲们一同在操场上，在冰凉的雨夜中哭泣。

“不要哭，他死得很值。他尽到了职责，我很欣慰、很骄傲。”张辉兵67岁的老父亲站在儿子的身边，给绝望的儿媳一点慰藉，但说了两句，就再也说不下去了。除了泪水，还有什么能安慰这位坚强的老人。

一个白发老人的独生子，一个幽默风趣、爱学生的老师，一个月工资1043元的山区教师，一个家里存折上仅剩下183元人民币的丈夫，一个平静、坦荡面对死亡，为自己选择死亡的人。

谁能安慰孩子们对老师刻骨铭心的眷恋、思念？躺在帐篷里的唐章建被压坏了脚，从废墟中被掏出来的他，还是知道了张辉兵的死讯。“我没有别的愿望，如果可以的话，我愿意做任何事情，只要他能复生！”

在红白镇中心学校斜对面的山梁上，安眠着张辉兵和班上10位遇难的学生。他的话语不会使孩子们感到寂寞。在那里，他可以眺望自己的学校，眺望山谷中正在日夜重建家园的父老乡亲。

三、谭千秋　张关蓉

14时多，谭千秋在教室上课，他正讲得起劲，楼房突然剧烈地抖动。

谭千秋喊道：“地震，大家快跑，什么也不要拿！快……”

同学们冲出教室，往操场上跑。楼房摇晃得越来越厉害，并伴随着刺耳的吱吱声，阵阵尘埃，腾空而起。

有四位同学已没法冲出去了，谭千秋将他们拉到课桌底下，自己弓着背，双手撑在课桌上。“轰轰轰”，砖块、水泥板重重地砸在他的身上，楼房塌陷了。

“那四个娃儿，都活了吗？昨天晚上，就听说有个老师救了4个娃儿，我哪知道就是你。”张关蓉扑到丈夫的遗体上，放声恸哭。

深夜的德阳市汉旺镇，冷雨凄厉，悲声四处。

“我侄女是高二一班的学生，要不是老师在上面护着，这4个娃儿一个也活不了！”被救女生刘红丽的舅舅对记者孙闻说。

“那个老师呢？”

“唉，他可是个大好人，大英雄噢！”说着，刘红丽舅舅的眼圈红了。他告诉记者，那是一位男老师，快50岁了。

14日一早，在学校操场的临时停尸场上，孙闻从遗体登记册里查到了这位英雄教师的名字——谭千秋。他的遗体是昨天22时12分从废墟中扒出来的。

“我们发现他时，他双臂张开，趴在课桌上，身下死死护着四个学生，四个学生都活了！”一位救援人员描述着当时的场景。

张关蓉仔细擦拭着丈夫的遗体：脸上的每一粒沙尘，都被轻轻拭去；细细梳理蓬乱的头发，梳成他生前习惯的发型。谭老师的后脑被楼板砸得深凹下去。

张关蓉拉起谭千秋的手臂，给他擦血迹，丈夫僵硬的手指再次触痛了她脆弱的神经：“昨天抬过来时，还是软软的，咋就变得这么硬啊！”张关蓉轻轻揉着丈夫的手臂，恸哭失声。

“那天早上，他还跟平常一样，6点就起来了，给小女儿洗漱穿戴好，带着她去散步，然后早早地赶到学校上班。这一走就再也没回。女儿还在家里喊爸爸啊！”张关蓉泣不成声。

“谭老师是我们学校的教导主任，兼着高二和高三年级的政治课”，陪着张关蓉守在谭老师遗体旁的同事夏开秀老师说。

“在我们学校的老师里，他是最心疼学生的一个，走在校园里，远远地看到地上有块小石头，他都过去捡走，怕学生玩耍时受伤。”

操场上，学生家长按当地风俗，为谭千秋燃起一串串鞭炮……

张关蓉和谭千秋曾相约，相亲相爱到地老天荒。地震前一天，丈夫给小女儿买了两双鞋子、一条裤子。她还问丈夫为什么一下买这么多，谁知，这似乎就预示了阴阳永隔。

“他肯定舍不得我们一家。”张关蓉说，将丈夫送到殡仪馆火化时，鞭炮响了两下就熄灭了，似乎丈夫还在眷顾着她们母女。如今，一岁半的女儿还不能理解这一噩耗，她一直喊着要爸爸。

1957 年 8 月，谭千秋出生在湖南祁东县步云桥镇岩前村。

1978 年夏天，谭千秋考上湖南大学。大学毕业，他主动报名到四川“支边”。

谭千秋经常教育学生：“做人最重要的是，要有社会责任感。”

1996 年，一个朋友准备把谭千秋调回衡阳，被他婉言谢绝。

父母见他离家太远太孤单，劝说他回来，他耐心地对父母说：“湖南培养了我，四川养育了我，还是在四川多干几年再说吧。”

地震发生后，在湖南的老同学都焦急地与他联系。当从媒体上得知他救人献身的事迹，他们既感到悲痛又为他自豪。同班同学柳礼泉追忆说：“1978 年，我们一道考进湖南大学，都是享受国家助学金，完成学业。他经常对我说，没有国家的助学金，我们这些农村孩子哪能完成学业？”

中南大学教授张功耀得知他舍己救人的消息，彻夜难眠：“我与谭千秋那代大学生，被称为‘天之骄子’，单位抢着要。可是，谭千秋却选择了‘支边’，他是那样潇洒飘逸，又是那样恬静从容，他只知道一年一年的柳绿，却从来不奢望什么花红。”

四、杜正香

“挖出来了，挖出来了，杜老师找到了！”震后，一直守候在南坝小学门口的老师和家长们围拢上来。

14 日 10 时，震后第三天，解放军官兵掀开坍塌的钢筋水泥梁，眼前的一幕震撼了每一个人。一位死去多时的女老师，趴在瓦砾里，头朝着门的方向，双手紧紧地各拉着一个年幼的孩子，胸前还护着三个幼小的生命。

杜老师叫杜正香，是南坝小学学前班中班的代课老师。她今年才 48 岁，不过孩子们更喜欢摇着她的手，喊她“杜婆婆”。

“看得出，她是要把孩子们带出即将倒塌的教学楼，她用自己的肩背为孩子们挡住了坠落的横梁。”搜救的解放军战士说。

杜正香守护的五个孩子最终没能生还，这可能是她唯一的遗憾。

“小心挖，注意保护杜老师的遗体”，这句话在搜救人员中互相传递。

“杜老师要不是为了救学生，她肯定能跑出来。”语文老师杨树兰说，“可我知道，她肯定不会扔下自己的学生。”

地震发生时，杨树兰正在学校的宿舍午休，她连滚带爬跑到操场上，正好看见杜正香一把将小孙子推出了摇晃中的教学楼，转身冲进一楼的教室，连抱带拉救出几个孩子，之后，又冲进烟尘滚滚的教学楼。这是杨树兰最后一次看到杜正香的身影。

南坝镇位于平武县腹地，由于桥梁坍塌和山体滑坡，交通完全中断，水电通讯彻底瘫痪，成了与世隔绝的震后“孤岛”。

南坝小学两座 3 层的教学楼全部倒塌，全校 870 多名学生，142 人死亡，170 多人失踪。

在一楼的学前班大班，三四十个孩子都跑出来了，可杜正香班上的孩子都太小，被剧烈的地震吓呆了，跑不动，要不然，杜老师也不会跑进去那么多次。

丈夫严正明了解自己的妻子，哽咽里还有骄傲：“我知道，她一定会那样做，我骄傲就骄傲在她这一点。”

与其他边远山区村镇一样，南坝镇绝大多数青壮年都外出打工，

家里只剩下老老小小。爷爷奶奶们都放心把孙子孙女交给她照顾。

杜正香代课20多年，现在的月工资只有450元。作为一名共产党员，她还是附近落河盖的社长，她为人好是出了名的。

14日下午，全镇幸存的村民自发为杜正香出殡，队伍从山上拉到山下，他们都来送送这位好老师。

按照当地的风俗，清脆的爆竹声在寂静的山谷响起。

五、王敏

宁强县与四川省青川县接壤，是陕西省受灾最重的县之一。王敏所在的黄坝乡中心学校距县城17公里，校内有450多名师生。

额头上缝了9针的伤口依然明显，时不时还感觉到阵阵刺痛，王敏掏出随身携带的小镜子，仔细观察着伤痕的变化。26岁的她有点担心，会不会留下永远的疤痕？不过，王敏并不因此而后悔。她说，保护学生是老师的天职。

12日14时28分，学校宿办楼楼梯和阳台突然震颤，同时夹杂着低沉的轰鸣声，就像重型机器驶过身边一样。

不一会儿，地面由上下震颤变成左右摇晃，幅度越来越大，宿办楼的墙皮嗖嗖下落，门窗啪啪作响，巨石从山上滚落的轰隆声不绝于耳。

“不好，地震了，赶紧到操场上去。”正在二层阳台上的王敏，一边大声呼喊，一边跌跌撞撞地朝教学楼方向狂奔。

教学楼上的情形非常紧急，雨点般倾泻的瓦片将二楼到一楼仅有的一段露天楼梯封锁，20多名学生被堵在二楼楼梯口，慌作一团，吓得哇哇直哭，大喊着：“老师，老师！”

冒着被砸伤的危险，王敏飞身冲向楼梯，来到孩子们面前。“别怕，快跟着老师，顺墙角下楼。”她大声对孩子们喊。

惊恐的学生按照王敏的指挥，沿着墙角朝楼下跑去。

带孩子到安全地带，王敏刚想喘口气，回头一看，楼梯口上还有两个女生被吓呆了，浑身发抖，拼命哭喊。她们身边从屋顶倾落的砖瓦越来越密集。

来不及细想，王敏再次冲上教学楼，一手拎住一个，转身往下跑。为了避免落下的砖瓦砸着孩子，她尽力将头和身躯向前倾斜，为他们撑起相对安全的空间。

好不容易跑到一楼楼梯口，眼看就要脱离险境。霎时，一大堆瓦片哗啦啦落下，重重地砸在王敏的头上和背上，殷红的鲜血从她头上涌出。

王敏眼前一黑，晕倒在地。倒地的瞬间，她把孩子紧紧地护在怀里。

被王敏救下的两个孩子，一个叫王小小，一个叫解怡新，都只有 6 岁。因为王敏的保护，她们都只受了一点皮外伤。

王敏原本是一个瘦弱胆小的人，平时连一桶水也提不动，晚上上厕所也要丈夫陪。但是那一刻，不知哪来的勇气和力量，她毅然决然地冲进了岌岌可危的教学楼。

“也许，这就是师爱的力量吧。”王敏说。

教学楼建于 20 世纪 80 年代，楼梯在过道两侧，是开放式的楼梯。

回想当时的情景，校长沈文斌心酸地说：“我和其他老师迅速过来抢救王敏，看到她的头上、脸上血流不止，鲜血和泛起的石灰尘土混在一起，就连她爱人都认不出她来。”

随后，王敏被紧急送到乡计生站，头部缝了 9 针，后被转送县人民医院。

王敏 2001 年从汉中师范毕业后到黄坝驿乡任教，一直担任初中数学老师，还身兼校少先队大队辅导员。

王敏对记者说："当老师和少先队辅导员，与小学生们接触很多。我喜欢孩子。回想当时的场景，真有点后怕。我的爱人也在学校当老师。第二天，他带着孩子来看我，孩子看到我头上的伤口，吓得直哭，我也跟着哭。"

"有人问我当时怕不怕，我只能说，我是一名人民教师，来不及害怕，必须保证孩子们安全，这是老师的责任。他们是我的学生，也是我的孩子。"

"当老师这么多年，这次特殊的经历也让我受到感动。住院后，不仅本校的学生牵挂我，以前毕业的很多学生，也给我发来短信。"

"2003 年毕业的苏云华，给我发来短信，'您太勇敢了，值得我们骄傲，您永远是我们的好老师，祝福您早日康复，永远年轻美丽！'就连一些叫不出名字，并不熟悉的学生，也发来短信安慰我。"

虽然美丽的脸上增加了几块疤痕，可坚强的王敏以灿烂的笑容回应这份生死考验的印记。她对记者说："我期望 7 月份开学时，能和孩子们在一起，回到他们中间。"

六、舒云

14 日，天放晴了。

灾民基本稳定，但还有很多事情要做。

罗清平带来一张纸条，交给舒云。

"父母受伤严重，速回家照看。"

舒云看着纸条，犹豫间，他的眼泪流下来，少顷，他将纸条装入口袋。

父母受伤。父亲 68 岁，母亲 64 岁。姐姐远嫁绵阳，哥哥又去广东打工。受伤的父母确需去照顾，可全乡的灾情严重，怎么能丢下呢，全乡的父老乡亲，都是父母，都是兄弟姐妹。

舒云强忍着，依然坚守岗位。

他考虑再三，写了张纸条，让人捎回去，转告父母："石坝灾情严重，无法离开，请二老自己保重！"

14时，李开明来到乡里。舒云向其汇报了全乡的灾情，以及自救互救的情况。

李开明从别人的口中了解到，舒云的父母受伤严重，于是说："安排好工作，你可以回家看看。"可走不开啊。

下午六点多，舒云又接到龚玉军带的纸条："父母去世，请速回家处理后事。"

舒云沉思了许久。

他又写了一张纸条，托人带给罗清平："帮忙联系姐姐，石坝的灾情非常严重，不能回家，儿不孝，请姐姐安葬父母。"

纸条湿了，那是被舒云写这两行字时流下的泪水打湿的。

他的内心矛盾交织，父母受伤，没去照看；父母离开，不去见最后一面，没尽一个儿子的责任，他悲恸、愧疚……

第十九章 灾情大爱

一、都江堰徐荣星

地震，牵动了世界人民的心。一些国家领导人和国际组织，通过各种方式，向我国领导人表示慰问，并表示尽力提供所需援助。

世界最穷国莫桑比克，年人均国民生产总值 80 美元，平均每人每天 0. 2 美元，约为瑞士的五百分之一。

领导人到联合国开会，路费都没法解决。

汶川地震发生，其向我国捐助 4 万元。

富裕时，有人请你吃海参、鲍鱼，可也比不上穷困时，难兄难弟把唯一的一碗粥分一半给你。

应该记住，莫桑比克的捐助是情谊。

17 日 16 时，四支国际救援队抵达灾区。

“你听到我说话了吗?”“听见了。”

“你痛吗?”“痛。”

“手能动吗?”“能动。”

这是俄罗斯救援队通过翻译吴晓勇与幸存者在对话，这位幸存者61岁，叫徐荣星，是都江堰管理局退休职工。

那天中午，徐荣星和老伴在客厅睡午觉，都醒了。老伴先起来，说我到外面走一圈。徐荣星说，我脚腿不舒服，我不去了，你自己去吧。

徐荣星在床上躺了一会儿，只听得“轰、轰”的声响，以前这儿放炮，那儿放炮的，所以，起初她都没在意。

不对，床晃，楼摇。徐荣星翻身起来，把鞋子靸起就去开门，可门开不开。

大小砖块从头上哗哗落下，就像下雨一样。她站在门后，一动不敢动。又过了两三秒，有一种失重的感觉，地下的泥土把她堆起来，这是楼房下陷倒塌了。

老伴出去转，刚走到水利学校门口，地开始摇，他站不稳，试图蹲下来，蹲也不稳。坐到地上，似乎地下有东西在拱屁股。烟尘弥漫，只听得廊桥顶上的雕塑、砖瓦“噼里啪啦”往下掉。

老伴趱趱趺趺地往家跑，老婆在家里睡觉嘛。

跑到街口，看到自家的楼还竖立着，又跑出几米，到得球场坝，他惊呆了，楼房没有了，成了一大片废墟。

徐荣星被埋在了废墟中，眼前漆黑一片。

在10厘米的预制板空隙间，全是大小砖块，脑壳被砸起了多个包。

她吼喊“救命”，可外面听不见。她用砖块敲床，也无济于事，废墟太厚了。

徐荣星迷迷糊糊，昏睡中做噩梦，梦见有人来绑架她，绑架人拿着明晃晃的刀子。

徐荣星等待救援。她想，老伴遛弯去了，不会被埋，会来救啊，儿子、女儿知道她被埋，也会来救啊。

老伴、儿子，在成都工作的女儿、女婿，都来废墟找她，喊不

应她。

第三天，救援人员用生命探测仪，没探测到她，一家人失望，老伴不肯离开废墟。女儿说："爸，您去成都吧，我们在这里，有了消息告诉您。"

来废墟上找妈妈的儿子，也是大难不死。

地震时，儿子正在玉带桥电厂宿舍楼休息，楼摇床晃，他披一床被子，只穿着内裤，打开门，三下五除二地翻墙蹦到院子里，楼完完全全地塌了，预制板没得一块完整，都成了建筑渣渣。

在废墟里等人来救真是难熬，徐荣星想，实在坚持不住了，就自我了断。她在手旁预备了一块玻璃片。

16 日 17 时，俄罗斯救援队抵达成都。救灾指挥部安排他们先到绵竹市的汉旺镇，在勘查搜索了 17 处地方，确信没有生还者后，他们于 17 日上午抵达都江堰，并马上开始搜寻，先后搜索了 3 处坍塌的地方，也没有发现生还者。

晚上住宿，想搭帐篷，可没地方。有人推荐他们到都管局的球场。

搭帐篷时，有居民反映，附近的家属楼还有人没有救出来。

一听说废墟下还有人，一下来劲了，一部分人继续搭帐篷，一部分人去搜寻。

搜救犬放出后，很快就有了反应。

架设探测仪探测，显示在三单元一层和地下室之间有幸存者。

国内的搜救探测已搜三遍了，不知咋的，都没探测出来，让俄罗斯救援队捡了个"漏"。

也算徐荣星命硬不该死。

一听说探测到了生命，周围一下围了很多人，人多得让救援队没法施救。他们对俄罗斯救援队本来就好奇。

"大家回去吧，我们明天施救。"俄罗斯救援队的领队萨洛夫还深谙《孙子兵法》呢，通过翻译，使用调虎离山计。

晚上九时多，围观的人逐渐散去。

他们先用电钻在地板上打了一个小孔，让吴晓勇开始喊话。

随后，队员切割地板。不到十分钟，钢筋混凝土结构的地板被切割出一个长一米、宽半米的长方形缺口。

救援队员们看到了徐荣星的两只脚。她被夹在仅有40厘米高的两层楼夹缝之间。

俄罗斯队员抓住她的双脚往外拉，她开始叫疼。于是，停止拖拉，转换姿势。

21时16分，徐荣星被成功解救。

俄罗斯队员希望确认她的姓名。

“我累了。”她不愿回答了。

媒体记者蜂拥而上。一位俄罗斯队员一只手护住她的眼睛，另一只手向记者们示意不要打灯。

医护人员随即把她的眼睛罩上，就地输液并送上救护车。

徐荣星被紧急送往四川医学院。经检查，所幸没有出现骨折和大出血。

老伴和儿女闻讯赶来了。

电视屏幕里播出了徐荣星被救的镜头，她是被埋127小时获救的。一家人喜极而泣。

午夜时分，一辆120急救车鸣着响笛，驶进了川医急诊室的停车台上。

医护人员急速地围上来。

一人竖着手指：“129小时，129小时！”这是重庆消防队从都江堰救出的幸存者张晓平。

张晓平是都江堰救出的最后一名幸存者。不幸的是，在医院里没多长时间，他就去世了。

徐荣星才真正是都江堰救出的最后一名幸存者。

围绕徐荣星的获救，还风传一则笑话——徐荣星从废墟下出来，看到一大群大鼻子、蓝眼睛、白皮肤的外国人，说："地震好凶噢！把老子震到国外来了。"

事后有人问徐荣星，笑话是真是假。

徐荣星说："从废墟下出来，都懒得说自己的名字，哪还有脏话幽默。不过，真感谢俄罗斯救援队，我想将女婿作的一幅画给萨洛夫将军寄去，表示衷心谢意。"

二、豆芽坪曾佐强

从豆芽坪到映秀有5公里，这段路的岷江两岸都是数百米的高山，山崖陡峭，山势险峻。这里是岷江离震中最近的一个峡谷地带，也是山体塌方最严重的地带。闻名于世的老虎嘴就在这一段上。

这一段伤亡很大，豆芽坪33人中遇难12人，映秀湾电厂遇难135人。

从豆芽坪逃往映秀的人，一路上都是在巨石间踩着遇难者遗体过来的，那些遇难者被巨石砸得惨不忍睹，有的人死了还用右手弯着放在前额，做出躲避飞石的形状。

昨天下午，在豆芽坪，村民孙国芬给了曾佐强200元钱。

因为曾佐强给她家建了房子，没给工钱哪。

曾佐强身无分文，老婆、女儿、女婿、侄儿一大家子都在这里。他给村上建的两幢楼房，地震时被飞石砸了，可都没有倒，建筑质量很好。

曾佐强一大家子，随逃难人流向映秀逃生。在百花滩等部队的冲锋舟时，他听人说，孙国芬的丈夫、儿子、女儿都在映秀镇上遇难了。他又在人堆中找到孙国芬，把自己身子焐热的200元钱退给孙国芬。

孙国芬不要，说那是工钱。

曾佐强说，我们家人都好好的，不要那工钱了，我们再想办法挣。两人推让中，“哗哗”的泪水滴在钱上。

其实，曾佐强一大家子没有一分钱。坐解放军的冲锋舟过紫坪铺水库，跋涉到都江堰，好心的摩托司机把他们送到救助站，救助站的车又把他们送到成都。在成都向朋友借了路费钱，他们就回富顺老家去了。

豆芽坪的人很欣赏曾佐强的仁义厚道。“以后建房，还是请曾师来建”。

三、阿坝监狱

始建于1962年的阿坝监狱，地处茂县一座山坡上。监狱四面环山，地势呈漏斗形。地震后，监狱变得满目疮痍，没有倒塌的监舍墙体上，露出了大量裂缝。大的裂缝有20厘米，小的也有五六厘米。

监狱长刘国民站在一排监舍前，忧心忡忡。他说，整座监狱已丧失了关押能力。目前，300多名干警和所有服刑人员，在帐篷内同吃同住。他担心，干警与服刑人员近距离相处，又不能佩戴枪支，面对10倍于干警的重刑犯，一旦失控，后果难以想象。

三监区监区长罗强壮一直在观察监区四周的险情。他说，从1931年以来，茂县已经历了4次大地震。监狱原本就建造在泥石流堆积成的山坡上。地震前，距监狱两公里的白梨沟，已形成40多万方泥石流，威胁着监狱的安危。

地震后，附近山体又出现多处裂痕。这些由沙石结构形成的山体，一遇暴雨，能形成400多万方的泥石流，足以将整座监狱一口

“吞”下。另外，距监狱5公里的龙洞沟悬湖内，储存数百万方湖水，震后，水面升高3米。

前天下午4时，晴朗的天空突然间乌云密布，大地转眼间一片漆黑。几分钟后，刮起十级大风。一个个帐篷就像绷紧的气球。

罗强壮第一反应，要发生大余震，他紧急通知各监区防范。狱警们马上让服刑人员蹲进帐篷，狱警围在帐篷外，用双手拽住帐篷绳子，大风持续半小时。不少狱警因拽绳子用力过猛，手掌被勒出血口。

还没从大风阴影中走出来，昨天下午，晴朗天空突然雷电交加，下起胡豆大的冰雹。转眼间，地面被冰雹铺了厚厚一地。

“地震又来了！”望着怪异的天空，不少服刑人员惊叫着，浑身发抖。

一名正在接受教育的服刑人员情绪失控，一拳朝狱警打去，拔腿就跑。其他服刑人员也跟着骚动。

整座监狱面临哗变失控的危险。

其他执勤狱警迅即围过来，将袭警的服刑人员按翻在地。

地震前，白昼气温落差不超过六七摄氏度。眼下，气温落差高达二三十摄氏度，刚才还穿冬衣，一会儿又攀升到三十多摄氏度。

监狱政委艾燕玲被地震弄得身心疲惫。地震时，2000多名服刑人员，5分钟撤离监舍。虽无一例伤亡，可监狱所有物资都没抢出来。

“一旦缺粮，服刑人员骚动咋办？”大震刚过，她就召集干警，抢购生活物资。

磊鑫批发部是监狱的固定供货商。赶到批发部，卷帘门已经扭曲，墙体出现大量裂缝，店前已不见人影。干警们好不容易找到店主。货有的是，店主却不敢去仓库搬。

干警们只好自己动手，扛回1000多箱方便面和一些矿泉水。这点食物，对干警和服刑人员来说，杯水车薪。

艾燕玲让干警与服刑人员一样，每天领取2包方便面和1瓶矿泉水。这样也只能撑两三天。

茂县水、电、气、通讯同时中断。艾燕玲听说，县林业局有台功率较大的电台。12日晚，她徒步赶到林业局救灾指挥部，打算借助电台中转把灾情汇报给省监狱管理局。可她“喂”了一声，电台就卡壳了。

茂县政府有两部卫星电话，县政府在地震第二天，将其中一部给了阿坝监狱。通过卫星电话，艾燕玲好不容易拨通了省监狱管理局纪委书记张碧贵的手机，结果，只说了句“我是艾燕玲”就中断了。

为尽快把灾情传出去，艾燕玲让人把卫星电台架在一片乱石堆上，派两名干警专门负责与卫星对号。

16日中午，“有信号了！”艾燕玲赶紧跑到乱石堆上，把灾情汇报完后，才感觉双腿火辣辣地疼，卷起裤管发现，腿被乱石划了好多血口。

比缺粮更可怕的是监管。地震时，不少服刑人员正在休息，他们穿着短袖，赤着脚跑出来，到了晚上，冻得瑟瑟发抖。

当晚，天空下起大雨。狱警从废墟中刨出些塑料布，让服刑人员铺在棉被上避雨。干警们则淋着雨，在服刑人员前面，围成人墙警戒。

监狱的高墙和电网已经损坏。监狱失去了关押能力。

天黑后，狱警的目光已经无法看透棉被下那一双双眼睛。

黑暗中，罗强壮见两名服刑人员靠得很近。“他们在想什么，莫不是在找机会？”

面对10倍于警力的服刑人员，一旦将狱警反包围，情况将不堪设想。更何况，狱警面前的重刑犯，许多就是因杀人、抢劫才入狱

的，大多都是被处以死缓或无期徒刑。

监狱的困境让茂县政府担忧。14 日，县政府紧急送来钢管、塑料布等。他们用这些物资，搭设了简易房。

15 日，狱警们又冒着余震，从危房内抬出床铺，摆放在简易房内。床铺有限，只能 4 名服刑人员合用一个。

狱警们又从废墟中刨出锅灶和有限的大米，在简易房前搭起 7 口炉灶，捡些柴火熬稀粥。

茂县与外面交通隔绝，整座县城成了“孤岛”。省监狱管理局报请都江堰军地指挥部，通过空降方式送来 20 吨大米、300 件方便面，以及一批急救药品，解了燃眉之急。考虑与外界通道还没打通，有了这批物资后，监狱继续保持每天两顿稀粥。

阿坝监狱告急，司法部、四川省委省政府高度重视，指示省司法厅研究转移。

由刘志诚任总指挥长，公安、司法、武警、交通等相关部门组成的大转移指挥部迅速成立。

研究确定，把阿坝监狱服刑人员转移至成都平原周边地带。

7 时 30 分，大转移指挥部成员冒雨从成都出发，沿途经绵阳、江油、平武、黄龙、松潘向茂县进发。

11 时左右，车至响岩镇。因昨夜刚下了一场暴雨，前方出现 2 公里大塌方，交通部门正在抢通。

路侧江中的一个堰塞体刚被冲垮，浊水奔腾而下，气势惊人。

对岸山垮下来后，把河泥一直冲到这边的山顶，山体已经松了，一有大余震或大雨，就可能塌方。

一个多小时后，道路勉强打通，车队拉开距离，依次前行。

南坝镇的跨河公路桥在地震中垮塌，洪水已涨至应急桥桥面，在交警、抢险部队指挥下，车队涉险抢过。

过桥不足四公里，又出现滑坡路段，路中横卧着数立方的巨石。

4号大巴车无法通过，司机叫车上的人下车推大石块。

这时，一块篮球大的山石从山上飞落而下，砸穿了车窗和座椅。好惊险，幸亏大家都下车搬石头了。

21时，车队到达松潘。

这里至茂县，还有130公里。盘山公路在地震中毁坏严重，车队已无法按原计划赶到阿坝监狱。指挥部决定就地驻扎。

次日早晨7时，车队出发。车队在大山中穿行，九道拐、回龙洞，之字形道路的拐弯处没有过渡，只能慢慢挪过去。路边被巨石砸烂的护栏，不时可见。下面是几百米的悬崖和奔腾的岷江。路过的叠溪海子，淹没了叠溪古城和21个羌寨，此情此景，思之令人胆寒。

上午10时多，车队赶到阿坝监狱。刘国民汇报了大转移的准备情况，刘志诚重新强调了行动的重要性，并到监区检查灾情。

指挥部赶赴茂县县委，与党委政府进行协调筹划，落实交通管制、油料保障。

负责押解任务的阿坝支队武警，于下午全部到位。

刘国民为第一批转移的服刑人员做动员。他讲得有些动情："说实话，我舍不得你们走。大地震中，我们曾同生死、共患难，你们中的一些人，为阿坝监狱走过难关做了贡献。希望你们在大转移中，体会政府和社会对大家的关爱。在新的地方，走好自己的路。"

"对于大家良好表现的记录，转到新的监狱照样管用。对于大家珍贵的物品，情况稳定了，我们进监舍，抢出来，送到你们手上"。

凌晨5时，服刑人员转移开始。狱警与武警警戒，服刑人员依次登车。

转移途中，指挥部接到平武县交通局电话，平武至松潘上行500米处山上，排查出三块18吨以上的巨石，随时可能掉下来，要排除险情，需要两天。

指挥部研究这一突发情况，决定调整路线，绕行九寨沟至平武，再至青川、金子山，上绵广高速。

这一下，为了500米，多走了100多公里。

车队经过九寨沟，东去大约十几公里，已是甘肃地界。对讲机里，突然传来紧急情况：20号囚车，有服刑人员发生晕厥。

“医生立即上20号车！”车队停顿，押解武警迅速下车，沿车队建立警戒线。经检查，确认其为高山反应，吸氧后很快恢复，车队继续出发。

高山连绵，很多路段险到让人不敢往窗外看。16时左右，车队终于到达平武。

天开始下雨。进入青川县境，21号囚车报告车辆发生异常。经停车检查，发现左后桥因颠簸剧烈而断裂。

刘志诚驱车赶回故障车位，果断决定，服刑人员立即转移到备用囚车。

车队绵延三公里，车灯斑驳，暮色苍茫，映出山道的险峻。

21时30分，车队抵达金子山绵广高速路口，十多个小时的山路终于结束。

这时，又下起了倾盆大雨。

凌晨2时30时，车队抵达大转移目的地，崇州监狱。

10天10夜，分8批次接力行军，阿坝监狱1900余名服刑人员被安全转移到崇州、雅安、甘孜监狱。

转移行动的跨度之长、涉及人数之多、路程之远、沿途气象地质情况之艰险，在中国监狱史上空前。

千里大转移体现了国家对服刑人员人权的关注，是大灾中的大爱。

第二十章 奔向灾区的子弟兵

一、红军师师长王凯

王凯是成都军区某红军师师长。5 月 12 日，这个师正在四川崇州、松潘等地驻训。接到救灾命令，全师官兵分兵向灾区开进。

19 时 20 分，二团开进都江堰。

13 日凌晨 1 时，一团开进北川县城。

13 日 6 时，三团一营开进绵竹市汉旺镇。

13 日 13 时 30 分，三团二营突入震中映秀镇。

官兵进入北川县城时正是深夜，整个县城一片漆黑，只听到山上石头的滚落声和废墟中的呼救声。透过车灯，能清楚地看到路边遇难者的遗体和急需救治的伤员。

在一栋坍塌的房屋前，修理连连长黄河听到废墟里有孩子在呼救。他们扒开瓦砾和砖块，透过缝隙看到一个遇难的母亲，她僵硬的手臂还紧紧护着自己的孩子。

孩子已经很虚弱，官兵们一边清理废墟，一边通过缝隙给小女孩喂水，安抚她的情绪。

小女孩着急地问，“叔叔，我什么时候能出来呀?”

黄连长说，“小妹妹，咱们数数吧，从 1 数到 200，你就可以出来了。”

小女孩用稚嫩微弱的声音数着，孩子每数出一个数，官兵们的心就揪紧一次。小女孩数着数着，声音越来越微弱，官兵的心也越揪越紧。

又一次余震发生，碎石块不断地砸在官兵的身上、背上。大家忘记了一切，只有一个念头：尽快把孩子救出来，告慰孩子伟大的母亲。

官兵们拼命地挖、拼命地刨。最后，他们和兄弟单位共同努力，终于把小女孩宋馨懿救了出来。

大雨后的山路，泥泞难行。10 多名官兵接力护送小馨懿向救治点跑去，快到山口时，正好碰上来视察灾情的温家宝总理。

走在前头的总理急忙让到路边，随行人员纷纷闪开，在严重损毁的山道上，共和国总理给小馨懿让出了急救道。

小馨懿是平武县响岩镇人，父母亲在北川做工，把她带来北川上幼儿园。她出生于 2005 年 4 月 23 日，刚过生日 20 天，惨剧发生。

年轻父母脸对脸、胳膊搭胳膊，用身体搭成一个拱形，用血肉之躯为她构筑了一道“生命之墙”。

13 日 8 时，救援官兵就发现了小馨懿，移位的墙壁把他们压住，没有合适的工具，无法将她救出。

13 日一天，下起大雨，救援人员一边给她遮雨，一边拿来食品，并连夜展开生死营救。14 日 9 时 40 分，救援官兵终于将她从危墙下抱出来。

江苏省人民医院救援医疗队负责救治小馨懿。

由于在废墟下时间过长，送到医疗点时小馨懿肺部已经感染，很快出现神志不清、呼吸困难的症状，随时可能窒息。

医疗队为她吸痰，做气管切开、上呼吸机，脱离了命悬一线的危险。

小馨懿右大腿三分之一已经坏死，必须截肢，才能保住生命。

手术时，医护人员强抑住眼泪。当孩子的右腿永远从身体分离后，执刀的蔡卫华再也忍不住，丢下手术刀，放声哭起来。端手术盘的护士号哭难抑，手术盘摔在了地上。

地震三周年之际，小馨懿荣幸地收到成都棕北小学录取通知书。

她明显长高了。入学这天，她扎着两条漂亮小辫，着一身白色裙子，一袭白色筒袜上缀着花边。虽然右腿不方便，可她喜欢上体育课。

她牵着老师的手，慢慢参观教室，认识小朋友。面对陌生环境，她有点害羞。不过，她的眼睛里透着好奇和欣喜。

小朋友拍手欢迎她时，她笑得很灿烂。

小朋友伸出手时，她很开心地与小朋友握手。小朋友给她送礼物时，她微笑着说："谢谢，你自己用吧。"

在曲山小学，官兵们发现了一个左腿被水泥板死死卡住的小女孩。官兵们试图搬走水泥板，可根本无法搬动，想了很多办法，还是不行。

医生建议，锯掉左腿把人救出来。小女孩流着泪说："叔叔，我喜欢芭蕾，还要跳舞，别锯我的腿！"

看着孩子秀美的小脸和期待的目光，官兵们的心在流血。救援官兵多想保住她的腿，保住孩子美丽的梦想。

但所有的努力和尝试，都失败了。

15 日，小孩已被埋压 60 多个小时，余震频繁，摇晃的楼板随时可能塌下来。

为了保住孩子的生命，医生在废墟中进行了截肢手术。当截了肢的女孩被抬出时，官兵都哭了。

13日上午8时，官兵们正在曲山镇幼儿园救援。

“叔叔，救救我！”士官陈德勇循着声音钻进废墟，发现小男孩郎铮被两块水泥板夹在中间，他的左臂被卡住了。

救援过程中，小郎铮忍着疼痛，一声不吭。官兵们把小郎铮救出，轻轻放在一块木板上。被抬往救治点转移时，小郎铮举起稚嫩的右手向官兵们敬了个礼。绵阳晚报记者杨卫华用相机记录下这一瞬间。

这个情景使在场的官兵心灵深深被震撼，令电视机前的亿万观众为之动容。

小郎铮在三台县医院接受了第一次手术，截去了左手小指和无名指的指甲部分关节。

手术后，医生发现他的左臂无法动弹，知觉在丧失。经诊断，左臂关节神经被严重压迫。

第四军医大学医疗队在近似野战条件下，实施了交叉克氏针内固定术。其后，医疗专家又为他进行桡神经纤维外科手术，切掉粘连的骨痂，受损神经由变形弯曲恢复平直。

参谋白杨民的老家就在北川县城，这里生活着他的父母和30多位亲人，地震发生后，音讯全无，生死不明。

13日，白杨民随部队赶到北川救援。当他抬着伤员向救治点转送时，碰到满面尘土、满身伤痕的母亲。

母亲一下认出了儿子，忍不住抱着儿子放声痛哭，片刻又推开他说：“不要管我，快去救人吧，要多救出几个。”

白杨民擦干眼泪，投入紧张的救人中。他带的救援组，从废墟里救出20多个幸存者，却没顾得上去寻找自己的亲人。他的父亲被其他官兵救出后，才得知儿子也在北川救人。

13日清晨，他们在北川救援时，整个县城一片废墟，到处是倒塌的房屋，到处是遇难者的遗体和受伤的群众，大家的心情非常沉重。这时，王凯忽然发现，被山体滑坡掩埋了的北川中学废墟上，一面五星红旗仍在飘扬。顿时，他热血沸腾，在这惨烈的灾难面前，我们有一个强大的祖国。

王凯眼含热泪，缓缓抬起右臂，向国旗敬了一个庄严的军礼，心里默默宣誓：请祖国和人民放心，我们一定要战胜地震灾害！

二、旅长唐岩峰

唐岩峰是济南军区某步兵旅旅长。地震发生后，这个旅奉命到彭州市龙门山镇救灾。

14 日 23 时 10 分，部队到达任务地区，救灾进入艰难的时刻。急匆匆赶来的领导对他说，现在最难的是“映场沟”。

这条沟纵深 30 多里，是国家 4A 级旅游景区，里面的村寨和宾馆全部垮了，堵死了进山道路，游客和村民急需救援。

唐岩峰当即决定：火速挺进“映场沟”。

一位营长问唐岩峰，哪里是主攻方向？

唐岩峰说：老百姓的求救声就是主攻方向，哪里有幸存者，就往哪里冲！

部队很快搜救到“强体洞”，一个 10 来岁的小女孩，突然扑过来，抱着唐岩峰的腿，哭喊着，“解放军叔叔，快救救我爸爸，他还压在下面。”

看着可怜无助的孩子，唐岩峰一把将她搂在怀里。自己也是一位父亲，怎么会忍心看着可怜的女孩失去父亲。

没等唐岩峰下命令，战士们冲上去用手扒、用锹刨，终于在废墟中搜救到孩子的爸爸，可是他已经停止了呼吸。

看着趴在爸爸身上哭得悲痛欲绝的孩子，唐岩峰的眼泪禁不住掉下来。

唐岩峰命令部队加快速度，不惜一切代价，不放过一个角落，就是用手扒，把“映场沟”扒得底儿朝天，也不能落下一个幸存者。

漆黑的深夜，大雨一直在下，强烈的余震不断，山石滚滚。官兵们冒着生命危险，摔倒了爬起来，擦伤了摸一把，继续往前冲。

情况不断传来，“发现幸存者廖佳铭”“又救出三名群众”。

一个村庄 18 户人家全部被埋，正在搜救。

严重的灾情让唐岩峰的心一次次揪紧，他带着几个战士，向前面奔去。在陡红崖附近，一个村民焦急地告诉他说，山上还困着四位老人，几次想救，都上不去。

陡红崖，到处都是悬崖峭壁，布满荆棘，原有的崎岖山路已被震毁。

唐岩峰命侦察连连长带 5 名侦察兵用砍刀开辟新路，在陡峭的地段，放下绳索，找准落脚点。14 名身强力壮的战士，紧跟在后面。

大约过了 3 个小时，山上传来消息，已经找到 4 位老人，两位腿部受伤，年龄最大的 80 多岁，身体极度虚弱。怎么下来成了难题。

侦察连长请示，是不是请求直升机支援？当时通讯联络不上，老人的身体也不允许再拖下去。

唐岩峰命令侦察连连长，不管采取什么办法，一定要尽快把老人安全救下来。

突击队员用背包带把老人捆在背上，前后两个人护着，拽着绳索，贴着岩壁，一个一个往下背，到了稍缓路段，就把老人抱在怀里，一点一点往下挪。

突然，余震来临，突击队员们同时转下身，把老人挡在身下，任凭飞落的碎石砸在自己的身上。村民们望见了这一幕，一个个感动得流下眼泪。

四位老人安全获救，突击队员们全都挂了彩。

在一家4层楼的废墟上，断墙上一个大红喜字显得特别刺眼。老乡哭着告诉唐岩峰，太惨了，我们正在办喜事，一地震，都压在下面了。

唐岩峰指挥部队立即展开搜救，可是，四层楼的钢筋水泥楼板和墙体层层叠叠压在一起，他们调来发电机、切割机，一干就是几个小时，几个换班休息的战士，坐在废墟上，身体一弯，就睡着了。

老乡们心疼地对唐岩峰说，战士们都成这样了，再干下去会把他们累坏的，下面也不可能有活人了。

唐岩峰对老乡说：灾情不等人，我们多坚持一会儿，就有可能多救出一个幸存者。

唐岩峰下命令，继续扩大搜救范围，终于在一个角落里扒出一个叫何燕兰的老人。

地震已经过去139个小时。老人的儿女紧紧握住唐岩峰的手说，我们都已经绝望了，想不到能救出来，你们是俺家的恩人啊！

在他们的任务区里，有一条叫回龙沟的山谷，距震中映秀仅八九公里。地震时，回龙沟变成了“死亡之谷”。从沟里逃出的群众反映，沟里还有一些被困的建筑工人和游客。

唐岩峰跟政委商量，决定由唐岩峰带一支侦察分队进山搜救。听说官兵要进回龙沟，老村长贾振芳死死拽住唐岩峰的手说，你们不能进，太危险了。前两天，我们进去搜救，没走多远，就死了一个，伤了一个，以后再也没有人敢进去。

唐岩峰坚决地对老村长说，我们是来救人的，就是再危险也必须进。

走进回龙沟不远，死亡之谷的面目让人触目惊心，强震像刀劈斧落一样，把大山劈开。巨石和被砸断的大树，横七竖八落满山谷，哪有什么路？原来在悬崖上开的一条栈道，已完全毁坏。官兵们只能像壁虎一样，贴着绝壁，慢慢行走。有时要用震落的树木搭起独

木桥，小心翼翼越过去，爬到对岸。

突然，脚下猛地一晃，唐岩峰感到余震又来了，他大喊一声“贴紧陡壁”。

话音刚落，大大小小的山石轰鸣地从头顶飞滚而落，脚下的堰塞湖溅起巨大浪花，让人心惊肉跳。短短6公里，足足走了5个多小时。

此时，发现对面半山腰上有一个窝棚，战士们又燃起烟火，对着窝棚齐声高喊，希望引起对面的注意。但是没有回音，他们还是放心不下，一直爬到对面的山顶，仔细对窝棚周围进行搜索。疲惫不堪的战士们埋好遇难的老乡，分头做好标记，自觉站立一排，肃立默哀，用军人的哀思送乡亲们上路。

回到死亡之谷谷口，一名记者问唐岩峰：“你们冒着生命危险，却没有找到幸存者，值得吗?”

唐岩峰说：“值得，这是对幸存者负责，是对生命负责，就是再有十次、百次，我们也绝不放弃!”

三、董倩　曲新勇

央视记者董倩采访到了正在指挥救援的师长曲新勇。

曲新勇：你给我呼叫王副参谋长，云龙啊，听到没有，请回答，你们现在救了多少个？又救了13个。你这样，你马上派一个营到幼儿园去，我从这边过去，要注意安全！

董倩：曲师长，你们师这次出动多少人?

曲新勇：8000余人，全师。

董倩：全在北川吗?

曲新勇：分到五个县。

董倩：北川有多少?

曲新勇：3800多人。

董倩：有多少搜救小组？

曲新勇：我们编了21个搜救小组。整个部署，现在突击北川县。

董倩：刚才听到又有活着的人，是吗？

曲新勇：对。

对讲机传来报告，发现一位女幸存者。

曲新勇：小伙子不要慌。你过来，你站在这地方。跟你姐交流一下，沟通感情，坚定她的信心，便于我们组织施救。

她的神志还清醒吧？她现在没法说话，但还有呻吟，你跟她讲，让她冷静一点，不要激动。

现在关键的问题，就是把这个大水池弄掉，才能解决问题。这个楼是五层楼，她在四层，楼的一至三层全部压碎了，四层和五层的整体性还好一点，但预制板已经震裂了。她被挤压在狭窄的空间里。

董倩：伤员的伤情严重吗？

曲新勇：还不知道，她神志比较清醒。好像哪个部位被卡死了。刚才她喊要喝水，这是很好的兆头。四楼五楼的预制板纵横交错地把这个人卡住，想办法把预制板切割掀掉，才能把她救出来。

董倩：现在大机械进不来吗？

曲新勇：整个路全都毁了，进不来。只有蚂蚁啃骨头，一块块先把它啃碎，再掀。

很急啊，恨不得马上把人救出来，但有力使不上，就这么狭小的空间，救她不容易。

突然发生余震。曲新勇甩开了记者。

现场又发现两个幸存者，是一个家庭。这个五层楼全部塌下来，二楼压到一楼的一半，正好有个横梁把它顶住，一楼两个人还活着。

曲新勇：因为前面有好多铝合金门窗，那么粗的东西挡着，里面那个架子是撑上去的，四周横着挤着，上面是一个像门框的长方形。

那么换个方向，从那边试一下，你们先从这边，试一下木门。

经过一番努力，两位幸存者成功得救。

曲新勇：亲历这样的经历才感到真正走进了职责，履行这个职责是义不容辞的。

目前查明，四块预制板是叠落起来的，第一块、第二块、第三块，打开看，还有第四块，我们只有继续努力。只要有一线希望，将尽百分之百努力。作为一个职业军人，我不愿意看到我们的人民受到这么大的伤害。

在实施救援时，有个小姑娘就是不出来，不离开她妈妈，小姑娘毕竟还小，可能就是三四岁。

小女孩刚被救出时，大家都以为她的父母已经不在了，曲新勇很想收养这个小姑娘，因为他只有一个 10 岁的女儿。后来知道，小姑娘的父亲还在。

董倩后来说：曲师长跟我讲，在执行任务过程中，他的女儿给他打来电话，但是他没有接。我问他，你那么想女儿，为什么打来电话不接呢？曲师长反问我，你让我跟她说什么呢？这个反问把我问住了。他的这句话，代表了所有官兵的心声。一方面，想给家里报平安，另一方面，也不希望家里过多地知道执行任务的细节，怕家里人担心。

曲新勇一直坚定一个信念：到了战场，目的就是一个，想方设法完成任务。

四、士官陈宏

地震发生后，成都军区某坦克修理大队三级士官陈宏心中就一直惴惴不安。他想着岳母曾经告诉他，红白镇地理条件差，最怕的是碰到地震这类天灾。

陈宏焦急地往家中打电话，可一直联系不上。

他准备请假回家探视时，得知营区附近的师古镇小学有100多名学生掩埋在坍塌的教学楼废墟中，大队要挑选突击队员奔赴师古镇展开营救。

“我是党员，又是卫生员，是救灾中最需要的人。”他收起请假的念头，第一个向大队申请参加突击队。

陈宏和大队官兵带着救护车、吊车等装备，迅速奔赴师古镇小学，用手刨，用工具铲，用吊车吊……

经过7个多小时的努力，他们从坍塌的教学楼废墟中抢救出了60多名重伤员。

晚上12点，劳累了一天的官兵迈着沉重的步子返回营区，战友们很快睡着了。可陈宏想着家中刚刚10个多月的儿子，他坐不住了。

陈宏找到大队政委唐琳说明情况，请求连夜请假回家探视。

唐琳本想第二天再让他回家，可看着眼前坐立不安的陈宏，便同意了他的请求。

经过四个多小时的跋涉，陈宏赶到了家中。借着手电光，他被眼前的惨象惊呆了：家中的五层楼房全部坍塌，变成了两米不到的一堆废墟。

陈宏喊着爱人和儿子的名字，却始终没有回应。

邻居告诉他，地震发生时，他的家人被埋在废墟中，可能都已

经遇难。

想着废墟中的妻子和儿子，陈宏心如刀绞。他哭喊着妻子的名字，围着坍塌的房子不知转了多少圈，伏在废墟上倾听，希望听到哪怕一丝呼救声，但是什么也听不到……

陈宏明白，妻子和儿子已经不在人世了，他对着废墟深深地鞠了躬，迈着沉重的步子返回了部队。

陈宏将家中的情况向唐琳做完汇报，便随部队奔赴什邡市龙居小学。

在龙居小学，大雨中，他借助微弱的手电光亮为伤员包扎，做人工呼吸，挂吊瓶、输液，忙得不可开交。

战友们多次劝他休息，他含着眼泪说："我不能救自己的妻子和儿子，就让我多救几个伤员吧，只有这样，心里的痛苦才能减轻一些。"

14 日，陈宏终于打通了在红白镇工作的岳父王安信的电话，得知除了妻子和儿子，地震时，正在他家做客的表姐也一同遇难。他的伯父、堂弟、侄子也在地震中失去宝贵的生命。

一连串的噩耗，像重锤一样砸在陈宏的头上，他眼中的泪水止不住流下来。

五、涪江上架桥

大地震后，南坝镇，九寨沟旅游环线上的这颗璀璨明珠，顿时满目疮痍。进出小镇的所有通道仅剩下涪江上一叶承载力不足 1 吨的小舟。这个拥有 2 万多居民的繁华商业小镇，成为与世隔绝的"孤岛"：通讯中断，桥梁坍塌，道路被毁，大车小车进不来，伤病员转送不出去。

16 日，救援已经是第四天。虽然解放军官兵不分昼夜，争分夺秒，不停地搜救，前送物资，后运伤员，但是镇里仍有伤员无法及时转移出去。

涪江对面，前来增援的上千名消防官兵和大批赈灾物资，也只能隔河相望。

涪江已成为南坝镇抗震救灾的一个“瓶颈”。

上午 9 时，参加军地协调会的空降兵部队邓参谋长一坐下就向指挥部指挥长、绵阳市副市长邱明君提交了一份报告：在涪江渡口上游一浅滩处，搭建应急桥。

话音一落，与会人员的注意力全部集中了过来。

市县镇领导听过邓参谋长的分析，既激动又疑惑。激动的是，如果架桥成功，救援工作的“瓶颈”立马就能解决。同时也有疑惑：地震前，南坝镇主要依赖公路，涪江上从未架过桥，需要摆渡过江，当前，大型机械难以进来，依靠官兵们的血肉之躯能否架设成功呢？

当得知架桥需要大量铁丝时，邱明君立即派人到镇上征购，然而，由于商业区损坏严重，工作人员千方百计才从废墟中拔了一小捆。

16 日夜晚，负责架桥的王科长几乎一夜未眠。他心里一直不停地思考架桥的每一个步骤和细节，唯恐哪里出现遗漏。

17 日，800 多名官兵兵分两路，在邓参谋长的带领下，开到涪江岸边。一到现场，邓参谋长第一个“嗖”地跳进齐腰深的江水中。

战士们看到首长带头，士气更加高涨。有的去废墟中寻找可以使用的木头，有的几个人一起扛抬楼板石梁，有的在岸上弓腰装沙袋，有的站在江水中搭建桥墩。

看到官兵人手不够，成都军区某部官兵立即主动加入；南坝的乡亲们搬着木头、石板也来到岸边……

19 日下午，经过三天的奋战，长 110 多米的“军民连心桥”胜利合龙。

桥通了，生活物资源源不断地运送进来，伤员开始逐步运出。

晚上，古楼街的柳安柏大叔采来自家种的新鲜蘑菇，直接送到了连队炊事班；坝头村支书杀了自家的一头大肥猪，把猪下水留下，猪肉全部送给了官兵；南街的陈大娘把不知积攒了多久的咸鸡蛋煮熟后，送到架桥官兵们跟前。被拒绝后，她跪在地上哽咽着说："孩子们啊，我都一把年纪了，要不是你们，我这把骨头早就烂了。你们不收下，我就不起来……"

第二十一章 不堪回首

一、北川中学王君兰

5·12地震，是我18年来最难忘也最难受的事。我从未想过在一夜之间，目睹那么多校友与朋友的死亡。至今想起，仍心有余悸，希望那是一个噩梦。

5月12日，我们午睡起床，有说有笑地走进教室。

老师刚刚讲了几句，整个楼层开始摇晃。

班主任站在教室外面，大声说："别慌，别跑!"我们只是一味地尖叫，恐惧充满了整个心房。谁也没想到，那是个巨大的灾难，楼房开始下陷，我想才活了十八年，我什么事还没做啊。

同桌看我吓傻了，使劲儿把我的头往桌下按，不停地安慰我说："别害怕，没什么"。

后排的同学眼看着倒塌的墙壁就要倒在身上，一下爬到前面。他们非但没有恐慌，还一个劲儿地教我怎样做。但再次抬起头时，教室里的同学都在往楼下跑。

我们班在三楼。我从这张桌子跳到那张桌子，终于到了外面的

走廊，很多的同学直接跳了下去。

我站在走廊上，真的想哭，这么高，该怎么下去啊，终于鼓足勇气往下跳，死就死吧！

可我跳下去时，什么事都没有。抬头一看：一楼、二楼没了，都陷下去了。

刚想离开，便听见有人喊“姐姐，救救我！”

我转过头，看见楼西压着一个脸上、头上鲜血直流的男生，血早已模糊了他的双眼。那一瞬间，我犹豫了一下，最后还是决定救他。可我再怎么使劲，石板也纹丝不动，死死地压在他的身上。

身边来了几个大男生，我就帮忙护着他的头，以为这样可以救他，保护他，但是整个楼都压在他身上，要抬起他身上的重物谈何容易。

我拖着无力的双腿，跑到操场上，大家抱在一起，哭成了泪人，很多人的头上鲜血不停地流，女同学早已泣不成声，每个人的头上都是一片灰白。

看着这样的景象，我真的就想，自己别往外逃，死在里面算了，我不敢面对那么多的生离死别。

操场上，伤者太多太多，每个人都乱了阵脚。有的老师在安慰被惊吓的同学。我稍微冷静下来，看见初中和高中所在的教学楼已是废墟一片。我痴痴地望着教学楼，希望弟弟仍在，活蹦乱跳的。

那晚，我们再次面临恐惧，操场四周都是山，已落下巨石，午夜，余震一次又一次地摇晃着大地，同学们都尖叫着。听着轰隆隆滚动的石头声，心都紧了，手表戴在手上，不停地看，却怎么都看不到黎明。第一声鸡叫响起时，我的眼泪都快哭干了。

二、曲山小学朱洪雅

“丁零零……”上课铃声响了，同学们走进教室，坐在位子上，收看《红领巾电视台》。我们伴随着美妙的音乐唱起了歌儿。

突然，脚下的地板在震动，我们都没有在意，以为是楼下在做什么。

过了几秒，我发觉不对，就飞快地向教室外面冲去，可邓老师还没有反应过来，“同学们，别动，快钻桌子底下。”

我跑出教室，地面剧烈地震动，我一下失去了平衡。地板一会儿往这边，一会儿往那边，我蹲着一下子就蹦到三班去了。三班的同学游雷紧紧地抓住我的衣服，把脑袋埋在胸前……

这时，一块楼板“从天而降”，砸在我的手上，鲜血流出来，我感到十分害怕，手足无措。我看到我们班的王运涛满脸是血，头上用红领巾包扎着，鲜血在往外沁。一班的教室和楼梯已经完全陷下去了。

地震过后，到处都是灰尘，白茫茫的一片。周围的房子倒塌，我无力地坐在地上。

在政府前的草坪上，我听到了一个不幸的消息：曲山老街被山上的石头夷平，只有四分之一的人生还。

我听了之后犹如五雷轰顶，我的家就在这条街上。

今天，我的姨夫来找我，他说已经把绵阳、成都的医院找遍了，都没有我家里人，他还到北川去找，也是杳无音讯。

我恨这大地震，它夺走了我亲人的生命。同时，别人也因为地震家破人亡、妻离子散。地震，这个恶魔。

三、南坝镇，记者任军川

14日16时许，150余人的内蒙古消防救援队紧急赴川，抢险救援，我随队进行采访。

通往南坝镇的公路，在地震中严重损毁。架在涪江上，通往镇里的两座桥梁，已被震塌。一路上，我们坐车翻山越岭，又经过几个小时徒步跋涉，乘上渡船，进入南坝镇时，已经是15日下午。

救援队和先前到达的河北消防救援队，在南坝中心小学施救。

小学位于南坝镇明月路的南边，这所有860名学生的教学楼完全坍塌，除100多名孩子侥幸逃脱外，其他的孩子都被埋在了废墟中。

临街的教学楼成为一片废墟，没有了房屋的模样。

在学校对面的大街和校园里，可怜的父母们呆呆地坐在地上，眼巴巴盯着教学楼的废墟，希望奇迹发生在自己孩子身上。

一对父母静静地坐在学校对面马路的台阶上，母亲木木地盯着废墟不停地流泪，父亲手里抱着孩子的新鞋、新衣服、准备包裹孩子的布料，以及一个白色的毛毛熊。他一遍又一遍抚摸着手中的玩具熊，好像抚摸自己的孩子。当我将相机对准他们时，母亲下意识地擦拭脸上的泪水，但泪水越擦越多。而那位父亲想强作平静，可泪水早已满眶。

在废墟中，消防战士发现了一个女孩的尸体，我不敢去看孩子的脸，怕看到孩子脸上的痛苦和惨状，只有将镜头对着孩子的脚。

消防战士将孩子的遗体抱到大街上，原本静坐在马路边的父母们一拥而上，都想看清楚是不是自己的孩子。

孩子的脸揭开，一位母亲发疯似的哭喊着扑向了孩子的遗体，想抱起孩子，却被亲人拉住。那位母亲随即瘫了下去，哽咽着，哭不出声来。

孩子的父亲拿出先前准备好的鞋子，强忍着悲痛，泪流满面，想给孩子穿上，可他的手颤抖得太厉害，怎么也不能将孩子的脚放入鞋中，平时很简单的小事，却用了好长时间才完成。他又为孩子穿上新衣，用布料裹了起来。

我几乎是哭着，拍下了这些场面。

又有一名小女孩被挖了出来，亲人们将孩子的遗体搬到了街上，准备为她清洗，早已悲痛欲绝的母亲在亲人的搀扶下哭得几欲晕厥，但还是挣扎着，想最后看一眼自己的女儿。

父亲和其他的亲人默默地流着泪，用水擦去孩子脸上和身上的血迹、尘土。

透过镜头，我看到孩子遇难时别在头上的发卡还是崭新的。

此后的几天，去南坝街头时，我都会有意绕开学校。因为我知道，每天都有好多孩子的尸体被从教学楼的废墟中刨出来，我怕看到孩子们在废墟中死去的惨状，更怕看到父母们那撕心裂肺的痛。

四、精神崩溃的游客

13 日 16 时 30 分，我在大雨中走进都江堰市，整座城市在一片昏暗中寂静无声。借着汽车微弱的灯光，我看到很多人单薄的身体在雨水中瑟瑟发抖，雕塑般的脸上刻着惊恐、悲痛和无助。雨水掺着泪水，在他们的脸上肆意流淌。在突如其来的灾难面前，他们甚至连哭的机会都没有，这就是地震带来的心灵创伤。

这种心灵创伤，非常可怕。

20 时 30 分，第一支赶到的外省救援部队——山东消防救援队，已在市区灵岩山上为解救被困在索道上的游客冒雨忙了 3 个小时。

索道上的 13 名游客，只剩下最后一名了。这最后一名，却让消防官兵伤透了脑筋。官兵们爬到了他身边，他却反锁上缆车门，非但不开门，还不停地辱骂消防官兵。

僵持了2个小时后，意外发生了。游客突然打开缆车门跳下。缆车离地面足有30米，游客穿过茂密的树木，“砰”的一声，像熟透的西瓜摔在记者面前，胳膊扭动了两下，就永远地闭上了眼睛。

强烈的地震使缆车断电，停在了半空，游客被迫在高空目睹了山崩地裂的骇人场面，最终导致情绪失控。常人说：“吓破了胆呢。”

五、青草地上的108号

这里，原本是山边的一块青草地，现在，做了遇难学生的集中安葬点。

两位教师前往学生墓地吊唁。

其中一位女教师，曾经被学生家长关押了几个小时。第二天，她依然对遇难学生家庭进行走访。陪同她前往的老师是废墟生还者，腰部受了伤，在家躺了一天，觉得稍有好转，就主动要求去看望遇难学生家长，这是今天看望的第一家。两位老师随同遇难学生家长前往墓地吊唁。

这片墓地约有一亩，每一个遇难学生墓前都立了一个有号码的砖头。家长手里，有一个号码。

他们凭借号码确认孩子的墓地，寻找寄托哀思的地方。

108号，墓地安埋点最大的一个号，也就意味着，在这儿安埋着108位遇难学生。对于一个学校而言，这是多么冷酷的一个数字。

曾经是108条鲜活的生命，在地震的瞬间，就永远离开了学校，离开了老师，离开了疼爱他们的爸爸妈妈、爷爷奶奶。

墓前孤独蹲着的男人，是遇难学生的父亲。他多想离孩子近一点，再近一点，所以他一直就这么蹲着。

男人右侧那位妇女，是遇难学生的继母。此时此刻，她也不知道怎么安慰深爱着的男人。她告诉我们说，她要坚强，因为男人已经没法打理家里，也没法照顾家里的老人和幸存的小孩子了。

六、警与囚

唐首才，50岁，北川看守所民警。他业余爱好养花，牵牛花盛开的时节，他家满阳台都是花，楼下看花的人都非常羡慕。

5月10日，唐首才用手机在自家阳台上拍下了一段百花争艳的视频。两天之后，他的家再也不存在了。

李安康，19岁，北川看守所在押人员。地震时，他被埋入废墟。

李安康：很多人在流血，我把母亲给我的两件衣服全部撕掉，给他们包了伤口。

记者：衣服你是随身带出来的吗？

李安康：穿在身上的，那是地震之前的亲情，一件衬衫和一件背心。

李安康：我被救出来后，很多人在流血，我把衣服撕掉，撕不烂就借武警班长的刺刀划开，然后用来给他们包扎。现在，我很想那件衣服再回到我身上。那是母亲给我的生日礼物。

记者：你几岁生日？

李安康：5月4日，是我19岁的生日，因为假期，没有安排会见。5月8日，母亲来了，给我买了一条裤子、一件衬衫，还有一件背心。和母亲会见时，因为一点小事，还和她争吵了几句。我真的很后悔，为什么当时还要和她争吵。现在母亲去世了，我却还在坐牢，都不能为她送终。

北川看守所位于北川县城的老城区，12日，地震把这里变成了一片废墟。当时看守所里有25名在押人员，两名准备做饭的及时脱

险，其余23人被埋在了废墟下。值班民警唐首才、王万安立即开始了施救。

李安康：我心里想，管教可能也会遇难，或者是受困，或者关心家人离开我们，或者为了自己的命，走了。没想到，他们会来救我。

在废墟里，我大呼“唐管教，救命”，我们四个人都活着，有一个重伤。

他们在外面挖，我在里面掏，直到我的头和右手能伸出去后，唐管教抓住我的手，把我拉了出来。

唐首才、王万安，以及被救出的在押人员，除了重伤员之外，相继投入了自救。

唐首才的家离看守所不到五百米，他一直没有回去。

唐首才：当时心情很复杂，家人的情况肯定凶多吉少，也想去救家人。当时那种险情，就是去了，来回不知要耽误多长时间。眼前活生生的人，在喊救命，我不能不救啊。

在押人员先后获救，17时左右，唐首才和王万安带着他们往县城外的安全地带转移。

李安康：王管教抱了一个小孩，唐管教背着杨桃（在押人员），杨桃很重，唐管教身材比较矮小，背上他，确实很难走。一段山体滑坡，有很多乱石头。一个老太太堵在那儿。我就把她背起来走。老太太问我，叫什么名字，我告诉她，你不用问我名字，我是一个犯人。她说谢谢你小伙子，以后出来好好做人。

在转移的路上，李安康遇见了父亲。

李安康：爸爸戴着一个安全帽。我看见他第一时间就问，妈妈哪儿去了，哥哥、嫂子呢？奶奶呢？他一个都不告诉我。他说，你一定要注意安全，这是你立功的机会，要多帮助人。

我又追问他家里的人，他告诉我，哥哥受了点伤。我又问他，他说你别管，现在我在帮别人救援。父亲也是一个党员。我硬逼着他告诉我，他说你嫂子死了，你奶奶也没了，很多亲戚也许会遇难。我说妈妈呢？他说，你妈现在还没有消息。

唐首才：这一下，李安康突然情绪失控，号啕大哭，父子俩抱到一起哭，然后还要去撞墙、跳崖。

李安康：神经快要断了，脑袋要爆炸了的那种感觉，我就挣扎着想回去，唐管教和父亲一直抱着我。

和父亲分手后，李安康才知道，民警唐首才的家人也一直生死不明。

李安康：走在路上，唐管教一直回头，我不知道他在看什么。我和他一直走在一起，在任家坪收费站，唐管教掉泪了，一个人在那儿伤心。尚管教问他家里情况怎么样，唐管教说得很小声，我离他们近，还是听见了。

唐首才：撤离到县城外制高点休息时，我看了一下我的家，一眼望去，灰茫茫一片，一片废墟，没法确认家的地点在哪里，老婆、孩子在哪里，脑子蒙了。

记者：有没有想过，回去看一看？

唐首才：想过，那个路进去很难，出来更难。如果一往返，可能要掉队了，越上面的路，越艰难。犯人能不能一个不少地转移到绵阳，是个很大的挑战。我也想过，第二天回去，如果要救，肯定救家人。那时，不允许我回去。我回去，有可能救到我的家人，但是作为警察，我这边失职了，因为当天我值班。如果不值班，可能还说得过去。值班，就跟解放军作战一样，那就是战场。

转移的路上，唐首才向王万安说起自己的女儿。

唐首才：女儿真是不听话，叫她在学校、在医院，不要随便回家，但她还是没给我打电话就回家了。中午吃饭时，要给我送饭过来，才知道她回来。

唐首才的女儿唐忻雅，在川北医学院上学，今年 3 月起，在德阳市人民医院实习。地震前三个小时，唐忻雅回到了家。

唐首才：十二点时，老婆把给我送的饭盛好了。王万安说，你女儿难得回来一次，你还是回去吃个团圆饭吧。

我回到家，老婆把饭端到桌子上，筷子摆好，有蒜薹肉丝、青椒肉片、烧茄子，还有什么记不清了，好像三个菜一个汤。看到女儿当然高兴，我高兴没带到脸上。我说，女儿，你怎么提前回来了，也不给你爸打个电话。实际上我内心是欣喜的。我这个人，喜怒哀乐，尤其是对娃娃的赞赏，从来不当众或者当着她的面表现出来，可我内心很欣赏她。

女儿说，我怕你骂我。

女儿又说，老爸，等我工作了，把北川的房子卖了，我在德阳或者绵阳买。

我说女儿，你在做梦啊，绵阳、德阳房价高，买套房要好多钱。她志向大，她说挣几年就可以买房子。她是那么天真，她以为钱那么好挣。我说那不容易，我们一辈子还是分的房改房。北川空气好，环境舒服，你要买可以，我不拦你，你把你妈妈带过去。

李安康：在转移的车上，我和他坐在一起时，他把手机上女儿的照片拿给我看。我看到他流泪了，我也哭了。

12 日半夜，唐首才和同事把在押人员转移到了绵阳看守所。13 日一早，他接到上级指示，领着救援队伍，进入北川县城，转移受灾群众。直到下午，唐首才第一次回了“家”。

唐首才：已经看不到那座熟悉的房子，淋着雨，我找了一两个小时，就是找不到。她们在哪里，她们是不是在一起，都说不清楚，要是找到家里一片瓦，一块砖，我都感到欣慰。家里的纪念品，就是我当天揣在身上的钥匙，还有前天手机拍摄的阳台上牵牛花的一段视频。我离开时，非常难受，没有家了，没有可栖身的地方了。

再过一个多月，女儿本该大学毕业，开始工作了。

阴差阳错，唐忻雅，这天你真不该回北川。

震后，唐首才来到女儿生前就读的川北医学院，参加她的毕业典礼。

唐首才：这段时间，看到女儿的同学，我就难受，女儿不回去的话，也跟这些同学一样，很幸福地生活着。

我昨天到南充，去她母校，清理她的遗物，她的同学很悲伤，帮我做了很多事情。她们主动把女儿在学校里的一些资料、照片等，加班加点整理出来。看到女儿熟悉的笑容，情绪确实有些失控。

李安康：我记得刚被宣判时，说是判三年，我想三年，太可怕了，还不如判我死掉算了。但地震之后，我想天哪，三年太简单了，活着真的太好了，说出来死字，就是张张嘴的事，但当你真正在死亡线上时，你才知道，活着特别好。

李安康说，刑满释放后，他想做唐首才的儿子。

唐首才妻子和女儿的遗体，至今没有找到。

七、陈玉

三轮车上，男人埋着头蹬踩，陈玉和她的婆婆扶着车，深一脚浅一脚，车子很缓慢，陈玉边走边看着她的儿子。

13 岁的黄晴峰，就躺在车上的一块木板上，被白布包裹，外面盖着一块红布，孩子比木板要长，两只脚伸了出来，左脚断了，不时敲打着车厢。陈玉停了下来，找了一根绳子，把两条腿绑上，再包好。

黄晴峰是绵竹市富新镇富新二小六年级的学生，死于那天倒塌的教学楼里。

太阳明晃晃地挂在天上，炙烤着大地，陈玉脑子一片空白，呆

呆地走在五福到什地镇同义村的途中。到处都摆着尸体，到处都有人抚尸痛哭。他们本来是同义村的村民，有瓦房，还有几亩地。

多年前，陈玉的父亲在镇上承包了一间农药化肥店铺，但后来中风半瘫。陈玉和丈夫、儿子来到镇上，帮助父亲。

儿子的学校距离小店约两百米，丈夫黄厚金买了一辆三轮车，给人送农资货品。儿子酷爱读书，三年级因为用眼过度，戴上了眼镜，可以对父母讲古说今。去年以来，他仿佛是地里的一棵玉米，见风就长。陈玉翻出孩子的照片，说一个家庭如果有希望，日子就会一天天变好。

地震那个中午，丈夫跑在街上，光着脚，像个疯子一样，尖声哭喊，快来人啦，我的伢儿出事了，瘫软的陈玉，几乎是被丈夫拖着跑向学校。

三层的教学楼，散落堆着，像一个硕大的坟墓，一大群家长在飞扬粉尘里哭天喊地，嘶声喊叫自己孩子的名字。

陈玉疯了一样，翻扒废墟，她看见了儿子，他的头和左脚被预制板压着，只露出熟悉的衣裳。他的教室在二楼，当时正在三楼上科技课。

钢钎撬不动预制板，后来找来大锤，敲碎板材，取出孩子，却已死了。

凌乱的镇卫生院里，医生一次次告诉不死心的夫妻：娃死了，没啥子办法。

孩子摆在外公的店铺门口，外婆给他擦去血污，换了一身干净衣服。

13 日下午，奶奶从乡村接他“回家”。在房子东边，约十多米的自留地上，爷爷和伯伯挖了一个墓穴，买不到棺材，找来一些砖，在墓穴里砌了一圈。

三轮车不知走了多久，终于到了家。爷爷在墓穴里铺下一块木板，抱着孩子放下，再在砖圈上铺下另一块木板，盖上红布，堆上黄土。

陈玉不忍看到孩子落葬，把自己关在房间里痛哭。她的心其实是清楚的，外面，婆婆爆发了哭声，那就是要填土了，她在床上打滚嘶喊，抓着自己的头发撕扯，逼着自己不去看孩子最后一面。

当天，陈玉和丈夫回到镇上。

只要有一点空闲，陈玉就会去学校，还有其他很多家长也会来到校园。他们再也看不到自己的孩子，但他们可以坐着，诉说各自孩子的聪明、淘气，然后哭泣、相互安慰。

“我还要生个娃，还要他念书，不能再死在危楼里。”35 岁的陈玉说。

国家承诺，对她们这样的家庭给予生育政策照顾，允许他们再有一个孩子。

校外，树木上挂满了家长们亲手编织的纸花，或紫或粉红。

黄昏里，一位母亲站在废墟上发呆，犹如一张剪影，沉默、忧伤。

第二十二章　真情挚爱

一、伟大的母爱

13日下午，在都江堰河边一处坍塌的民宅，救援人员奋力挖掘，寻找幸存者。

突然，一个令人震惊的场景出现在人们眼前：一名年轻的妈妈，怀抱着三四个月大的婴儿，蜷缩在废墟中，她双膝跪地，身子前倾，双手着地，成匍匐状，身体被压的变形，成为人与大自然抗争的雕像。她低着头，上衣向上掀起，已经失去了呼吸。怀里的女婴依然惬意地含着母亲的乳头，正在不停地吮吸，红扑扑的小脸与母亲沾满灰尘的双乳紧紧地贴在一起。

救援人员小心翼翼地清理开她身上的废墟，从她的身下抱出孩子，医生给娃娃做身体检查，发现被子里有一部手机，屏幕上有一条留给娃娃的短信：亲爱的宝贝，如果你能活着，一定要记住我爱你。

手机，在人们中间传递着，每个在场看到短信的人，都落泪了。

人们小心地将女婴抱起，离开母亲的乳头时，娃娃立刻大哭起来。

看到女婴的反应，在场者无不掩面悲恸。

无法想象，一个死去的妈妈，还在为自己的孩子喂奶，从母亲抱孩子的姿势可以看出，她是很刻意地在保护孩子，或许，就在临死前，她把乳头放进了女儿的嘴里。也许，这位母亲感动了上苍，女婴含乳得以生还。

救援医生龚晋掩面而泣。

二、贺晨曦 龚天秀

“今晚的月亮，真圆啊。”昨天，贺晨曦从北川县农发银行废墟下被救出，她被埋在废墟下已102个小时。

贺晨曦，今年26岁，她和男友郑广明已经相恋一年多。

两年前，在四川师范大学读大四的贺晨曦，在一次同学聚会上认识了小四岁的黑龙江男孩郑广明。

那时，郑广明在成都学习计算机，他对贺晨曦一见钟情，然而年龄的差距让贺晨曦犹豫徘徊。被多次的拒绝后，郑广明却越挫越勇。终于，两人的感情，在执着和循序渐进中缓慢爬升。

毕业后，两人分居两地。贺晨曦考进中国农发银行北川支行，而郑广明在成都打工。两人只想趁着年轻，努力工作。

12日，郑广明请假，到北川看望贺晨曦。14时21分，晨曦去上班，郑广明在寝室里上网，等着女友下班。

灾难突袭，山崩地裂，农发行大楼垮塌。郑广明“蹦”跳出了室外。正在上班的贺晨曦被埋在废墟下。

16日，在救援人员的努力下，一条大约7米长的通道打通，证实了贺晨曦依然活着。

一直守候在外的郑广明顾不得墙体随时崩塌的危险，将头伸进洞口，吼出了一句让大家都意外的话：“我们结婚吧，你喜欢中式婚

礼还是西式？西式的婚纱很漂亮。”一句话刺激着晨曦对未来的渴望。

废墟上的求婚，让人动容。那时起，郑广明就做出决定，不管贺晨曦是否残疾，他都要照顾她一辈子，因为他承诺过。

两天两夜的生死守候，让这对恋人的感情更加深厚。

龚天秀与贺晨曦是北川农发银行的同事。她的家在农发行宿舍楼三楼。当时，龚天秀午休刚起来，还穿着睡衣，正准备换衣服上班去。

突然，房子摇晃了一下，龚天秀还没有反应过来，房子又剧烈晃动。老公王怀俊大喊“地震”，抓起一件睡衣，一边包她的头一边把她推向卫生间。还没有进去，楼塌了。

他们掉在一个夹缝里。龚天秀的右腿被一块楼板砸住，神志还很清醒。王怀俊一直死死地把她护在胳膊下。

龚天秀说，你松一点。王怀俊说：“我可能不行了。”

龚天秀说，我们现在安全了，你怎么说这样的话。龚天秀一摸他的背，全是血。王怀俊的头被砸了。

王怀俊要龚天秀坚强点，我们还有一个娃，去年刚大学毕业。你要把娃看严一些。要娃走正道，一足不慎，就全毁了。

龚天秀说，我晓得，我会严格要求他。

龚天秀一直大声喊丈夫。开始王怀俊还答应，半小时后，就没有声音了。

第二天，龚天秀看到一点亮光，就使劲地喊。同事刘华清也被压在上面的废墟里。她不要龚天秀喊，要她保存体力。

龚天秀一直抱着王怀俊。她的右腿已经不流血，里面形成了血栓。龚天秀摸了一块砖头，使劲砸右小腿，小腿被砸烂了，开始流血。她把腿顶在老公的背上，血从他背上流下来，龚天秀用嘴接着喝。

喝了一些血，有力气了，龚天秀接着喊。

听到外面说话的声音，她就喊。喊不出来了，就砸腿，然后喝一些血，接着喊。但是外面听不到。

外面一点点声音，龚天秀就能听到。她听到外面有人说，这里又垮了，那边又死了几个人，就是没人知道下面还埋了人。麻木过去了，腿开始痛。要不是为了娃，她宁愿不出来，死在里面，也不愿砸自己的腿，太痛苦了。

快天黑了，龚天秀喊了一天，突然听到行长江山的声音。她一下子来劲了，拼命地大喊。"江山，我在这儿，我是龚天秀，快给我搞点水来。"

第三天，消防队来了，是陕西消防总队渭南支队的，他们先把一些小的墙渣搬走，露出了盆子大一个洞。武警战士把头伸过来，龚天秀看到他了，还能碰到他的手。

他们找来锯子，把上面压的木头锯掉。但是龚天秀被压住了腿，出不来。龚天秀告诉战士，我把腿砸烂了，还剩下一些皮肉连着。

龚天秀让他去找把锯子。

龚天秀是为了娃，只要能出去，只要有一双眼睛，能看到娃，还有思维，能管着娃就行了。把娃儿培养成对社会有用的人，是对死去丈夫的承诺。

把皮肉锯断了，筋还连着。龚天秀又向他们要剪刀。他们递给她一把剪刀。前前后后弄了半个小时，终于把右小腿弄掉了。

爬过一段距离，战士把龚天秀拉出来。

龚天秀感激大家来救，感谢来自全国的救援人员。她想对正在遭难的乡亲们说，要坚强勇敢，只要能出来，一切都会好的。

龚天秀不知道，第三天，儿子王涛从成都赶回北川，一直守在废墟附近，担心影响妈妈的情绪，他一直没出声。

王涛说，当时消防官兵让他去找工具。他以为母亲把压住的衣服剪掉。母亲被抬出来，才知道怎么回事。

王涛还说，他小的时候有人持火药枪抢银行，母亲没有退却，而向后门冲去呼救，歹徒开枪击中她。幸运的是，母亲未受重伤，最终，歹徒被人们抓住。

三、北川汉子王正兴

20日上午9时，在市武警总队医院病房内，正喂母亲牛奶的王正兴回忆说，地震发生后，他和二弟背着母亲走了13个小时，轮换了上千次，终于把受伤的母亲背出险境。

地震发生时，母亲母广琼正在家里，为孩子们削水果。

突然，房子剧烈摇晃，四处的玻璃纷纷爆裂。

“地震了，快跑!”母亲大声吼道。全家人刚跑出家门，就被晃倒在地。

在弥漫的灰尘中，王正兴爬起来。弟弟及弟媳也都聚在了一起。只受了点擦伤的他们，听见四周到处都是慌乱的救命声，便开始营救能够救出的人。

他突然听到，母亲在不远处呼叫。找到母亲后，发现她左腿已骨折，鲜血如注。弟媳立刻找来一块布，把伤口紧紧绑住。王正兴二话不说，背起母亲就往外跑。

刚刚地震后的惊吓及营救伤员后的疲劳，使王正兴的身体支撑不住，背着母亲，腿脚酸软不已，拼命跑出六七米，便无力地蹲了下来。

王正兴的二弟见状，立刻接过母亲，背着继续跑，跑出不到十米，浑身乏力的他也开始左右摇晃，不得不又把母亲转移到哥哥的背上。

“丢下我吧，你们快跑，你们一定要活下去。”母亲在王正兴的耳边说。

王正兴疯了一般地摇头拒绝。他和弟弟每走一段就轮换一次，背着母亲一步一步地艰难前行。

背母亲往县医院的途中，听人说，医院已全部坍塌，于是，立刻转向县防疫站。

此时的防疫站，人山人海，医生告知，要先救病危者。王正兴见其所站的整栋楼已呈45度倾斜，立刻决定不再等候，背着母亲又去县政府广场。

广场里，大家害怕震后有洪水突然来袭。

兄弟二人再一次背着母亲奔向最高最平的任家坪，然而走出200米，因山体滑坡，无法前行，他们又转身返回县政府广场。

“把我放下来，你们的体力已经消耗得太多了，必须抓紧时间逃生！”母亲边发火边使劲地挣扎着，要从儿子身上下来。

“我们死，也要把你背出去！”王正兴坚定地对母亲说。

凌晨3时，前后辗转7公里，终于把母亲背回县政府广场。至此，兄弟俩已花了整整13个小时。

清晨，救援部队赶到，把母广琼送往绵阳404医院，确诊左胫股骨折。

后又转入绵阳武警总队医院，接受治疗。

记者离开病房时，母广琼即将上手术台，她微笑着，对一旁的亲人说，“有你们，我什么都不怕。”

四、共患难的夫妻

一个普通的男子，本想替妻子挡住飞来的巨石，独自赴难，最后，却成就了很多情侣相爱时“至死也不分开”的誓词。

昨天上午，在绵池镇灾后处理现场一名救灾指挥部的人员，含泪讲述了不久前清理灾难现场的情形。

在一块大石下，一名青年男子呈弓趴姿势，保护着身下的青年女子，而女子则紧紧地抱住男子。

“事发现场就在交警中队的大门口。”县法院法警大队长何科黎说。他是县里抽来绵池救灾的。

何科黎还说，这对中年男女来自茂县，是来处理一起交通纠纷的。12 日下午，他们与两名当事人一起来到交警中队，由中队长杨成主持调解。

14 时 28 分，突然，天地变色，一下子像到了黑夜，绵池镇四周的山，像放焰火一样，滚石带着巨响，砸向古镇。

交警中队的几个人紧急跑出来。此时，已是万石穿空，大小石块像放炮一样倾泻而下，大的石头像一间房子一样。

女子吓得尖声尖叫，旁边的青年男子紧紧地护着她，背朝石头飞来的方向，护着女子往前跑。

没跑多远，一块房子大的巨石砸中男子，随即将女子也碾倒了。中队长杨成也同时遇难。

由于巨石太大，直到几天后，解放军 8740 部队过来，配合专门的设备，才将巨石移开，露出令人感伤的一幕：一男一女紧紧地抱在一起，青年男子，呈弓趴姿势，试图保护什么……

两人的尸体已无法分开，后事处理人员在提取证据信息后，将他们一起入殓。

何科黎说，两人是茂县凤仪镇人，都约三十五六岁。

这是一对名字很普通、长得也很普通的夫妻。男的叫朱能，女的叫兰六妹。

灾难降临，夫妻共患难，无独有偶。

在倒塌的房屋里被困了 48 小时后，他终于被救援队发现。用设备扫描了所在的位置后，救援者发出了重重的叹息，情况很不乐观：覆盖他身体的废墟有几十吨，他的一条腿和一只胳膊被深深地压在石块中，另一只胳膊正死死抱着一个物体。救援队为难了。

为了尽快救他出废墟，救援队决定给他截肢。而千钧一发之际，一位地质专家“从天而降”，仔细勘察后，提出了可以全身相救的方案。在将近10个小时的时间里，救援队员一块砖、一块水泥地搬走他身边的阻碍。

头露出来，肩膀和腿露出来。抬他离开废墟的刹那，现场响起了欢呼声，很多人流着泪、拍着手……

而他，脸上却没有喜悦。生死关头，这个66岁的老人，用尽所有力气把老伴护在怀里。然而他留住的，只是一具已经僵硬的尸体。

五、姜勇 姜栋怀

在宁波打工的姜勇夫妇，为了筹集儿子上大学的钱，4年没回老家了。没想到，一场天灾让他们彻底失去儿子。

“我们找了一天，才挖到他，在废墟下面。”姜勇地震后，就一直失眠。

“他在角落里，蜷成一团，被防盗门压住了。”

“我找了很久，才找到这张纸。”坚强的汉子被这张白纸弄哭了。

纸上看不到一个字，但仔细摸，会感觉出一道道深浅不一的划痕。

把白纸在眼前平放，透过光线的折射，可以看到一行用细木棍或指甲划出来的“字”：爸爸妈妈，我对不起你们，你们一定生活好！

“地震后，好不容易联系上老家，听到的却是北川中学倒塌的消息。我儿子在那里读高一啊。”

14日夜里，姜勇夫妇赶回老家，在废墟里苦苦搜寻孩子。

“人找到了，却再也不会叫爸爸了。”

姜勇夫妇4年前到宁波打工，在鄞州区姜山镇一家工厂上班。

“我们还欠着亲戚的钱。栋怀还有个弟弟。”为供两个孩子念书，给双亲盖间房子，夫妇俩过得很艰苦，在宁波租了一间10平方米的房子，4年没回过老家。

“他是个懂事听话、又有理想的孩子，几乎没对我们提过什么要求，哪怕是大过年的。”姜勇沉浸在对儿子的回忆里，“唯一一次，学校组织篮球赛，要买套运动服，我给了他130元钱。”

“比赛6月份才开始，他一直不舍得穿，现在再没机会穿了。”

“虽然孩子从来不说，可我知道，他想我们”。5月10日，栋怀发了条短信，祝妈妈节日快乐，让夫妇俩既幸福又内疚。“我们给他的爱，太少了。”

姜栋怀的梦想是考上复旦大学。“去年，他还专门去了趟上海，回来后兴奋得不得了，跟我说，爸爸，那就是我的理想。”

“他绝对不是随口说说的。他一直很用功，成绩在班里总是前3名，年级也能排到十几名。从来不用我们问，他会主动告诉我们学习情况。”

“房子倒了，栋怀走了，老母亲也受了重伤，在西安接受治疗。可生活还要继续，我们还有一个11岁的儿子要照顾。”

读小学四年级的小儿子，每当说起“想哥哥”时，姜勇的心就有种刺痛感。

“儿子已经走了，活着的人要好好活下去。”姜勇说，“栋怀一定不希望看到大家为他伤心，他那么懂事。”

姜勇尽管伤心，但还是选择了坚强面对，他和妻子还要努力打工挣钱，他还想，过段时间把小儿子接过去带在身边，一家人再也不分开。

六、邓逐原　苏泽萍

三天来，邓逐原寻遍了汉旺镇母亲可能去的地方。每天，他看到一具具尸体从废墟中抬出，他默默祝愿母亲能平安。

然而，还是晚了。他所看到的是，母亲已经冰冷的遗体。

“如果天堂有灵，我要对妈妈说，我爱你！”邓逐原哽咽着。

12 日 14 时 25 分左右，德阳市中学上课还没有开始，同学们陆陆续续进入教室。

高三的邓逐原刚把书包放到桌子上，就感觉脚跟在摇晃。

“地震了！”后面的同学大喊。

在班级前排的邓逐原，还以为同学在开玩笑。

天花板噼啪地往下掉，砸在同学的头上。

“不要慌，要镇静！”在班级任班委的邓逐原大喊。

很快，同学们冲向楼梯，所幸没有发生踩踏事件。

从教室里跌跌撞撞跑出来的学生纷纷涌向绿化带，外面一时灰蒙蒙，学生们被眼前的一切吓呆了。

各班级清点人数。

二十分钟后，邓逐原想起住在学校附近的外婆。他马上给外婆家里打电话，但是不通。

他向外婆家飞奔跑去，在楼下，他看见外婆站在门口，这时他才安静下来。

“爸爸妈妈怎么样了？”邓逐原给妈妈苏泽萍打电话，不通。

给在广汉工作的爸爸，打电话，也不通。受地震影响，德阳市通讯全部中断。

接近晚上，德阳市通讯部分恢复。

曾经经历过唐山地震的外婆，开始意识到灾害的严重性。稍晚一些时候，在北京工作的姨夫打来电话，“与汉旺镇仅两山之隔的汶川是震中心。”

雨时紧时慢地下了一夜，心急如焚的邓逐原在路边的帐篷里一夜未眠。

13 日早上，雨越来越大。邓民从广汉打车赶回德阳。

在简单地了解情况后，邓民带着儿子打车赶往绵竹市汉旺镇。

从德阳市打车到汉旺镇，有一个小时的路程。但是，路走得很艰难。

越往里走，灾情越严重。邓逐原的心情也越来越沉重。

路两边，很多民房已经化为平地，有的楼房已经变成废墟。倒塌的房屋崩出的砖瓦溅到马路上，红色的瓦砾像是经历了一场战争的洗礼。很多老百姓在路边搭起帐篷，有的甚至用茅草铺底，露宿在马路上。

到达汉旺镇东方汽轮机厂，邓逐原和邓民找到焊接分厂负责人。

该负责人表示，昨天14时，苏泽萍曾经给他打过电话，说请半小时假，再回单位。

地震发生后，焊接分厂保管处在清点人数时，只有苏泽萍下落不明。

14时左右，她是在厂里，还是在厂外办事？经过多方询问，没有结果。

13日，邓逐原和爸爸冒雨找了一上午，也没有结果。由于邓民所在广汉的单位也受灾，作为厂里的领导，他中午返回广汉。

14日，苏泽萍毫无音信。

15日早上，在早报记者的陪同下，邓逐原再次来到汉旺镇寻找。

10时30分，在东方汽轮机厂大门左侧，邓逐原找到了同母亲一起工作的姑父李朝德。

李朝德介绍，一种说法是，有人看见苏泽萍在厂大门对面的饭店吃饭；另一种说法是，苏泽萍在厂大门右侧的洗脚店做足疗。

哪个说法准确呢？尽管母亲的消息越来越清晰，邓逐原却更加着急。

对于被掩埋在楼体废墟的人来说，72小时，是一道坎！

工厂大门正对面，裸露的楼体摇摇欲坠，解放军官兵正在实施救援。救援的指挥长介绍，从这里已经搜救出6个人，由于有的尸体面目全非，没有人来认领，已经被掩埋了。

邓逐原心里，咯噔一沉，6个人里，有没有母亲呢？

11时15分，外婆和小姨陆续赶到汉旺镇。

这时，一个消息再次传来，“12 日下午 2 点多，苏泽萍在‘足之乐’洗脚店做足疗。”

听到这个消息，邓逐原和小姨跑向“足之乐”洗脚店。

洗脚店面积不大，楼高也只有两层。店面的前部没有塌陷，已经摇摇欲坠，向前倾斜，后部已经塌了下去。

洗脚店前，站着几个人，是另外两个人的亲属和朋友。

“在外面，能看到一个人的后腰，穿红色上衣，扎花色腰带。”一个胆子比较大的人，趴在洗脚店门口大声说。

“那个人肯定是我老公孙晓龙。”人群中一女士抽噎道。

“苏泽萍和孙晓龙是初中同学，她俩和另外一个人在洗脚。”一知情人说，这是洗脚店报案时讲的。

邓逐原和小姨焦急地等待救援人员的到来。

12 时 30 分，邓民与几个同事也赶到现场。

实际上，在离洗脚店 50 米不远处，就有某部后勤官兵驻守在这里，负责前方的后勤保障。

邓民请求他们救援，被告之需稍作准备再实施救援。

汉旺镇是地震重灾区之一，镇上 50% 的房屋倒塌，登记死亡人数超过 2000 人，登记被埋人员 5500 多人，受伤人员 6600 多人。

汉旺小学有 800 多名学生，教学楼倒塌，埋了 100 多人。

13 时，救援官兵赶到。

13 时 10 分协调。13 时 30 分，研究方案。13 时 50 分，吊车掀起第一块石板。

14 时 35 分，发现尸体。

14 时 50 分，救援完毕，三具尸体从废墟中抬出。

看到母亲冰冷的尸体，邓逐原放声大哭。

三天，72 小时，盼来的是无法接受的现实，“妈妈去了，我爱你妈妈!”邓逐原哭着说。

在场的所有人被这无情的现实震撼，每个人眼里都噙满了泪水。

邓逐原就出生在汉旺镇。在这里，他从幼儿园、小学读到初中。高中时，转到德阳市中学。到德阳就读后，妈妈也搬到了德阳居住，每天早上6点坐班车去汉旺镇上班。

12日早上6点，在睡梦中的他感觉母亲为他掖了掖被角，就匆匆上班去了。没想到，他对母亲这最后的印象，成了永远的诀别。

汉旺镇距成都105公里，地处沱江绵远河上游，属德阳市绵竹县（市）辖区。辖区面积76.2平方公里，辖区内，常住人口6万人，流动人口2.5万人。

距绵竹县城38公里的金花镇，在这次地震中，两座山位移并合在一起，导致生活在山沟中的600余名村民生死未卜。

清平镇距绵竹市区33公里，灾民的抢救同样困难。而汉旺镇煤矿的工人被掩埋于矿中，伤亡人数无法估计。

15日，绵竹市的抢救重点已转移到山区三镇。

晚上，邓逐原来到曾经和母亲经常散步的地方。不过，这次他独自一人，不时有救护车鸣笛疾驰而过。

第二十三章 一方有难，八方支援

一、血浓于水的亲情

重庆市 1997 年从四川省划出，成为中央直辖市。

重庆首批向四川灾区捐款 1000 万元。

12 日晚，重庆医疗救援队携带设备血浆紧急赶往灾区。

13 日凌晨，重庆公安消防救援官兵紧急赶赴灾区。

这一天，首都高校师生踊跃献血，支援灾区。

河北省向灾区捐款 500 万元，成立了省支援灾区领导小组，全力支援救灾。

曾遭受地震灾害的唐山、邢台、张北等地的干部群众，向灾区捐款捐物。唐山抢险队、邢台救援队随时准备赶赴灾区。“好了伤疤不忘疼”“知恩图报”啊。

地震发生后，短短的一天香港各界向灾区捐出的款项已超过 5000 万港元。

15 日上午，由 20 人组成的香港特区搜救队抵达绵竹市汉旺镇，参与搜救。

澳门也在行动。

台湾国民党中央委员会，12 日致函中国共产党中央委员会。

“顷悉四川省汶川县发生严重地震灾害，造成人民生命财产损失，谨对灾区表达关切及慰问。若有必要，本党将促请台湾救灾人员前往协助…”

台湾红十字组织负责人陈丰义致电中国红十字总会，了解地震灾情。台湾红十字组织紧急组织了救援队，时刻待命救援。

这种迫切心情，体现了两岸同胞血浓于水的情谊。

再有一星期将就职的马英九，12 日晚间发布新闻稿，对灾情表达关切，呼吁台湾当局与民间社团提供物资及专业救援。

13 日下午，马英九前往台湾红十字组织办公室，以个人身份捐赠新台币 20 万元。

国民党荣誉主席连战、亲民党主席宋楚瑜，致电中共中央总书记胡锦涛。

“惊闻四川遭受空前震灾，国家及人民均蒙重大损失。两岸同胞，血肉相连，我等感同身受，我们将全力协同民间力量，配合救灾，以尽绵薄。”

新党主席郁慕明致函国务院台湾事务办公室，代表新党向地震灾区同胞表达慰问。

再有一星期就要卸任的陈水扁，在任上“微词”颇多，备受民众抨击、“炮轰”，在地震灾害面前，也表现出了人性的良知。

十四日，陈水扁捐出新台币二十万元，指定用于四川赈灾。

5 月 16 日抵达灾区的台湾救援队，是首支获准进入灾区的境外搜救队。

“无情的漆黑，你需要我来陪。别忘了我会在你身边，和你一起坚强面对。因为我相信，再大的苦难也会过去。美丽的风景，我们一定能再找回。同胞的情谊，哪里能被震碎……”

歌手高凌风发表了与词作家黄仁清连夜创作的歌曲《震不碎的心》，并捐出 20 万元新台币的救灾物资。

高凌风说："海峡两岸本是一家人，我们祈祷灾难快快过去。"

是啊，民间有这样一个故事。

兄弟两人在自家的院子里打得不可开交。突然，外人破墙打了进来，头破血流的弟兄俩立即住手，联合对付起了外人。

大地震拉近了海峡两岸血浓于水的亲情，人们抛弃了多年的政治偏见，搁置了意识形态的障碍，手拉手、肩并肩、心相印，共同抗御地震灾难。

17 日下午，海航集团扬子江公司的货机从上海起飞，赶赴台湾接运台湾同胞捐赠的 110 吨救灾物资。

这是大陆航空公司首次执行两岸货运包机，也是大陆货机首次与台湾之间的直航。

自 1949 年以来，这是没有的。

二、禹里乡陈国兴

两天了，派出的两批报信求救人员还没有信息，伤员的伤情在加重。

陈国兴的心内非常着急，这报信的咋就羊肉包子砸狗有去无回呢，莫非他们在路上遇到了不测……

陈国兴还抱怨起了县委县政府，两天了禹里无消息，这县上咋就这么放心，禹里不去报信，县上也早该派人来呀。

看着满眼的灾情、满地的伤员，陈国兴平抑着心情，又写了一个"紧急求助请求"，他决定亲自去县上求救。

他的踝关节骨折了，脚肿得像只大榔头。

陈国兴对乡长和副书记说："你们去组织十几个人，抬担架，抬

着我去县上报信。”

副书记说：“报信的人一定是路上遇到了难以克服的困难”。他没有猜想说出意外。

乡长说：“禹里乡灾情这么严重，您怎么离开呢，若再派人出去报信，我和副书记去，您的脚伤这么严重，还得靠人抬。”

陈国兴被说动了。

他们又决定派李副乡长去向县上报信求援。

陈国兴将求援信写了一式四份，分别给县委县政府、市委市政府、省委省政府。

陈国兴几乎满带哭腔地说：“李副乡长，不论克服多大困难，你要赶到县上、市上，你就是下跪，也要报信出去，把救兵给乡上请来。”

接过求助信，李副乡长的眼泪哗哗地流了下来。

三、最“牛”的志愿者救援队

莒县在山东的东南部，再向东就是东海了。莒县洛河镇东皂湖村的刘中明，是这个山村的农民。

12 日晚上，他从电视上看到了汶川地震的场景。国家灾难，匹夫有责。震惊之余，他与同村的九个村民商量，决定赶赴四川帮助救援。

14 日凌晨一点多，带着自家做的大煎饼和装满水的水壶，他们坐上村民刘守华的三轮车，踏上了抗震救灾之路。

他们在三轮车上用歪歪扭扭的字体，写上了“山东莒县农民救灾志愿者”。

三轮车不能上高速，他们只好一路走国道和省道。一路上，还要交讨厌的过路、过桥费。平均 50 公里一个收费站，10 个人挤在小车厢里，饿了吃煎饼，渴了喝口水，赶了三天三夜，大概2000多公里，来到了四川。

因为路不熟，他们是靠问路问过来的，一路上遭遇了不少白眼和误解。

许多人嘲笑他们，开的车这么破烂。也有人说，他们是为了逃交过路费才打出救灾的牌子。没有人相信这几个农民真的去救灾。

他们首先来到了广元。几天后，又到了绵阳，如今又辗转到了北川。他们每天搭帐篷，为各地运来的救灾货车卸货。

几天来，他们搭建起帐篷200多顶，卸下的救灾物资则已经数不清了。

记者电话联系上了刘中明。当记者问到会不会觉得太累了。

电话中的刘中明，腼腆地嘿嘿一笑："我们是农民嘛，有的是力气。"

时间已是晚上九点多，电话里头的刘中明表示，等下还要去卸货，至于什么时候回家，还没有定，因为这里还有很多事情。眼下，正是早西瓜上市、麦子丰收的时节，家里的农活来之前已经安排交代，让亲戚帮忙了。

采访的最后，记者问刘中明此刻的感想，他说："我觉得自己的力量太小了……"

下午，向记者介绍这几位志愿者的单先生说："他们吃了很多的苦，连奋战在救灾第一线的解放军战士都被这帮农民工兄弟感动得落泪了。"

忙了这么多天，他们唯一的希望是，指挥部开个证明，回去的路上能不能省点过路费、过桥费。

让我们记住这个救援队成员的名字：刘中明、刘光波、刘中富、刘中亭、刘中彩、刘守华、刘守秋、刘守欣、刘守贵、刘光瑞。

地震过后两年，网上还风传，这是一支最"牛"的志愿者救

援队。

四、唐祖华

救灾在持续，堰塞湖悬在北川人的头顶，真让人头疼。那天，瞿永安副县长把唐祖华叫到指挥部，对他说："小唐，给你个光荣而艰巨的任务，给你一千个兵去带，军长正在等你下达命令。"

唐祖华一下就蒙了。一千个兵让我带，让我做什么？我以前在部队带兵最多也仅带十个八个，从来没有带过一千个，居然还有个军长等我下命令。

唐祖华纳闷间，瞿永安副县长的秘书把他带到 14 军军部临时指挥部。

进了帐篷，一个年长的军人坐在那里。

他以前最多见过少校、中校，没见过将军。

年长的军人站起来，拍着唐祖华的肩膀："你的情况，我们都了解了，唐家山堰塞湖的地形你熟悉，我给你一千个兵，你给我带，带了回来，我给你请功。"

将军又生怕唐祖华不明白，接着说："你去唐家山，把路线带好，但是要保证安全回来。"

噢，让自己当向导。

这时，一千多官兵在任家坪收费站旁的空地上已经列队集结。

唐祖华心里清楚，这时去唐家山大坝，只有沿着垮塌的山体走，非常的危险，面临生死的考验。自己在部队待了多年，在这关键时刻，危险再大，也绝不能退缩。

唐家山堰塞湖已成为世人瞩目的焦点，新闻媒体更是紧盯。马上就要出发，央视记者挤上前，问唐祖华，"唐书记，您想说点啥？"

唐祖华此时只是想到任务的神圣，危险早已置于脑后，他动情地说："若是我回不来的话，您就给我爸爸妈妈说，他们有一个好儿子。"

周军长把唐祖华带到一千人的官兵面前，高声说："这就是你们的向导。"

唐祖华也看清了，每个官兵都背了一包炸药，也就是说，这一千多个官兵要去唐家山大坝上送炸药。

唐祖华对周军长说："首长，我提一个要求。您给我一百一十个人，按部队的编制。十个人作为尖刀班，要带上铲子、铁锹、十字镐这三样工具，在前面探路开路，其余的一百人，作为跟进的突击队。"

这时已经是下午六七点钟了，出发。

唐祖华走在前面，紧随其后的十人中，有身高体胖的高炮旅旅长。

旅长既是指挥员，又是冲在最前面的战斗员，危险关键时刻，部队的传统作风又表现出来了。

在垮塌的山体上找路前行，尖刀班时不时地停下来清障，给后续的部队刨路，仍在落飞石的地方，还要设置警戒线。

唐祖华爬山蛮有经验，他走在前面，高旅长紧随其后。

在过一段山体塌方时，水一股一股地向外涌，唐祖华告诉官兵，拉开距离，一个一个地过。

他们跋涉到山顶，天已经全黑了。手电筒光就像萤火虫一样。

在山顶，高旅长看了下手表，立即向周军长汇报。

突然，险情发生，对面的山"轰轰"地垮下来。唐祖华想，糟了，那是地震没有垮完的山继续在垮，万一把行进在路上的战士埋在下面怎么办？他一下急了。

"旅长，您用对讲机问一下后面的大部队，是否通过？"对讲机里传来："我们已通过塌方区。"

又开始下山，天下起了雨，竹林的小路又陡又滑。唐祖华拉着旅长，旅长摔跤他摔跤，旅长打滚他打滚。他的警卫员和通讯员哪走得这样的山路，只有唐祖华扶着他。

路过一个裂口处，旅长一下滚下那个裂口里去了，唐祖华和警卫员拼命地把他拉上来。

整个下山的路上，没有一个官兵不蹭泥巴的。

快到堰塞湖底部时，回首望去，整个山上全是电筒，沉闷的“轰轰”声传来。

唐祖华对高旅长说：“旅长，现在不能走了呢。”

高旅长问：“怎么啦?”

唐祖华说：“我晓得这个位置，这时山顶正在垮，桌子大小的石头在往下掉，我们至少要等五分钟再走，我们不停留的话，可能要被打倒几个。”

历尽艰险，官兵们终于登上了堰塞湖大坝。一包炸药48斤，每人背了半包24斤，总计十吨。

炸药交给坝上的武警三总队，任务完成。天黑的伸手不见四指，是在坝上等天亮再撤还是立即撤?

高旅长征求唐祖华的意见。他把唐祖华看作是向导、一名可依可靠的“参谋”。

唐祖华说：“这坝体上难以待我们这么多人，再说，湖水冲上来，官兵会很危险，我们连夜返回。”

摸黑返回的路上，尽管身上没有了炸药的背负，可官兵的体力已消耗尽了。

在半山腰，一家农户没有垮完的院子里，他们查看了四周的安全状况，简单地进行打盹。

山风冷飕飕的，冷得没法，唐祖华依偎着旅长睡，旅长可冻醒了。

唐祖华睁开眼，天蒙蒙亮了，高旅长早起来烧了一堆火，火堆四周，围了一周烤火的官兵。

官兵们安全撤到任家坪，已是下午两点多了。

唐祖华去向周军长汇报。进得帐篷，他地上一站，敬了个军礼："报告首长，唐祖华向导任务，安全返回，请指示。"

唐祖华和官兵们连夜爬山送炸药，艰难之情，在指挥部的周军长通过对讲机是知道的。

真亏得这位勇敢的向导，他从心内喜欢面前的这位退伍兵。

"好了好了。快去休息下。"不苟言笑的周军长嘴角挂满了笑意。

五点多的时候，睡梦中的唐祖华被人叫醒。"军长叫你过去。"

唐祖华来到周军长的指挥所帐篷。没待唐祖华说话，周军长说："这信封的三千元钱，是对你完成任务的奖励，这个是给你的请功函。"

唐祖华站在地上，先是没说话，他不知所措。

周军长又说："你看还有什么意见，钱少的话，还可以………"

唐祖华说："军长，作为一个村干部，一名党员，带部队上大坝，再危险也是应该做的，啥子请功不请功的，这钱嘛，也不要说奖励，一分半分我都不要。"

周军长随即派宣传处处长把给唐祖华的请功函给县上送去。

时隔不久，唐祖华被县上提拔为曲山镇副镇长。

第二十四章　抗灾之艰，救灾之难

一、王感强的难题

汶川县海拔1325米，境内群山起伏，高山延绵。震后道路、通信中断，又连降暴雨，给救灾造成很大困难。

是营救废墟下的儿子，还是把压在儿子身上的老伴尸体切断？一个是骨肉，一个是风雨同舟40年的爱人。面对这样的抉择，68岁的王感强该怎么办。

地震后，老王天天找自己的亲人。直到两天后，他找到了气息尚存的儿子。于是，赶紧找来消防队员营救。

营救碰到棘手的难题，已经死去的老伴卡住了儿子的身体，如果要救儿子，就必须切断老伴的身体。营救人员无法做出决定。

老王老泪纵横，很短时间就决定："抢救活人要紧！"

切尸体的医生安慰老王："对不起，我们实在……"

儿子救出来了，他身上爬满了蛆。老伴也成两半了，可最后，儿子还是死了。老伴的尸体也烂在废墟里，没能抬出来。

前头差了，后头码了。

映秀镇边上的江水“哗啦啦”流个不停，像在替老王哭泣，也在替映秀哭泣。

那一瞬间，一直自认坚强的孙闻，忍不住把头转向一边……

二、王静 张思琪

被誉为“大禹治水第一河”的湔江河，缓缓穿过北川县城，将县城分割为新老城区。

举目望去，县城一片断壁残垣。

县委前的物资局已成一片废墟。砖头下仍然有物品燃烧，烟雾从砖缝中渗出，缓缓升腾。

老城通往新城的桥已垮塌，而断裂垮塌的桥面上，还停着一辆桑塔纳轿车，想必汽车刚刚行驶到桥上，地震就突然而至。

景家山、东溪山、沈家包和王家岩等山体将县城团团包围，整体上看，犹如一个盆子。而今，“盆底”县城偶尔传来的几声犬吠和鸡鸣，让整个山谷显得格外空旷。

踩着泥泞进入老县城中的农贸市场，这是几处尚未彻底倒塌的建筑之一，商铺杂乱，遍布灰尘，塑料服装模特横七竖八地倒在服装店内。

一个鞋店的主人刚刚从山外返回店铺察看，明知意义不大，临走时还是拉下了卷帘门。

转过一个角，财政局和电力公司的房屋墙体破损严重，裂开了伸得进拳头的大裂缝。两栋隔街相邻的大楼向同一个方向倾斜，记者小跑着冲了过去。

接下来的地段，是食品公司和百货公司，而今，已经完全成为废墟。

记者往高约 4 米的废墟上攀爬，突然，隐隐听见脚下传来呼

救声。

一条黄色的小狗，一动不动地蹲在一块预制板下。记者俯身探头望去，狗轻轻地对着记者叫出声，随后，听见小狗的下方传来一位老太婆微弱的“救命”声。

“下面有人，在叫救命，快来!”记者大声呼叫。附近的武警官兵循声到达，展开救援。因为预制板过于沉重，救援显得异常艰难。

记者继续前行，突然，在一片断裂的窗棂和水泥圈梁下，发现了一名中年男子。

记者靠近后，对方示意想喝水。担心对方内脏受损，饮水会引发问题，记者只让他喝了一点点，润润干枯得快裂口的嘴唇。

随后，记者找来救援人员，实施救援。

类似情形，并不罕见。救援者到处呼唤，希望能得到幸存者的回应。每当听见呼救声，大家便停下来，辨别地点后，告诫对方保存体力，随后请来专业救援人员施救。

发现幸存男子的附近，记者看见法官余新春，他腿受伤严重，但神志清醒。

他告诉记者，地震发生时，自己正回家拿东西，接到法院的电话，正迈出门，突然感觉地面剧烈摇晃，一个踉跄摔倒在地，被倒下的墙壁压住腰部，一块大广告牌倒下来，眼前一片漆黑。“这一切来得太快了，完全想不到，更没有做出反应的时间。”

余新春伸手一探，左右各有一人，开始还有体温，不久便变得冰凉，他摸索着，找到根木棍，用力捅开广告牌。

一名路过的小伙子看到了他，把他拖了出来。

余新春担心余震，内心充满恐惧，可双腿疼痛难忍，根本无法动弹，过去的两天里，他独自一人用最大的意志力淋着雨盼望着救兵的到来。

“我最担心的是儿子余红波和儿媳，5 月 10 日，他们结婚，到今天才4天，不知道他们的情况怎么样?”余新春老泪纵横。

在任家坪通往县城的山口，所有的救援车辆都止步了。在这里，向下延伸的公路突然高高隆起，而前面的公路，有的垮塌，有的被山上翻滚的巨石阻断，只留下一条仅能容一人通过的小道。因为下雨，小道异常泥泞。这一段路大约有两公里，即便是徒手通过，也要手脚并用。

吊车等大型施救设备仅能到达位于山腰的北川中学。在这里，吊车伸起重臂，转移消防队员切割开的圈梁和预制板，救援人员手递手地传递砖头和预制板块。

重庆消防救援人员告诉记者，他们第一批200人，昨晚到达北川后，通宵工作，已成功救出不少学生。而今，借助生命探测仪器的帮助，确认还有生存者，他们将竭尽全力施救。

“爸爸，你快来啊，我被救出来了!”刚用记者的手机拨通了父亲的电话，16岁的王静眼眶里转了很久的泪水终于忍不住，夺眶而出。

王静是北川一中的学生。北川一中，是当地最大的一所中学，有3000余名学生。地震发生时，她和同学们正在教室里上课。

感觉到楼在晃动，王静和同学赶紧往外跑，刚跑到门口，5层的教学楼突然垮塌。王静和同学被困在形成的一个狭小空间里，无法动弹，只能不断地呼叫“救命”。

“我们本来是6个人一起的，一个男同学都跑到门口了，为了救一个女同学又跑回去，就没再跑出来。”

“另一个男同学跟我们困在一起，他不断地呕吐，还开着玩笑，说着我们听不懂的话，说着说着，就没了声音。”

回想眼睁睁看着同学在眼前死去的一幕，王静哽咽难语。

接到女儿的电话，王静的父亲终于放下忐忑不安的心。

王静的父亲在重庆打工。13日，他费尽周折赶回绵阳。他的家

在禹里乡，除王静外，王静的母亲、弟弟、爷爷、奶奶都在家中，目前还无法取得联系。

父亲盼望看到女儿，女儿急着见到父亲，但由于路面垮塌严重，救援车辆进出非常不便。救护车呼啸着不停地来回奔跑，先运送危急伤员。王静只能在临时搭建的帐篷前焦灼地等待。

和王静一起等着去绵阳的，还有该校高一的张思琪，她胸前还挂着学校的胸牌。18 岁的张思琪，是学校学生会文艺部长，学校的文艺活跃分子。

地震发生时，张思琪的父母正在老县城车站卖小吃，夫妇俩刚跑出店铺，四层高的售票楼砸了下来。

顷刻间，扬起漫天尘土，很多楼房变成了一片废墟。惊魂稍定，夫妇俩想起在一中上学的唯一女儿。

尽管出县城的道路已面目全非，夫妇俩还是去寻找女儿。平时，早已走惯的这两公里山路，变得异常艰难和漫长。断层、突起，中间还被山上滑落的巨石阻断。

17 时，他们跌跌撞撞地走到任家坪，听说北川一中教学楼垮了。面对化为废墟的教学楼，张思琪的父亲腿脚一软，当场就跪下了。

“当时想，我们女子完了！”张思琪的母亲、40 岁的熊玉华说。

13 日清晨，在学校操场上度过了一个不眠之夜后，不甘心的母亲围着废墟不断地呼唤女儿。

重庆消防官兵动用大型起吊机，发出巨大声响，也许是母女心有灵犀，下午，张思琪居然听到了母亲的呼唤，发出了回应。

14 日凌晨 2 时，躲在桌子下逃过劫难的张思琪终于获救，与守候在外多时的母亲拥抱在一起，喜极而泣。

“非常感谢消防官兵，没有他们，就没有我们一家的团聚！”熊玉华由衷地说。

一直以来，张思琪的梦想是当兵，这次灾难遭遇，让她更坚定了自己的信念。“当我被埋在泥土下时，就一直想，解放军叔叔会来救我们的！”

“还有什么比救出一条生命更伟大的呢？我会好好学习，长大后当兵，如果有类似事故，我一定第一时间出发。但我更希望，再也没有这样的事情！”

张思琪说，同班同学中，我亲眼看着袁媛、刘小娟、杨松林、贾强等被救出。“请您在报道中写下他们的名字，让他们的爸爸妈妈知道他们的好消息！”

16 日 19 时，武警水电三总队的官兵冒着滚石、泥石流袭击的危险，昼夜不停地朝茂县一路抢通。

经过 90 多个小时的艰苦奋战，他们终于与对面的施工人员会师。

20 日 19 时 30 分，汶、茂公路打通。

至此，大部队进入茂县救援，成为可能。

三、最勇敢又不规范的手术

13 日下午，在渔子溪村民搭起的窝棚里，漩口中学的一名高三女生被救出，她的背部有一条 10 厘米长的大伤口，深得吓人，已经没血流了。

傍晚，下了一天一夜的雨仍在下，成都武警指挥学院的官兵乘冲锋舟，爬山，突进到了映秀渔子溪。

一位武警学员怕女生伤口感染，又找不到药品治伤。不知他从哪里找到一根锁针，也不知采用什么方法把锁针掰断了，用针尖部分做成了一根“手术针”，准备给女生缝伤口。

当时找不到线，就拔了恰好也在这个窝棚里的叶尚敏头发当线。

叶尚敏的头发齐腰长，约有60厘米。

武警一针一针地缝伤口，没有麻药，锁针和头发也没法消毒，女生痛得不停地惨叫。

每缝一针，女生就惨叫一声，叫得人毛骨悚然。

武警让她莫叫，一叫没法继续缝，还会把缝好的地方挣开。

几个女同学赶紧找来被子，让女生咬住被子，叫不出声来。不知缝了多少针，总算缝好了。

谢天谢地，第二天，雨停了，天放晴，直升机飞进了映秀，女生被送走了。

做“手术”的武警学员，也仅仅只有17岁，这恐怕是一例最勇敢、最不规范的手术了。

缺医少药，没办法。

四、杨云芬

邻居抱着杨云芬的外孙女都雯欣，雯欣哭着喊救妈妈、救奶奶。都雯欣只有一岁半，说话还不清晰。她双手死死抓住抱她的肩膀，泪水、鼻涕满脸。

52岁的杨云芬，是马尔康县卫生保健所医生，去年刚离岗。12日，山摇地动，映秀一瞬间就碎了。

夹在香樟坡与五台山之间的峡谷上，一栋5层高的家属楼被轻而易举地撕开，一半垮塌，一半倾斜欲坠。17个交警，跑出来9人，有8人埋在了里面。

这栋楼是阿坝州交警支队直属大队办公兼宿舍楼。杨云芬和老伴严富林搬到这里，是为了照顾外孙女雯欣，也帮女儿严蓉料理家务。

但是此时，原来的一家人，杨云芬被压在碎石之下，严富林去了；严蓉，映秀小学的老师，为了救13个孩子，也遇难了。

第一个发现杨云芬的，是直属大队的一位马姓民警。地震刚过，他跑到楼下，趴在废墟上大喊，“里面有没有人?”

很快，他听出了一个声音，正是杨云芬。

此时，映秀交通中断，几乎与世隔绝。

幸存者很快投入到自救中。掀开一堆堆的瓦砾，万红钻到离杨云芬有一米远的地方，姨妈被压的髋部以下不能活动，下肢还在流血。不过，头、肩、上肢尚活动自如。

万红上次见到姨妈，是地震三天前。在万红眼中，姨妈是个容易接近的老人。每逢节假日，万红第一个就想去姨妈家，因为姨妈不仅做得一手好菜，还能谈些社会上的热点。上次晚饭后，他和姨妈谈起了奥运圣火的传递。

杨云芬说，圣火6月18日到都江堰，她很想摸摸火炬，哪怕只看看圣火的样子。

“姨妈，你别着急，我们一定会救你出来的!”万红说。

“嗯！我一定坚持下去。”

“雯欣已经安全了，你要活下来!”万红此时已得知小雯欣得救了，而且无明显受伤。

“就是为了雯欣，我也要坚持下去!”

杨云芬一边喝着万红送进去的牛奶，一边和万红说话。姨妈精神状态很好，认为自己肯定不会死。

第三天下午，专业救援队突进到映秀镇。救援人员，三班轮流上阵，抢救杨云芬。

然而，坍塌大楼的废墟结构异常复杂。掉落的水泥板和混凝土大梁横七竖八，即使有空间，也被砖块和泥沙填满，严重倾斜的楼墙正好挡在逃生方向上。这种局面不但让被困者命悬一线，救援者也面临巨大的威胁。

救援设了三个观察哨，时刻盯住周边的水平信号标。一有不妙，立即暂时撤离。即便如此，四批消防官兵和武警战士，尝试了一段时间，都没救出杨云芬。

得知救援条件恶劣，而且威胁救援者的生命，杨云芬开始不住地流泪。流血的下肢无法止血，但她意志坚强，活下来的欲望尤其强烈。每一次救援失败，总让她泪流满面，之后，她不停地鼓励救援者："你们加油，我也配合你们。"

15 日，救援人员还在一点一点靠近杨云芬。

上午 9 时 40 分，被巨大疼痛折磨得精疲力竭的杨云芬，突然对女医生说，"你们别管我了，这里危险，你们去救别人！"女医生不相信："我们不会放弃你。"

就在女医生继续安慰杨云芬时，眼前的一幕让她惊呆了。

杨云芬右手紧握一块尖长的玻璃片，朝自己左手腕部用劲一划，血从腕部流出来。女医生见状，拼命伸手要抓住她的手，但总是够不着。

"奶奶，你不要啊，不要啊！"女医生叫到。

杨云芬又划开了右手腕的静脉。眼前，一片红色。

趴在一旁的女医生号啕大哭。泪眼中，她又眼睁睁地看着杨云芬，吃力地吞下了自己的金戒指。

"救奶奶，救妈妈……"

尖叫的哭声震颤着现场的每个人。抱着雯欣的邻居脸贴脸地安慰着她。哗哗滴下的泪水，分不清是雯欣的，还是她的。

又一次余震袭来。慢慢地，杨云芬低下了头。废墟外，小雯欣在撕心裂肺地大喊，"救妈妈，救奶奶！"在场的所有人都失声痛哭。

一旁的记者眼泪情不自禁地涌出来，她向哭叫着、挣扎着的雯欣衣兜里塞了两张红色的人民币。

万红回忆，杨云芬格外乐意照顾小孩。在直属大队，她除了照顾雯欣，还经常帮其他上班民警带小孩。

20日下午，记者与雯欣的爸爸都鹏祥通了电话，他说，小雯欣已到他身边。

五、入川咽喉抢修

24日上午9时许，宝成铁路109隧道恢复通车。

作为西北通往西南铁路运输大动脉的重要节点，109隧道在地震中遭到严重损害，成为抗震救灾中举国关注的重点，抢险过程中，铁道部副部长、抢险总指挥卢春房，率领5100多名铁路职工、武警、公安、解放军官兵在这里连续抢险12天。

卢春房：九点多钟，我还是非常不踏实，列车没出洞，我心里一直悬着。当天，我安排有一个失误，就是河道的清理还在作业。河道清理到隧道北口附近，机械破碎那些大石头，声音非常大，"咚咚"一响，我以为隧道里又塌方了，有两次，吓得我胆战心惊。

如果这时109隧道说抢通了，全国人民都在关注，国务院领导也去了，再塌了方，难辞其咎，没法交代，那我可要跳嘉陵江的。

9时53分，满载救灾物资的列车顺利通过109隧道，驶往四川地震灾区。

大家群情激奋，卢春房和在场的人激动得掉眼泪了。

12日14时28分，汶川地震造成宝成铁路沿线多处山体崩塌，嘉陵江堵塞。正在行驶的21043次列车脱轨，阻隔在109隧道里，12节车厢装载的530吨航空煤油起火燃烧。

灾情报到铁道部。

3时50分，卢春房接到部长刘志军的电话，任命他为109隧道抢险救灾总指挥。4时10分，卢春房出发。

卢春房：在去机场的路上，我就在构思，如果油罐车全着了，

是什么情况，如果一部分着了或者是没有明火，会是什么情况，我在做最坏的打算，油罐车全起火了。

在飞机上，我们列了一个单子，包括需要的机具、材料，抢险的人员。一下飞机，立即交给西安局的同志，请他们找部队和地方进行协调。

油罐车起火，产生大量浓烟。当地政府为了预防油罐车爆炸造成伤亡，紧急疏散了附近1400多名居民。

13日凌晨，卢春房赶到隧道北口进行调查，从北口看南口，熊熊大火仍在燃烧。中间蓬洞口，浓烟滚滚，塌方体隐隐约约。

需要有人进去，把里边的情况探测清楚。

西安铁路局马蹄湾桥务车间主任柴桦林，冒着油罐车随时爆炸的危险从隧道北洞口进入隧道200多米，他发现列车在隧道内脱轨，同时还听到油罐车不断爆燃的声音。

指挥部确定了灭火、降温、起复、修复“四步走”的抢险方案。

卢春房：制定的方案，每一步需要解决几个问题，由哪个队伍来实施，写得明明白白，唯独没有写时间，根据过去的经验和灭火专家的意见，需要的时间非常长。隧道里，到底是什么情况不清楚，余震会造成多大的塌方，也不清楚，写长了，那不是我的心愿，写短了，真是没把握。

13日下午，隧道灭火。抢险人员用2万条沙袋和300多条湿棉被堵住隧道北口和几十个通风口。通风口附近，温度高，浓烟大，抢险人员启用了防化部队提供的防毒面具。

卢春房：隧道里在燃烧，有一种气浪向外推，它的边墙上有一些小的孔洞，我们把这些小孔洞封上，隔绝氧气。封孔洞是很危险的，既有有害气体，又有气浪，气浪把人能打出去。有一次刚刚封堵了一个，一股气浪过来，把被子一下打了好远，把抢险部队的连长打得满脸是油，受了伤。当时判断，爆炸的可能性非常大，没让很多人上去，以免人员伤亡。

从14日到16日上午，抢险的大型水泵从12台增加到24台，6台消防车24小时不间断向隧道里注水。

2万立方的隧道内灌注了9万立方嘉陵江水，可是，水没从隧道口流出，隧道内的温度也没有明显的下降。

卢春房：我非常怀疑注水效果。我们跟部队工化处的同志商量，戴上防毒面具，从边墙上的孔洞进入，去查勘一下水注到哪儿去了。参谋朱元波，外表看起来很秀气，实际上非常勇敢，他进去了。里边的能见度1米，戴着防毒面具，穿上隔热服，他从南口测温度，能测两百度的温度计爆了。

情况探明，明火熄灭了，隧道里没有水。

几万方水，哪儿去了？由于地震，隧道下面造成一些裂缝，水渗着走了。原来修隧道时，下边也有一些裂缝空隙，把水流走了。这个注水，没有效果。

白白浪费了三天的宝贵时间，消耗了人财物力。

16日上午，抢险指挥部的专家和各路负责人出现了激烈争论。争论的焦点：油罐车里，到底还有没有燃油，只要有油，就有爆炸的危险。

讨论中，大家都认为，油罐车里仍然有大量航空煤油没有燃烧。

凭着多年铁路抢险经验，卢春房判断，经过几天的燃烧，低燃点的航空煤油完全可能燃烧干净。

卢春房：我们到现场时，一些老乡和西安局的职工听到了几声闷响。我们分析，应该是油罐车爆炸。只要开了口，油罐里的油应该放光了，这是判断燃烧完的依据。

卢春房反复观察隧道口冒出来的烟尘，还爬上隧道上方通风口，去闻冒烟的气味。

卢春房：我想把北口打开，用通风机把烟气向南排，如果中间

还有火星，油罐车在最南端，它不是更安全吗？

16 日下午，把北边的风堵墙打开了一个口，装上通风机，进行排烟。里边浓度非常高，排出来的，还有一些火星，虽然没有明火，暗火还是有的，把注水降温，改成一边通风，一边喷水降温。

17 日，通过排风，从蓬洞上方浇水降温，人就开始进去了。

傍晚，我们请了一些专家，进去能走几节算几节，看看油罐车有没有油，出来的消息吓了一跳，说从南向北一二三号油罐车，没有油了，第四号油罐车，肯定有油。

一位专家拉着卢春房的胳膊，希望他下令停止作业，把隧道重新封堵。同时，也有一些同志提出调整方案的建议：一是注射泡沫，把油罐车覆盖；二是赶快停止通风机排风，防止死灰复燃。

隧道里注射泡沫，需要量太大了，附近不可能有那么多。

卢春房跟一些同志坚持原来的判断，坚持原有方案。

当然也做了一些防范措施，16 日下午，北口通风时，南口的人员都离得远远的，防止爆炸，避免人员伤亡。

卢春房非常理解专家出于安全、稳妥的考虑，给出的种种建议，他在吸收合理建议的基础上，也把自己的判断依据与大家沟通。经过反复分析大火燃烧的时间、火势和能量消耗等方面的情况，他决定继续通风降温，加快抢险进程。

卢春房：当时面临非常艰难的抉择，不早日打通它，对不起灾区的人民，职责所在，也应该早日把它打通。这个判断，不冒风险是不可能的。

17 日，消防官兵进入隧道，对 12 节油罐车全部喷水降温；18 日，第一辆油罐车被拖出隧道。

20 日 11 时 42 分，12 节油罐车全被拖出。对油罐车进行检查，没有任何残存油料，虚惊一场。

正确的判断和果断决策，为宝成铁路提前打通赢得了时间。

六、禹里乡陈国兴

14 日下午，派往各村了解灾情的干部基本回来了。

灾情是严重的，全乡 14500 人，4300 户，死亡 76 人，重伤 128 人，真让人揪心。

电话不通，通往各村的道路中断，通向县城的道路被山体滑坡掩埋。

缺医少药，伤员的医治也让陈国兴心碎。

乡医院被夷为平地，好在医护人员损失不大，医治伤员的药品和器械都是从废墟中挖出的。

昨天晚上，学校受重伤的那名学生肋骨被压断两根，腿部受伤，医护人员唯一的办法，只是给他输液，眼睁睁地看着他死去。

乡上受伤的人员被安置在乡政府前面的绿化草坪上。其中有一个武警，转业后分配在乡林场工作，他的腿杆从膝盖以下被砸烂了。他喊："陈书记呀，陈书记，我今晚不得过呀。"

陈国兴用手去摸他的脚，看伤在哪个地方，一摸，是软的，整个裤子里面骨头都是碎的。

包扎止血时，医生用布缠，止不住，又用铁丝，用咬牙钳拧，都止不住血。

下半夜四点多，他说："我抽支烟……"

与他一起转业的战友，点燃烟后递给他。

他一边抽烟一边说："今晚肯定过不去了。"

抽完烟不到 20 分钟，他就咽气了。

昨天晚上乡政府坝前的草坪上，死一个抬出去一个，到天明时抬出去 11 个。

陈国兴眼见抬出去的有四个。

缺医少药，伤员无法救治，这样等不是办法。

去报灾的副乡长和李家友没有信息。

陈国兴决定，再派人去北川县上报告求援。

陈国兴写了一张灾情便条，决定派清凉村的支部书记刘秉云去北川县上报灾求援。

将便条交给刘秉云时，陈国兴紧盯着刘秉云，语重心长地说："不管多大困难，你要尽快赶到北川县上，请来救援，这是任务。"

陈国兴一滴男子汉的眼泪滴在了便条上。

刘秉云走后，陈国兴与乡长、副书记一起商量，这些遗体必须尽快处理，他们组织了一个11人的遗体安埋小组，由民政办公室的同志对每一具遗体做登记。凡是能动员家属领回去的，都领回去了。没有家属的，或者路断了的，就组织安埋组在乡政府后面挖坑埋下去，全部是软埋。有一个坑埋了三个，他们是外来打工的，起初不知道他们的身份。

凡是知道身份的，坟前就插个小牌子，叫什么名字，是男是女，以便于以后其家属去认领。

第二十五章 不辱使命的记者

一、王建华 孙闻

地震发生那一刻，新华社摄影部中断正在进行的会议，紧急安排记者兵分三路赶赴前线。

当时，王建华正在北京世纪坛采访文化部的一个活动。接到奔赴灾区的任务，他紧急回到办公室。

17 时 10 分，他从社里出发，前往南苑机场。时间紧迫，除了随身的相机和电脑外，他只到车上抄了一件厚外套。

每天必用的隐形眼镜护理液都没来得及带。在突发的灾难面前，作为记者，就是要最快地到达报道现场。

王建华和李明放、孙闻、田雨赶到南苑机场，已经知道首都机场飞往成都的班机暂停。谁能登上国家救援队的专机，谁就成为第一批抵达灾区的记者。北京的各大媒体记者云集南苑机场，都想坐上这架飞机。

人熟是一宝，孙闻长期在地震局跑口，建立了良好关系，他们见机行事，四人顺利地登上载满救援人员和搜救设备的军用运输机。

飞机起飞前，王建华把这个消息告诉了采访室主任陈树根。

老陈兴奋地说："好样的。"几分钟前，他还被"有关方面"告知：你们的摄影记者不能登机。

19时35分，在徐徐降下的夜幕中，缓缓起飞的伊尔—76发出巨大的轰鸣声。王建华和李明放坐在飞机的尾部，面对面说话，却听不到对方的声音。

22时33分，救援队抵达成都。一下飞机，王建华又给陈树根打电话。陈树根指示他们紧跟救援队。这是最后一次和"家"里通话。

13日早上，不断有遇难学生的遗体从废墟里被挖出来。按照当地的风俗，学生的遗体被家长认领后，现场就会响起一串鞭炮声。那一天，不管在现场采访，还是在车里休息，一听到鞭炮声响起，王建华的心就仿佛被狠狠地揪了一下。

为了方便救援，官兵在现场组成两道围墙，围墙的尽头分成一个岔口：一边是等待的救护车，一边是遇难者登记的地方。每当有学生被挖出来，医生将根据生命的特征作出判断。

王建华和田雨呆呆地看着这道生命的分界线，默默地数着，有多少个学生被挖出来。令人遗憾的是，通向救护车那条岔路的，很少很少。

13日晚，国家救援队冒雨赶往绵竹市汉旺镇，王建华他们四人随队紧跟。

东汽高中是一座受灾严重的学校，几十具遇难学生的遗体在操场上排开，有的被领走，又有新的被拉来，家长的哀号之声让人心胆俱裂。

14日，救援人员从废墟中救出李春阳，又以最快的速度把他送上救护车，母亲岳天云关切地望着儿子。从地震发生后，她就一直守候在中学。

东汽高中是省重点中学，在地震中，教学楼倒塌，200多名学生被埋。

广东边防官兵经过努力，在废墟中救出 42 名学生，挖出尸体 100 多具。

王建华刚刚钻出军车，就听到操场上有啜泣声传来。一名男子正紧紧搂着伤心欲绝的妻子，他们是遇难学生陈竹的父母。陈竹的母亲几次哭得昏厥过去，又被丈夫掐人中救醒；救醒又哭，哭完又昏倒。

时间稍晚，越来越多的家长聚集到广场上。忽然看见一名女子在另外两名女子的搀扶下踉跄而来，在一具尸体前停住，泣不成声。她呼喊着：我要看，我要看。但是掀开那块塑料布，只看了一眼，她就昏了过去。

突然，强烈的余震来袭，摇摇欲坠的楼房簌簌作响，一些本已松动的瓦砾砖块噼啪落下，受惊吓的人群迅速向广场的中央集中。

一位正在处理孩子遗体的女子情绪失控，她不停地哭诉着：老天爷啊，给我们留条活路吧。

王建华拍这些照片时，一直强忍着泪水。面对这样一场灾难，生命是多么得脆弱。

14 日，新华社播发图文互动稿件，报道了谭千秋的事迹。事迹发现的背后，还有一段小故事。

13 日深夜，刚刚抵达汉旺镇，孙闻、田雨和王建华迫不及待地跳下军车，了解情况。这时，几个人抬着担架跑过来找救护车。赶到汉旺后拍到的第一张照片就是一名幸存者，心里很是欣慰。

获救的高二学生叫刘红丽。讯问她获救原因时，一个感人的事呈现了出来。

刘红丽的舅舅告诉记者说，地震发生那一刻，她的高中老师张开双臂，把自己的身体护在学生的上面。老人并不知道老师的名字，只说是位政治老师。目送这位老人在雨中离去，还听见老人嘴里不

停地念叨着："好人哪，好人哪！"

没想到第二天早晨，他们竟在操场上"找"到了这位"好人"，只是此时，他平静地躺在一块白布下面，一旁是伤心欲绝的妻子。张关蓉不知道丈夫在生命的最后一刻张开双臂，为身下的四个孩子赢得一线生机。

二、金小明

14 日上午，新华社抗震救灾前方指挥部在成都成立，副总编辑彭树杰担任总指挥，金小明任副总指挥。

当电脑上的文字突然跳动起来，金小明的身子突然滑向地面，书橱的书、桌上的水瓶、饮水机、大花盆突然像着了魔一样，纷纷倒地。

金小明死死抓住门框，身体像自鸣钟钟摆一样荡来荡去。抬头一望，一双眼睛正盯着他，两手死死地抓着门框，是陈伟，眼睛里满是惶惑但没有惊恐。

楼道里一片死寂，只有嘎吱、嘎吱的声音，平添令人怂然的惊惧，这是大楼剧烈摇晃中的喘息。

金小明从楼道窗户向下一望，满街是奔跑的惊恐人群。

"地震了，陈伟快拿相机。"

没声音，没人影。大约六七分钟后，大楼停止了摇摆和喘息，金小明快步冲进摄影室，陈伟正在往总社发照片："成都发生地震，震中目前不明"。此时距地震发生仅 21 分钟。

陈伟发完照片，抬起头来，金小明注意到他满脸闪烁的得意之色与近视眼镜片交相辉映，似乎捡到一个金娃娃。

"真快！"

"嘿！嘿！"

也许，他觉得这张照片的价值，超越了生与死的意识时空。

晚8时左右，各地的伤亡数字逐渐报了上来，正在省委开会的刘欣欣迅速将这一情况用电话告诉金小明。

手机信号不好，好不容易才听清他说："北川伤亡2000多，是最多的，其次是绵竹…"

一股大难来临的恐惧油然自心底涌出，金小明全身透出深深的寒意。

除了省救灾办和地震局分别派记者把守外，他们把所有记者分成3支小分队。分社的越野车和海事卫星电话配给了赴北川的这一支，人员也多，有4名记者，其余两支队伍一路赴绵竹，一路赴平武。

"各位兄弟，我们只有这条件，拜托你们到现场相机行事，自想办法，但有一个要求，尽最大可能，在第一时间发稿。"金小明对大家说。

当然，从交通工具上也最难为这两支人马了，去绵竹的，有一台既漏水又常灭火的老帕萨特。去平武这一路，丛峰和江毅搭乘省广电局的车，而他们还肩负着寻找进入汶川通道的任务。

午夜来临之前，各支人马都已上路，金小明的心，终于放下来，旋即又揪起来，小分队一出去就如泥牛入海，一切通讯都断了，唯一能做的就是等待。

窗外灯火阑珊，楼内气氛如炽，每个人都在紧张地工作。

凌晨3时许，焦急等待中，终于等来小分队打来的卫星电话，小余兴奋地记下来稿：

新华社成都5月13日电，（冯昌勇　余晓洁）凌晨2时50分，记者驱车进入绵竹市，整个城市一片漆黑死寂。

借助汽车灯光，看到街道两旁很多建筑物倒塌。其中有一条道路，被倒塌的水利局楼房隔断了，记者只能绕道而行。

汽车行至祥和广场，这里聚集了很多居民。

居民们情绪很激动，他们从中午以后就没有吃饭，又冷又饿。矿泉水一度卖7块钱一瓶，现在根本买不到。

居民们反映，祥和广场上有数千死者和伤者，希望有人带水和食品来，处理死者和救助伤者。

此稿紧急传至总社，这是来自汶川大地震伤亡最惨重的三个城镇——北川、绵竹和映秀的第一篇现场报道。

5时过，北川的现场报道也来了。

“4时10分许，记者乘坐的越野车，停靠在公路边。在伸手不见五指的夜色中，突然感觉车体剧烈晃动，从后方几百米处，传来轰轰声，接着是重物坠地的巨响。车辆刚经过的路段，山体再次垮塌。”

“北川老县城被塌方的巨大山体全部掩埋，新县城大部分被毁，伤亡惨重……”

突进震中汶川，军地指挥部着急，救援官兵着急，记者也在做着种种努力。

13日一大早，派出一位摄影记者在凤凰山机场守候，试图搭乘陆航团的直升机进去，结果因风大雨急，没能起飞。

“我们去吧。”陈伟主动请缨，声音轻轻的，黑黝黝的圆脸上浸润着密匝匝的汗珠，宽边眼镜后面闪着真诚的亮光。

“我也去吧。”谢佼憨憨地笑笑。小伙子6月7日就要举办婚礼，这段时间一直沉浸在筹备的喜悦中。

徒步要尽量减少装备，但笔记本电脑和海事卫星电话是必不可少的，幸好总社技术局支援分社的同志到了，海事卫星电话解决了。

技术局的小伙子李彤身体棒棒的。

“怎么样，跟他们走一趟”金小明说。

“没问题!”李彤回答得挺干脆。

14 时，这支小分队出发了，汶川方面依然杳无音讯，他们是进入地震核心区的唯一希望。

晚上大约七八点钟，陈伟的电话来了，“我们没有成功，准备返回成都”。这真是当头一瓢冰水。常言道，希望多大，失望就多大。

实际上，就差一步，原来当他们准备翻越都汶公路山体滑坡时，现场的施工人员阻止了他们。这片滑坡上有飞石翻滚，下有岷江滔滔，随便被滚下的一块石头碰一下，便将尸骨无存。在施工人员的指引下，他们步行两个多小时，绕过大片塌方，终于在下午五点多抵达都江堰与汶川交界的紫坪铺大坝，算是踏上了汶川地界。

坝下，解放军和武警正利用冲锋舟，试图从水路进入震源地映秀镇。

费了九牛二虎之力，解放军愿意搭载他们，结果，天公不作美，水面上突起大雾，下起了暴雨，行动取消了。

陈伟说：“当时我们表示，愿意立下生死状，但军方还是不答应，唉，就差这一步。”

他们非常沮丧，但并没有放弃，端详着陈伟既疲惫又困惑的眼睛，金小明只能给他们打气：“明天一早，继续试。”此时已是 14 日凌晨 2 时，他们只能打个盹。

凌晨 5 时，这支小分队又出发了。他们碰上了总社的徐博，4 人搭上解放军的冲锋舟，又像壁虎一样在滑坡上爬了几个小时，终于徒步爬进了映秀，他们成了第一支登陆映秀的媒体记者。

14 日 11 时 39 分，他们发回了第一张登陆汶川的新闻图片，“汶川映秀镇，伤亡惨重，急待救援”。

三、赵亚辉

14 日清晨，记者赵亚辉驱车到达绵竹。这是德阳下属的一个县级市。

市区路口的一片草坪上，搭起很多简易的帐篷。这是一个较大的灾民营。

赵亚辉下车采访，遇到了 3 个刚从山里走出来的灾民，领头的是 40 岁的王松。

王松哭着告诉亚辉，他们是清平乡王村的村民。四个人出来报信求救，有一个人在路上被滚石砸死了。他们 3 人连滚带爬 8 个小时，才走出来。一路全是滑坡和塌方，有些地方形成了堰塞湖，游泳才能过来。乡里和村里的房子基本都倒了，伤亡惨重，群众被困在山里，急需救援。

对于这个情况，赵亚辉立刻与报社联系，紧急发了内参。

赵亚辉上车，继续向汉旺赶。救援车川流不息，沿途的民房要么完全垮塌，要么出现很大裂缝。路边，到处是受灾遇难的群众。

在一处民房的废墟上，一个老人正在奋力地清理着。残留的门牌号码显示是绵竹市五都街。一个年轻的妇女跑出来告诉赵亚辉：她丈夫就埋在废墟里。

地震时，她在院子里，丈夫在屋里没有跑出来，房子塌了，已经被埋一天半了。不断听到丈夫的呼救，但清理不出来，需要大型的工具。

这时，马路上开过来一辆吊车。

那妇女和母亲立刻冲上去，死死拦住。

吊车司机说：“前面学校里埋了很多人，需要去救。”意思是不愿停下。

那妇女和母亲“扑通”跪在了吊车前面，泪流满面地哀求道：“你不能走，我们这里埋了好几个人，也需要救啊，求求您……”

看到这种场面，赵亚辉的心真的要碎了。

地震灾难，来得太突然了。

灾难也太大了，大到现场的救援人员、设备太不够了。

到达汉旺镇，这里的场面更让人心碎。倒塌的房屋连绵成片，有居民区、有学校、有汽轮机厂的办公区，几乎没有一堵墙是完整的，甚至看不到原来建筑的痕迹。

汉旺在哭泣，幸存的生命在哭喊。

很多人被埋在废墟下，用手扒出来的只是一小部分，要救出压埋比较深的人，手扒是无效的。人再多，手再多，也无能为力。必须有工具，必须有剪断钢筋的剪子、能够撑开楼板的扩张器，还必须有大型的起吊设备。

高楼大厦是一种社会文明，但一旦突然倒塌，将是令人麻烦的灾难。

四、丛峰　江毅

13日凌晨3时许，丛峰和江毅乘坐省广电局的车辆，向北川进发。

去北川的道路破坏得很严重，滚落的巨石像房屋一样大，被砸坏的汽车扔在路上没人管。车行路上，可以听见“哗哗”的声音，起初，还以为是水声，后来才发现是落石。

凌晨5时许，在距县城10余公里的地方，他们被警察拦下来。要进入北川，必须有绵阳市指挥部的“路条”。他们又拼命地往绵阳赶，幸亏省广电局的副局长直接找到绵阳市广电局，顺利拿到了“路条”。

凌晨6时许，通往北川公路上的最后一处滑坡，终于被打通一个口子。可是，警察却让车子在四五公里外的地方排队等候，急得大家团团转。

一列武警车队风驰而来，丛峰赶紧对司机说："快，打开应急灯，跟上去。"就这样，他们"混"进了北川。

汽车只能开到距县城两公里的曲山镇。曲山镇损失严重，但由于当时的目标是汶川，他们无心恋战，背起电脑，拿起水，徒步往北川县城进发。

经过艰难徒步，7时许，他们终于到达北川县城。虽然心理上有所准备，可他们还是被眼前的景象惊呆了：公路扭成麻花状，县城被夷为平地，一片狼藉，到处冒着黑烟，被砸扁的汽车随处可见。更可怕的是，每一处废墟下，都埋着随时可能被死神夺走的生命。

经北川到汶川，已成了不可能的事。此时的北川，没有道路可言。沿着河沟是山坡滑坡造成的乱石堆，到处都是向外逃离的灾民，以及刚刚抵达的救援人员。

救援也没有什么统一的组织，各队带头的大喊一声："三台县的，到这儿集合""华西的，到这边"。然后，就各自散开寻找废墟救人。

整整一个上午，他们就在各个废墟中跑来跑去，采访、拍照，搭手帮忙。

中午11时许，天又开始下雨，加上余震不断，滑坡随时可能发生，而北川正处谷底，是最危险的地方。到他们离开时，已如同灾民，衣服可以拧出水，浑身上下黄泥斑斑，一双球鞋近乎报废。左前脚，鞋底与鞋帮脱胶张开了大嘴。倒也对称，右后脚，鞋帮与鞋底脱胶，俨然成了呱嗒板。

由于没有海事卫星，他们必须返回有网络信号的绵阳发稿。

他们冒雨离开北川。此时，距大地震已近24小时。虽然未能到达汶川，但他们完成了向前采访到最前线的使命。

汶川去不成，可还有许多因为交通中断，而无法进入的孤岛灾区。那里同样需要他们。

14 日，他们选择了媒体尚未来得及关注的平武县。

由于临时接到其他采访任务，从绵阳出发时已是 16 时。好在天气好转，太阳还很大，大家一致决定：走，走到哪算哪。

途经江油时，看到花红草绿的李白故居，同行的两位总社对外部记者惦记上了，什么时候写写这里。没想到，4 天后的一次余震中，这幢著名古建筑部分垮塌了。

20 时，记者到达平武县南坝镇 7 公里外名叫“金字牌”的地方。道路塌陷，车辆无法行驶。

没有手电，也没有头盔，他们决定弃车徒步。借着月光，勉强能看清脚下的路。

这段路，已经不能算是“路”了，每隔十几米就有塌方，一些房屋大小的巨石从天而降，砸出一个个巨坑。昔日平整的水泥路面，到处都是裂缝，宽的地方有 40 多厘米。路面也变成了斜的，人走在上面，一会儿感到向左偏，一会儿感到向右偏。

更恐怖的是，整个世界静悄悄的，路边所有的房屋都是黑洞洞的，没有一丝亮光，没一点人气。走不多远，就可以见到覆满尘土的汽车，有的被巨石砸中，有的完好无损，扔在那里没人管。

当时，这些汽车可能正在送货，或者正在旅游途中，突如其来的地震让司机弃车而逃。是否逃离了厄运，没人知道。

一辆帕萨特轿车，从后面看什么事没有。可走到前面才发现，驾驶位置的前窗被石头砸破一个大洞。丛峰下意识地凑过去，想看看里面有没有遗体。江毅大声喝止说：“你敢看，看到了还不吓死你。”终于，黑洞洞产生的巨大恐惧，让他放弃了看一看车内的勇气。

恐惧还在继续，山上不时传来碎石滑落的声音。碎石还好，如果是一次大滑坡，就惨了。

一路上，丛峰和江毅无论谁听到落石声，都马上互相提醒：快跑！

连跑带吓地走了约 3 公里，他们再也无法前行了。道路已彻底崩塌，扭曲着翻下河谷，留下深达数米的巨大裂缝。此路不通。

第二十六章 抗震救灾，众志成城

18 日下午，在中国地震局召开抗震救灾总指挥部会议。汶川地震，综合各方数据，震级修定为 8.0 级。根据灾情，确定在总指挥部下属的 8 个专业组基础上，增加水利组，负责地震形成堰塞湖的监测、治理等。

会议确定，对灾区群众三个月内，每人每天特供一斤粮、十元钱。对死难者，每人发放 5000 元的抚恤金。

同时，会议还确定，伤员调出外省进行治疗。对于受灾无校可读的学生，就近安置到邻省就读。

会议批准教育部的报告，成都、绵阳、德阳、广元、雅安、阿坝州六个重灾市的 40 个县（市），延期举行一年一度的高考。

这天 16 时，抗震救灾的医疗队伍已覆盖灾区的每个县乡（镇）。

一、虞锦华

让人振奋的是，8 时 10 分，在震中映秀镇，经过多方努力，山东消防官兵成功救出被埋近 150 小时的虞锦华。

在成都军区总医院，虞锦华接受了采访。

虞锦华是映秀湾水力发电总厂水电车间的总值班，44 岁。

虞锦华：当时，我正在四楼会议室开会，办公室有六个人。

大楼开始摇，马元江最先喊“地震了”。大家拉开门，迅速向外跑。最初想，是不是摇两下就算了。

我跑得没他们快，还把包背起来了。我的电脑是摆在桌子上的，跑到楼梯口，因为地太簸了，背的包就掉了，高处的东西开始掉。楼梯上，已经看不见人。他们已经跑下去了。

我扶着楼梯栏杆，跑到四楼和三楼间，地摇得我一下就坐到了楼梯上。抬头一看，梁砸下来了。两只手把头抱住，结果我的脚被砸了，一声惨叫：我被压到了，哪个人来救我？

过了一会儿，我听到马元江的声音，他说我在你下面，我也被砸住了。后来，陆陆续续听到李科、牟玉雷、李平华、龙建礼的声音。他们离我比较远。

映秀湾电厂的办公大楼有九层，震后成为一堆废墟。虞锦华和其他五名职工被埋在废墟中，虞锦华和马元江埋得最深。龙建礼离外面最近，最先自救脱险。

虞锦华：我和马元江两个是没有办法的，我是脚压到了，上身可以移动。我们只有听他们说话。

龙建礼自救后就跑，听到下面的人喊他：“千万不要爬出去再被卡到”，是李科的声音。

余震持续，地一直在摇。

外面的情况，我们是听不到的。我的手机没有多久就没有电了，不晓得时间。

由于埋得很深，虞锦华只能通过废墟里的同事，把她和马元江的情况传递给外面。

虞锦华：我和马元江与外面对不到话，只能摆龙门阵似的说话。

14 日 17 时，李平华被电厂救援队成功救出。

虞锦华：李平华救出去时，我不知道是哪天。我心想都救他了，肯定要救我们。

在漫长的等待中，虞锦华和马元江互相鼓励。

虞锦华：当时口很干，我说出去了，要去买草莓、买樱桃吃。马元江说，请你到水吧，喝龙井茶，喝铁观音。

第三天晚上，我在那儿呻吟，痛得不得了。马元江说，他的手肯定废了。我说，被压住的两只脚没有知觉，可能要废了。

由于埋得很深，救援人员一直找不到虞锦华的准确位置。

虞锦华：救援人员能找到李科、李平华，就应该找到我们，我们有点着急。

我问马元江，旁边的这人抽烟不抽烟，他说“抽烟”。我说我们点火，有烟，看救援人员能不能看到我们。

我想办法，去死人身上翻，摸了半天，把打火机找出来了。

我把工作服脱下来，把手机包起来，我想烧一下，手机电池遇到火，不是要炸嘛。结果，衣服点燃了，手机没炸。

16 日上午 9 时，距地震发生 90 小时，李科被成功救出，废墟里只剩下虞锦华和马元江。

虞锦华：救李科时，我出现幻觉，我说我们都出去了，每天都有人喂你水。马元江说，有人在给我喂牛奶。我把他带进幻觉了。后来，我们说话都没力气了。

救援人员确定了虞锦华的位置，山东消防青岛支队的救援人员先后尝试了四套方案，均因废墟结构复杂而失败，最后决定，在虞锦华头顶侧方的废墟顶部，向下打一个探洞。

探洞打到 5 米，虞锦华听到了救援人员的声音，她紧张的心情开始放松。

虞锦华：由于害怕再睡过去，我和马元江约好，互相叫醒对方。在里面那么长时间了，患难之交，不是能用言语表达出来的。他活

着，对我是一个欣慰，我活着，对他也是一个希望。如果没有他的鼓励，不见得能坚持这么久。

16日下午，救援人员打通了一个8米深的小洞，虞锦华喝上了震后的第一口水，这时距地震发生已经100小时。

虞锦华：把洞打出来，有一个管子像手指这么粗，给我递进来，我不知道瓶子装的是生理盐水，我通过管子吸，两口就喝完了，非常舒服。我还要喝，医生说，不能给你喝了，你只能喝这么多。实际上，那是一瓶生理盐水。

虞锦华希望马元江也能喝到水。

虞锦华：水瓶子每次给我递进来，我就把水往后给他倒，看能不能流点进去，不晓得泼进去他一点都没得到。

为了不让虞锦华陷入昏迷，救援人员一边把小洞扩大，一边保持和虞锦华说话。

一直配合消防救援的志愿者尹春龙说："你们的厂长、员工都在外面等着呢，你不出来，他们一天也不会走的。"

虞锦华说："救出我，你们要快救下面的马元江，他在我的左下方呢。"真是相依为命的铁哥们。

虞锦华：在里面，工作服脱了感觉冷，贾建军（青岛消防支队班长）跟我说他的名字，他一直跟我摆龙门阵。他说认我当姐姐。

他把衣服脱下来，拿给我穿，还给我递了很多毛巾，因为当时我想小便，他说你要垫到下面。后来好长时间，没有给我送水时，担心他们进不来，我就用毛巾把尿接下来喝。

那个毛巾也不知道干净不干净，吮一点算一点吧。我甚至想，肯定洞口垮了，我不晓得多久他们会再进来给我送东西。

感觉有人在救我，就给我很大的信心。地震刚发生，大楼垮下去时，我想，可能要死在里面了。后来有人被救出去，我想，肯定不会死在里面。

18日中午，救援队员终于打通了通道，看清了虞锦华受困的情况。

一根承重大梁牢牢地压住她的双腿。也亏得这根承重大梁，没有它的支撑，虞锦华早被几百吨的废墟压扁成泥了。

如果锯断大梁，废墟就有垮塌的危险。救援队员还发现，一具遇难者遗体堵住了救援通道。救虞锦华，必须先搬走遇难者遗体。

下午6时，挡在虞锦华前面的遗体被运出，救援通道贯通。在这个过程中，虞锦华一直在帮救援人员打手电照明。

虞锦华：我晓得，他们拿绳子捆尸体，外边的人往外拉，喊一二三。尸体拉出后，就把我前面的洞口扩大。

救援医生来到洞底，发现虞锦华的双腿已经感染坏死，如果不马上截肢，可能性命不保。

虞锦华：医生下来，用剪刀把我的衣服全部剪了。截肢时，有一只脚不知道痛，另一只截肢很痛，我喊他们，给我打麻药。我听到剪刀“咔嚓咔嚓”的声音。后来，就没有知觉了。

20时10分，距地震发生149小时42分，虞锦华终于成功获救。

虞锦华：我晓得，有一个黑布把我包着，听到外面喊一二三。出去时，我好像是睁着眼睛的，但是从小洞子把我拖到比较大的洞口，我是不知道的，我失去知觉了。

20分钟后，虞锦华被紧急送到第三军医大学新桥医院医疗点。

19日上午，救援直升机把虞锦华送到了成都军区总医院。在那里，医生对她实施了第二次截肢手术。

虞锦华：手术出来，我就麻醉过去了。术后第二天，家里人跟我说，你待了这么长时间，你好勇敢，好坚强。我觉得，这事很正常，人的求生欲都很强烈。

住院期间，让虞锦华感动的是，她得到了很多相识的和不相识人的真诚关心。

虞锦华：我觉得，人并不是表面看的那种冷漠，只是有些人不善于表达。人之间，用通俗的话讲，就是充满了爱，不管是同学朋友，还是亲戚。我的那些老邻居，已经记不起他们的模样，名字都记不到了，已经分开30多年，那么远都来看我。有些远房亲戚，从来没有见过面，也没有联系过，想方设法，打听我的消息，也来看我。

原来我觉得，80后他们很淡漠。我住院时，很多志愿者，新疆的、东北的、上海的，都来陪伴我，整晚整晚地陪着我。他们的行动改变了我的看法，他们对社会是有责任心的。

虞锦华的丈夫和女儿在医院附近租了房子，天天来照顾她。经过这场灾难，虞锦华觉得，自己的生活观也有了变化。

虞锦华：我觉得人活着，就应该开开心心，过好每一天，珍惜每一天。我出院后，要努力工作，好好生活。女人嘛，在消费方面，有时候就觉得很舍不得，我说的享受，并不是说大把大把地花钱。有些事情要看得很开，不能因为一点小事，就喊就叫，有些事情不能太斤斤计较，人还是要豁达一点。

6月份，康复中的马元江特意从重庆来成都看望虞锦华，这是两位难友劫后第一次会面。

地震时，马元江被掩埋于倒塌大楼的狭小空间。“我的手被砸，要废了。”完全是“大忽悠”。大忽悠平时让人很讨厌，而虞锦华恰恰需要“大忽悠”。

虞锦华说：感谢党和政府的关怀，没有那么多人的帮助，就没有我今天的重生。

她的最大心愿是，康复后，早日回到工作岗位。她还希望安上智能假肢，坐着轮椅畅游全国。

虞锦华，从地狱里，走了一圈的人。

二、王念法

第四天上，地震中受伤的62名危重伤员，由德阳运抵重庆第三军医大学附属医院。这是震后首次大规模跨省市伤员转运。

几天后，70多名伤员乘专机抵达青岛流亭国际机场。急救车将他们迅速送往预定医院，接受治疗。

在过去的两天里，王念法和队友们在北川县城的各个角落不断地进行着搜索，但一直没有发现幸存者。

真让人搜索得没劲。大家真有点泄气了。

气哪能泄，劲只能鼓。

清晨，奇迹出现了。

王建伟带着几名搜救队员，在靠近河边的废墟搜索时，搜救犬突然兴奋地叫起来。

队员们迅速仔细察看，听到废墟中一个夹缝里传来轻微的敲击声。

这是一位61岁的大妈，她叫李明翠，很虚弱。她说她被压着，动弹不得。

队员们迅速行动，清理压在她周围的楼板断层及碎块，随行的医疗队员张谦和张艳君则在一旁不停地鼓励她。

10时42分，李明翠被救出，经初步检查，她全身多处瘀伤，双上肢骨折，但神志清醒。

这是北川县城救出的最后一名幸存者。此时，地震发生已经164小时。

三、禹里乡陈国兴

禹里乡的灾情，终于报出去了。

救兵终于来了。

15 日一早，李副乡长从禹里出发，翻过三座山，原来的路早被塌方的山体砸坏，无法通行，还有飞石不断。

天擦黑时，他赶到任家坪，他要去县上北川，路人告诉他："您去北川干什么，那里是一片废墟。"

"我要给县上报告禹里的灾情。"

那人又说："您去擂鼓镇，县市在那里设着指挥部。"

李副乡长又紧赶慢赶，赶到擂鼓镇。

快到镇上时，李副乡长累得实在走不动了，他求助路边的军人。

那军人正是带部队准备去禹里的四川武警部队参谋长邓厚明。

李副乡长将救助信交给邓厚明，几乎就昏过去了。

邓厚明看了求助信，用电话向指挥部汇报，立即带手上的 700 名官兵连夜向禹里赶去。

晚上，翻山越岭的官兵在山上还露宿了几个小时，第二天下午，他们终于赶到禹里乡。

陈国兴和干部群众看到累得气喘吁吁的官兵，激动得都哭了。

晚上，他们一起开会，研究急待解决的问题。陈国兴认为，126 个危重病人要转移去医院，一刻也不能再等。

这些危重病人，有断胳膊的，有断腿的，有的肋骨骨折、内出血，如果再不转移出去，肯定要眼睁睁地死去。

尽管这三天有医生医治，但乡镇医院的条件太差了，医术太有限了。

陈国兴和群众把邓厚明和所带的官兵看作是大救星，救星没让他们失望。

群众亲眼看到，邓厚明的手机一打，那载着矿泉水、方便面的直升机就飞来了，空投下他们急需的水和食品。

其他人的手机都打不通，邓厚明用的是海事卫星电话。

飞机飞来之前，他早与军地指挥部、省政法委书记王怀臣进行了联系。

直升机卸下物质，又抬上了急待医治的伤员。每一架次载 8 名伤员。

18 日这天，共运走 80 名伤员。

看着伤员被抬上直升机，陈国兴流泪了。

第二十七章　国殇日

一、北川封城，降旗呜鸣

从19日开始，北川实行封城。

在进城的必经之地，设立警戒哨，实行交通管制，许出不许进。

封城是军地指挥部被迫做出的决定。原因一，地震伤亡惨重，很多尸体掩埋在废墟里，防疫任务非常严峻。二是预防可能发生6至7级的余震。三是县城上游的唐家山堰塞湖出现警报。

中断救援，居民和救援人员迅速撤离。

封锁线设在距县城3公里外的公路上。

早在16日，复旦大学教授葛剑雄在《南方都市报》撰文，建议将5月19日定为全国哀悼日，以表达全国人民对地震罹难者和救灾中牺牲者的哀思。

19日，地震灾害发生刚好一周，一周为民间丧事的"头七"，这是中国人哀悼逝者的传统，抗震救灾的这个时刻，需要一次全国性的哀悼，凝聚中国精神。

新华社向全世界播发了国务院公告：5月19日至21日，为全国哀悼日。

此期间，全国和各驻外机构下半旗志哀，停止公共娱乐活动，外交部和我国驻外使馆设立吊唁堂。

奥运会火炬传递，也将暂停3天。

这是新中国历史上，首次为在重大自然灾害中遇难的同胞降半旗志哀。这是国家对死难者的最高祭奠。

地震中死难的同胞是我们的兄弟姐妹，我们共有一个母亲，叫中国。

从北国林海到南疆渔村，从天山牧场到东海之滨，辽阔的中华大地沉浸在无比悲痛之中。

这，这是国殇日。

江河哽咽，草木皆悲。

国旗半垂，汽笛长鸣，山河齐哀，举国同悲。

14时28分，凄厉的汽笛响起，成都天府广场已是悲痛的海洋，成千上万自发赶来的人们，把紧紧相握的手高高举起，泪流满面。

短短3分钟的默哀，很多人无法倾诉自己的情感，他们的手紧紧相握，用四川人特有的加油方式，高声大喊："中国，雄起!""四川，雄起!"一遍又一遍，响彻整个广场。

一群年轻的大学生对记者说，这一刻，我们感觉自己长大了，觉得自己可以承担过去还不懂承担的责任了。"请全国人民放心，四川一定能雄起!"

绵竹市汉旺镇，14时25分许，解放军、武警特警官兵在汉旺镇广场列队。

在镇中心广场附近，所有医护人员，包括正在接受治疗的伤员，也起身下床，低头肃立。

在映秀镇，300多名干部群众肃立在已成废墟的小镇上，垂首流泪。

镇长蒋青林说："感谢解放军，感谢全国人民！在这生命与泪水的交融中，我们学会了坚强。这种坚强，能够帮助我们渡过难关。"

在北川，低沉的汽笛声在北川中学上空响起，人们摘下帽子，对着国旗，为逝去的同胞默哀。

在茂县县城，汽笛长鸣，正在行驶的汽车停下来，按响喇叭，为遇难者志哀。县城广场上，万余群众离开帐篷，面对降下的国旗。

都江堰军地联合指挥部，指挥部人员站立在屋里，默哀。

窗外，汽笛声大作，像呜咽，像哀号，为逝去的亡灵。

此刻，廖敏站立在映秀漩口镇寿江大桥桥头，已是满脸泪水。他的周围，所有工作人员、行人、警察、士兵，都驻足肃立。

整个天府大地，国旗低垂，警笛汽笛长鸣嘶呜。

南美洲的秘鲁，全国政府机构、军事设施、警察机关，以及所有秘鲁在国外的外交机构，下半旗，向地震罹难者志哀。

对中国和中国人民，还有比这种表达更可贵的吗！

二、北川中学复课仪式

19 日上午，北川中学在绵阳长虹培训中心举行复课仪式。但见新书包，不见旧时友，学生们泣不成声。

在惨烈的地震中，北川中学 2600 名学生半数死亡或下落不明。

孙东和谢欣将被编入高一二班。

他们原所在的高一九班，像牺牲了很多战士的连队一样，被撤销"番号"。

孙东坐在军绿色床铺上，他 17 岁。

"如果再上课，我想转到理科班。"他的理想，从 5 月 12 日以后改变了。以前，他想做一个飞行员。现在，他想当一名医生。

那天下午，他是第一个被高三学长和老师从倒塌的教学楼中救出的高一九班学生，也是这个班唯一幸存的男生。

他仍然不知道大多数同班同学的下落，“黄国梅被家人接走了，这些天，我见过的，只有谢欣”。

其他同学的消息都是辗转传来：张新玉、文小燕、朱丽萍、陈春红等，听别人说都是从断裂的钢筋水泥中挖了出来，是生是死，受伤轻重，他都不知道。

孙东想当医生的理由是，如果他是一个医生，可以为同学们治好伤痛。

孙东和谢欣回忆着老师和同学。班主任老师张平，“活着出来了，我前天见过他。”

孙东说：“张老师身上有一些擦伤，可是，他的妻子和儿子都死了，他很悲痛，还在处理丧事”。

英语老师黄英，“逃过了地震，没有事。”谢欣说，她还没见过黄老师，但她想念她。

语文老师盛期蓉，“遇难了，在上课时。”孙东的声音一下子低低的，低下了头。

孙东和谢欣又回忆了遭遇不幸同学的名字，他们是：母昆、唐云、彭羊、苟明超、谢林峰、陈海伟、严明姚、孙汝冰、汪丹、韩丹、杜航……

接下来，孙东和谢欣都想不下去了，他咬着唇，她一脸忧伤。

高三二班的杨超，对 7 天前的遭遇记忆犹新。他清楚记得，当时，语文老师正在讲评试卷，大家对“大肆渲染”中的“肆”字该如何使用，还产生了争议。

这时，桌椅剧烈摇晃。还以为是同学恶作剧，袁老师大喊“不要慌”。班主任陈波老师冲到教室。

5 层的教学楼开始往下陷，一二层的教室已经被压成废墟，腾起的烟雾弥漫到三楼的教室里。

“当时，三楼距地面也就三四米了，楼梯已经塌了。陈波喊着让大家跳窗，我坐在后排窗户边，第一个跳了下去。”

杨超落地时，扭伤了韧带，但坚持着招呼同学赶紧往下跳。大部分学生跳到地面时，三楼几乎与地面齐平。

高三 10 个班，位于三、四、五层，三四层的学生大多跳窗逃生，五楼的学生，在老师的组织下，从残存的楼梯下到三楼，再往下跳。

高三八班的邓淑文，在逃生时被砸伤了左腿，她冲到走廊时，一名男生将她拉到三楼楼梯间的一个洞口，让她赶紧钻出去。没有跳窗的师生，大多从这个洞口逃生。

一二层的教室是高二和初一的教室，被压在废墟中的学生，向师兄师姐们呼救。

逃出的高三学生又返回教学楼，搬开表面的砖块，救出压在最外面的学生。但更多的学生被压在了深处。没有工具的高三学生们，只能尽量挖开一些小洞，让空气进入里面，并鼓励师弟师妹们坚持住，等待救援。

当晚，所有学生露宿在学校操场。经过清点，高三 10 个班 509 名学生幸免于难，有几十人在逃生中不同程度受伤。

高三学生集中在了操场上。离操场 20 米外的两层建筑，将成为他们的新教学楼。

在一间教室的黑板边，有老师挂起了一个倒计时牌，上面写着“离高考还有 26 天”，落款日期仍然是 5 月 12 日。

学生们按照班级依次排好队，膝盖受伤的邓淑文，在同学的搀扶下来到了操场。

复课仪式开始前，所有的师生为地震中死难的同胞默哀。短短三分钟，不少学生的眼泪在眼眶里打转。

举行升国旗仪式，全体师生高声清唱国歌，刘亚春几度哽咽，后半段几乎用哭腔唱完。歌声中夹杂着女生的哭声。

复课仪式结束时，刘亚春突然接到一份特殊的礼物，长虹的工作人员特意一早驱车前往北川，将还一直挂在北川中学门口的校牌摘了下来，运来绵阳。当看到老校牌出现在现场，不少学生睹物思人，潸然泪下。

这次灾难中，伤亡惨重的是高一学生，600 名学生中失踪、死亡 400 人。30 多名老师遇难，其中包括高三五班班主任孙春艳和代中伟老师。

代中伟是学校教务处主任，教高三数学。他的孩子在读高一，妻子三年前去世，他的尸体从废墟中挖出后，他的孩子一直强忍着没哭出来，看得幸存老师都非常心疼。

孙春艳上完上午的课后，就离开了班级，此后再没人看到过她。孙老师对学生特别负责，因为老家不在北川，为了不耽误学生冲刺，她把父母和侄子侄女，以及上幼儿园的女儿接到了北川。

地震之后，一家七口只有她父亲和侄女幸存。就在前一天的母亲节，邓淑文还写了一张纸条，祝孙老师节日快乐，谁知道第二天她就出事了。

地震后，高三物理老师宋波一直在绵阳照顾学生，还未回过北川。

一名记者无意中提起他的家庭，宋波突然转过身去，掩面痛哭。他的妻子在文体局工作，儿子在北川中学读高一，至今仍没消息。“我有心理准备，打算下午回北川看看他们的尸体找到没有。”

在复课仪式上，刘亚春向学生通报了高考延迟一个月的消息，嘱咐同学们安心备考。他没有透露通知的下半部分，即使考不上，也能上职业学校。“担心学生们更没心思备考了”，刘亚春说。

得知高考延期，一直担心漩坪家人安危的邓淑文，不禁抱着同

学痛哭。

邓淑文对记者说，她的志愿是四川大学物理系，这两天，她一直在医院治疗脚伤。今天复课，她硬要同学搀扶着来到现场。

三、李文茜 舒云

李文茜被转往上海复旦大学附属儿科医院治疗。在那里，她的左脚再次接受了截肢手术。

手术后，伤口一天要进行两次清创，清创时都不用麻药，因为麻药不能天天用。

一个 10 岁女孩，每天两次，用剪刀在创口一块块剪肉，那个痛哟。李文茜痛得死去活来，豆大的汗珠直从额头上往下掉。每清创一次，都像受一次大刑。

李文茜从来不哭。开始时她使劲咬牙，咬得牙咯咯响。实在咬不住了，就叫妈妈给她毛巾，使劲咬毛巾。

听着清创时剪肉的“咔嚓、咔嚓”剪刀声，妈妈实在忍不下去了，跑到一边偷偷地哭。

李文茜总是劝妈妈：“妈妈，莫哭，与没出来的同学相比，我太幸运了。”

真是懂事成熟的孩子。

同病房里有位阿姨，地震时右手受伤，每次换药都大哭大叫，一看到医生护士进病房就先哭了。

李文茜总是劝阿姨：“阿姨，莫哭，咬咬牙就过去了。”

映秀小学复课开学后，李文茜回学校上课，平时，她拄拐杖上学，下雨天就坐轮椅去。

这天下雨，李文茜又坐轮椅去上学，好奇的记者拦住她，问她能否站起来。

李文茜爽块地回答："能!"

话音未落，李文茜站在了轮椅旁。

记者看清楚了，她身材匀称，高鼻梁，双眸明亮，脑后的马尾辫一摆一甩，是一个亭亭玉立的美少女。

救灾工作转入第二阶段。调运分配救灾物资，抢收抢种。小麦、油菜都黄了，已临近收获季节，迟苞谷也该种了，重要的是，要组织人力排除堰塞湖险情。

上午，舒云回县上开会，汇报乡里的救灾情况。

散会后，他便急忙往回赶，身边的人劝他顺道回家拜祭父母。

舒云何尝不想回家看看呢，双亲撒手西去，这是人生的大事，可他心中矛盾。大灾后的工作，更让他放不下。全乡的父老乡亲，都是他的亲人。

"请原谅我吧!"舒云心中默念着，硬是又回到了乡上。

乡上干部李光云的父亲、王显伦的妻子都去世，他们也都坚守在工作岗位上，同样经受着难耐的心理煎熬。

回到乡上，他又赶往关庄镇，看望了转移的灾民。

默哀仪式前的一个半小时，四川理县又发生了5.9级地震。

从救灾指挥部得到消息，14时许，救援部队的官兵已到达重灾乡镇的1480个行政村。

四 赵亚辉 江毅

我们的脚步，已经到了死城深处。

走到一个三岔路口。震前，这儿像是闹市。一座古色古香的牌楼歪斜了，还没倒下，它被飞石撞击得裸露出钢筋。

牌楼底下有一辆黄色童车，扁扁的一片，巨石一定是碾过了它，

轮子在那一刻停止了转动，它的小主人呢?

在一条商业街的废墟旁，突然出现了一个人影。他灰头土脸。

赵亚辉问:“你怎么进城来的，里面还有人吗?”

“我是北川人，知道路。我来找家里的东西，马上出城去。”憨憨的小伙子叹了口气，接着说，“人? 没人了，都在房子下面压着呢。不会活了，全死了。”

与他挥手告别后，一块巨大的宣传广告牌矗立在眼前。广告牌依托的房子没倒塌，但裂痕斑斑，底下一片狼藉。

七翘八裂的水泥梁柱旁，一辆桑塔纳瘪了，躺在边上。地上有十来本册子，散落一地，拿起一看，是北川的人头册，上面是密密麻麻的人名。

赵亚辉犹豫了一下，并没拿走。除了北川最后的影像，他不想拿走这里任何一样东西。

街面上，随处都是裹尸袋，以及一箱箱矿泉水、面包和帐篷，大撤离的紧张和慌乱可见一斑。

小心绕过泡着很多异物的水塘，赵亚辉听到远处有狗吠声，叫了几声，又低了下去，稍息又叫了起来。它叫得很急，找了半天，也看不见它的踪影。

在这座死城中走了半天，已经没了最初时的恐惧，也习惯了其中的药水味。让人惊异的是，这里连个苍蝇、蚊子都看不到。或许是防疫队洒下了太多的消毒药，都杀死了。

想到这儿，赵亚辉干脆甩掉了闷气的口罩，小心地嗅嗅空气，与平时进医院时嗅到的味道差不多。他始终没戴手套，在这座死城里，没人和他握手。

只是，堰塞湖还在头顶上悬着，唯恐余震太大，让它飞流直下。到时，他们还能逃得了吗?

天空又滴起了雨。已是晚上 7 点多，赵亚辉忽然感到饥渴，身上除了照相机，两手空空，来时匆忙，连瓶矿泉水都没来得及带。

地上有不少零散的食品和矿泉水，虽然诱人，但不到万不得已，绝对不敢碰。

再往前走，在一座破烂不堪的桥头，赵亚辉突然看见几个凳子旁有一整箱水，已经开过封，里面还剩好多瓶不曾开过，他拧开一瓶，大口灌进肚里。

江毅发现前方有一条狗。赵亚辉叫他别靠近，怕它饿急了咬人。

赵亚辉拿着长镜头拍摄，与它保持足够的距离。这是一条“京巴”，并不凶悍，他慢慢向它靠近。它睁着一双大眼睛，默默地看着，不声不响，像是在企盼什么，也像是在打探：这个拿着黑乎乎家什的人，究竟是干什么的？

完全没想到，能在这里遇见生命，这让赵亚辉一阵惊喜，尽管只是一条小狗。他回头找来一块丢弃在路上的面包，靠近喂它，它闻了一闻，又缩回头去。江毅拿来矿泉水喂它，它也不喝。

狗已被防疫人员划入格杀勿论的对象。这条小狗，此刻在这里出现，不知躲过了防疫人员的多少次劫杀。

赵亚辉突然注意到，在它面前，摆放着几个裹尸袋。刹那间，他像被一股电流击中了似的：这是一条忠心耿耿的狗，乱石没打死它，枪弹赶不走它，饥渴诱惑不了它，它至死不渝守着的，是它主人的裹尸袋。

意识到这一点，赵亚辉的泪水再一次流下。

赵亚辉想和这只小狗合个影，就以北川这座空荡荡的死城当背景：生、死、爱、情、永恒，在这座死城里融会贯通。

刚迈开脚步，小狗就紧贴上来，后腿一瘸一拐。江毅被它企盼的眼神深深感动，不能自已，男人式地发誓要把这条小生命带出城去，说什么也不能把它独自留在这里。

赵亚辉深知，很难把它带出去：他们是偷偷溜进来的，出去的

路只有一条，带着狗出去，注定难逃军警的眼睛。另外，灾区防疫风声鹤唳，让任何人瞧见它，一定立即处死。还有一个担心是，万一带出小狗，真把疫情也带出去，就成了千古罪人。

这时，不知从哪儿又冒出一条小黄狗，活蹦乱跳的，与“京巴”像是早就认识。它既想靠近人，又颇有警惕心。小黄狗盯着他们，始终不发一语。“京巴”腿力不支，终究没有跟上来。

走了一段路，赵亚辉不忍心回头看它一眼，“京巴”趴着，小黄狗站着。一刹那，江毅掉转了头：永别了，死城里的小狗，别再看着我了，让我少一些负疚吧。

此后，赵亚辉再也没有心思拍照了，一路往回走，一路惦记着小狗。走得很远，山谷里又传来狗吠声，天色全黑，叫声仍在。

回去的路上，见不到一部起重设备，也见不到一辆铲车，全部撤走了。

当晚，他们回到成都。忙碌一阵后，终于抵挡不住劳累，没脱衣裤就倒在床上睡着了。

迷迷糊糊之中，赵亚辉像是听到了狗叫声，又好像是从一座埋着许多亡魂的死城里发出的吼叫。惊醒后，他睁眼一看，灯还亮着，电脑也没休眠。

北川已不可能在原址上重建。那一块块残垣断壁，以及废墟下一具具永远合不上眼睛的亡魂，将成为人类灾难史上永不磨灭的记忆。

第二十八章　奇迹

一、崔昌惠

21 日 14 时 30 分，一架海事救援直升机来到巴蜀电力金河电站引水隧洞工地，救出 14 名被困的受伤工人。

22 日 11 时，在华西医院骨科病房的重症监护室，38 岁的女伤员崔昌惠正在接受治疗。她的妹妹崔昌学说，姐姐非常虚弱，但神志清醒，反复嗫嚅着“我要活下去，一定要坚持下去”。

地震发生时，崔昌惠和丈夫的弟弟李健军，以及数十名工人正在金河电站引水隧洞工地工作。

工地的 3 个作业面，有 43 名工人，其中 22 人被山体滑坡和泥石流夺去了生命。其余人员被困在不同的作业面，相互不能联系。

崔昌惠被倒塌的工棚砸住。逃出工棚的 5 名工友将她救出，但其胳膊、腰等部位受伤。

13 日，3 个工友逃了出去，刘姓工友和另一名工友则留下来陪伴她。余震不断，道路已被阻断，他们不可能将崔昌惠背出去。随着时间的推移，3 个人都变得饥渴难耐。

“再等下去，我们都得死。我不想拖累你们！”

15日，崔昌惠逼着两名工友先走，“你们先走了，才有可能出去报信。”最终，两名工友流着眼泪离开了。

工棚附近，只剩下崔昌惠一个人，没有粮食、没有饮水，她将工友留下的一个梨子慢慢吃掉，又抓到一些蚯蚓，摘了一些野草，强咽下肚，以此充饥。极度干渴时，就用兜内的一片纸，蘸自己的小便，放到嘴边舔舔。

此时，李健军仍被困在洞内，但没有受伤。

16日，他从洞中爬出，立即赶到红白镇抗震救灾指挥部。同在一个地方工作，他知道嫂子还没有逃出来。

当天，指挥部派出一个19人的救援小分队，前往营救，但没能找到崔昌惠。

18日，李健军带着由消防官兵和登山志愿者组成的搜救队，再次前往营救。

同一天，刘姓工友也在为救崔昌惠做着努力。他搜集了一些矿泉水和食物，冒着余震，给崔昌惠送去，为虚弱的她补充了能量。

搜救队的行动却不顺利，山洪暴发，道路被洪水冲断，他们被困在山区内。救人者向指挥部联系求救。

救援人员和军医秦尚振搭乘海事救援直升机前往营救。直升机首先发现了李健军所带的搜救队，将他们救上直升机。

在李健军的指引下，直升机于下午发现了崔昌惠。经过搜寻，被困在其他作业面的13名受伤工人也被救出。

从地震发生到获救，这些人已被困216小时。当时，工地尚有10斤大米，他们靠大米和雨水维持生命。到了后期，偶尔有空投物资掉到附近，他们中的轻伤者就将其捡来，分配给大家。

“我每天都去什邡的抗震救灾指挥部，一直没有消息”，崔昌惠的父亲崔洪柯说。一连几天，没有女儿的消息，家人几乎陷入绝望。

“她一个女人家，肯定受了伤，在那里没有吃的，怎么能撑得下去噢。”就在前晚，一家人还抱头痛哭。

二、龙金玉 蒋雨航

贵州黔东南凯里市的蒋雨航，大学毕业后，分配到汶川高速公路管理处工作，长期居住在单位租的映电宾馆里。今年春节，他也没有回老家。

五一节，妈妈龙金玉想他，他通过网络给家里传了一张照片，背景就是映电宾馆。

地震发生时，他刚下了夜班，在宾馆休息。楼房倒塌，他被埋入宾馆的废墟里。

龙金玉是凯里市一所学校的行管人员。汶川地震让这个离震中数千里的母亲一直提溜着心。她每天给儿子打电话，打不通。托人打听，杳无音信。

最初的几天，她茶不思、饭不想，天天以泪洗面，焦急地等候在电视机前，希望能够得到儿子平安的画面。可映秀镇被毁灭性震毁的景象，让她万分焦急。

“死的活的，都要看到！”在哭了几天后，龙金玉做了一个同事和邻居们都不敢相信的决定：亲自去汶川映秀，寻找儿子。

丈夫劝慰她：“等等吧，地震情况还不明，还有余震，现在去，不安全。”龙金玉说：“不行，一定要看到儿子，哪怕是埋葬他的废墟。”

16 日，龙金玉只身出发了，随身连吃的都没带。

从家乡到贵阳，再飞到成都，她行色匆匆。第一次一个人出这种远门，到了人生地不熟的地方，两眼漆黑。有人给她吃的，她吃不下。听了她的述说，成都的一个司机非常感动，主动免费送她。

过得都江堰，道路不通，不能继续开车前行，只能下车。

龙金玉步行，一个人往里走。路上遇到救灾的解放军，他们好心地告诉她："前面路没有修好，随时可能遇上余震塌方，最好不要走。"龙金玉感谢战士们的好意，继续前行。

到了紫坪铺，大路断了。数十里山路，她连走带爬赶了十几个小时。

这位52岁的勇敢母亲，满头灰尘，胳膊被划出道道血痕。她走的这段路到处是大面积的滑坡，滚落的巨石有的竟有一间屋子大。已经松动的山体，高耸数十丈，山石泥土随时可能塌方。遍地泥泞，路最窄处仅能容脚，而旁边是十几米深的悬崖，崖下是浊浪翻滚的岷江。

14时许，龙金玉终于赶到了映秀镇映电宾馆。听说废墟下幸存者姓蒋，她几乎不敢相信。

"我本来想，能看见个死的，也就知足了，没想到还能看见活的!"

龙金玉将信将疑地爬上废墟，大声叫儿子的乳名"二哥"。一声微弱而熟悉的答应从砖石缝隙中传上来。她的心，一下子落了地，赶忙告诉儿子，不要再多说话，保存体力。她退到下面，提心吊胆地注视着救援。

17时12分，从挖开的洞穴口，蒋雨航被抬出来，龙金玉顿时哭起来，激动而无力地叫着："让我看一眼！让我看一眼!"

蒋雨航被一条白毛巾蒙着眼睛，躺在担架上。十几名消防队员，手拉手在外面围成一圈，以免激动的人群闯进来伤到他。

龙金玉不住地说："是我儿子，是我儿子……"

蒋雨航被紧急送往救助站救治。

记者问紧跟着担架的龙金玉"目前是啥心情"时，她流着眼泪，难以自抑地说："我是世界上，最幸福的人!"

蒋雨航成功获救，是母爱牵挂的力量，也是生命的奇迹。更重要的是，救援官兵的不懈努力。

三、马元江 尹春龙

凌晨零时50分，救援队在映秀湾水电总厂废墟中，将马元江成功救出。此时距地震发生，已近179小时。

马元江被救出来后，稍稍休息，就开始少量进食。

映秀湾水电总厂党委书记吴耕激动地说："简直是奇迹，马元江的心态太好了，这是他能够活下来的重要原因。"

31岁的马元江，是该厂发电部副主任，今年被评为厂里的劳动模范。地震时，他和虞锦华、牟玉雷、李科等正在办公大楼开会。

前天晚上，救援人员救出了虞锦华，又努力施救马元江。

地震当晚，马元江受了轻伤。他躲在一个狭小的空间内，他摸索着将身边的小水泥块和其他杂物清理开，躺下休息。

除了与虞锦华说话外，这八天多，也是寂寞难耐啊。

奇迹的背后，始终闪动着一个瘦小的身影——20岁的志愿者。

尹春龙，四川资阳人，作为志愿者，他的工作就是钻进废墟救人。

19日，是汶川大地震的第七天，映秀镇仍有大批死者未被挖出，空气中弥漫着腐尸的气味，钻进废墟搜救生还者，需要的不只是技巧和勇气。可尹春龙一直坚持着。

深夜11点，在救援人员的逼迫下，尹春龙暂时爬出废墟坑道，做暂时的休息。

经过大家的不懈努力，一条7米长的通道，接近了被深埋的马元江。

尹春龙将一袋葡萄糖递了进去，马元江喝上了水。

20 日凌晨，马元江被抬出废墟。

在欢呼和掌声中，上海救援队员尽情地享受着胜利的喜悦。

一名志愿者将尹春龙推到了记者的面前。

上海救援队的负责人紧紧握住尹春龙的手，又拥抱着他："非常感谢你，你的贡献很大!"

现场的人都知道，尹春龙是个神奇的小子。在施救虞锦华的过程中，方案几经受挫，又几经修改，在废墟下，忍着尸臭打通道，他一马当先。

救虞锦华，他是山东消防编外队员。

救马元江，他又是上海消防编外队员。

四、王友琼

9 时 56 分，警灯闪烁，一辆急救车快速驶入华西医院，现场有人高喊着"196 小时，196 小时"。

车内的伤员，是一位名叫王友琼的 60 岁老太太。

医护人员迅速将她抬上担架，推进急救病房。

王友琼是成都新都区新繁镇人。将她解救的，是成都军区空军的一支搜救小分队。

当日下午，搜救人员在彭州银厂沟牡丹坪风景区遇上福音寺的住持。住持反映，曾听到山上有声音，可能是有人困在那里。

哪怕只有万分之一的希望，也要付出百分之百的努力。在住持指引下，搜救队往山上爬了一个多小时，循着前方的狗叫声，发现了被卡在两块大石头中的王友琼。她身体极度虚弱，但头脑较为清醒，能说清楚事发经过。

原来，王友琼信佛，4 月 30 日，她便来到福音寺拜佛。她打算在福音寺待上一段时间，六一儿童节再回家，给孙子过节日。

地震发生时，王友琼摔倒在地，受了轻伤。随之而来的泥石流将她卷走，后来她被卡在两块大石头中，动弹不得。万幸的是，她没有被完全埋住，露出了上半身。

地震发生后，当地人都已撤离，王友琼呼救无门。在绝境中，两条小狗成了她的伙伴。

搜救队营救时，两条小狗仍没有离开。在过去的 8 天中，两条小狗不断地吼叫，并且用舌头舔王友琼的脸、嘴。王友琼渴了饿了，只能靠喝雨水充饥。

一切就是那么神奇。老太太活了下来。

湖南湘雅医院医疗队立即将王友琼转往成都。

救援队护士赵丽萍介绍，老太太在急救车内，意识比较清醒，但她烦躁不安，有严重脱水表现。为了让她保持清醒意识，赵丽萍和她聊起了天。

王友琼告诉赵丽萍，她有两个孙子和儿子，这是她坚持下来的动力。在去成都的路上，赵丽萍给她输了一瓶液，为避免灯光刺激眼睛，还给她戴了眼罩。

在施救时，王友琼非常激动，不停地说话，还告诉赵丽萍她儿子的手机号码。

儿子曾令华接到电话，获知母亲的消息后，立即赶来医院。

"地震发生后，我以为震中在汶川，彭州不会那么严重。我母亲知道我的电话，我一直在等这个电话，没想到，奇迹竟然发生了。万分感谢救援的官兵。"

曾令华说，他曾经在 14 日上午前往彭州寻找母亲，但山路不通，无法前行。此后，他每天关注网上、电视和报纸的寻人信息，但一次次失望。

五、彭国华 文友惠

36 岁的文友惠坐在丈夫的病床旁，像忠诚的卫士一样，守护着自己的爱人。没有她的坚守，丈夫彭国华怎可创造 170 小时的生命奇迹？

地震那天，安县睢水镇道喜村的文友惠正走在去割猪草的路上。

突然，一种天崩地裂的感觉告诉她：地震了。她赶紧跑回家，她家的石头房子全部坍塌，隔壁公公家的木头房子，还有几根木头在支撑着，婆婆从屋子里跑了出来。

“爸爸，你在哪里？”

从木头堆里，老人拱了出来。此时，最令文友惠牵挂的，是在矿上干活的丈夫。

这个矿距村子三里地，那里荒无人烟。没多大会儿，有跑回来的矿工告诉她：“你家国华被压在下面了，没大有希望了。”

“丈夫一定还活着！”文友惠找到了安全的孩子，带着公公婆婆，从村子里跑到镇上。“你一定把他给挖出来！”她缠上了矿长。

“矿上有铲车，你必须把他给挖出来！”

这个“上访户”的要求，正当合理。

矿长带着几个人来到被掩埋的矿井，开工干活，彭国华 64 岁的父亲也跟了过来。

到晚上 9 点多，也没啥进展，车却没有油了，只得停工。

凄风冷雨的晚上，文友惠思夫之情煎熬难耐。

第二天，雨下得很大，还是不能干活。

第三天，老父亲冒着生命危险，走过垮塌面，从外面背回半桶油。机器开工了，村子里，还来了几个亲戚帮忙。

第四天、第五天过去了，还是没有啥结果，听不到矿下有回应。

“别再挖了，也见不到人！”有人泄气了。

“一定在下面，他一定还活着！我们之间有心灵感应。”文友惠，这个平时贤惠的女人，此时显得异常固执。

第六天又过去了，文友惠仍然不准他们停工。“任何事情，都要用结果证明！”这个女人说话时，眼神十分坚定。

19 日 16 时 30 分，文友惠得到消息：“彭国华被挖出来了，他还活着！”

文友惠掉下了眼泪，几天的漫长等待，文友惠不知道哭了多少次，那时的泪水，是悲哀，是焦急，还是坚守，她也说不清楚。

彭国华向记者讲述了 7 天 7 夜的惊魂经历。

地震来临时，我在矿洞内施工作业，突然传来一阵闷雷似的轰响。接着，洞口坍塌，掉下来的全是灰。我当时戴着挖矿用的防尘罩，根本不敢摘，在满洞口飞舞的灰尘中，趴在地上，紧闭双眼。

不知过了多久，灰尘渐渐散去，我发现，洞口被塌下来的大小石头堵得死死的。余震不断，每震一次，狭小的洞里便产生一种“嗡嗡”声，撞击耳膜。声音不再像第一次地震时发出的轰轰的巨响。

我被掩埋在矿洞里，挺过 170 小时，经验和常识发挥了作用。在矿洞里，我没有大声呼救。呼救只能白白浪费体力。外面人说话，我却能听见，不太清晰，带着一种“嗡嗡”的回响。

7 天 7 夜，我在洞里主要靠喝自己的小便和吃草纸维生。第一天没有小便，想稳住，保存体力，直到第二天，才解了第一泡尿。不怕你们笑话，这个平时看起来很脏的东西，关键时候成为救命的甘露。我一共解了 3 泡尿，都用挖矿时戴的钢盔盛着，渴得不行了，才用它把嘴唇润湿，不敢多喝。吃的是口袋里装的一小卷草纸，不敢一次性吃完，只能慢慢分成四次吃，直到肚子饿得实在受不了，才吃一口。这小卷草纸，我整整吃了两天。

为了保存体力，我在洞里基本上不动，采取的姿势有俯卧、半卧和半跪。我的膝盖跪出瘀血，变成青紫。

我运气好，外面下雨，雨水渗进岩缝，在洞里凝成很小的水滴，但量很少，平均每 2 分钟掉一滴，我用钢盔接住。这么一点点水，维持了我一天半。

在黑夜里，不能大口大口地呼吸，否则感觉气闷，只能慢慢呼吸。我一直待在洞口附近，不敢往里爬，因为洞里空气稀薄，很危险。

这些自救常识，是以前参加培训学习的。我 1988 年参加工作，在安县睢水煤矿挖煤。矿上有时请老矿工开讲座，他们讲的应急措施很好。我这人有个习惯：凡是实用的，都把它用心记下来。

被埋时，正好我身上戴有手表，还有矿灯，我知道自己在下面的时间和日期。

我一直坚信，妻子会来救我的。但到了第七天，有些陷入绝望。

突然，听见外面有铲石头的声音，后来才知道是老婆、父亲、舅子、兄弟他们在挖。

他们挖石头时，我在里面敲石壁，他们听不见。当将洞口封死的石壁，挖出个拳头大小的洞，他们喊我，我答应了，他们欣喜地说：还活着。

外面的人扔进一根绳子，我系在腰间，他们一边拉，我一边爬。那时，我仍然还有一点体力。7 天 7 夜保存下来的那点体力，在关键时刻，发挥了作用。

村民们把彭国华背到了村子里，闻讯赶来的消防官兵接力救援，翻山越岭，背着彭国华走了 8 个小时，才走到睢水镇，送上了正在待命的 120 救护车。

“如果不是 10 多个解放军战士轮流背着他，及时送进山外的医院，他也不可能活到现在。”文友惠说。

山路非常危险，一边是直插云霄的崖壁，另一边是令人目眩的万丈深渊，路又窄又滑，稍有不慎，就可能掉下悬崖，摔个粉身碎骨。

军医大副院长孙汉刚告诉记者，彭国华被送到医疗队时，已经极度虚弱。医生们为他做了清洗后，马上补液，然后，组织医疗队专家，进行会诊。

因为彭国华无尿，最担心的是肾功能衰竭。好在补液成功，20日12时许，排出“救命尿”。

“这表明这个汉子，在被困170小时后，身体主器官的基本功能完好，真是一个奇迹！”孙汉刚说。

36岁的文友惠，个儿不高，生育了一双儿女后，稍稍有点发福。灯光下，圆圆的脸泛着红润，透出山里人的憨厚和朴实。

对于以后的生活，文友惠依然充满了希望。“现在还没有具体的打算，不知道政府让我们把家安在哪里。不过没关系，有他，我就有了一切。有人，日子就有希望。”说到这，文友惠温柔而深情地把目光投向丈夫。

第二十九章　白衣天使

一、我们与你父亲共存亡

地震来得真不是时候，那一刻，曾令春正在医院的手术台上做手术。

曾令春，48岁，都江堰市人民医院外科大夫。

12日上午，他们科收了一个老年男性病人叫杨友方，64岁。他因为肚子痛，在乡镇卫生院通过一般的治疗后，转到都江堰人民医院，通过问诊查体，确诊急性阑尾炎。

13时，切除阑尾手术开始。

杨友方的阑尾比较特殊，系膜较短，在腹后壁上贴着，且已经穿孔。

阑尾切除，腹腔出血完全止住，准备给他安血浆引流管。在肚子切口旁打个洞，一端放在腹腔里，一端放在腹腔外。这种病人很容易在腹腔里形成残余脓肿，造成粘连。

突然，手术台摇晃，手术器械在台上抖。

手术室里，人晃得站不稳，麻醉师陈峰死死地抱住门。手术台上的无影灯，闪了一下，熄灭了。整个手术间，一片昏暗。

曾令春：在晃荡的过程中，像空调那么大的消毒柜，“哗”一下倒到地上，声音吓人。

房屋在不断摇晃，非常恐惧。第一次波幅后，大家都异口同声：赶快把这个手术做完。

手术室内，有大夫曾令春、易勇、周建文、陈峰、黄泽金，护士鄢蓉、张玉芯。

令人心悸的震动，终于停止。

曾令春赶紧叫巡回护士，把应急灯拿来。

中断的手术再次开始，曾令春取出杨友方腹部手术切口处的纱布。突然，猛烈的震动再次袭来，地震声音，非常闷响。他觉得比第一次还恐惧。房子可能要垮了，大家赶快跑到门边，彼此抱在一起，因为这样才站得稳。

鄢蓉拿来应急灯。大家说，赶快把这个病人关合上送下去。

杨友方的两个儿子顺着紧急疏散的人群转移到安全地带，惊魂未定，想到了正在手术的父亲，余震中，又跑回四楼手术室。

曾令春：跑进来后，我们就说快出去，这是手术室。鄢蓉说，我们不会把你父亲丢了。陈峰说，你放心，我们与你父亲共存亡。

就在继续手术时，医护人员和家属把住院病人紧急转移到楼外宽阔地带。

曾令春：根本没有听到他们转移病人，手术室是楼房的顶层，进手术室，要进四道门，外面和楼下转移病人，我们根本不晓得。底下尖叫，我们都没听到。

手术中，医院保卫科人员上楼催促转移。

曾令春：这个阑尾手术是持硬麻醉，不是全麻。

关腹的过程，病人非常紧张，他虽然躺在床上，腹肌拉得很紧，给他缝合，再加上光线不好，又有余震，非常困难。

曾令春：多年的外科医生，在这种情况下，一般手是不会抖的，晃动的时候没法缝，腹膜提都提不住。在手术台上，我不断地跟他说，大爷，你放松，我们才能给你关腹。

他也想放松，但是他腹壁的肌肉非常紧张，阑尾只有15厘米长的切口。实际上，人的肌肉非常有力量，从里面缝到外面，正常要缝五层，但最基本的必须把腹膜关上。

腹膜关上后，曾令春决定简化缝合程序。

15时，手术完成。

短短的半个小时，是那样长，长得跨越了生死。

医护人员和家属抬着患者，转移到住院部大楼外的空旷处。杨友方的儿子热泪盈眶，跪在花园的草坪上："感谢!"。

此刻，陈峰在人群里突然看见了自己的爱人，她是医院内科的护士。夫妻俩目光相交，陈峰心里很激动："她平安没事呢"。

二、顾云仙

顾云仙是绵阳市第三人民医院ICU护士，地震发生后，被医院抽调，紧急派往北川救援。

在北川中学，有个被压在废墟里的孩子叫李家庆。为挽救他的生命，战士在雨中高高举起血袋为他输血。顾云仙一直抓住他的手，安慰鼓励他。

13日，天在哭泣，风在呜咽。

由于事发突然，接到通知后，顾云仙没来得及更换工作服，穿上短袖护士裙就随队出发了。来到北川后，气温骤降，风雨交加，她捡了一件衣服就往身上裹。

李家庆，高二学生，今年17岁。他的大半个身子被倒塌的楼体压着，只有左手、左肩和头部在外面。无论怎么努力，他周围的石板纹丝不动，牢牢将他卡住。我们找来了一块破门板，遮挡在上方为他避雨。

顾云仙紧紧抓住李家庆的手，让他感觉到救援人员一直在努力，不会放弃他。

李家庆真切地对顾云仙说："姐姐，我相信你们有办法救我出去。姐姐，我想站起来，哪怕1秒钟，看看蓝色的天空。"

顾云仙压抑多时的泪水，在与他眼神相撞的那一刻如同决堤的洪水，直泄而下。她的手不停地颤抖。看到顾云仙流泪，他说："姐姐，不要哭，我一定会坚强地活下去……"

顾云仙不敢再凝望他那清澈透明的双眼，她怕泪水会传递悲伤，他却把坚强通过紧握的双手传递给了顾云仙。

时间在一点一滴地溜走，16时左右，带来的最后一袋氧气已经用完。顾云仙寻遍所有的医疗队，也没能为他找来一丁点氧气，只能给他输液、喂水，可是他最需要的是氧气。

李家庆呼吸越来越急促，身体越来越虚弱，顾云仙不能让他失望，他的精神不能垮。顾云仙将空空的氧气袋放在他看不到的方向，骗他说我们还有足够的氧气。

地道的"善意谎言"。

顾云仙教他做深呼吸，他是多么听话的孩子，一直在认真地重复着。

顾云仙一直跟他说话，尽管他已经很虚弱，可他一直在听，眼神坚定。

21时多，在多人的努力下，李家庆终于获救，可是意识已经开始模糊。

载着李家庆的救护车越行越远，顾云仙对着他远去的方向深深地鞠躬。

顾云仙在心里为他祈祷……

14 日之前，医疗物资需求量很大，每次医院送来的医疗用品，都会很快用完。

13 日上午，救援人员在残存的 3 层教学楼下面发现了一个孩子，他所在位置是原来的 2 楼，现在看上去，是地面上的第 1 层。他的一只脚被倒塌的墙壁死死压住，需要爬进刚好容纳半个身子的一个洞才能看到他。

把他救出来有两个选择，要么将 3 层楼一层层掀开，将压在他脚上的物体逐一搬走，这是不可能的，因为这 3 层楼，只要任何一个点失去重心，将立马倒塌，更多埋在下面的幸存者会因此丧命。

另一个选择是残酷的，就是锯掉孩子被压住的脚。

带队的李银先主任犯难了，没有所需的手术用品、没有止血工具，连弹力绷带都没有。

一旁的消防员递给他一把老虎钳。

经过与孩子父母和本人协商，得到了他们的允许。用普通纱布绷带，扎在手术部位的上方，李主任含泪用老虎钳为孩子做完了截肢手术。

孩子被救出后，立即为他输液，把他转移到救护车上。

这时，压在顾云仙心中的巨石总算落地了。

无独有偶，到了下午，在同一层楼的另一个洞里，又发现了一个孩子，情况与前一个孩子非常相似。可这时，没了麻药，没了那把老虎钳，只剩下一瓶代血浆。

这个孩子周围的情况更加糟糕，与外界相通的狭小洞穴，因为余震，不停有物体落下来，很有可能再次将孩子与外界隔离。

紧急时刻，救援人员从没有完全倒塌的房子里，找到一把菜刀，还借来一把剪刀。李银先再次压抑自己的情绪，俯身爬进洞口，一边安慰孩子，一边进行催人泪下的手术。

人们守候在外面，不停祈愿孩子平安。手术已接近尾声，孩子还微笑着对李主任说："我不怕"。

大家正准备松口气，前后不到 1 分钟，孩子的生命却戛然而止。

李银先爬出来后，踉踉跄跄地走到大家跟前，沾满鲜血的菜刀和剪刀无力地从他的手里滑落。

顾云仙看到了他那湿润的双眼。

天使愿用自己的翅膀为人民遮风避雨，为了挽救生命，他们可以付出一切，可承受不了任何一滴将它染红的鲜血。

三、美丽勇敢的女护士

"你不要怕，我们已经上来。"坐在挖掘机的机械手臂里，颜覃朝着一座废墟里喊道。

当颜覃颤颤巍巍踏上一片摇摇欲坠的废墟时，她被眼前的一幕惊呆了。一名男子身边躺着已经遇难的妻子，他的双腿被 3 米高的断裂水泥墙压住。

24 岁的颜覃没有一丝犹豫，迅速展开了急救，经过半个小时努力，男子的生命体征逐渐稳定下来。

"不行，我要上第一线，再苦再累也不怕。"14 日，地震发生后的第二天，青白江区妇幼保健院的护士颜覃一改平常的温柔，倔强地缠着护士长。

拗不过颜覃的护士长，答应了她的要求。下午，颜覃及同事随同救援小组进入都江堰市区。

沿途的残垣断壁让颜覃深受触动，而四处的悲泣声，更让她坚定了救人的信念。

"灾区人民实在太惨了，如果自己有能力，能救出更多的人，我绝不会吝惜一丝力气。"颜覃说这话时无比成熟。见证了生与死的悲壮场面，她懂得一名医护人员的责任。

“医生，快来，这里还有一个活着的人。”一位消防战士用一口不标准的普通话，冲着颜罩喊道。

颜罩跟随消防战士，来到倒塌现场。

幸存者住在四楼，这栋6层商住两用楼被震塌，幸存者被3米高的水泥墙紧压着双腿，生命垂危，必须有专业医护人员前往废墟上进行急救。

摆在眼前的难题，是如何上去，如果徒手攀爬，已经倒塌的楼房，可能发生第二次坍塌。

时间就是生命，作为一名护士，颜罩清楚地知道，在如何上去的问题上纠缠下去，被困者的生命将更加危险。

“有一个办法，就是坐在挖掘机的机械手臂上，由挖掘机送上去。”颜罩同意了救援人员的建议。

登上机械手臂，她一手拿着输液器，一手死死抓住机器的边缘。机械手臂慢慢升高。

她看清了幸存者所处的位置。垮塌的水泥墙压住他的双腿，周围的废墟将他挤压在只有80厘米高的狭小空间里。

救人心切，颜罩从机械手臂上下来，一脚踩在废墟上。“哗!”脚下的建渣突然向下坠落，废墟迅速向下垮塌，颜罩重心不稳，身子一斜。旁边的消防战士眼疾手快，一把拉住了颜罩。

颜罩脸色已是苍白，拿着输液器的手，也有些颤抖。

颜罩并没有因为突然出现的险情而退却，她听从救援人员的建议，每一步都踩在有钢筋的水泥板上，慢慢地靠近了幸存者，弯腰进入了废墟里面。

幸存者的神志比较清醒，一个劲地叫疼，而他干裂的嘴唇让颜罩不敢掉以轻心。

消防战士帮幸存者戴上安全帽，以免滑落的建渣再次砸伤他。幸存者头部所处的位置让消防战士怎么也戴不好，颜罩把安全帽从消防战士手上拿过来，巧妙地戴好。

“你不要怕，我马上帮你输液，你的手，不要乱动。”轻柔的话语让幸存者的紧绷神经有所放松。颜覃以娴熟的护理技艺，迅速完成了初步救治。

半个小时后，幸存者被成功转移到地面，他的家属一下子围了上来，呼啸而来的急救车将他送到了救治点。这时，被人“遗忘”的颜覃，已是全身无力。

此情此景，被目睹救援过程的网友拍摄下来，视频被挂到网上。颜覃被誉为“中国最美丽最勇敢的女护士”。

颜覃刚想休息一会，可又接到了新的任务。

第三十章 难舍的“亲情”

一、唐祖华

两个月后，已经做了副镇长的唐祖华，遇到了困难。

按照镇上工作分工，他负责农房建设，可有三个村屋基挖不出来，他灵机一动，想到了周军长。

14 军帮助北川搞重建，还驻在北川。

唐祖华找到军临时指挥部，门外的哨兵不让进。

执着的唐祖华，只得在门口转。

宣传处长来了，他是找军长汇报工作的，唐祖华认识他。

唐祖华上前拦住了宣传处长：“请您进去给军长说一下，我找他有点事。”

时间不很长，处长和周军长走到门口，向在那里踌躇犹豫的唐祖华打招呼，并对值勤的哨兵说：“请他进来。”

周军长高兴地说：“我不断打听你，找你好久，也没找到哟。”

唐祖华说：“您那请功函不当紧，县上把我弄成了副镇长，分给我一摊活，整天弄得我焦头烂额，想给您汇报工作也没时间。”

在那整团整旅官兵向堰塞湖送炸药的关键时刻，熟悉路途、勇敢机警的唐祖华当向导。如果不是他带路，且不说在规定的时间炸药送不上去，官兵的生命安全也无法保障。

周军长咋不想，咋不喜欢这个退伍兵呢。

“有什么事需我帮忙?”周军长给唐祖华端过一杯水。

唐祖华略带难启齿状说：“今天来，其他要求没有，农房建设挖屋基，缺机械、缺油，否则，我这个副镇长，就当不下去了。”

周军长笑了：“我当什么事呢，好嘛，以前你帮了部队的忙，现在我帮你的忙，不过，你还要按正规程序来，以镇政府的名义打个报告。”

周军长给唐祖华批了一台挖掘机、两台铲车、一部压路机。

这几台机械挖了二十多天，平整了许多屋基。

很可惜，在9·24大暴雨时，机械挖的屋基全部被泥石流冲毁，那几台机械被埋入河里。

唐祖华说：“我怎么向周军长交差呢!”

二、罗春华 王念法

第九天上，罗春华听邻居说，女儿马崇林掏出来了，可她没有看到女儿，更没有看到儿子。

一对人见人爱的小姐弟，一个遇难、一个失踪。

女儿留下的唯一遗物是一个盖着“奖品”红章的日记本，儿子留下的唯一遗物是一张成绩单。

罗春华每看到这两件遗物，睹物思人，泪如雨下。

承受不了这天塌下来的打击，罗春华一下病倒了。

罗春华每次去映秀，都会经过公墓，每过一次，心里就会痛一次。以前母子同行，有说有笑，如今孤单一人，她又总觉得女儿和

儿子没有走，还在自己身边。

罗春华至今不知道女儿的遗体埋在哪里，更不知道儿子在哪里，每到烧纸祭奠时，只好随便找个地方烧了。

罗春华天天以泪洗面，哭了好几个月。她一边哭一边抱怨苍天，你让我死了，让娃娃活下来嘛，我活32岁了，两个娃娃加起来才16岁呀。

渔子溪村，有40多个孩子遇难。

渔子溪村与张家坪并列，各有3个家庭的两个子女同时遇难。

多么快啊，地震过去十天了。

12时，王念法所在的援救组接到军地指挥部的指令，撤离北川，赴绵阳休整。

这五六天，他们一直在北川援救，队员们一直努力在深深的、厚厚的废墟里和偏偏的、不为人注意的角落过筛拉网，希望发现求救的幸存者，昨天、今天，一个也未搜到。

就要离开北川了，王念法心情无比沉重。

走出县城，来到任家坪，接应他们的军车在路旁。

王念法回首环抱北川的群山，难舍这座山城废墟里埋着的千百个灵魂。

车刚进绵阳，王念法的手机响了。他打开手机，一个既陌生又熟悉的小女孩的声音传来。

“叔叔，我在医院里，很好的，谢谢你，我好想你！”

王念法想起来了，这是五天前，在绵竹东汽中学救出的那个小女孩马晓凤的声音。

王念法的眼泪，忍不住流下来。

三、“麻木”又“坚强”的王明英

王明英不是纯粹意义上的佛教徒，但她始终以佛教徒的虔诚，履行着对佛祖的尊敬。

5月12日，是农历四月初八，也是佛祖释迦牟尼的诞辰日。上午，按照民间的仪式，王明英为佛祖上香、磕头。

午饭后，家里静悄悄的，只有她和午睡的孙女。在安静的环境下，她做了一个“放生”仪式。

突然，一阵“轰隆隆”声传来，自家的平房在摇，尚未完工的两层新楼也在摇，地面在晃。她晓得是地震了。

“我的孙女啊”，脑子里一念闪过，王明英便往院子里跑。

4米高的水塔左摇右摆，眼看要倒下。她左躲右闪，仍没躲过，水塔的砖块埋得她只剩下脑袋。左腿一阵剧痛，她下意识地高喊“救命”。

邻居们赶到，七手八脚把她挖了出来。

王明英被埋时，感到天色突然暗了，天空黑黄黑黄的。她的老伴和儿子随后赶到，把她往医院抬。

疼痛中，她看见自家的两层楼成了一片瓦砾，村中的房子全都倒了，人们惊恐地在街道上乱跑。

王明英所在的小山村，是一个自然村，正式名称是绵竹市清平乡棋盘村三组，有几百口人。

它位于“中国银杏沟”景区内，许多村民开设了“农家乐”。

这几年，村民们依托旅游，日子一天天富裕起来，许多农家盖起了二层小楼。

这个刚刚富起来的村子被夷为平地，有10多位村民当场遇难。

在时断时续的余震中，王明英被抬到了乡卫生院。

她乖巧、聪明的小孙女，却永远离开了这个世界。“她的脑袋瓜子很灵，才 3 岁就会自己拿钱买东西吃，还知道钱该有多少剩余。”

从砖块下扒出我时，我的左腿已肿得老高，腰很疼，头上还流着血。老伴儿赶回来，看到我心疼得不得了。在卫生院，医生一摸，说腰骨折了，可也没得法子，只好输液。输到第二天，药就没了，只好干等着。

后来，我的左腿起了好多大泡，泡里开始流脓。

从 14 日开始，人们开始往大山外面逃命。

从清平乡到绵竹市区，有 100 多里，坐车也需要两个小时。地震后，路都断了，没办法，只能爬山。

我的两个儿子，带着孩子先走了。他们开始死活不走，我和老伴儿说，“你们不走，咱们一家都得死。先走吧，保住一个是一个。”

17 日，乡里已经快没人了。我和老伴儿也打算往外逃，逃到哪算哪。在清平没吃没喝，老是有余震，山塌地陷的，不走就得死掉。

原来的路都没了，只好爬山。山陡得厉害，又老有余震，石头块乱飞。像我这样的老太婆，又受了伤，爬都没得爬，石头飞下来也没法子躲。

刚开始，几个年轻人轮换着搀着我走。路难走得很，山都垮完了，山上光溜溜的。上山时，年轻人搀着、拉着我走；下山时，就用线缆缠住我，把我往下系。坡陡得厉害，看着都头晕，万一脚下一滑，我们都得掉进山谷，摔个粉碎。

左腿流着脓，走起路来难受得很。翻了几座山，我的心脏病犯了，昏倒在地。醒来后，身边围着好几个人，他们说，我刚才没了呼吸，大伙帮着挤压心脏，对着我的嘴吹气，折腾了好半天。

往外逃命的人都是一拨一拨的，不敢在一块走，要不山塌下来，都得死。老伴儿本来就在我前边，我这一折腾，就更落后了。

我醒了之后，几个年轻人搀着我接着走。天早就黑了，幸亏有手电。走到一个小坪坪（山间平地），他们让我坐在地上休息。

周围的山还在垮。几个年轻人商量了一会儿，对我说，“现在都11点了，黑灯瞎火的，又看不见塌方和掉石头。我们先走，明天再来接你。”

我听了这话，心里挺不是滋味，可并不害怕。我想，人家说得也有道理，不能都在这儿等死，我岁数大了，死了就死了，他们可都是年轻的娃娃啊。

他们留了些吃的，就走了。看着手电筒的光没了，这野地里就剩下我一个人了。

晚上，下起大雨，冷得很，旁边经常有石头滚下来。大雨淋湿了衣服，我就自言自语：下吧，砸吧，砸死我就算了。雨下过后，刮大风，又把衣服吹干了。

18日早上，几个逃命的乡亲路过我坐的坪坪，一问，全是天池乡的。他们说，前边有条河，河水深得很，趟不过去。从这个坪坪往南走，有天池乡小岗店村的一个生产队。您身上有伤，走不出去，可以先到那里避一避。

我也想跟着他们走，可左腿疼得厉害，一挨地就疼得钻心。想想算了，还是自己走吧。

我找了个木棒棒拄着，一个人慢慢走。每天走半天，歇半天。爬山时，左手拄棒棒，右手抠住山上的石头，没几天，右手就烂了，血淋淋的。雨来了，我就坐在地上，抱着肩。淋吧，死活就这样了。路上吃乡亲们留给我的饼干，渴了，喝山沟沟里流着的浑水。

走到一个叫不上名字的地方，要爬一座山。那山太陡了，往上爬没法子爬，想从山左边绕过去。爬过去一看，山塌得像镜子一样光；绕到右边，也光得像镜子。山下是又深又宽的河，水又急，没法子过。

四面没路了，我就坐下来，一声不响地待着。我知道哭死也没用。后来想起87岁的老父亲。我们出来时，他死活不走，如今他还活着吗？没人给他做饭吃，他怎么办？后来到了成都，才知道他被部队的直升机接出来了。

过了三四天，饼干吃完了。爬山时，我就找山上的野果吃，像毛山桃、琵琶果啊，摸到什么吃什么。渴了就找“酸酸草”，嚼那草叶子，里面有水分。再难再苦，活着就好。

山上有种鸟，叫“饿老鬼”。它一叫就是“饿……饿……”的声音。看看四面的山，我就是插翅膀也飞不出去。

一只“饿老鬼”又在旁边石头上叫起来。我就说：“你饿了，还能飞得动，能找吃的；我也饿，可是飞不动啊。”

我走了七八天，摸到了小岗店。

半路上，我还领回一条大黄狗。碰见它时，它冲着我“汪汪”叫。我就说：“别咬我，我是逃命的，你也是逃命的，一块逃吧。”后来，它不叫了，一直跟在我后边。

小岗店村房子都倒了，村子里一个人也没有。有个小棚棚没全倒，我就在那住下了。转了好多倒掉的房子，我从一堆烂砖头里扒出一些灰面（小麦面），又掏出一个小锅。找不着干净水，有个水桶里正好有半桶雨水，又脏又黑，可总比没有强。就着雨水，我开始烙馍吃。水桶里的雨水用完了，就从村里的臭水坑中取水。

晚上，那条大黄狗就守在我旁边睡觉。我对着它说话，问它怎么才能出去。

不知过了多少天，七八个逃出去的乡亲又回到村子。他们从房子里，往外掏值钱的东西。他们看到了我，临走时，他们说到外边报信，让人来救我。

后来，他们还真的碰到了我老伴儿。老伴儿领着儿子，坐着解放军的直升机进来找。来了好多次，可他们不认识路，总是找不到。

最后一次，他们让小岗店的乡亲带路，找到了我住的地方。当

时，灰面快吃完了，我已经离开小岗店，向大山外面逃，

所以他们还是没有找到我。

6月8日那天，我下了狠心：死活就是今天了，走不出就爬。那会儿，我左腿上的肉早就烂了，臭烘烘的。我想，这条腿看来保不住了，就让我再用它一回吧。等着横竖是个死，往外走，说不定还能出去，要死就死在路上。

我顺着山上的小路走，那条路是逃命的乡亲们踩出来的。我爬山时，大黄狗没有跟上来。走了一天，还是在山上，就在荒地里过了一夜。

从小岗店村出来时，我用最后的灰面做了两个馍，带在身上。不晓得要走几天，就一直没舍得吃。9日早上，一个“解放军叔叔”看见我时，那两个馍我还没舍得吃呢！

我被送到了德阳，接着又转到了成都。老伴和儿子从绵竹撵到德阳，又从德阳撵到成都。住院后，医生把烂肉挖掉说，“还是一条好腿”。

庄子说，天地不仁，以万物为刍狗。

地动山摇、风云变色时，人命如蝼蚁，随便一小块飞石，一条生命就可能凋谢。当你所接触的天地之间只有你一个人时，你只能在自然的牢笼里奔走呼号。生命的意识，因此变得虚无。

王明英能活下来，很幸运。和她同年同月同日生的老伴儿孟富凯评价她：“在家里从不操心，都是我操心。地震后，我还想着家里的腊肉和值钱的东西，想着庄稼地，她却不想。”这个“石头砸到脑壳子上就砸上”的老婆婆，幸运地躲过了饥寒、洪水、飞石和塌方，又幸运地碰到了“解放军叔叔”。

长期生活于社会底层的人，面对灾难时，内心会形成特别强大的自我保护。这便是人们通常说的“麻木”，也可以称之为“坚强”。

王明英就是一个既“麻木”又“坚强”的人。

四、谢雷军　谢文　刘永红

谢雷军，是浙江建德市新安化工有限公司下属物流公司的总经理。

5月11日，谢雷军从浙江建德出发，来成都。12日上午9时，在汶川卧龙大熊猫保护区，举行了认养大熊猫仪式。

认养活动是北京阳光公司组织的，建德市一位副市长带队，谢雷军的公司来了47人。

12时30分，认养仪式结束，四川电视台记者王娴马上离开卧龙，到映秀去吃饭。谢雷军等一行在卧龙吃午饭。

13时30分，谢雷军吃完午饭，从卧龙经映秀回成都。他们那辆大巴车上坐了27人。车还没到映秀，地震发生。当时有人跳车，车上连司机共生还6人，当场遇难1人。其余人员失踪，其中包括谢雷军。

谢雷军的哥哥谢雷勇，知道弟弟当时在卧龙，地震后一直联系不上。

谢雷勇找到车上生还的人，没有一人说得清楚这20人的行踪和下落。

当时山摇地动，灰尘蔽日，谁也看不见谁，谁也顾不上谁，没被埋住就万幸了。

在过映秀去卧龙的路上，谢雷军在车上曾给一朋友打电话说，“映秀去卧龙的路太危险了，这辈子只会走这一趟。”

结果，真得只走了这一趟，回程的路上，就遭遇了地震。

两个月后，谢雷勇带人专程来映秀寻找弟弟。映秀没地方住，他们几个人就住在都江堰。天气好时，就进映秀来，一连五六次进映秀都未果，他们印发了200多份寻人启事，悬赏20万元寻找弟弟下落。

每次到映秀，他们都往卧龙方向走，希望寻到弟弟的线索和乘坐的汽车。

当时，映秀到卧龙的公路还没有抢通，只有映秀至渔子溪四组的4公里路抢通了施工便道，前面就没有路了。

有一次，桃子坪的李树全下山，恰好碰到他们。李树全劝他们不要再进去了，里面没有路，垮塌的山体被雨水浸泡后，除了巨石就是陷到膝盖的稀泥，根本没法走。

映秀当时没有饭店，李树全邀谢雷勇几个人在自家的板房里吃饭，一来二去，话多了，人熟了。谢雷勇每次进山寻弟弟，都要李树全给当向导。

9月份，四川路桥集团和隧道公司开始抢通映秀至卧龙公路。

隧道公司从映秀往卧龙方向施工，路桥集团从耿达往映秀方向施工。卧龙至耿达的公路，之前已经抢通。

谢雷军的公司，董事长是王伟，认养大熊猫的那天王伟也去了。在回来的路上，王伟有惊无险，躲过一劫。抗震救灾中，王伟公司捐赠了3000万元，指名1500万元，用于汶川县的救灾。

其认养的两只大熊猫，一只取名"新新"，一只取名"安安"。

谢雷勇兄妹三人，妹妹老三叫谢文。与谢雷军同车失踪的，还有公司的员工刘永南。

10月份，谢文与刘永南的姐姐刘永红，一起到映秀寻亲。谢文寻哥哥，刘永红寻弟弟。在成都，她们下飞机，租车只能走到寿江大桥。

实行交通管制，不准过桥上行。

天又下起大雨，她们只好步行走过寿江大桥，再租小包车到映秀。到了百花大桥，泥石流又冲毁了公路，无法通行，堵了2个多

小时。她们又下车蹚水，再租小面包车到映秀的烧火坪，然后徒步往卧龙方向寻亲。

跋山涉水的，真难为了两位女士，她们寻亲心切呀。

在烧火坪，她们拿出从建德带来的一张照片比对，确认往卧龙方向几百米的一个大滑坡，就是谢雷军客车失踪的地方。

这张照片是张健拍的，他也是浙江建德人。他是一位旅游爱好者，他的两位朋友也失踪在谢雷军的大巴上。

张健根据幸存者的描述，于地震六天后赶到这个路段，并拍了照片。

这张照片，为谢文、刘永红寻亲提供了依据。

照片的地点离映秀有2公里，早就有施工便道了。

确认地点后，刘永红烧香、纸祭奠弟弟。谢文只身往前走。

路旁一位身着工作服、头戴安全帽的先生，问她们到这个地方找什么?

谢文、刘永红述说了详情。

她们没有想到，面前的先生竟是四川路桥隧道公司的肖总。他是抢通映秀往卧龙方向的施工总指挥。

肖总非常同情她们的不幸，被她们执着的寻亲感动，当即答应帮助他们挖出被埋的失踪车辆。

肖总开车亲自送她们到寿江大桥，坐成都租的车回成都。

第四天上午，肖总兑现承诺，从卧龙往映秀方向开挖那面大滑坡。

挖掘机挖了一整天，挖到大滑坡的中间路段了，也未见失踪的大巴车。

肖总告诉谢文和刘永红，不能再挖了，再挖就要断路，已抢通的施工便道就无法通行。映秀至卧龙的抢通工程将被迫停工。这是抢险救灾的“通天工程”，他实在不敢那样做。

人们都在盼望映秀至卧龙的公路抢通。

肖总是总指挥，也无权停工。

谢文、刘永红问：“还有没有办法，继续挖下去?”

肖总思忖了一下说：“可以挖，但要重新做方案，要往滑坡山体靠山一面，多挖进去几米，整个工程大约有 5 万方，必须另付工程款。”

谢文、刘永红回到浙江建德，与失踪人员家属数次商量，新安公司和建德市政府又与路桥隧道公司反复协商，最终达成协议。由家属方出资，隧道公司在不影响抢通工程的情况下，帮助挖出大巴车。

挖掘机开始作业，20 天后，看到了被埋的大巴车轮胎。

大巴车被垮塌的山体砸进二河，整个车四轮朝天，车体全被压扁。

在大巴车四周，又挖了一个 20 米长、10 多米宽的大坑。刚挖好时没有水，但很快河水就渗进来了。

2 台抽水机抽，怎么抽水都是满的，后来索性不抽了。

第二天上午，车上失踪人员的家属都到了映秀。

警方在现场四周，设立了警戒线，除失踪人员家属代表外，其他人都在警戒线外。

挖掘机起吊汽车底盘，底盘从中间断裂，与车体分离，只吊起前半截。他们又想方设法，吊起后半截。

底盘吊起，车内的遗体在河水中自然浮起。工人们又小心翼翼地用挖掘机的斗，把遗体一具一具地捞起来。

遗体已高度腐烂，衣服已看不清颜色。

每清出一具遗体，从遗体衣服里找到身份证。法医保留遗体牙齿或脚趾骨，做 DNA 身份确认。

家属们多是从衣服和随身携带的物品，结合身份证，来确认遗体，防疫人员一直在现场做严格的消毒。

辨认遗体装袋时，家属都默默地流泪，没有号哭的。他们已经哭了半年多，眼泪哭干了。

从车内清理出 16 具遗体，4 人失踪，当时车内 27 人，有 6 人生还，还差 1 人呢。

那 1 人地震时跳车，在车外遇难了。

好在跳车和失踪的，都在大巴车周围，挖到部分遗体和遗物。

所有遗体，都送到都江堰市殡仪馆火化。

家属们带着骨灰，回到浙江，让这些遇难者在故乡的土地上安息。

第三十一章　难以认识的地震

千百年来，地震给人类带来了无数的灾难，令世人谈“震”色变。

谈之色变，还是要谈。现将一篇答记者问附上，以释疑解惑。

记者问：地震预测是道世界级的难题，世界上最早预测始于何时？

答：据现有古籍，最早记载地震预测的，是先秦成书的《晏子春秋》。

晏子名婴，春秋齐国人，历任齐灵公、庄公、景公三朝国卿，生年不详，卒于公元前500年，比孔子约大二十岁。

《晏子春秋》是晏子的学生或门徒，以故事形式汇集的晏子言行。在卷六、卷七中，记述了晏子等人观星象预测地震的故事。

故事一：柏常骞遇到晏子，下马行礼，说：“昨夜里，我把让景公烦恼的猫头鹰捕杀了。景公赞扬我道术高明，问我能为他增寿吗？我说能。现在，我就是去做大祭的准备，以便为君请寿。我很想听听你的指教。”

晏子说：“你能为君增寿？可是我听说，只有政与德顺应神的意愿，才能延年益寿。你只靠大祭也能增寿吗？假如能，有什么

征兆？”

柏常骞答：“有，得寿就地动。”

晏子说：“夜里，我看到维星（北斗杓后三星）隐匿了，枢星（北斗第一星，又叫天枢星）光散了，这是地将动之兆，你说是吗？”

柏常骞低头想了一会，然后抬头说：“是的。”

晏子说：“大祭不会为君增寿，不祭也没有损害。你要少征敛百姓的钱财，不要花费太多，也不要让景公知道。”

故事二：齐景公召见晏子，说：“我问太卜，有什么道术吗？他说能动地。人可以动地吗？”

晏子没有回答，走出去见到太卜问：“夜里，我看见钩星（水星）在四宿和心宿（四宿即房宿，房宿和心宿同属天蝎星座）之间，是要动地了吗？”

太卜答：“是的。”

晏子说：“要是我把这事说破了，担心你会因欺君之罪而被处死。我沉默不语，又担心景公知道了真情会不安，若你亲自向景公说明情况，则于君于臣都有好处。”

晏子说完就走了。太卜急忙朝见景公，说：“臣不能动地，是大地本身要动。”

从以上两则故事可以推测：一、齐景公时，晏子等人认为，一些星象变化是地震将要发生的征兆。二、晏子等人都预测，不久齐国会发生地震。齐国国都在今临淄，说明当时齐国的地震较频繁发生，并引起人们的注意。三、最迟在公元前的春秋晚期，有人已据星象变化预测地震。这是世界上最早预测地震的记载。

今天看来，星象变化与地震没有关系，有可能出现偶尔巧合。但人类的确曾有观星象预测地震的认识过程，这是无可非议的。

随着科技的发展和人类不懈的努力探索，地震预测难题早晚会被人们破解。

记者问：这次汶川地震是如何形成的？

答：5月12日，四川中东部龙门山构造带汶川附近，发生了8.0级强烈地震，这是新中国成立以来，我国发生的破坏性最严重的地震。

地震时刻14时28分04秒，震中北纬31度、东经103.4度，震源深度14千米。

地震破裂面以3.1千米每秒的速度向北偏东49度方向传播，破裂长度约300千米，破裂时间120秒。

它是青藏高原巴颜喀喇地块和中国东部华南板块，相互推挤剪切的结果。

龙门山向东南方向推覆的动力，是印度板块与欧亚大陆碰撞，及其向北的推挤。板块间的相对运动导致亚洲大陆内部构造变形，造成青藏高原地壳缩短、地貌隆升和向东挤出。青藏高原向东北方向运动，遭到华南活动地块的强烈阻挡，使得应力在龙门山构造带上高度积累，沿映秀北川断裂突然发生错动，产生8.0级强烈地震。

记者问：为何说这次地震破坏性强于32年前的唐山地震？

答：汶川地震的强度和烈度，超过了1976年的唐山地震。从震级上看，唐山地震7.8级，汶川地震8.0级。

唐山地震是拉张性的，是断层上盘往下掉；汶川地震是挤压性的，是断层上盘往上升。

汶川地震比唐山地震的断层错动时间长，就是使建筑物的摆幅持续时间长。

汶川地震波及的面积、受灾面积比唐山地震大。地震重灾区超过10万平方千米，几乎整个东亚地区都有震感。

汶川地震发生在山区，引发了破坏性山体崩塌和滑坡，震区的河流较多，引发了严重的堰塞湖灾害。地质灾害规模大、面积广，

为地震灾害史所罕见。

相比唐山地震，汶川地震死亡人数相对较少，唐山地震时间是夜间，大部分人在睡觉，汶川地震发生在白天。唐山地震发生在人口密集的市区，而汶川地震发生在人口密度小的山区。

记者问：这次汶川地震，最初国家地震台网中心报的7.6级，后又有7.8级，最后定为8.0级，为什么震级要更改？

答：地震速报，特别是大地震速报，要求的是快速测定地震参数，快速向政府和公众通报震情。速报测定，往往是选择地震波先到达的台站数据，震级测定的误差在所难免。

记者问：地震有没有成功的预报？

答：有。1975年2月4日，辽宁省海城市发生7.3级地震，极震区面积760平方千米。地震发生在人口稠密、工业发达的地区，是该区有史以来最大的地震。

国家地震部门对地震提前做了预报，当地政府及时采取了防震措施，地震灾害大大减轻。伤亡人员29579人，占总人口的0.32%，死亡2041人，占总人口的0.02%。

这次预报成功，主要有大量典型的震前预兆。如冰天雪地里居然有蛇爬出来，水面上结了很厚的冰，突然间融化了，有鱼蹦跳出来了。

记者问：这次汶川地震是四川、陕西、甘肃的灾难，也是全国的大难，灾难考验了受灾地区的意志，也体验了全国的战力和应对能力，怎么说？

答：在抗震救灾中，人们见证了新中国历史上众多的“第一次”。

“第一次”的背后，是坚强不屈的意志，是血浓于水的情感，是以人为本的理念，是共和国前进的足音。

第一次启动国家一级救灾响应。

国家救灾一级响应于5月12日22时15分正式启动。此前，在地震发生不到2个小时内，国家减灾委紧急启动了国家二级救灾响应。

国内外捐助款物，第一次突破400亿元。

至6月11日，共接收国内外社会各界捐赠款物445.74亿元。

志愿者第一次大规模参与救灾。

从灾难发生，参与抗震救灾的志愿者无所不在。救灾志愿者，超过1000万人。

国外救援队第一次参与地震救援。

自16日起，日本、俄罗斯、韩国、新加坡四国的救援队相继抵达灾区，投入搜救。新中国历史上，第一次有国际救援人员参与救灾。

第一次举国为平民哀悼。

19日清晨4时58分，天安门广场上的五星红旗，一如往常，冉冉升起，然后徐徐降至半旗。当天14时28分，凄婉的警报声、汽笛声在中国大地呜鸣，天地同悲、举国齐哀。这是新中国成立以来，第一次为平民设立哀悼日。

第一次专门为地震灾后重建，制定国务院条例。

6月8日，国务院公布实施《汶川地震灾后恢复重建条例》，这是专门针对一个地方灾后重建的条例，将灾后恢复重建纳入了法制化轨道。

第一次震撼世界的信息透明。

突如其来的大地震，没有造成社会恐慌，一个非常重要的原因是信息及时全面披露。

第一次大规模实施空运救灾。

14日，在灾情最紧张的时刻，15名空降兵从4999米高空伞降茂县，创造了世界上空降兵的先例。

同日，空军将增援部队和救灾装备、药品空运至灾区。15 日，空军将挖掘机和工程车等大型救援设备，空降汶川映秀。

第一次大规模实施对口支援救灾重建。

6 月 5 日，中央决定，按照“一省帮一重灾县”的原则，建立对口支援机制，确定 21 个省区市对口支援重灾县。

第一次成功处理巨型地震堰塞湖。

经过艰苦奋战，到 6 月 10 日 17 时，唐家山堰塞湖抢险取得决定性胜利，实现了无一人伤亡的目标。

答编辑问

编辑问：你为什么写这部作品？

答：是地震的场景感动了我，是伟大的、不朽的抗震救灾精神激励着我。十年前，汶川大地震发生，我看着电视，目睹灾难场景，看着救援官兵、医务工作者、志愿者在现场救援，看着一车车救灾物资送往灾区……我的眼泪，不止一次地流下来。也就是从那时起，我决定，将这次事件用笨拙之笔记录下来，让伟大的抗震救灾精神弘扬光大，这是我写这部作品的“初心”。

我原在政府机关工作，2011 年离职离岗，虽已离岗，可大脑中经常萦绕这样一个问题：如何为党、为人民、为社会，做一点事情呢？特别是近几年，在以习近平同志为核心的党中央的领导下，祖国发展变化日新月异，催人奋进，写出这部作品，也是作为有三十多年党龄的党员，牢记使命，没忘握拳宣誓的“初心”。

近十年来，为了实现初心，我从网上搜集资料，四次自费去四川北川、汶川、都江堰、映秀、汉旺，实地考察，走访当事人、参与救援的官兵，几易其稿，十年磨一剑，其中艰辛，十年岁月知道，不辞辛苦的打字员知晓。

编辑问：请谈一下你个人的经历，以前有过作品吗？

答：我出生在 20 世纪的“大跃进”年代，出身于鲁西北平原的普通农家，1977 年恢复高考后，我有幸考入县师范，毕业后，到农

村任教，后调入县政府机关工作。1984 年，参加高等教育自学考试，毕业时，获得山东省、全国自学考试“优秀毕业生”证书。

1990 年，我受邀到聊城大学（原聊城师范学院）做《创作与创作实践》演讲，后被聘为兼职教授。同年，我加入山东省作家协会，现为聊城市东昌府区作家协会主席。

1989 年，我业余创作的反映鲁西北抗战初期历史生活的长篇小说《血沃鲁西北》，由山东文艺出版社出版，并于 1995 年再版印刷。2003 年，聊城人民广播电台曾联播该部作品一个多月。

1997 年，我业余创作的以解放聊城为背景的长篇小说《血染凤凰城》，又由山东文艺出版社出版。

2013 年，我将工作期间发表于报纸杂志的诗歌、散文、杂记等，结为《田绍润随笔》出版。

编辑问：你自己如何评价这部作品？

答：作品的立意是，再现灾难场景，讴歌不朽的抗震救灾精神，宏观地描述可歌可泣的抗震救灾业绩，弘扬不屈不挠的民族精神。说白了，我将我知晓的抗震救灾故事讲给读者。

由于视野不同，我占有的资料有限，我讲的故事也许不能满足读者需要，只能寄希望于后来者。

文学作品是一种语言艺术，在结构、人物、环境描写等多方面都有要求，地震后的几十天里，地域广达几百公里；牵扯的受灾群众，救灾的各级领导、官兵、医务人员、志愿者等，多达千万人。作品只能选取有代表性的人和事加以描述，力求让读者感受爱和憎，感触情和爱。作品仁者见仁，智者见智。

这也是，地震发生十周年，我献上的一份祭礼。

编辑问：关于这部作品的出版，你还有什么要补充说明的吗？

答：在资料方面，我作为有心人，从地震一发生，就开始搜集整理，我赴四川汶川、北川、映秀采访期间，得到了很多热心人的帮助。

本书出版前，山东省作家协会原副主席左建明同志为本书作序，东昌府区原区委书记李小平同志高度关心我的写作进程，潘红瑞、张敏同志不辞辛苦，十遍二十遍易稿改版；济南出版社的朱孔宝副社长、李建议主任、雷蕾编辑，荣红智书记，刘培国区长，孙方杰、李凯、孙龙翔、房单庄、赵海虹等同志给我提出很多中肯的修改意见，孟达集团李佑所同志给予了资金资助，在此，一并表示衷心感谢。

作品不尽之处，敬请专家读者批评指正，以便再版时修正。

田绍润

2018 年 4 月于聊城